三晋百部
长篇小说
文 . 库
北岳风
中国原创
长篇小说

羊凹岭

袁省梅——著

山西出版传媒集团 北岳文艺出版社
BEIYUE LITERATURE & ART PUBLISHING HOUSE
·太原·

图书在版编目（CIP）数据

羊凹岭 / 袁省梅著. — 太原：北岳文艺出版社，
2020.5

ISBN 978-7-5378-6042-0

Ⅰ.①羊… Ⅱ.①袁… Ⅲ.①长篇小说 – 中国 – 当代
Ⅳ.①I247.5

中国版本图书馆CIP数据核字（2019）第249096号

羊凹岭

袁省梅 / 著

//

出品人
续小强

项目负责人
陈学清

责任编辑
赵勤

装帧设计
张永文

印装监制
郭勇

出版发行：山西出版传媒集团·北岳文艺出版社

地址：山西省太原市并州南路57号　邮编：030012

电话：0351-5628696（发行部）　0351-5628688（总编室）

传真：0351-5628680

网址：http://www.bywy.com　E-mail：bywycbs@163.com

经销商：新华书店

印刷装订：山西人民印刷有限责任公司

开本：787mm×1092mm　1/16

字数：280千字

印张：18.5

版次：2020年5月第1版

印次：2020年5月山西第1次印刷

书号：ISBN 978-7-5378-6042-0

定价：58.00元

《三晋百部长篇小说文库》组织机构

策划

杜学文　张明旺　王宇鸿　梁宝印

专家审读小组

主任：杨占平

副主任：续小强

成员：李杜　傅书华　徐大为　侯讵望

王保忠　郝汝椿　韩思中

编辑出版办公室

主任：杨占平

副主任：续小强

成员：古卫红　陈学清　闫珊珊　王保忠

题材的选择与艺术的精神（代序）

——关于《北岳风·中国原创长篇小说》系列丛书

杨占平

由山西省委宣传部指导，山西省作家协会和山西出版传媒集团主持，北岳文艺出版社编辑出版的《三晋百部长篇小说文库》，是一项意义深远、里程碑式的文化德政工程，也是当代山西文学史上规模较大的一项文学基础建设工程，更是展示山西文化实力、文学魅力的自信工程。

山西长篇小说创作，在当代中国长篇小说格局中占有重要位置，是山西作为文化、文学大省的重要标志之一。以赵树理、马烽等为骨干的"山药蛋派"作家，在长篇小说创作上成绩显著，新时期以成一、李锐、柯云路等为主将的"晋军"作家，代表作也都是长篇小说。从张平的长篇小说《抉择》获"茅盾文学奖"为标志的山西第三次创作高潮，到以刘慈欣、葛水平、李骏虎等为代表的一批中青年作家频频摘得国内外文学大奖，都进一步巩固了山西长篇小说创作作为中国文学重镇的地位。近年来，一批充满朝气、富有理想、敢于探索的生机勃勃的"80后""90后"作家，也都有长篇小说新作问世，表明山西长篇小说创作后继有人。

《三晋百部长篇小说文库》出版工程，坚持正确的方向，务实创新，去伪存真，从2014年启动，三年来具体实施，已经出版了赵树理、马烽、成一等作家的近三十部经典力作，唐晋、浦歌等中青年作家的原创作品近十部。可以说，这些作品比较全面、客观、真实地反映了近百年山西长篇小说创作轨迹，集中展示了山西长篇小说创作实力，在文学界和广大读者中产生了良好的影响。

在实际运作中，有一个环节是公开征集原创长篇小说，作家们出乎意料地踊跃，三年时间竟有一百多部作品应征，作者都是山西省内的老中青作家，显示出大家创作长篇小说的积极性。这么多作品经过专家组的认真审读，只能有十几部入选原创作品之中出版，还有不少作品质量已经达到正常出版水平，却离《三晋百部长篇小说文库》的原创要求有一些距离。为了尊重广大作家的创作热情和付出的努力，专家组经过充分讨论，提出可以将这些达到正常出版水平的作品，以《北岳风·中国原创长篇小说》系列丛书方式出版。省作协党组同意这个建议，于是，第一批共十部长篇小说入选，经过规范化审读和编辑程序，现在，这套书将出版发行。

一

创作最能体现作家对某一个社会进程生活经历深刻思考和昭示作家艺术追求的长篇小说，是每一位踏上文学写作道路者的良好愿望；而文学史家、批评家和阅读界对某一位作家的成就和价值的评估，长篇小说无疑是重要的一个尺度和参照依据；后代人们评价某个历史时期的文学成就高低，也是要看那个时期是否有一批高质量的长篇小说。因此，近些年来，山西大多数在中、短篇创作上有过一定业绩的作家，都转入了长篇小说的构筑。据有关资料介绍，仅就进入新世纪以来的十多年，每年全国出版或发表的长篇小说大约有近千部，山西省也有几十部。从数量上看，是改革开放以来最为活跃和创纪录的时期；从作者队伍看，中年作家是主力，老作家中也有不少新贡献，青年作家则初露锋芒。

我认为，长篇小说创作出现这种繁荣现象，应该说是文学创作内部发展规律的必然走向。当然，读者对文学的热情逐渐减退和各种文娱形式的兴盛，也促使作家们不必再追赶阅读写短平快作品而沉下来做长篇大活。从创作内部发展规律分析，"文革"十年的严重摧残，使得整个文艺创作园地一派凋零；进入新时期以后，随着社会政策的拨乱反正，作家们爆发出前所未有的热情，显示了十分旺盛的活力，大家多年积蓄的生活感受汹涌喷发，短篇小说自然首先得宠，成为作家们表现形式的最好选择。几年过去后，作家们似乎感觉到短篇小说难以将他们对人性的深层思考和对探索艺术的愿望全部承载，于是，中篇小说以从未有过的显赫登上文坛，为作家们纷飞的思绪和艺术创新的热情提供了最佳工具，也为读者逐步增长的阅读要求提供了机会。随着文学作品在文艺形式中一枝独秀的局面开始衰微，同时，作家们经过十来年的左冲右突，把过去的体验大都宣泄于尽，探索新的艺术表现方法的热情也告一段落，意识到认真地思考一些社会问题和确立自己艺术风格的时候到了，而这种"思考"和"确定"的结果，非长篇小说表现不行，所以，长篇小说创作开始走俏。从20世纪90年代至今，假如你碰到任何一位有过一段创作经历的小说作家，询问他的创作计划，无疑，都会以正在写长篇作答。

从外部条件分析，读者经过十几年的时间，对阅读文学作品的热情逐渐减弱，只当作一种业余生活的消遣方式。随着科技的发展和社会的进步，尤其是互联网横空出世后，娱乐形式越来越丰富多彩，人们的注意力被分散，阅读文学作品一家独大的局面不复存在。再加上现代生活节奏加快，市场经济冲击着一切领域，人们都在为了生计奔波，休闲或余暇时间只想轻松愉快一些，而阅读小说是很难做到这一点的，尤其是新潮小说中所追求的深沉、探索、寓含、意识流、时空交叉等等，让许多读者感觉不是在消遣娱乐而是增加疲惫。另一方面，随着人们观念的改变和与国际交流的加强，大多数人的主动参与意识不断增强，被动地接受作家的思想已经让他们不喜欢，他们也要参与创作，比如风靡一时的卡拉OK、网络小说，就是因为给人们提供了参与自娱的条件，所以倍受欢迎。这些外部条件虽然不是专门为对付文学作品而出现的，但是，它们对作家的自尊、清高、以我为中心等多年形成的意识，却是一个不小的打击，作家的崇高地位开始动摇，职业的优越性转向了危机感。如此，促使作家们开始冷静地思考文学的热情减退之后，创作应当采取什么对策，进而认识到应该从艺术的角度多表现些人生、历史的实在内容，让读者在为了消遣娱乐而阅读文学作品的同时，也不无某种生活的启示。长篇小说的基本属性契合了作家的意愿和社会发展的要求，因此，也就从中、短篇转到了长篇创作。

二

1. 题材丰富多彩

选择何种题材进行创作，是每一位长篇小说家进入写作前必须有的程序。近年来，一些作家和理论家对于题材理论有些异议，认为创作不必拘泥于题材的限制，可以完全凭着感觉和意识去驰骋，宣泄思想是不管题材的。我认为，这种看法对于某些情感型作家突发灵感后进行创作，有时是正确的；而且，也只有写短篇小说或个别中篇小说适合这种理论。相对而言，长篇小说的创作，如果不强调题材的作用，或者有意回避题材界限，那么，作者是很难驾驭整部作品和整个创作过程的，就我迄今阅读到的古今中外长篇小说而言，很少有难以确定题材归属的作品。我之所以特别强调题材这个问题，是因为宏观上研究某一段时期某个地域或者某个文学刊物或者某家出版社长篇小说的走向，首先应当从题材角度去审视，这样，才可能得出合理的结论。

纵观这次出版的《北岳风·中国原创长篇小说》系列丛书，从题材上看，可以说是丰富多彩，多点开花。传统的农村题材、城市题材自然还是占有重要位置，而历史题材、知识分子题材、风俗小说、爱情小说等等，都各具特点，自成体系，构成社会生活的各个方面，都有作品予以反映。无疑，题材的丰富和广泛是值得肯定的，这也是整个国内长篇小说创作在这三十年的一个特点。出现这种现象，最基本的原因是社会生活呈现出前所未有的活跃和多姿，置身于任何一个行业的人们，都有丰富的生活感受，有复杂的人生思考，有变化着的人际关系需要处理，有不断袭来的观念需要更新，这些都为长篇小说创作提供了非常厚实的内容，生活在任何一个职业中间的作家，都会获得他所希望得到的创作素材。

2. 农村题材为主导

在丰富多姿的题材中，农村题材一直占据着山西长篇小说的主导位置。这是因为，中国是一个农业大国，农民，包括工作在城市的农民工，占总人口的一多半，农村社会的变迁和农民思想的动荡，影响着整个国家的发展，标志着民族的文明程度，体现着进步与落后的水平。中国历史上的每一次重大变革，绝大多数是从农村发生、发展，然后才走向城市的。因此，作为社会生活和人类情感全面反映的长篇小说创作，绝对不能不以农村题材为主要选择对象。另外，我们都应当承认的一个事实，当今中国的众多小说作家，特别是山西作家，基本上是以农村为基础成长起来的。他们中的一部分是生在农村、长在农村，以后由于种种原因进了城，写起了小说，但无法抹杀农民的习惯、农民的心理，甚至农民的生活方式；也有一部分作家虽然生长在城市，可他们的父辈却是农民出身，他们跟农村有着千丝万缕的联系，骨子里流动的依然是农民的血液；还有一部分较为年轻的作家，从来没有离开过城市，可是我们都应当承认，中国的几百座城市中，属于真正意义上的城市只是有数的个别几座，大多数城市人的生活传统、思维习性，尤其是文化心理，仍然是农民式的。这几类作家由于上述特点，决定了他们写农村题材小说会感觉轻车熟路，非常顺手，而他们无疑是中国作家群体的主要组成部分。这套《北岳风·中国原创长篇小说》系列丛书中，像《肥田粉》《玉香》《柳暗花明》等，都是典型的农村题材。

3. 城市题材的典型性

与农村题材长篇小说占主导地位相比，这套书中城市题材长篇小说是偏少的，只有《天上有太阳》一部。面对三十年中国城市快速发展现状和内涵丰富的现代工业社会的形成过程，长篇小说创作的步履显得比较乏力。从全国范围看，也很难列举出一系列在读者中引发轰动效应，或者在文学圈子内引人注目的长篇小说的篇目。实际人口已经超过总人口一半的城市人，阅读不到多少真正反映他们丰富生活、复杂感情、追求希冀的长篇佳作。应当说，大多数市民是具有阅读能力和阅读要求的，他们的文化基础已经和他们的前辈不同，不必围在一起听别人读，阅读的选择性越来越明显。

我以为，城市题材长篇小说创作之所以不尽如人意，关键是众多作家对快速发展的城市生活有一种隔膜感，他们还停留在传统的、单调的老式城市生活认知层面，这样，自然难以激发出创作时具备的热烈情绪、流动意识、审美感受等等，人们在现代文明与传统观念发生撞击时爆发出的火花，负载到城市题材中，似乎还进入不了熟悉的境界。另一方面，我们也不排除一个事实：由于熟悉写作对象，作家们更乐于去农村或者历史生活中寻求较为捷径的创作素材，去相对于稳定的农民和古人心态中挖掘民族文化特色，而动荡不定的现代城市生活，让作家们在短时间内就思考出较为深刻的内容来，显然是勉为其难的。这种现象也反映到《北岳风·中国原创长篇小说系列》丛书作品中。

4. 历史题材的启示性

历史题材长篇小说的创作，一直是小说家投入较多的一个方面。这是因为，相对于现实生活的变幻莫测，历史题材更容易被作家们所把握，已经成为历史的人物或者事件，可以承载小说家的诸多艺术手段的尝试，承载小说家关于民族、关于社会、关于人生的多方思考。另一方面，读者对历史题材有着陌生感、求新、求奇的心理，驱使他们对历史题材小说不能不产生兴趣，这种阅读心理自然是作家熟悉的，也就要多在这个题材领域下点功夫。这一点也体现在了《北岳风·中国原创长篇小说》系列丛书作品中，从《中国丈夫》《中国劳工》等几部作品可以看出，作家们都是用新的历史观表现历史人物或历史事件，能够产生较强的启示现代的作用。

三

三十多年来，整个国内长篇小说创作，比较趋向一致的艺术主张，可以概括为：追求平实的叙事风格，直面社会，冷静表达，强调故事的感染力，注意可读性，让读者阅读之后能够获得某种对人生、对社会、对历史，甚至对未来的启示或联想。事实上，这也是山西长篇小说创作的基本艺术特色。

我理解，这种艺术现象表明了这一代长篇小说作家已经开始走向成熟；他们似乎要寻找一条既能充分显示自己关于人生、关于生活、关于艺术的探索，又能唤起读者的阅读兴趣的写作途径。这样的途径按说是不难寻找的，然而，几十年来的长篇小说创作总是把握得不够准确。由于20世纪50年代、60年代是被动地适应读者的阅读能力而忽视作家自己的理解，导致80年代、90年代则偏向重视作家个人主体意识的宣泄而忽视读者阅读要求的一端，造成创作与阅读的隔膜。长篇小说创作属于艺术生产的一种方式，存在着生产与消费的过程，如果处理不好生产与消费的关系，会影响到作品的传播力。可喜的是，经过一段时期的探索，长篇小说创作的艺术走向，越来越适应阅读的需求，找到了一条合理的道路。

从《北岳风·中国原创长篇小说》系列丛书作品中可以看出，这些年来作家们切入的角度，往往是凡人俗事较多，更接近普通老百姓的日常生活。我们在 20 世纪 50 年代、60 年代长篇小说中常常读到的悲壮、英雄、理想主题和宏阔的大场面大冲突等等，已经很少出现在当今的作品中，让读者阅读到的主要是逼真的生活过程，逼真的细枝末节，逼真的人物心态，逼真的文化氛围。

由《北岳风·中国原创长篇小说》系列丛书艺术特点，我产生了一点关于长篇小说创作艺术精神的思考。近三十年来山西的长篇小说创作，数量是创纪录的，一些代表性作家在创作方法上的有益探索也是值得赞赏的。但是，如果我们站在文学史的位置上观照，就会明显地感觉到，真正可以称得上具有突破性意义的扛鼎之作还是少数，大多数作品属于探索之作。

为什么会出现这种乐观的数量与有待提高的质量共存的现象呢？我以为，简单地概括其直接原因，不外乎作家生活经历简单，人生体验不够深刻，感情投入不彻底，艺术积累不厚实等几个方面。实际上，这些直接原因的基本症结在于，作家缺乏一种博大精深的艺术精神。这种艺术精神决定着作家在理解人生、透视历史、叙述故事等过程中，能否具有不同于别人的独特风范。

不难确认，在大多数小说家的思维里，虽然不能说没有急功近利的意念，但是，他们总还是希望自己的作品能跳出平庸的圈子，用艺术的魅力感染读者。那种就事论事的思维方式，那种肤浅单一的生活判断，那种直奔主题的建构形态，都不可能是作家在创作长篇小说时愿意出现的景况。我不否认，由于整个国家的社会环境的冲击，例如随着经济体制改革的不断推进而强化了人们的务实精神，商品经济大潮的席卷使许多人转向了"向钱看"的实惠主义，国外各种思潮的渗透致使部分人的价值观出现了某些失落，等等，这些都会对作家产生一定的影响。但是，长篇小说创作毕竟是一种艺术精神的活动，不能让外界的干扰过多。所以，能否写出优秀作品，关键还是艺术精神本身的体现。

从明、清时期的《红楼梦》《三国演义》《水浒传》等经典大作，到"五四"以来茅盾、巴金、郁达夫、老舍、钱锺书等文学泰斗的长篇代表巨著，之所以能够成为传世之作，成为中国文学发展史上的一个个辉煌纪录，成为长篇小说创作永远的楷模，最根本的一点，就是这些作品有着一种悠远而充满了生命力的博大艺术精神的缘故。当代长篇小说作者，必须要在生活阅历、艺术修养、思想基础、情感投入等方面向经典作家学习，才能逐渐树立自己的艺术精神和品味，创作出优秀作品来。

2017 年 5 月

（杨占平，山西省作家协会原副主席、《三晋百部长篇小说文库》专家组组长）

目录

第一章

门帘上的铜铃铛丁零当啷响了一串,进来一个人。福英张眼一看,是大全。大全抓了她的手叫她去岭上。大全说:"岭上的酸枣红了,你不是最爱吃个酸枣嘛。"福英扔下手里的毛线,骑坐在大全的摩托车后,搂着大全的腰。大全的摩托车开得风快,在土堰台上跑得呼呼的。摩托车一直开到喜子窑前,才停了下来。福英跳下摩托,往岭上走。大全追了过来,从背后就把她抱住了。大全的手在她的胸前揉捏着,嘴从后面也探了过来,含了她的耳垂。她嗯嗯地哼着,喊吉子。大全说:"我是大全啊。"福英说:"我晓得。"大全把她扳过来,搂在怀里。福英在大全的怀里虫子般扭动着,一遍遍地喊着吉子。

吉子。吉子。吉子……

福英睁开眼睛时,窗户已经灰白微明了。想起刚才的一幕,她又把眼睛闭上。然再努力,也回不到刚才的梦里去了。咋就做了这么个梦呢? 侧了身子,看着头边的空枕头。水蓝色的枕套,上面印了两朵石榴花,一湖碧水里映了两朵花,娇艳、水嫩、肥嘟嘟的好看。伸出手,在花瓣上轻轻地摩挲,担心碰掉了花儿似的,手指头是又轻柔,又小心。摩挲着,眼泪就顺着眼角流到了枕头上。她头下的枕头也是水蓝色,一样的,也是印了两朵石榴花。两个枕头是一对。每天黑里,从炕柜里拉自己的枕头时,也会拉出这个枕头,跟吉子在家时一样,把两个枕头摆在一起。两个枕头端端地摆在炕头,你靠着我,我挨着你,整整一夜,都是相亲相爱的样子。

枕头很凉。她的手也很凉。眼泪也很凉。

不晓得哭了多久,看窗户透亮了,磨磨蹭蹭地起来,在水缸里舀了瓢凉水,也不加热水,撩着一把水洗脸。虽说雨水节气都过了,一早一晚的,还是冷。手一浸到水里,水里像是藏着无数的银针,嗖嗖地刺着手指头。等掬了水扑到脸上,那银针就扎到了脸上。福英也没加热水,跟谁赌气似的,恨叨叨地,一把水接着一把水地往脸上扑。洗了脸,抠了一点润肤霜,抹在脸上。扫了一眼镜子里的脸,扯扯嘴角,扭身从柜里扯出一件大红的薄呢子半大衣,套在黑色毛衣上,等她穿上黑靴子,镜子前一照,清爽爽的好看,也利落。出了屋门,没有开商店门,开了大门,一闪身,出去了。

福英家院子不靠村背后的羊凹岭,靠的是西边的土堰台子。台子下是条栈道,栈道另一边还有个土堰台子。过了土堰台子就是庄稼地,一亩连着一亩,一亩连着一亩,齐齐整整的棋盘般,春夏秋冬,地里总不见空着,不是长了稠稠密密的小麦,就是一亩一亩的玉米。沿着栈道边的土堰台子往北走,就上了羊凹岭。要是去镇上去县上,就从栈道上往南走。福英出了门,径直地往栈口走。走上栈道,扭身就向南走去。一直过了村边的王斌子院子,过了王五六养鸡养羊的土院子,她还往南走。

天还早,路上不见一个人影。风吹过树梢,嘤嘤地响。元宵节时下了场雨,地里还是干,麦苗蜷缩在地皮上,干绿、碎小,瑟瑟缩缩的,没有长开的样子。灰白的山头岭上呢,嶙嶙峋峋,硬撅撅的线条上,枯黄、干瘦、一片寂静。然毕竟是春了。要是踢开一块干硬的土坷垃,就能看见土下一点点小小细细的绿芽芽,裹在褓褓里的小婴儿般,缩了胳膊腿沉睡着。快要走出羊凹岭的麦地,看到路口那棵槐树,她的脚步才慢了下来。站在槐树下,朝树旁的大路上张望。

大路是东西走向,不长,顺着路往东走,上个坡,过了东沟,穿过东崖底,就到了通向县里的南北公路,公路边有万万洗煤厂、广鑫焦化厂,还有大大小小的饭店、修车铺。羊凹岭人去县上,从县上回来,大多时候,都是走这条大路。要是坐客车的话,就得去镇上了。以前,她和吉子从县上回来,吉子骑着摩托车,带着她,走的就是这条路。她不出去打工了,吉子一个人从县上回来,走的也是这条路。那时,吉子天天都会回来。天擦黑时回来,天明了再去。她呢就天天等天擦黑时,抱了好雨,到这棵槐树下等吉子。吉子骑着摩托车回来了,远远看见她娘母两个,就哗哗地按着喇叭。等到了她们身边,把好雨抱到摩托车前面,坐在他的怀里。她呢,骑坐在摩托车后面,紧紧地贴着吉子的背。吉子就故意地把背往她身上倒。她就把手探进他的衣服里,在他的腰上挠一下再挠一下。有一次,吉子骑在摩托车上,突然扭过头来,在她的脸上亲了一下。摩托车歪歪扭扭地差点跑进麦地里去。好雨吓得直叫。她也吓得直叫。吉子呢,哈哈大笑着把摩托车开得风快。

从什么时候开始,她再也没有从这条路上接到过吉子了呢?明明知道接不到吉子,还要来。有时是早起,有时呢,是天擦黑时。站到树下,看着公路上来来往往的大车小车,心里总是存着一点侥幸,说不定吉子就回来了呢。

一辆拉煤车呼地跑了过去,旋起一团黑黄的尘风,腾腾地迎面扑了过来。她叹息了一声,百无聊赖地扭脸往回慢慢走去。

回到家,福英揉着面团,扭头看了眼灶墙上的灶王爷。灶王爷神位下印着一年十二个月,大月小月,清明雨水,都清清楚楚的。忙忙张张地为过年和年节上招待亲戚、走亲戚做这做那的,好像就是前几天的事,转眼正月都过完了,转眼,年也过完了。年好过,月好过,只有这日子难过。话里沉重、无奈、满腹惆怅了,却没人理会她。哪个理会她呢?屋里没有一个人。

好雨和小好在院子耍跌园子。

听见好雨嘟嘟嚷嚷的说笑声,福英心里就愁出一声黑黑白白的叹息,啥时候你能灵醒过来啊。福英有两个女儿,好雪和好雨,好雨最小,还有个儿子好风。小好是小叔子利子的女儿,利子和媳妇小红,还有好雪都在西安一个铝棒厂打工。利子把小好留给她看,虽说累了点,福英也欢喜。福英说:"看一个是看,看两个也是看,她俩在一起也是个伴,屋里有这俩娃,热闹。"小红不舍得留下娃,也不愿给嫂子添麻烦。福英说:"这有啥麻烦的嘛,屋里就我和好雨和咱爸,咱爸一天到黑也说不了两句话,不是骑了车子赶集,就是低个头,挑拣他的花椒大料。地里头你也晓得,哪有个活啊,收秋、种麦都是掏了钱找机器干哩,再说了,你在外头忙忙张张的,管得了?"福英说:"好雨的样子你们还看不着吗?娃娃也就几年的光景就大了,大了,你想管人家人家都不要你了,这几年要把娃娃管好,才是咱的正事。"

想起好雨,福英的心里就翻卷起一浪一浪的疼痛,后悔吧,又回不到以前,只能任这疼痛如锉子般在她心里锉磨,天天日日,白白黑黑,刺啦刺啦,刺啦刺啦,都是见血见肉的。这个家里最让福英难心的不是吉子,是好雨。十四五岁了,跟个小娃娃没两样,高兴了嘴不停地说,不高兴了,嘟着个嘴,扭坐在炕墙角,或者是轴在店里的柜台角角,哪个哄说也不理会,让人又无奈,又揪心。有啥法子呢?十五岁的好雨,大姑娘了,说话做事却跟四岁的小好差不多。然小好今年四岁是四岁的样子,明年五岁,就会是五岁的样子,到了六七岁,背上书包上了学,就是学生的样子了。好雨呢,这一辈子恐怕都是三岁四岁的样子,是永远也长不大了。以后,她可该咋办呢?福英想起好雨的以后,就痛心,悔得只想打自己脸,你要去城里打工干啥呢,挣下了金山还是银山?那年,她和吉子在县上建材城给人家看店、卖货、送货,好雪和好风在镇上上学,好雨在屋里跟着爷婆。是秋上的一天,婆引着好雨去西沟摘酸枣。羊凹岭的西沟山崖上长了好多酸枣棵子,一到秋上,玛瑙样红艳油亮。每年,村上都有人到沟崖上摘酸枣卖。酸枣核,中药,镇上有人收。婆扭身用钩子钩崖壁上的一枝酸枣,一把酸枣摘完找寻好雨时,却找不见。好雨不知怎么跌到了沟里头。婆病重时,屋里立下好多人,婆当着大家的面,给爷留下话,叫爷把攒下的钱都给好雨留着,婆说:"是我没看好我娃,我死了,不要给我身上多花一分钱,都给我娃留着看病。"婆的话看上是说给爷,其实是说给吉子、利子兄弟俩和福英、小红妯娌的。爷叫婆放心,说:"我有一口力气就赶集,能挣下一分钱都是给我好雨看病的。"这话呢,也是说给吉子、利子和福英、小红的了。

好风呢跟了王斌子的工程队,去了太原工地干活。过了年,利子、好雪他们要去西安时,福英叫好风跟着去,亲人在一起互相有个照应啊。好风却不干,眉眼一挑一挑的,不耐烦地瞪着个眼睛说:"斌子叔是工头,龙娃也去,你有啥不放心的。"龙娃是吉子堂弟顺子的娃。福英一听龙娃也去,心更慌了。龙娃从小就手脚不停,淘气,大了,还是个娃娃样。想叫万紫也劝劝龙娃不要去时,好风已经背了铺盖,和龙娃坐上去县上的车了。

子不教,父之过。小子娃大了,得由当老子的管教。福英揉着面,眼底就绕开一团愁,要是吉子在就好了。想起吉子,福英的眼就瓷了,是伤心了。伤心吧,又不能给人说。说啥呢?说他一年到头在县上建材城给人家跑腿送货看店,就过年回来几天,年三十回来,不过破五就走了?还是说他满打满算也就在屋里待那么几天吧,黑夜里躺一张热炕上,碰也不碰她一下?不碰也罢,他还把被筒子裹得紧紧的,好像是怕她去撩骚他。这话能说吗?牙齿咬掉还得和着血水咽下去啊。可她就是纳闷,跟他开玩笑问他大过年的咋拉个脸,欠人账了还是人欠你账了?吉子不理会她,眼缝里夹都不夹她一下,好像她不是跟他说话,或者就是没有她这个人一样,给她个黑脸冷背。初四后晌要走,到东厦给他爸说店破五要开门。初四时,拜年的亲戚少了,好雪带着好雨和小好出去耍了,好风也出去找龙娃去镇上了。福英坐在炕头嗑瓜子,耳朵呢,听着院子的动静,想吉子心里肯定是埋下事了,等他过来问问他。可是吉子从他爸的东厦出来,扭身走了。

这都正月尽头了,吉子没回来也没来个电话。算起来,这几年吉子在建材城里给人家看店守摊子,就不多回来。当然是忙,为了挣人家俩钱,自然是得由着人家支使,可再忙,不是还有这一家老小吗,你鞋底子一磕,倒是干净利落地一点尘土也不带,屁股一拍就走了。不问你七十岁的老爸吃喝穿戴倒也罢了,也不管自个儿的娃娃女子?福英想起来就气恼,真是心狠肠硬啊你。她不晓得当时要是唤住吉子,或许他会给她说个啥。然她转眼又想,我唤他干啥呢,走就走吧,地球离了谁都转哩,哪个离不了他。转眼又寻思吉子是不是生了外心,在外好下个媳妇?他敢!

福英一把一把地揉着面团,心说,这都多少年前的事了,咋就猛猛地想起这些了呢?细细一想,自己回来再没跟吉子一起去县上打工,也就是从好雨病了和婆婆去世的那年开始。福英看着门缝里一绺细细的亮光,细碎的尘屑长了脚般在亮光里嗖嗖嗖嗖跳个不停。吉子一个人在县上干活,都十年了。她呢,带着好雨这里那里地看病,也快十年了。好风不听话,大娃娃了没个大的样。好雪倒是懂事,可快二十一了,该找对象了,也不找,不知道心里是个啥想法。想着眼眉前的事这一件那一件的,蜘蛛网一样左一道右一道,纷纷扰扰地网在她的心头,她的手就慢了。

好雨、小好热气腾腾地跑了回来。见她揉面,小好悄悄揪一团面,也不敢多揪,手指头大小,站在炕沿边捏面团玩。好雨看小好揪了团面玩,她也悄悄掐了块面。好雨手上沾满了面粉,不停地用手扒拉脸上的头发,脸上呢就画得五花八门的。跟好雨挤在一块儿的小好,把面团捏在手指间,揪成一小点一小点,又搓得圆圆的,摆了一溜,胳膊肘碰着好雨的胳膊,叫好雨看她捏得鸡蛋。好雨笑得呼噜呼噜,学着小好,给炕沿上搓了一溜"鸡蛋"。

福英看她们搓的面疙瘩,可笑地骂她们糟践粮食,突然听见屋子后嘎吱响了一下。又走了?她停下来侧耳静听了一下,果然听见嘎吱一声。

福英嘀咕的"走"是房屋的墙在走。从前年正月里开始,福英记得很清楚,是初四,吉子给柜桌上扔下一张银行卡,奔拉着眉眼,说:"钱都在卡上。"话还没落地,就跳过门槛,出去了。福英追出去说这还没过破五,店开门咧?吉子不理她,推开西房门,推出摩托车要走,走到当院,眼皮抬了一下,看福英还在屋门口站着,说了声老板打电话叫哩。说着话,脚就使劲地把发动杆踩了下去,摩托车轰隆地吐出一大团黑臭的浓烟,拱出大门,跑了。她站在檐下,就听见房墙哪儿嘎吱地响了一声。静静的院子,嘎吱声从墙脚的深处拱了出来,如炸雷般吓了她一跳。现在,北厦前檐墙上裂了一道纹,细细的,不经意,还当是好雨和小好用铅笔画上去的。院子里有东厦西厦,还有南平房开着个日杂店,都好好的,偏偏的,北厦的前檐墙走了。刚发现墙走时,福英以为是她家地基没夯实,在店前一说,万紫和春娥几个就叫唤了起来,说是自家房子也跟她家一样。吵说起来,这个说是岭半腰的石灰厂炸石头,把房子震着了,那个说是岭北的煤窑挖到了房子下。到底是咋样,哪个也说不清。

福英把揉好的面团放到瓷盆里,盖了秫秸秆盖帘,又苦上棉褥子,叫小好和好雨去地里挖蒿苗苗花花菜去。月尽了,该补天地了。

小好指着面盆问福英:"面呢?"

福英还没说话,好雨说了。好雨说:"面饧着哩。"

小好掀开棉褥子,推开盖帘,伸了手指头戳面,面睡着了?

好雨呢,也伸了手指头在面上戳。

福英听小好、好雨说面睡着了,就笑得快要歪倒在了炕上:"面睡着了,面还做梦哩。"

好雨也笑,小好也笑。

福英到西屋里提了个细柳条小筐出来,好雨看她手里的筐子,咣咣跑到西南角的柴房里提个大筐子出来。福英笑骂她真是个憨呆呆,叫她把筐子送回去,说:"挖个野菜,又不是装萝卜白菜哩。"好雨不送,把筐子扔到脚底下,从福英手上扯过柳条小筐,看见筐里的铲子,就抓在手上叫小好看。小好呢,看见好雨手上有筐子,撅了嘴缠磨在福英腿边,也要筐子。福英哄她一个筐子就够了。小好不依,眼泪汪汪地看着好雨手里的筐子。福英叫好雨把筐子给小好,好雨不给,说小好小,提不了。福英听好雨说得在情在理的,就多看了她两眼,心说,我娃不憨呀。扭身到北屋找了个瓷碗大小的小提篮,细麦秸秆编的,篮子把儿拧的是麻花辫,精巧、可爱,当个玩具耍,好;装一个果子几颗花生,也好。是大女儿好雪一岁多刚学会走时,吉子编下让好雪提着耍的。吉子手巧,大筐小篮,元宝形的船形的,都会编。福英把篮子抓在手上,眼就瓷了,小好从她手里扯走篮子时,她的眼圈已经红了。

好雨、小好提了筐子,嘻嘻欢笑着掀开南平房门,风一样跑了进去。

南平房是个小商店,开了两个门,里面的门通向院子,朝着外面的门上冬天挂个紫红的平绒布门帘,上面绣了丹凤朝阳。门框上呢,用绳子挂了个铜铃铛,核桃大小,有人来了,门帘子起落间,就会把铜铃碰撞得叮叮当当乱响一阵。

羊凹岭村要说热闹的地方,也就是福英商店门前了。

福英的店叫个"好雨商店",是三叔起的。三叔识字,是羊凹岭文人,红白喜事,三叔都是在账房,收礼记账不说,还有大门小门上的对子,也是三叔给编给写。三叔说:"及时雨,好雨知时节,多好听,咱娃还叫个好雨,再好不过了。"哪个记得这个店名呢?羊凹岭人说起来,都说是福英商店。店小吧,日常用的东西倒是都能找见,油盐酱醋,点心饼干,洗衣粉肥皂,卫生纸毛巾,还有菜蔬,西墙脚边一张床上堆着土豆、洋葱、芹菜、辣椒。福英说:"不为挣钱,就图个热闹。"就是想挣钱,挣哪个的钱呢?村子原本就小,二百来户人家,现在能干了活的,都出去打工了。在近处万万洗煤厂或者是广鑫焦化厂打工的,下班了还能回来,在外头打工的,比如好雪、利子、小红,一跑跑到西安去了,好风和好龙他们,跟着建筑队,没根的脚,哪儿有活往哪儿跑,这样的也有好多。平日门前呢,老的小的,满打满算的,也就一百来口人。一百来口人也要吃喝拉撒吧,村子离镇上远,只有这么一个店。这样下来呢,福英的小店也就关不了。

等福英走到店里,好雨、小好已经跑到了店外。福英喊她们别乱跑,等着她。看公公在店里挑拣辣椒,给公公说了声去挖花花菜,掀了门帘子撵了出去。

店前太阳下坐的红子问她干啥去,娘母三个跟着。福英说是月尽了啊,挖花花菜摊煎馍补天地。红子说:"就你礼性多,好讲究个这。"福英就笑:"哪是好讲究啊,是好吃。"一圈子的人都笑。

扭身走时,万紫骑着车子过来了。福英喊问她干啥去,月尽了,不摊煎馍补天地?万紫跳下车子,说是补啥天地啊人家晴天朗日的要你补?干一天活有五十,过节,哪个给你一分一毛啊。福英就笑她钻到钱眼里了。万紫说:"我想钻钱眼里出不来哩,得人家让我钻啊。"福英问她哪村有事了。万紫说:"下牛村有个白事。"福英问她:"小媳妇娟子呢,咋没跟你一块儿去?"万紫哼了声,眼风嗖嗖的风中的旗子般,朝着两边扫了扫,嘴就努到了福英的耳朵边,咕哝道:"人家现在吃香的喝辣的了。"还要说什么,看美莲过来了,眼窝挤了下,腿一撂,骑上车子,喊了声"闲了再说",一阵风跑了。

美莲这个人,出了名的嘴碎爱唠叨。福英想扭身走开不理她,她却喊问福英店里有韭菜没,肥白的脸上瞪着一双小眼睛,气呼呼地说:"老汉要吃韭菜煎馍哩。"福英说:"昨个剩了点儿,娟子给拿走了。"美莲说:"你说啊福英,我咋就这么苦命呢,死老汉一天要吃这要吃那,娃娃刚大了不要我伺候了,我又得伺候老的。"说了公公,又说婆婆。福英嗯嗯地敷衍着,不说是也不说不是。清官还难断家务事呢,人家一个锅里搅稀稠,关了门,怎么着也是一家人。看美莲一句话说完,插了个空子,说是闲了好好说,我那俩鬼跑得看不见了。

走到栈道,碰上了大全。想起做的那个梦,她的脸红了。大全高声大嗓门地喊她老同学,问她引着娃娃干啥去,又是篮子又是铲子的。初中时,他们和万紫、春娥、万万都在镇上中学上的。福英说:"月尽了,挖个花花菜摊煎馍补天地啊。"大全说:"哪个还弄这个,不嫌麻烦。"福英白他一眼:"麻烦啥呢,我就爱过节。"大全说:"长不大。"福英白他一眼,说:"爱过节咋是长不大呢,热爱生活好不好。"大全就嘿嘿笑:"你这张嘴呀皆是不饶人。"福英也笑,就把房子走的事给他提说了。

福英说:"咋办啊? 不定哪天,房子要塌了哩。"

大全说:"哪有那么邪乎。"

福英说:"等真塌了压上个人,我看你这村长的官脸往哪儿搁。"

大全说:"你饶了我吧,别村长村长地唤行不行。"

福英说:"那你不是羊凹岭村长? "

大全说:"我是羊凹岭村长,听你说嘛咋就怪滋辣味的,你这狗嘴就吐不出个象牙。"

"说正经的,"福英说:"到底是啥闹的嘛,你不能给上头反映反映,让人家派个专家啥的看看? "

大全说:"我咋没说,我这嘴皮子要是瓦片的话,都不晓得破了多少回了,你不想想上头的事就咱这一宗?人家麻缠事多咧,咱这在人家眼里算个啥?针尖大个的都算不上。"

福英说:"在他那儿针尖都算不上,在我这儿就是天大的事,这儿有事了我就得找你,就是剩一苗人你这村长也有责任管。"

大全说:"好好好,我就管你这一苗,你说你多会儿想盖新房,我给你盖。"

福英骂他嘴里没个正经话,问他咋就没人管管那些小煤窑。

大全说:"咋不管,镇上县上都管哩,你没看北山后头哪还有小煤窑,要有的话,别说咱村人,就是这方圆几十里的人,还用出去打工去? 守着煤窑钱都挣了。"

福英说:"有没有我咋晓得,就是以前有,也都是外头人买了当老板,咱村人受死苦挣俩钱,能发了?我想清(方言,想着)是不是那些个煤窑,把地下挖空了,房子才走咧,靠了栈边的房子,多多少少的,都有走了的,你听说了没?"

大全说:"我咋没听说过,那还是老早以前乱挖煤窑时,巷道挖到咱村边了,我想清你这几家靠边,房子走跟石灰石矿有关系,前些年,成天就是个炸炸炸,把地基和房子给震着了,你不记得那年半夜里,山水冲下来的事了?"

福英说:"咋不记得,我又不是七老八十的痴呆了。"

二十多年前了,福英记得,她刚嫁过来的第二年,秋上的一天半夜,突然的电闪雷鸣,雨就像豁开了口子的河道,哗哗地往地上涌淌。一晚上,她偎在吉子怀里不敢动一下。到了半夜,轰轰隆隆的声音盖过了嘭嘭嚓嚓的雨声,随即,房子嗵嗵地地震一样晃了起来。吉子拉着她跑出屋子。院里的水已经快到门槛上了。吉子叫她上南平房顶,他跑去把爸妈叫起来。一家人披着塑料布戴着草帽,在南平房顶站了半夜。等到天蒙蒙亮,雨势小了下来,才知道山水冲了村东好几家。那时,他们还不知道那其实不仅是山水,准确的说法是泥石流。山水裹挟着大如碾盘的巨石轰隆隆从山上滚下来时,土房子砖房子算啥!就是水泥浇筑的也抵挡不住它们的冲击和碾轧。虽说这些年,石灰石矿遗留下来的灰渣和危险地方,都处理得差不多了,村里也再没发生过这样可怕的灾难,可福英不想提说以前的事,眼眉前的愁心事还不知道咋办哩。

大全说:"今年上头再有危房统计的话,我给你报上,对了,好风也不小了,说下媳妇了赶紧叫结婚,现在上头不是叫唤着要建新农村嘛,听说有老板想收购咱村搞旅游,把咱迁到镇上去,我想清要是真有这事的话,肯定是按户数给楼房,咱娃结了婚就是一户,名正言顺地该给个楼。这事你可别给旁人说,也只是我自己猜测的。"

福英说:"我晓得个轻重。"

大全迟疑了一下,说:"吉子还是初五就走咧?"

福英听大全问说吉子,她的心就惊跳了一下,吉子初五走时,大全看见了还是有人说闲话了呢?有时,巷里人问福英一年都不见个吉子面,过年了也不多在屋里歇几天,挣钱挣糊涂了啊。福英能说啥呢,她就说:"还不是占了人家这个好活怕丢了,工资不高吧,倒是不用在日头下受,不好处就是个熬人,白日黑夜的得给人家守，要不，有人着急忙慌地买瓷砖了，没人招呼，哪个还来，耽搁了生意，老板不气死了。"话说得合情合理的，可她心里呢，是早被一股悲凉的苦水淹没了。她还能说啥呢？她能给人说吉子回来在家待几天，几天不跟她说一句话不碰她一下？现在，福英听大全猛猛地提说起吉子，她的心就惊得像是跳到了半空般颤了一下，好像是，吉子有啥消息呢，他一直都在县上建材城给人家看店守摊子送货啊，经他这么一问，倒好像把吉子推到远方了，远到她不知道的一个地方，心里呢，却明明白白地现出一个人，是近了，吉子就在眼前了。吉子，吉子，吉子。她看了眼大全，眼光忽地跳到栈道边的榆树上。树枝上鼓出了米粒大小的苞，阳光照在上面，好像照亮了一树的心思。福英扯扯嘴角，想说啥却啥也说不出，眼底呢就一股一股地热了。或许是，大全听说了个啥？人常说，没有不漏风的墙。大全肯定听说下个事了。她扭脸就瞪着眼睛问大全是不是听说了个啥。

大全赶紧摆手："听说个啥不给你说？"

这话一下又把吉子推远了。福英的心思氤氲开来，是想知道吉子的事，又担心事情从她的猜测上来，听大全这么一说，好像啥事也没有发生，眼神一下就涣散了，望着树上。太阳钻到了云后，树上的嫩苞一粒也看不清了。她的眼风飘摇，是落不到实处的空虚。春风浩荡，心思茫然了。

大全说："你要是听说了他个啥，也别往心上去，旁人只会照着自己的想法和观念说别人的事，一点也不考虑客观不客观实际不实际。"

这话又绕了回来，而且呢，硬邦邦的没有颜色也没有温度，是当领导的在台面上的程序话了。福英听着，心又倏地提到了半空，细细微微的一根麻线悬着，颤颤悠悠的，稍微一碰，就会掉下去摔得血肉模糊。心惊肉跳了。福英就有点烦大全了，这人平时不这样啊，今个咋说一半含一半的，小心谨慎的，跟个媳妇子样。她盯着大全说："大全你肯定听说了他个啥事，你说他到底有啥事瞒着我。"

大全抬手揉着头发，脚下踢了一颗石子，紫红的脸上浮出一层笑："真没有真没有，你看我多嘴了一句，叫你又多想，你好好的，比啥都好，晓得吧。就是听说了啥闲话，我是说假比的话哦，也别多想，你好好的比啥都强。"这话柔软了,也温暖了。

福英的心却是黯然、冷寂,她眯了眼又盯着榆树,幽幽地看着晃动在微风里的树枝,对大全说:"我倒是不信人嘴里的闲话,闲话跟这岭上的风一样,这风刮到墙上树上倒无所谓,刮过去是啥风还是啥风,可你不晓得,这刮过去的风啊,有时候它不是刮着刮着刮没了,不是刮到羊凹岭的沟沟岔岔苗苗根根下,哪怕是刮到尘土里,刮到那鸡鸭猪狗的肚子里也好啊,可那风刮着刮着,刮到了羊凹岭人的嘴里心里了,大全啊你想想,从人嘴里心里趄摸一圈再刮出来的风,能是啥好风。"

大全看着福英,搓着手,怨怪她胡思乱想,说:"你看你你看你,我看你是有点神经了。"

大全的话虽说是带着埋怨和责备,却是亲近的人才有的贴心话,福英听着,心就像被一双大手捂住了般温暖,藏在心里的委屈一下就冲了出来:"我就要等吉子给我一句话,我可有啥不好不对的,叫他那样对待我。"说着,就哽咽开了。

大全急得走来走去,指着她说:"看你那样看你那样,没个出息,真没出息,你有个出息好不好。"

福英抹了把眼睛,心说自己咋能给大全说这些个呢,真的是没出息,抬眼时就把一肚子的不高兴又埋到了心底,眼眉上飘过一丝笑,噗地啐了大全一口,倔倔地说:"你有出息,哪个比你有出息当个村长哩。"

大全也嘿嘿笑,叫她赶紧招呼娃娃去。大全说:"我还有事,你记得我给你说的话,抓紧了办,别给人说,天要下雨娘要嫁人,哪个爱咋闹咋闹去,心大点,往宽处想,哪个离了哪个都活哩,只要你好好的,我就想只要你好好的,啥都好,不说了不说了,说多了你又不爱听要骂我,屋里有啥事了,给我打电话。"

福英听他说得入心入肺,心里就潮涌得轻声唤了他一声:"大全。"

大全扭身要走,听福英叫他,心里也呼地热开了,转身看着她。

福英看着他,却不晓得该说啥,脸烧烧的,忙摆着手呵呵笑:"没事没事。"

大全说:"真没事?"

福英说:"真没事。"

大全说:"那我走咧。"

大全甩着手走了,福英看他走得风风火火的,眼就雾开了,就是个急脾气,四十多的人了,还是急。大全走了几步,突然回头看了过来,脚步却没停下来。她的心就咚咚地乱蹦,脸就烧开了,喊大全:"晌午我摊花花菜煎馍你过来吃。"抬眼见水绸在她家栈道口站着朝这边看,她要唤她一声时,不见了水绸,她的心里咯噔了一下,也不等大全答应,就转身子追撵好雨、小好去了。

太阳出来了。阳光清清淡淡的,温润、明亮。清爽的风绸子般在田野里牵着薄雾飘摇。向阳的梁上,也有迎春花、连翘开得黄灿灿的,这里几条,那里一丛,像是给即将醒来的漫山遍野框一个好看的花边。鸟儿雀儿飞了过来,也不停一下,叽地叫一声,在天空画下一道白线黑线,飞得没了影子。福英和好雨、小好娘母三个在栈边挖了蒿苗,又到麦地里挖了半篮子花花菜灰条条,回去了。

花花菜煎馍都烙好了,前巷的小媳妇谷雨抱着三个月大的小子娃来了,问福英做啥饭呢,这么香。

福英说是月尽了,摊煎馍补天地啊。看谷雨不晓得这个节,就跟她八八九九地讲说:"老祖先传说的,天地辛苦了一年,保不准哪儿就累出个豁口,得给补补,要不,天地还咋给咱五谷瓜果菜蔬呢。"

谷雨听福英讲得跟神话一样,直乐,掏摸出手机给赵军打电话,叫赵军回来在镇上买个煎馍。福英叫谷雨不要买,她摊得多,拿上几个吃去。谷雨不要,说是买个吃,一样的。福英就给了她一把花花菜让她自个儿做去。福英说:"人家城里人现在可稀罕这野菜了。"谷雨嫌做得麻烦,抱着娃娃说找小娟玩去。福英想起万紫说小娟这小媳妇不正经,想劝谷雨不要跟她来往,咽了口唾沫,没有说。

谷雨走了,福英喊好雨、小好叫爷回来烧香献天地拜祖宗。

爷洗了手,把煎馍盘子放在小桌上,把线香端端地插到香炉,退后两步,两手抱拳,作了揖,跪下来,手伏在地上,恭恭敬敬地磕了三个头,念叨:"补天补地,天地神仙保佑我们天好地好日子好,大人小娃好,在家的在外的也都好。"

福英听见公公念叨在外的都好,眼就热了,跟着公公恭恭敬敬地磕了三个头,把公公的话在心里也默默地念了一遍。好雨呢,也学着爷,跪得端端正正的,合了手掌,嘴里轻声念叨,补天补地,天地神仙保佑我们天好地好日子好,大人小娃好,在家的在外的也都好。

祭献了天地,爷又端着煎馍盘子到屋里祭献祖宗。福英娘母三个跟着。小好、好雨呢,也学着大人的样子,不说笑,也不打闹了,磕得也恭敬,也端庄。

拜完了天地祖宗,爷又端了小煎馍盘子祭拜各路神仙。

小煎馍真小啊,掌心大的,铜钱大的,好多个。爷捏一张,手臂一挥,煎馍嗖地飞到了北厦顶上,又一挥,一个小煎馍飞到了南平房顶。扔一张,他就要念叨一句:"补天补地,天地神仙保佑我们天好地好日子好,大人小娃好,在家在外的都好。"等东厦顶西厦顶都扔了煎馍,爷又给猫窗水眼里放了个,给鸡棚上也放了个。鸡棚早都不养鸡了,爷说:"不养鸡也是鸡棚,是屋顶是水眼,就得放上。"爷给桐树枝杈上扔一张,给枣树枝上扔一张,也要念叨一句补天补地的话。

小好、好雨姐俩跟在爷身边,似乎是担心错过什么一样,不眨一下眼地看着爷。等爷补完天地回去了,小好、好雨没有回去。她们仰着头,看天空,看房屋鸡棚,看桐树枣树。

小好说:"天真好看。"

好雨说:"树也好看。"

小好说:"房子也好看。"

好雨说:"鸡棚也好看。"

她们都觉得天地叫爷补得好看了。

第二章

　　水绸家在后巷，紧靠着岭，巷子短，又窄，全是老房子老院子吧，也都空了，人们都搬到村边上盖的新房子新院子去了，没有新房子新院子的，门也是常年挂着个黑疙瘩锁子，出去打工去了。整条巷子里，也只有水绸家门开着，有个说话声有个烟火气。水绸气得常念叨，巷里没人了，老鼠倒是没少，一巷的老鼠都跑我屋里来了。

　　水绸从巷口闪了回来，坐在檐下瞪着桐树上的两只灰雀，心里呢敲开了鼓，一忽儿寻思福英看见她了没有，一忽儿又想，看见了能咋？我就是不想理她。哪个我也不想理。我比不过她们啊，她们一个个有人疼有人爱的，活得多滋润啊。就说春娥吧，二块把她当个宝，斌子也多少年了，跟个狗一样见了春娥就摇尾巴。还有那个万紫，嘴头子上挂了个簸箕样爱说人闲话，死了个顺子吧，又给她来了个顺子，这个顺子好像比那个还好脾性，一天把万紫当个娘娘一样伺候着。就是美莲，胖得跟个碌碡样了，小叔子在县上是个啥局长，给美莲在县上买了楼房，一月还给美莲两千块钱叫美莲伺候公婆，可美莲在公婆跟前在大柱子跟前不还是说一不二吗？穷过富过，有人把你当个宝，比啥都好。还有福英，大全对她好，万万也对她好，可村的男人没有不说她好的。她有啥好的呢！水绸心里呢，早就不喜欢福英了。

　　这话要从多年前说起了。两个人娘家在一个村，嫁到羊凹岭，又是本家妯娌,照例说,是该常常走动亲热呢。却不是。怎么说呢,这俩人都是个好人才,性子上呢也都强盛,是你不服我我不服你。福英心强吧,是在心里骨子里,是在手下的活上为人处事的路数上。水绸不是。水绸仗着江和家有钱,人前人后,心气就大得不得了,话头话脑上,也要占个强头。可那句话咋说的呢,天有不测风云啊。水绸日子的不好过从江和让气泵给打得从车上摔下来,把腰系子(方言,腰)给摔断就开始了。平日里不去串门,也不去福英店里。屋里缺个油盐酱醋了,她宁可甜吃,等着集会时骑了车子跑镇上去买。镇上五天一个集会,集会上吃的喝的穿的用的,啥没有啊。有时碰见了万紫、春娥,叫她玩牌去。她不去,说是江和跟前离不了人。如果以前还能挤个笑脸,应付一下福英,现在,是眼角也不想看见福英了。当她听万紫说吉子不爱见福英,不多回来时,如得到了安慰般,舒服了,好像是她们俩人扯平了。然她知道福英身边还有大全,心里又嘭嘭地长了草,恼恨和莫名其妙的厌恶甚至胜过了以前。凭啥啊她!

水绸失落了。万紫、美莲都说是江和的腰摔坏了,把水绸的性子也跟着摔坏了,想人想事,不是以前的水绸了。她们哪里晓得,多少个不眠的夜里,水绸在黑里瞪着眼睛,眼前却明亮亮的全是自己以前的日子,一天一天,白里黑里,色彩斑斓,风生水起。幸福万年长的样子啊。一眨眼的工夫,好像一只看不见的黑手把一切一包抄走了,眼前只剩下没有尽头的病痛和泪水,是又荒凉又空落了。人活一场,就是一场空吗?

那时,羊凹岭和娘家的古朵村多少人羡慕她啊。江和长得好,人有人,样有样,家底子呢也厚实,又是独苗。他爸陈大英,人称陈老大,以前在古朵村的公路边上挖地窝子烧焦炭,顺风顺水地烧了几年挣下了钱,看公路上来来往往的大车小车多了,就转让了地窝子,叫江和学了电焊气焊,父子俩在路边开了电焊气焊店。没多久,县上说是污染大,要所有地窝子关停、推平、种庄稼。人都说陈老大有前后眼,能看准社会的风向。其实他们不知道,是陈大英不能闻焦炭的臭味,一闻,就恶心得嗷嗷吐黄水。水绸嫁过来,想吃啥穿啥,给江和一说,江和二话不说,骑上车子带着她上沟下坡地去镇上买去县上逛。从县上回来的北坡,陡、长,多少人都是推着车子慢慢往上爬。江和不。江和的腰有的是力气,硬是蹬着车子左扭右扭地到了坡顶。黑里,江和总也喂不饱的饿娃娃样,缠着她,一夜一夜都是要把她弄化了不可。

水绸哪里能想到,有一天江和给车上焊护栏时,从车上摔了下来。为了给江和看病,公公也没心思开店,把店转让了,揣着钱到处求医问药。江和有两个女子娃,还没有个小子娃啊,难道眼看着陈家断了香火吗?不能呀。坚决不能。

树上的灰雀咕嘎叫了声,扇着翅膀飞走了。水绸抹了把脸上的泪水,想起福英说的挖花花菜摊煎馍,回到屋里,从门后摘下个提篮,扭头对炕上的江和说:"挖花花菜摊个煎馍吃。"

江和靠着炕墙坐着,看了眼盖着红底子粉花小褥子睡觉的小天,手心里的核桃捏得嘎吱嘎吱响,乜她一眼,说:"你不是不过节嘛,今个是咋哩,想起补天地了啊。"

水绸倔倔地说:"哪个说摊煎馍就要补天地,补啥天地啊,我的天好好的地也好好的。"

江和心里呢是不想叫她去地里,看她拉下了眉眼,就转了话头,说:"地里风大,吹得你头疼。"

水绸还是一副不高兴的样子:"风把我吹死才好哩,省得一天受熬煎。"

江和的眉眼也暗下一层,嘴上呢也生了倔强:"说啥话呢你,我是说花花菜煎馍哪有韭菜煎馍好吃,咱买个韭菜吃韭菜煎馍。"

"你说啥不好吃,人人都不要吃,你不想干啥了,人人都不要干你才高兴是不是,"水绸不耐烦地说着,眼就湿了,"你还让我在这屋里活人不。"

江和看水绸生气了,嘴头子上的话软了:"那你快点回来,小天一会儿醒了又哭着寻你。"

水绸在江和的腿上飞了一眼,心说小天小天,以为我不晓得你那点心思啊,撇撇嘴,啥话也没说,撩开门帘子扭身出去了。

水绸从巷子西头的栈口出去,到麦地挖了半篮子花花菜灰条条,没有回去,扭身上了岭。

吕梁山脉绵延到羊凹岭,势头弱了些,山头就缓了下来,和缓的皱褶里就生出来好多人家。羊凹岭是这些皱褶里的一个山头，东边紧挨的是凤凰岭，西边是拾人崖。岭上常年有风，大风小风不断。羊凹岭人说，羊凹岭是石头窝，石头多没有风沙多。春上是黄毛风，三天两晌地刮，直刮得天黄地黄，人的眼眉上都挂着黄土尘。冬里呢，是老牛风，带着哨子，呜呜地叫，把厦顶的瓦都吹得忽扇扇地乱蹦。岭半腰有三孔窑洞，东边一孔以前住的是李喜子老爸，老爸前年死了，李喜子就给窑里放些镰刀锄头的一些杂七杂八。中间一孔李喜子住，还有他的那群羊，挤挤攘攘地圈在西边那孔窑里。

　　李喜子五十的人了，脾气还是年轻时的倔强，羊凹岭人唤他倔巴鬼。他呢，一张嘴先瞪眼，说一句话，瞪一下眼，好像不瞪眼，话就从嘴里出不来。平日里眯眯缝样的眼一瞪，就跟小灯泡一样大了，声音呢，就像是点燃了的鞭炮，二百响，爆裂，刺耳，又迅疾，好像是那话不是从嘴里吐出来的，倒像是从那一双灯泡样的眼里喷出来的。羊凹岭人都认为，倔巴鬼李喜子在岭上放羊，把声音也放大了。要是那样的灯泡发出声响的话，肯定是短路了。是从媳妇走了后，李喜子去的岭上，说是岭上放羊养羊方便，出来进去的不扰人。羊凹岭人说着李喜子，又说起了王五六，说都是个老实人，都是个放羊的，看看人家王五六，有那么个拐拐腿媳妇，就热热乎乎地成了一家人，一天叫王五六当个宝一样，热汤热饭地伺候，棉袄单衣地替换，李喜子不过是岁数大了些，还差啥呢。李喜子倒不以为然。他说："人哪能跟人比，人比人，气死人，个人有个人的命。"李喜子呢，也娶过媳妇，可是没过多久，就走了。媳妇不见个影影后，人都问他为啥呢，黑汗白水地挣下银子买的，咋就让走了？他不分辩，也不讲说，是一句话也没有，自顾黑了眉眼把一根烟吃得云里雾里的。人就有些急了，问他是不是光会放羊，不会犁地。人说："媳妇这地你不犁，让人家板结着，人家不难受？难受了还跟你过啥味哩。"看李喜子不言语，又说："是不是你那锄头不行啊。"李喜子心里呢，倒是清楚，还有啥原因呢，穷呗。媳妇都是看钱哩，给了钱就喜眉笑眼的，不给钱一张脸能吊到裤裆上。我一个放羊的，能有几个钱呢。贫贱夫妻百事哀啊，人家不乐意跟你哀就拍屁股走人了啊。后来呢，他爸也找人张罗着说过媳妇，可是，说一个不成，说一个不成。有一年，下牛村有个媳妇死了男人，想跟李喜子一块过，不要钱，也不提说啥首饰银圆，开口只有一个条件，就是不在这岭半腰的窑洞里住，搬回村里去。那媳妇说："荒山野岭地住着像啥啊，村里人再少，也是个村。"村里李喜子有个院子，也有三间北厦，不新吧，拾掇拾掇还是能住。可李喜子不愿意回去。他说："半腰上宁静，空气好，羊出来进去的也方便。"村人就笑他，指着村东万万洗煤厂和广鑫焦化厂的黑烟筒，说："这光景你还指望羊凹岭有一寸的好空气，你以为你的岭在北京还是在上海啊！"其实呢，李喜子是放羊自由惯了，跟羊一样，走到那曲里拐弯的巷子里，就嫌挤得慌。岭上多好呀，天高地阔，想吼两嗓子蒲剧眉户，张开大嘴，绷紧了脖颈，就吼开了，想拉一把胡胡，屋里院里，岭上地边，哪里不能？羊凹岭人把二胡叫胡胡，拉二胡说的是拉胡胡。有时呢，也不说是拉胡胡，说是吱扭。李喜子的二胡声一响起，羊凹岭人听见了，就说："你听你听，喜子又在吱扭哩。"有时人们心烦，不想听他的二胡，就站在福英商店边的土堰台子上，扯了嗓门喊他："喜子哎，别吱扭了啊，你个哭悒惶调调烦死人。"

水绸刚走到窑前，就听见窑里李喜子高声大嗓门地唱着老戏。唱得啥词儿呢？她听不清楚，只觉得刚开始的声调还挺高，一声一声都是直着嗓子吼一般，高昂、奔放、兴奋地往前冲的样子，唱到后头却是越来越低越来越低，低到最后，几乎没了音，是伤心了。然这最后一句"我面前缺少个知音的人"，水绸还是听明白了。一听明白，水绸的心里就哀哀地叹息了一下。

李喜子听到门外有人，跑了出来，看见水绸，问她咋站在外头不回来，挑了门帘子让她进。

水绸晃晃手里的篮子，说是挖花花菜去了，问他昨个摊煎馍了没。喜子说："摊啥煎馍啊，我一个光杆司令，啥简单吃啥。"水绸说："饿死一口，饿不死十口。一个人也要吃好饭。"喜子说："你想吃煎馍，我给咱摊。"水绸说："哪个想吃你摊的煎馍了。"喜子说："那你想吃啥，你说，你说我给你做。"从墙上的提篮里掏摸出两个苹果，从瓮里舀了水，在水瓢里洗了给水绸吃。又从柜子上提来半袋子花生放到水绸腿边，叫她慢慢吃，他去摊煎馍去。

水绸抓着果子，歪在炕上，看喜子哼唱着蒲剧，又是刷锅又是烧火的，她突然觉得这就是她的日子，她的日子本来就是这样的呀，烟熏火燎吧，吃糠咽菜吧，心是舒展的，人是自在的，是你看他欢喜他见你高兴的。一口苹果，水绸嚼了好一会儿,不由想起三年前第一次走进这个窑里。

也是个春上的一天,从地里回来,上了岭上,说是要问李喜子锄地打药的行情,她想把家里的地给他管了。水绸说:"江和跟前一下也离不了人,我顾不上地里了,那两年他爸还能管了,这两年,你也看见了,他爸从早咳到晚,咳得腰都直不起了。他妈也指望不上,江和病了,她就是个人影子了。"喜子说:"我知道我知道,你一人又是屋里又是地里的,太忙了。"水绸问一亩地多少钱,收秋种麦都管了。喜子就摆着手不叫她说钱,说:"我先替你捎带管着,你有闲时间了到地里转转。"水绸知道喜子面情薄,不好意思说钱,她就说:"要不问问五六。"村里好多人在外地打工,地都是托付了王五六,管地,自然是要收钱的,要不,就是拿粮食折扣。喜子说:"我就是替你捎带着管,跟五六不一样。"

水绸吃着果子,看着择菜的喜子,心说要是那天喜子不跟她说那么多的话,不理会她的骚情,会有今天的光景吗?

那天,这个看上去闷葫芦样的人,好像是也在极力地表现啥,极力地挽留她,怕她走了一样,不停地说,说他的羊咋好咋好,哪头羊爱领头,一出去就往前面窜,哪个挡住了它,它就在这个的屁股后顶;还有一头羊就爱东张西望,人家羊都跟着一起走哩,它走着走着就停下了,站到路边也不晓得看见了个啥,就是不走了,等你高声大嗓门地吆喝起了它,它才急慌慌地往前赶,像个做错事的孩子一样,跑得风快。还有一只羊,好吃,贪嘴吧,还挑食,最爱吃个苜蓿,秋上的红薯叶子,它也爱吃,就是不爱吃干草,你说哪有那么多的苜蓿红薯叶子叫它吃……喜子说:"养羊得有技术靠经验,还得看个天时地利人和,你得晓得人家市场上啥羊缺货,啥羊价高,啥羊你养得再好也不值钱,还有这天气变化,热了冷了,你都得掌握了……"

后来,水绸也问过他为啥那天那么能说。他嘿嘿笑,说:"人对脾气,狗对毛吧,看你坐炕沿上听我说话,心里头的陈芝麻烂谷子就排着队往外冒。"水绸就跟他开玩笑,问他是不是想媳妇了。喜子吭吭笑。老光棍李喜子娶不下媳妇,不能说他不想媳妇。那些睡不着的夜里,那些过年过节的日子,那些吆着羊蹀躞在沟边渠畔的日头下,他扯了嗓子吼"想你想得不行行"时,就会随便地想一个媳妇,羊凹岭的媳妇、下牛村的媳妇、古朵村的媳妇,他是见到哪个想哪个。黑夜里寂静时,他就把那些媳妇拉在眼前拉到怀里拉到自己的身子下,可劲地揉,可劲地压。可是,想归想,想,就是真的吗?癞蛤蟆想吃天鹅肉,就真的能吃到嘴吗?以前他都是给他的羊说话,给岭上的花花草草树木庄稼说话,跟日头月爷风霜雨雪说话,跟这窑里的锅碗瓢盆说话,有一句没一句的,随了性子,由着心情。现在听水绸喊他哥,还夸他说得好,这就让这个放羊的老光棍心上起了旋风,也响起了雷声。是春雷。春雷阵阵五岳荡。李喜子受到了鼓舞般就又说,说了羊,又说地里的庄稼邻村的人事。水绸呢一直笑模呵呵地看着他,很有耐心地听他讲说,听他说到高兴处,她也跟着笑,他说得一脸气愤骂人时,她也跟他一起骂两句。

　　李喜子说了好长时间,突然不好意思了。咋自顾自地说个不停让水绸笑话啊。他就拦住自己的话头,问水绸江和咋样了。水绸的眼里倏忽飘过一团黑云,哎地叹口气,唤了声喜子哥,眼皮耷拉着,好一会儿不说话。喜子看着她脸上黑沉的愁闷,一双糙手搓得哗哗响,说:"看我这嘴跟个婆娘样,不说了不说了。"水绸抬起眼睛时,眼里的泪水就晃开了,缓缓地说:"他瘫在炕上啥也干不了,我不怪他啥也干不了,我不怪他啊喜子哥,我认命,我说我命里可该叫我遭这个罪哩,以前我不晓得他的好,不晓得日子的好,是老天叫我灵醒了,叫我可惜眼前这日头眼前这人哩,可是喜子哥你不晓得哎,他心里不好受了就打我,你要笑话我吧喜子哥,你看看,这里,还有这里,都是他咬的掐的。"

　　喜子看着水绸眼里晃来晃去的泪水,心就疼了,等水绸卷了袖子给他瞧,撩起衣服让他看肚皮上的黑紫印子时,喜子挡住了她的手。喜子说:"别哭别哭。"李喜子抓住了水绸的手,很紧,像是捂住了一只麻雀,担怕(方言,担心)稍稍一松手,麻雀就会忽地飞了似的。李喜子把水绸的手握在手心,手指头上也使了劲,一个手指头一个手指头地摩挲,眼睛呢,早如一条湿润的舌头,舔到了水绸的脸上,他说:"你这个恓惶人啊,你这个恓惶人啊。"

　　扭头进屋扯下个毛巾给她擦脸时,水绸跟了进来,含着满眼的泪水看着他。喜子看着水绸,心头一酸,手上的毛巾就伸到了她的脸上。水绸扑在喜子的怀里呜呜地哭。喜子抓着毛巾的手迟疑了一下,就抱住了她,却局促得不知该如何是好。他的手颤抖着,胳膊颤抖着,腿肚子颤抖着,浑身上下颤抖个不停。水绸紧紧地贴着他,温热的嘴唇对着他的耳朵,喃喃地,如梦呓般唤着他。水绸说:"喜子哥你咋不理我哩,喜子哥你理我啊,你也嫌我不好,是不是啊喜子哥。"喜子的耳朵软了,脸也软了,嘴也软了,他哎哎地应着水绸时,连那声音也柔软得一摊水样,两腿间的那东西却硬成了箭,蓄势待发了。喜子说:"水绸,水绸哥爱见个你,爱死个你啊水绸。"喜子用他那双粗糙干硬的大手捧住了水绸的脸,一点点亲吻着。水绸却受不了了,她要起了蛮横,她把喜子的大手拽了回来,直接地就按在了她的胸前她的奶子上。她抱着喜子滚到了炕上。水绸说:"喜子哥,喜欢吗?"喜子说:"喜欢。"水绸又哭:"喜子哥,你要不要,你要不要我啊你说。"

喜子激动得说不出话来了。水绸走进他的这个土窑的刹那,他的心口胸上奔涌的是作为男人的幸福。当然,还有骄傲,这骄傲不是说自己有多能干,或者说自己有多大的本事。有啥本事啊?有本事的人放羊?有能耐的人,连个媳妇也没有?怎么说呢,这些都是后来李喜子想的。让李喜子觉得骄傲的是,需要。他觉得自己还有用。不管水绸对他的感情有多深,不管水绸说的那些话有多少是真的,他都心说,值了。有这么一次,活一世,值了。以后的日子不管多长,有多少艰辛和欢喜,这一次都是他命里的至爱,心尖尖上的宝贝。啥时候想起来,都会给他温暖。李喜子看着水绸,感动了,鼓舞了,喘息声如同岭上的哨子风般粗重,三把两把扯了自己的衣裤,倏地扯开被子把水绸裹到里面,把自己裹到里面。老房子遇见了烈火啊。窑里倏地就被点燃了,烈火熊熊,噼噼啪啪,火苗旗子般飞扬着、舞动着,要把窑顶掀翻了似的。

水绸想起她和喜子的第一次,脸就烧开了。也因为这个第一次,江和打了她。

那天她回去后,江和让她脱得精光,在她脸上胸上和大腿上,又是掐又是咬。江和的手真下得去,狠劲地揪着她的大腿,问她:"爽快了吧,你个婊子,让老光棍日弄得爽快了吧,你个婊子。"她一声不吭。说啥呢?说啥自己也是个婊子。可水绸没想到第二天天刚擦黑,江和叫她去岭上找李喜子挤羊奶去。话是这么说的,江和的心思,她还不明白吗?水绸不吭声,江和抓起手边的洋瓷缸子就砸了过来,咣地砸在了她的脸上。她眼前一黑,鼻子里热热地留下两行东西,抹一把,满手红。满手都是血,满手都疼开了呀。洋瓷缸子咣咣地滚在了地上,好像她对江和的感情,结婚十五年的感情,那些恩恩爱爱的白白黑黑,都摔到地上了。水绸眼里掏开了井般,泪水汩汩地往外淌,她说:"你把我砸死吧,你把我砸死了你就安心了。"江和气得脸都白了,呼呼地喘着粗气:"少你妈的在我跟前装,你个婊子心里咋想的我还不知道啊,你个婊子就是巴望我死了他来日弄你。"水绸说:"我是婊子我找野汉子我不要脸,是哪个羞先人的叫我去哩,咱到你爸跟前说理去。"

江和瘫在炕上时才三十八岁,水绸三十五岁,他们有两个女子娃,胜男和好男,还没有生下个小子。没有小子娃,就是没有娃。女子再多,也不能顶替了小子娃。人常说,十个强女子,顶不上一个弱小子。春娥家没有小子,春娥女户顶门,招了二块这个上门女婿。虽说二块也是羊凹岭人,可他家穷得每顿饭都把锅底敲得叮当响。干啥呢?剐蹭粘在锅底的那点饭渣渣啊。人穷志短,马瘦毛长。身份这么一转换,在羊凹岭人的眼里就低了一大截,尤其是在春娥的本家里,更是缩头缩脑地伸展不开。没有那一支血脉相传,就没有了跟脚啊。春娥呢,心性也是强,是不强也得强,她得把这个门槛给顶起来呀。可再强盛,你也不过是头发长见识短的媳妇子。所以她在羊凹岭还是说不上嘴,招的女婿呢,自然也在家族里站不到台面上去。哪里容得下一个外姓人,大家里没人了吗?别看羊凹岭平常日子里,人们天南海北地打工,各忙各的,过年了回来,闹个社火,或者是在祠堂里聚聚,或者是过红白喜事时,二块总是猫腰奔背地坐在旮旯角,不多说一句话,也不插手管人家的事,倒是安排在自家头上的活儿呢,是老老实实地干了。江和想起爸在陈家也算是有头有脸的没人小看,自己没个小子娃顶门立户,以后这个家在羊凹岭村站不到人前去,心里就有了火气。火气总是要出来的,不是烧自个儿,就是烧身边的人。江和心里的气呢,就是先把自个儿给点燃,大火熊熊,倏地就烧到了水绸。

见水绸恼火了,江和的嘴软了,说:"我还不是为了咱这个门户有人顶啊!我弟兄一个,本家兄弟里都有小子,就咱没有,咱这门哪个给顶呢,以后咋在人前说话哩,你说我可是为了啥啊,老天叫我腿坏了,咋不叫我死了哩,叫我死了你也不用守活寡了啊。"江和说着就呜呜咽咽地哼哭开来。水绸乜了他一眼，扭脸走时，想起刚蒸的一锅馒头，就捡了几个拿上。江和却不叫她拿，又挑个眉眼骂她："你当婊子哩，不给我挣钱，还要倒贴我的馍。"水绸气得把馍袋子一扔，摔帘子走了。

一晃，都三年多了啊，小天都两岁了。水绸看着喜子手里的花花菜灰条条淘洗干净了，水灵灵的样子。心里一时就黯然了，我还不如一棵野草野果哩，它们，都比我干净比我活得自在啊。

喜子切一下葱，看她一下，问她江和最近咋样了。

水绸慢慢地吃着果子，说："还能咋样，还是老样子。"水绸心说，他一辈子也就那样了，再也好不了了吧。水绸没说。江和好不了，她的日子能好过了？也就是在喜子跟前说说，旁人跟前，就是娘家妈跟前，亲姊热妹跟前，她也不说江和的一句不是。说了，是让人可怜她还是笑话江和辱骂江和？她不要人可怜，江和再不好，也不能让人笑话他辱骂他啊。

喜子说："他，还欺负你吗？"

水绸摇摇头。她不晓得喜子咋猛猛地问说这个。他们在一起三年了，说啥话，都会小心地绕开江和，然他们都知道，咋能绕开江和呢，就像岭半腰的那些窑洞，虽说已破烂坍塌到不能住人了，可它整日里还是张着黑洞洞的口子，风吹过，呜呜咽咽的，好像在诉说过去的日子。那些过去了的日子啊。江和他不知道，他难过，她也一样难过，她倒是能跑能走的，可是走到人伙（方言，人群）里，看着人家脸上喜滋滋的样子，看着人家成双成对地出来进去，她就心想着还不如叫她的腿也坏了，不要再走到人前看见这些了。水绸胡思乱想着，不由得泪就羊屎蛋样骨碌碌滚了两行，抬手擦脸时，袖子褪下了，胳膊上一块青紫黑斑露了出来。

喜子扔下刀，抓了水绸的手，推开袖子，见胳膊上还有两块乌紫青黑的伤，就问："他打的？"水绸甩开喜子的手，把袖子放好，说："挨他打也不是一次两次了，这几年就常是个这，家常便饭了。"喜子的眼睛就瞪大了："常常打？"水绸的嘴角一扯，挤出一丝的笑。喜子抱了她，说："他咋能打你呢，你跑了躲了啊，他又追不上你,你个憨憨啊,不跑不躲地任他打。"水绸知道喜子疼她,靠在喜子的怀里,泪水春雨般扑簌簌流了喜子满胸。喜子慌着哄:"别哭别哭。"

水绸咯地又笑了,挽袖子要给他摊煎馍,说:"昨个月尽,人家过节补天补地哩,我也给咱摊个煎馍把咱的天地补补。"喜子不叫她动,说:"你来我这里,你就是皇上,我做给你吃,你净坐着歇着,想吃啥了给我说一声,我给你买。"

水绸乐得咯咯笑,抬屁股坐到炕沿上,看喜子又是洗菜又是切菜、搅糊糊,一下一下也是有板有眼的,心说,这么好个人,咋就没个媳妇子看上呢。

喜子说:"我摊的煎馍好吃哩。"转眼,又问水绸跟大柱子说过没,叫大柱子问问二柱子,北京的大医院有没有个熟人,叫江和到北京看看,他还这么年轻。

水绸说:"问了,二柱子也托人把片子捎到北京叫大夫看了,说是不行了,走到天边也看不好了,喜子哥,你说我这是黄连命吧。"

喜子烙着煎馍,叫她别胡说,说:"五六媳妇子说是看不好,你看人家现在不轻了嘛。"

喜子手忙脚乱地烙好一张煎饼了,却黑乎乎的焦一片生一片。喜子不给水绸吃,说:"我再烙个好的你吃。"水绸跳下炕,说:"还是我来吧。"

水绸给铁鏊子上噌噌地刷上油,舀了一勺子面糊糊,倒在铁鏊子上,眼看着糊糊干结了,香味也升起来了,她就一手抓着铲子,把煎饼铲起,啪地翻过来,搁到鏊子上烙另一面。转眼的工夫,就烙好了一盘煎饼,油旺焦黄,香气四溢。她又凉拌了个胡萝卜丝,做了半锅鸡蛋酸疙瘩汤,叫喜子吃。

喜子欢喜地说:"昨个没献爷,今个献。"

水绸扑哧笑了:"没听说过补献的。"

喜子说:"你来了我高兴嘛,你不知道我有多高兴啊水绸。"

水绸骂了他声憨憨,眉眼就耷拉了下来:"献啥呀献,这几年了,我一下也不献,过年也不献,哪个都不献。"

喜子晓得她心里的别扭,看她不高兴了,赶紧说:"不献就不献吧,你说咋就咋,你就是我这里的神爷爷。"

水绸的眼里飞过一丝欢喜,嘴上却嗔怪他哄人也瞎哄,催他赶紧吃去。看喜子把一块煎馍一折再一折地夹在筷子上，一口赶不上一口地吃，她斜躺在炕边，手撑在头上，对喜子说："喜子哥你不晓得，三年前我从你屋里出去，我就再没有献过天地神，也不献祖宗了，江和问起来，我就说献了，他又走不到跟前去，喜子哥，我不敢看那天神地爷的牌位呀，祖宗的牌位我更不敢看一眼了，看一眼，我这心里都慌，人常说，不做亏心事，不怕鬼敲门，喜子哥，我是做下亏心事了啊，我对不起你也对不起江和，我还有啥脸给天地神位前上一炷香，给祖宗牌位前磕个头呢。"

喜子没想到水绸的心事这样重，他心疼地看了泪水涟涟的水绸一眼，说："哪能怪得上你啊，你是好媳妇，是我不好，我不该勾连你。"水绸坐在炕沿抹着眼泪，不言语。喜子从墙上扯过毛巾递给水绸："咱俩还一反了，以前我是不献天地不献祖宗，日子过成这样，我有啥脸啊，可从跟你在一起，我一个不落下了，哪怕是一碗凉水一块干疙瘩馍馍呢，也是我心里有神，神不会怨怪我，我是叫天地神保佑你好好的，顺心顺意的，啥都好好的。"水绸听着喜子的话，眼皮子都擦红了，还在哭。喜子叫她别哭了，他去献爷去。说着，就洗了手，点了三根线香，插在院当中的石头香炉里，端了一盘煎饼到窑前，站到香烛前，对着北方，举了三下，说："天地神明，保佑水绸好好的，保佑我和水绸一世好合。"

水绸在窑里听见他的话，怅然一叹，等他回来，嗔怪他瞎说："献爷哩，也不正正经经的。"喜子说："是正经的啊，那就是我的正经话，人人献爷都有个求，我献爷也得有求吧，水绸，我不求和你做日夜夫妻，只求这一辈子有个力气帮你，不要让你受屈。"水绸心里悸了一下，咋可能呢！我哪有那福气呢。嘴上呢，埋怨他话疬样。喜子把煎馍盘子放到柜上，柜边的墙上的黄表纸上写着"李氏祖宗三代之神位"，一边挂的是他爸的遗像，一边是他妈的遗像。喜子点了两根线香，插到神位前的香炉里，跪下磕了头。

水绸叫他趁热吃时，他说还没完呢，还得给窑顶扔个去，还有羊圈也扔个。喜子嘿嘿笑着，手里捏了两个小小的煎馍，说："这屋里就得有个媳妇哩，有了媳妇，日子才是个日子啊。"等他回来吃煎馍时，也不去拿筷子，用手捏起来咬了一口，说："真是个好媳妇的手艺，可比我这光棍汉烙得好吃多了。"水绸不让喜子说他是光棍汉,水绸说:"你不是有我吗?以后想吃啥了,给我说我给你做。"喜子听水绸的声调缓缓的颤颤的,山涧水般雪白粉红地欢蹦着流淌在他的心里,扭身兀地抱住水绸,嘴对着水绸的耳朵呼呼地喘粗气:"我就想吃你,让我吃了你吧水绸。"

　　水绸出了喜子窑,下了岭,远远听见福英店前美莲不知和哪个在说话,高声大嗓门的,叽叽嘎嘎的。这个美莲,也太轻狂了,哪个不晓得你家有个当官的啊,到哪儿说话都是一副不知天高地厚的瓜瓜样。水绸怕人看见她,脚下绕了一团风样紧走几步过了栈道,走进胡同。回到屋里时,小天醒了,抱着奶瓶子喝奶。江和还是端端地靠着炕墙坐着,跟她走时一个姿势,好像她走了这么长时间,他一动也没动。她心惶惶地也不敢张嘴,偷偷看江和一眼,把花花菜篮子提到西厦的厨房里,打开电磁炉做饭去了。等她把馒头米汤端到江和跟前,把凉拌豆芽菜和一盘子炒土豆丝也端到江和跟前,把筷子递给江和,哑了般还是没说一句话。

　　江和也不端碗,也不拿筷子,眼睛锥子样盯着她说:"去他窑里了?"

　　水绸手里的筷子就哆嗦得差点掉到汤碗里,没理他,是不晓得说啥好,胸口呢,突突突跳个纷乱,不敢看江和一眼。小天趴在她怀里,哼哼唧唧地摆着头不吃煎饼,要吃糖疙瘩。水绸把筷子担到碗口,趁势抱着小天下了炕,去柜子前找糖疙瘩去了。撩起里屋的薄门帘出来时,江和的一句话棍子样硬邦邦地打了过来:"过后不许再去岭上了,小天都快三岁了,再去,小心我拧断你的大腿。"

　　水绸的心里悸了一下,慢慢把门帘子放下,好像那薄薄的门帘子有百斤千斤重,她放得缓慢、沉重。给小天手里塞了颗糖,把电视打开,叫小天看动画片。她斜倚在柜子上,寒凉如冰水一般一点点淹没了她。

第三章

一进二月,天气就像个娃娃脸,冷热不定了。二八月,乱穿衣。一早一晚凉起来要穿棉袄,晌午时,朗朗的日头水红杏黄地悬在半空,棉袍子般把羊凹岭包裹在怀里,暖和了。就是再变天,也是转眼的事,下雪,也存不住了,碰到地上,就化成了水,有时呢,半空中还是白花花的,还在这么飘那么舞的,转眼,就成了一颗颗清亮的水珠子,咕咚咕咚摔了下来。太阳一变样,地气也上来了。羊凹岭的山山岭岭、沟渠崖畔,受到了鼓舞般,哗的一下苏醒了,松软了,虽然看上去还枯黄死沉的,没有一点儿生命的迹象,可是扒拉开干草枯叶,就会发现有一点小芽芽贴着地皮,曲缩着身子,襁褓里的小人人样,又水嫩,又青绿,很新鲜的。

万紫骑着车子走到栈口,碰见福英和春娥在栈口立着说话,春娥说了句云云啥的,就抹开了眼睛。福英抓着她的胳膊,不叫她哭,她却跟着春娥抹开了眼睛。万紫跳下车子问她俩有啥恓惶了,哭得你一把她一把的。福英说:"几天不见你,想你想得啊。"万紫就撇了嘴:"鬼信啊,还不晓得想哪个帅哥哩。"春娥抬起红红的眼睛也笑。福英问她干啥去了。她说:"镇上有个白事,桃桃在镇上做席,打电话叫哩。"福英问她事过得大小。万紫说:"有钱人,过得大呢,听说有个女婿是局长,屋里的花圈送满了,巷里摆得都是,都是鲜俊鲜俊的菊花,可巷子可院子的脚底下扔得都是,还给我们一人发个白袄白帽子,他妈的个腿,这是叫我给他爸戴孝哩。"春娥说:"现在这人做事就没个边没个沿,净胡来。"万紫说:"可不是哩,还请了两台戏两班子锣鼓,你俩去看热闹去吧。"万紫说了声后晌还得去干活,就迈了腿,坐到车座上,脚一点地,车子嗖地跑前去了。

万紫回到屋里,看见顺子歪在炕上看电视,炉灶上呢,还是冷白凉黑一片,抓起炕边的扫炕小笤帚就砸了过去。笤帚嗖的一下,端端地砸到了顺子的头上,吓得他从电视上拔出眼睛,扭头问她咋哩,跟个憨憨样,把人吓死了。她恼火地指着墙上的挂表,问他几点了,立眉瞪眼地骂道:"老娘累乏乏干了一晌活,眼看着晌午了,你也不晓得做个饭,一天趴在电视上看看看,电视上头是有你先人老子还是有你亲爸亲妈?是能看下一分钱还是能看下一口饭?"顺子挠着打疼了的头,吭吭地笑,问她吃了枪药了还是撞了小鬼?万紫想起在栈口碰见春娥和福英,心说,可不是碰见了俩鬼,就吭地笑。顺子看她笑了,就问她咋没在过事屋里吃。万紫一听这话,又像热鏊子上放芝麻般蹦开了,气恼恼地说:"我能吃得下去吗?这烂摊子光景你也不说操操心,大荣是结婚了,算是交代过去了,可你看她那光景,一天到黑我想起她就熬煎,以后日子咋过呀,还有二荣,还有好龙,眼看着大了,该说媳妇找女婿了,你想过没有啊,哪个娃娃不是爸爸爸爸喊你,把你当亲老子对待,你说你称得起吗?你一天也不说替我替娃娃操个心。"

万紫越说越伤心,手里攥了一把烂线头般越拉越多,扯出一件又来了一件。一件一件,都是她心头的事,明明黑黑里,想绕也绕不过去,想躲也躲不开。说着说着,就伤心地抹开了眼泪。要是那死鬼在,我也不用这么巴巴地操心了。那死鬼,不说多精明吧,倒是个灵巧的人,况且三个娃娃都是他亲亲的啊。一窝亲,一腔子血倒出来都愿意啊。

这个顺子其实不叫顺子,不是羊凹岭人,是吉县人,也没家小,在万万洗煤厂打工。万紫心里的顺子,得病死时,好龙才三岁。那时,万紫才多大啊,不到三十,正是人生最好的年华,满园春色,春风荡漾,兴冲冲地往前冲的岁月啊,梦里都欢喜得笑出声来。倏地就把万紫眼前的路给生生地掐断了,是到了后山上的拾人崖上了,黑风呼啸,寒气瘆人,不晓得深浅没有指望了。万紫咋受得了啊。万万就把这个人说给万紫。万万说："老实人,也勤快,过日子,肯定没问题。关键是,他没有个家厦,到你屋里,还不是可着劲为你和娃娃啊。"万紫不说行也不说不行。她撩一把脸上的乱发,看着万万,眼里就哗哗涌出来满眼眶的泪水,泪水漾呀漾,哗地流了两行。万紫也不擦一下,她就让那泪水在脸上汪洋恣肆,她就是让万万看那泪水有多长。她万紫这辈子的泪水有多长,他万万的不安就该有多少。万紫就是这么想的。她就是要让万万不安。万万会为她不安吗?她想会。她想咋不会呢?过了好一会儿,万紫才幽幽地说:"我是克夫命,不害人了。"

克夫命,是万万妈说的。

万万和万紫,还有福英、大全、春娥,在镇上中学上学时,是同学。万万喜欢万紫,总是前前后后地跟着。万紫家在下牛村,镇南。万万家是羊凹岭,镇北。可星期六回家时,万万骑了车子先把万紫送回去,等到星期天下午,就从羊凹岭上个大坡,到下牛村驮着万紫去学校。下午自习时,同学们都在学校操场上或者是宿舍边的小树林里背书,他俩夹着书悄悄溜出去了。学校外,是王家堡的庄稼地,春天是一地的小麦,秋天是一地青郁郁的玉米棵子。两人在地里背一会儿课文,看一会儿琼瑶的《月朦胧鸟朦胧》《船》,还有一本破破烂烂的《射雕英雄传》,直看得脸红耳热,看到最后,他们也像许许多多的少男少女一样,深陷在小说里,一厢情愿地认为,他们就是小说里的一对人儿,"静静地站着,静静地依偎着,静静地拥着一窗月色,静静地听着鸟语呢哝。"这个样子,就是他们以后,长长久久一生的场景。但是他们从初一走到初三,就分开了。两个人高中没考上,万万跟着他爸跑车拉煤,万紫呢,到镇上裁缝部学裁缝去了。不跑车时,万万就到镇上找万紫玩。那时,春娥也在镇上她大姨家的毛线店看店,找春娥的除了二块,还有比他们大两届的王斌子。有时碰到一起,就跟着去打台球看电影。只是碰在一起的时候很少。王斌子在县上高中上学,二块和万万都还要跑车。没想到的是,到了谈婚论嫁年龄了,万万把万紫的生辰八字给了他妈。他妈找三叔一掐算,说是万紫属兔,万万属牛,不是十分好的姻缘配相。万万妈回去后,左思右想,不是十分好,就是有不好的啊,那不好,有几分呢?一分也是,九分也是。自己家个好光景,就万万一个小子,不能娶个媳妇子就败了啊,更不能叫万万的光景塌到媳妇的手上啊。又不是娶过门了,没了法子。有个好光景,还怕找不下个好媳妇?"属相不合,"万万妈说:"兔冲牛,不会有好结果。"万万爸还没有吭声,万万也没有吭声。万万没想到的是,他妈又添了一句,说是三叔还掐算了,万紫这女子的出生时辰不好,克夫。

万紫呢,心里过不去,找婆家,除了羊凹岭的,哪儿也不愿意,只要羊凹岭的,是个男人就愿意。她就是要在万万的眼眉下,让万万看她是不是克夫。跟顺子结婚后,一心憋了劲地要把日子往好过,也是憋了劲地对顺子好。她不做裁缝了,两人开着三轮车突突突突地四村八乡地赶集卖布。大幅面的被面布,一大朵红花,一大朵黄花,热闹极了,喜庆极了。小幅面的给娃娃做衣服裤子的碎花花布,碎碎叨叨的,缠缠绵绵的,说不尽的温柔和情谊,都是万紫喜欢的,也是小女子媳妇子喜欢的。拉出去是一车,回来时,车上光光的,一车货都卖了。黑里吃了饭,两个人咧着嘴,坐在灯下数钱。没两年,就拆了结婚时的两间土房子,盖了三间大北房,带了耳房,带了走廊,还有高耸的门楼,装了两叶朱红的大铁门,一个一个的铆钉圆鼓鼓的好像馍馍样,又结实,又气派,羊凹岭多少人羡慕她啊,都说她是旺夫命,把顺子家旺火起来了。人们说,一辈好夫妻,三代好子孙。她哪里能想到,好日子过了没几年,顺子竟然得下了肺癌,手里的积蓄花完,又借了一屁股债,也没拦住顺子。

顺子走了,好像把她的心气也带走了。她不赶集了,也不做裁缝去,三个娃娃婆婆管着,她从早到晚筛晃着一头蒿草样的乱发,坐在炕上的窗户边,盯着停在院子里的三轮车。眼看着风吹日晒下,三轮车轮胎瘪了烂了,车身子朽了坏了。眼看着,收破烂的把轮胎卸走了,把车拖走了。院子像是挖掉了一块似的空落在了那里。她又盯着那片空看,直看得自己满眼的泪。空了,都空了。空了,才疼啊。她就那样让自己疼着,想自己真的应了万万妈的话,把顺子克死了。

现在,万万听万紫又提说起老话,看着万紫满眼满脸的泪水,他的心也疼开了,有一刻,他也觉得像万紫说的,对不起她,可转眼他就不这么想了。妈算卦说是万紫克夫,好像也没错啊,这样想时,他甚至有点庆幸了。然他们毕竟有过爱,万紫过得不好,他也为她难过。就叫她不要瞎说,万万说:"来我厂子吧,不下车间,啥也不用干,你就坐办公室。"万紫瞪着她的一双大眼:"你养我?给你做小?"万万嘿嘿笑:"我养你。"万紫骂万万滚。万紫说:"都是你害的。"她说:"要不是你,我会赌了气往羊凹岭这狗屎堆里跳?"

万万没有滚。万万看着眼里含着泪的万紫悲悲切切的样子,咬牙切齿吧,也是含了娇嗔,是有着说不出来的风骚。眉眼一挑,大眼睛下的两个笑坑闪一下,再闪一下,好像在蛊惑着他,挑逗着他。他的心里就激荡起了一股子风云。按说这些年他在外头走南闯北的,经见过的女人也不少了,可是,面对万紫时,他的心里还是像个青瓜蛋子一样慌突突地乱。也难怪,这么多年了,万紫见日门(方言,每天)操磨,上岭下沟地赶集,脸上是黑糙了点,可那眉眼是比以前更好看了,有了成熟女人的韵味,还有惯常行走在外女人的狡黠和大方,万万看着,都是好的。有一点不好的,就是这万紫还是以前的脾性,倔,驴脾气,顺毛货。说话做事,你顺着她了咋也行,一句话不顺,她会立眉瞪眼地给你炮蹶子。万万说:"给我机会补偿吧万紫。"他的声音低沉、缓慢,似乎是带着低三下四的请求,还有十分的柔情和蜜意,少男少女时期的懵懂爱恋一下子带到了眼前。万紫的心里欢腾了,松动了,没有再嚷骂他,问他咋补偿,万紫挑着眉眼,说:"跟你媳妇离了,锣鼓管乐敲打着把我娶回去?"万万吭地笑:"咱不开玩笑好不好,我真心想对你好万紫。"万万说:"你不晓得的万紫,人都看我人模狗样的像那么回事,其实我是黄连树下弹琵琶,你听说了没?你肯定听说了,好事不出门,坏事传千里,芳芳跟人好,还是个二十岁的小伙子娃,万紫你说,我一天可着劲地给她挣钱,不能她爸是个啥尿罐,就给我养个小吧。我天南海北地奔跑,男女事上,我是谨慎的,一个是没有感情我不会,一个是我怕事,纠缠住了,啥事也弄不成,你晓得我天生就胆小。有时候想想,这个倒是其次,关键还是没有遇到有感情的你说对吧,只有对你,你别见怪啊,我是真心话,我心里一直都有你一块地方。"

万紫听他说得情真意切的,眼光就一截子比一截子软了。万万掏出钱包,捏出几张放桌子上,看万紫没有骂他,就过去一把握了万紫的手,把她拽到怀里,嘴就压了上来。

万万走后，万紫懒懒地坐了起来，抬眼就看见桌上的那几张红红的票子，像是看到了一张张耻笑她的嘴。她的脸倏地烧开了。钱后面是一块插屏，紫黑的底座上立着方方的一块玻璃，玻璃角上画了一朵红花一朵黄花，饱满丰硕的样子，花旁环绕着的绿叶子，也绿得饱满丰硕，万年常青的样子。一双燕子展着翅膀翩翩飞舞，燕子旁边还有四个大红油亮的字：双飞双宿。万紫看着那几个字，看着镜子里自己红艳艳的脸白花花的胸，啪地扇了自己一巴掌。眼泪扑簌簌流了下来，滚到了胸上。万紫真的不想要万万的钱，她不想让万万轻看了她。她不想给他提要求，一个也不行，一点也不行。可她没有拒绝钱。三个娃娃要吃要喝，都是要钱啊。人穷志短啊。万紫没有拒绝万万的钱，也就拒绝不了万万这个人了。转眼，万紫看着镜子里的自己，又说："我这不算偷人，我这咋能算是偷人啊，我俩本来就是一对啊。"她就这样一会儿痛恨自己，一会儿又宽慰自己说服自己。可她哪里能说服了羊凹岭人，能堵住羊凹岭人的嘴啊。

羊凹岭人说："这下万紫可享福了，靠下个老板。"

羊凹岭人说："别说万万养万紫一个，就是十个也养得起。"

万紫知道人们背地里咬说她的闲话，是她妹子万红说给她的。万红劝她不要跟万万来往了，万红说："万万媳妇可不是好惹的，人家爸是镇长，白道黑道都有人，哪天晓得了，把你装麻袋扔黄河，你死都不晓得咋死的。"万红说："好好地再找个人吧，你还年轻，身子搭着，名誉搭着，陪万万玩到老，人家乐乐呵呵一家人，你老了靠哪个去？"

万紫招了这个顺子，也是他愿意。不愿意有啥办法啊。家里穷得叮当响。万紫没要他一分钱，只有一个条件就是还要他叫顺子，说是这样心里不隔。她心里不隔了，这个顺子心里隔不？她说："他要是不愿意就拉倒，穷得一年四季就一条秋裤，还烂得跟蜂窝样，哪个稀罕。"而且呢，万紫和这个顺子再没生娃，跟前还是跟前夫生的两个女儿大荣二荣和小子龙娃。羊凹岭人都说万紫看上去马大哈一个，心里是有自己的老主意。跟这个顺子再生个娃，你娃我娃的，狗肉贴不到驴身上，这好咧，人家是一窝亲。万万呢，她也不来往了。万万有时还给她打个电话，她高兴了接一下，不高兴了，径直挂断。万万问她，为啥?她内心里呢,虽说还念着万万的好,念着初恋时的那份情,可她知道是不能了,真的不能了,娃娃都大了。她就嘴上倔倔地说:"有本事你锣鼓管乐地把我娶回去,我天天把你当老爷伺候。"

万紫嘴不停地数落着,顺子只是不恼火,但也不劝慰,甚至是看也没看万紫一眼,撇撇嘴,转身要抓柴生炉子做饭去,又看了一眼电视。

万紫看顺子出去做饭去了,也不唠叨了,抓起手机拨了二荣电话。没人接。她又拨大荣电话。也没人接。再拨了一次,通了。大荣接上电话就问她,咋哩?万紫问她,不在屋里?她说:"李家庄子有个结婚的。"万紫正要埋怨她昨个不接她电话,镇上的白事过得大吃得好,工资也高,一天给八十块钱。大荣却要挂电话,说老板喊叫洗碗哩,等黑了回去了说。

万紫一肚子要说的话没有说,后悔当初给大荣找了这么个穷婆家,女婿也没有本事,只会受死苦。大荣不能出去找活,她的小子娃才八个月大,可也不舍得闲坐,有时,村里给人做酒席的移动厨房包揽下活了,她跟万紫一样,也会跟了去干。洗菜切菜,端盘子端碗,不舍一口力气,一天能挣五十块钱吧,也不是天天有活,一月下来也就挣不下几个。大荣的日子就过得苦巴巴的。如今这社会,但凡有个手艺还是吃香啊。万紫越想越生气,心里就生出来一股子恨。恨哪个呢?恨大荣命不好,找了个没有本事的女婿。恨自己当时没有打听清楚,给大荣找个好婆家。又恨顺子不能像万万、大全,或者就像那个王斌子,挣个大钱贴补大荣。恨了一圈,又想起二荣,心说二荣一定要好好找个婆家,不能说是两个女子没一个好命吧。

想起二荣,万紫忽地坐起,抓握着手机,拨了二荣电话。她就是想问大荣知道二荣的事不,却忘了问。前响在镇上歇下来时,她给妹子万红打了电话。万红在县上开了美容店,二荣在她店里干活。她问万红这几天见二荣了没。万紫说:"过年在屋里过了个初一,就跑了,到现在没回来,电话也打不通。"万红叫她别担心,二荣忙着装修店哩。万紫的眉眼就惊得跳了起来,赶紧起来到没人的地方,悄声问她咋回事。万紫说:"她有钱?"万红说:"咋没钱,没钱咋开店?"万紫说:"她哪来的钱?"万红就吭地笑了,叫她别熬煎,说是有老板给她投资。万紫还要问，万红说："娃娃都挣上钱了，你好好坐屋里享福吧。"万红撂下半截子话挂了电话，却不晓得给她姐的心里装下了一桩事。

手机都唱了好一会儿，就是没人接。万紫气恼恼地挂了电话，狠狠地骂了句"死女子死哪儿啦"，哎哎地叹息，我这享哪儿的福啊，哪个让我享福呢，一个电话也打不通。她想自己急慌慌地回来没顾上吃一口，就是在外打电话不方便，是想问问二荣，万红说的事是真是假。万紫心说，二荣要真的开个店，有万红帮衬着，肯定能挣了。转眼想给二荣投资的老板不晓得是啥人，人家能白给你钱了？你个小女子因为钱失了名分丢了脸，以后还咋嫁人？想了一会儿二荣，又想起了她的龙娃好龙。好龙也不小了，咋就跟个娃娃样长不大，倒是听话，叫干啥也干啥，从来不顶撞她，可是，男娃娃嘛，听话，未必就是个好，还是要有点性格，像好风，比好龙还小两岁，抬手动脚都像个大人了，说话做事是有了自己的想法。俩人从小在一起耍，就是好风说了算，龙娃跟个小尾巴一样，跟着好风屁颠屁颠地跑，大了，这个没头脑的还听好风的话。说不让去工地上干活，工地上，多危险啊。不，就要去，好风都去哩。哪里的话啊。

三个娃娃，万紫一个挨着一个地想，一个挨着一个都不让她省心，想着，她就越发地生气，又担心。儿行千里母担忧啊。他们在外头，当妈的心也跟着到了外头，一天看不见，就牵挂一天。一天不结婚，就熬煎一天。

突然想起回来时在栈口碰见的春娥和福英，想起该给春娥说一声的，咋就给忘了，抬手按了春娥电话。电话里，春娥问她，吃了？她说："还没哩，顺子在和面哩。"春娥说："看把你享福的，顺子伺候着。"万紫说："做个饭就算是享福了啊，那二块是快把你供起来了。"春娥就笑。万紫问她眼窝咋样了。春娥说："好多了，你刚不是看见了吗？"万紫说："给你说个事啊，你先别给旁人说，王家堡你姐的女子订下亲了没？"春娥笑："你也看中我姐那女子了啊。"万紫的眼皮子跳了一下，眼前掠过福英和春娥站在栈口的模样，心里就想，是不是福英给好风也提说了？要是福英跟我争，我哪能争过人家啊。她嘴上却说："好女子哪个不爱见啊，是不是还有人看上了？"春娥说："古朵村有提说的，镇上也有提说的，听我姐说，都不合适，你要有这个心思，我给你问问，说不准俩娃就愿意了呢，她女子亲，咱龙娃还不是有模样有个子啊。"

万紫听说不是福英,放下了心,听春娥夸好龙,高兴得嘴里抹了蜜般,给春娥说了好多好话。又问她好风也不小了,不晓得有合适的了没?这几天忙得都没顾上问福英。春娥不晓得她的心思,把白日里福英给她说的话,说给了万紫。原来福英看上了镇上开超市的水霞的二女子,水霞的二女子在西安上过大学哩。挂了电话,歪在被垛上,眼睛看着电视,电视里一片红一片绿的,唱一阵说一阵的。她哪里能看进去,心说就晓得福英的门槛高,要给好风说个条件好的女子。人家女子上过大学,你好风高中都没毕业,你想说人家?万紫心里骂着福英不晓得个天高地厚,能得胸脯子高过嘴了。转眼又骂自己闲得没事,想人家的事,然心思到底是转不过去,又想起了顺子,想顺子要是在的话,我也要给我好龙东挑西拣个媳妇,哪个不想要好的。娃一辈子的大事。想着这门亲事说成了,年底就能结婚了,最迟,明年开春,也能过了吧。那还不得给准备新房啊,还有彩礼,还有装潢。一件一件想下来,刚才的那点高兴劲如电视上唱歌的人一样,看得见,摸不着。

顺子在耳房把面和好切好了,知道万紫喜欢吃细面,就切得细溜溜的。开了电磁炉,炒锅里倒了一点油,眼看着油热了,半勺辣椒面炝到了油里,嘭的一下,辣椒的焦香味在屋里爆仗般响了起来,等炒了西红柿,放了一点豆腐丁,一点菠菜碎,又给万紫窝了个荷包蛋,那香味就弱了下来,也厚了起来,等到捏一撮子盐撒上,抓了醋葫芦点上几滴柿子醋,那香味越发地醇厚了。

隔着门帘子,油味窜了过来,万紫阿嚏阿嚏打了好几个喷嚏,擦着嘴就喊骂顺子,电磁炉不能开小档啊,万紫说:"用电不掏钱啊,一度电好几毛哩。"

顺子吭吭地笑:"油不焦点,不香。"万紫又骂:"那你不能把门关上啊,想把老娘呛死你再娶个小妖精来?"顺子的头从厨房里探出来,嘻嘻地笑:"十个小妖精也没你一个老妖精好。"万紫骂了句滚,顺手摸了个东西砸了过去,顺子的头缩了回去,顺手把门关了。砸出去的东西是顺子的臭袜子,跟个舌头样软塌塌地吊在了炕沿上。万紫看着袜子,吭地笑了。

等到煮好面,捞到菜锅,调了盐醋,顺子先给万紫舀了一碗,饭碗上担了双筷子,端了过来放在炕沿上,叫万紫尝尝咸淡,问她,要醋不?又端来一小碟子腌香椿,一样的,放在炕沿。香椿拌葱花,浇了辣椒油,点了柿子醋,那香椿看上去就红油紫润的,还没吃,先夺了人的胃口。

万紫起来,盘腿坐在炕上,看一眼碗口的荷包蛋,碗里红的绿的,心说,累乏乏地回来,能有一碗热汤热饭端你跟前,你还要咋。心里泛出来一点热,抬眼说话时,嘴头子就软和了:"要不,找家一条龙你去当厨子?大厨一天二百,比你在焦化厂受死苦强多了。"

顺子给自己舀了碗面,蹲在炕沿上,看一眼电视,呼噜往嘴里扒拉一口面,听万紫叫他去做厨子,眼睛不离电视地说:"咋也行,你说咋就咋。"

万紫热乎乎的心贴到了冷铁上,乜了他一眼,暗暗骂道,可真是个扶不上墙的稀松鬼。吃了一口面,一手抓过手机又按二荣电话,还是没人接。她就骂二荣死女子,有那么忙吗,你妈的电话也不接,还没当上老板就摆屁拉稀,当上老板你该咋。

顺子扭脸问她咋了。她白他一眼,说:"吃你的饭,少管。"吃完饭,碗一推,下了炕,给顺子说了声走了,就到院子骑了车子去镇上。

去镇上有一条小路,过了村外的东西大路,过了路南的栈槽子,槽子上有一架水泥桥,河道上一股瘦瘦弱弱的牛尿样的水,黑绿色,黏稠得走不动,有时呢还泛着白泡沫。那么点水吧,到了夏天,雨水多了还好些,雨水少了,就生发出一股臭味,手指头大的苍蝇蚊子,黑石子样乱冲乱撞。这就让人生了厌烦,觉得它该断流了,或者是把它填平了。眼不见心不烦。还不行。填平了,山上的水不就冲到路上来了吗?这样呢,只好眼看着它流一股呛人眼鼻的臭水,像藏了见不得人的阴谋般黑乎乎的。有人说这黑水是万万洗煤厂和广鑫焦化厂排下的,也有人说是东边山下的一个化工厂的水。到底是哪儿的臭水呢?村里人不清楚。

过了桥,下到沟里,上一个大坡,就是古朵村,过了古朵村,能望见镇上高耸的戏台子顶了。

然万紫没有往桥上走。过了栈槽子,站在桥上,看着河道上黑绿的臭水,心说,这水是从万万洗煤厂流出来的吗?想着这水可能是从万万厂子里流出来的,她看那水的眼光一截一截地柔软了,好像那水是清冽冽的,好像那水里有万万的影子。盯着那水,看了好一会儿,突然想给万万打个电话。他们已经有日子没说过话,没见过面了。她是想问问万万二荣的事。屁大个县,有个大事小情的,话还没落地,就传遍了。二荣要是真有个啥花花事,万万肯定听说了。万万要是知道个啥,能不给她说吗?

电话一接通,她把二荣的事先压到肚子里,问万万在干啥。忙不?厂子咋样?她问一句,万万答一句,她不问,他也没话。

万紫抓着手机,听出来了万万的敷衍,想挂了电话吧,该问的要紧话还没问呢,气得嘴唇都快咬破了,只好抓紧问道:"哎,二荣在县上你碰到过没?听万红说她开了个店,听说了没?"万万却说不晓得。万万也不提说她问的别的话,也不说是帮她打听,说了句正忙着哩,就挂了电话。万紫盯着手机,听着嘟嘟嘟嘟响了好一会儿,骂道:"忙你妈的腿哩忙,想你老娘时,你咋不说你忙哩。"恨恨地把手机按了,塞到兜里,看着桥下的黑水,水里自己一个模糊的影子。河道疙疙瘩瘩的不平,这里一个坑,那里又一个坎,那影子被那些坑和坎,被那些石头瓦块杂草揪扯得歪歪斜斜的,黑水咕嘟咕嘟在影子上冒着泡,那影子就像个鬼一样难看了。万紫噗地朝水里的影子吐了口唾沫,狠狠地骂了句,叫你闲得骚情。

上了古朵坡,过了公路,过了路南的麦地,就是娘家下牛村。万紫看了下手机,还不到两点。这个点上,厨房里的厨子和帮厨的媳妇子也都闲坐着扯闲话,做黑里饭尚早啊。万紫想起初六到哥嫂屋里转了一圈,没见到嫂子,哥说是去人家姐家走亲戚去了,她就想去看看嫂子去。爸妈去世了,去娘家的腿脚上也就少了些力气。没有事,就很少去了。去了,还不是要让嫂子伺候吃喝啊,人家也忙哩。时候长了不去,又显得生分。女子和哥嫂弟媳之间,似乎是一旦嫁出去,就被那么一堵阶墙般的东西隔开了,生分了。来往得多了,绕来绕去地惹人生厌,不多来往了,又说这个姑子不给娘家劳心劳力的会落下口舌。是近远都不行啊。就是去,能两手抬个肩膀空着手?自己再艰难,手指头上也得带个东西,一箱子奶一包点心,或者是一把香蕉一包鸡蛋。似乎是,拿得越多,心里就越亲近。但凡一次没有拿,嫂子的脸就吊到了裤裆。可是,她的三个娃娃,从小到大,啥时候吃过嫂子一块饼干还是一口果子呢?没有。一次也没有。她真是想不明白了,嫁出去的女子咋就好像欠下了娘家,一辈子也还不完了吗?

车头都扭到下牛村了,想起兜里没有装钱,一摸,果然是一毛钱也没有。

黑里,万紫从镇上回来后,心想大荣该回去了,就又拨了电话。大荣接了电话就埋怨她去镇上武强屋里干活不叫她。万紫说:"明个你去,我不去了,白事七天,还得干六天。"大荣高兴了:"一天八十,六天就是小五百哩。"万紫说:"还发烟发手套发袄哩。"大荣啧啧地叫:"有钱咋不一天给一百哩。"万紫说:"那你去不去?"大荣说:"去,咋不去,钱还扎手哩?"万紫就问起了二荣开店的事,问她晓得不。

大荣在电话里就吭地笑了。

原来是大荣听人说了,二荣在县上靠了个大老板,老板就是北坡上的人,却不晓得是哪村叫个啥。

北坡上的有钱人多了,到底是哪个呢?多大岁数了?有没有家厦?大荣却不晓得。大荣说:"听人说那老板给了二荣一疙瘩钱,让她开个美容院,专门给人打减肥针,给人绣眉割双眼皮。能开起店的人,岁数能小了?"大荣说得蝎蝎虎虎的,万紫听着心里就起了滔滔浪浪,一浪撵着一浪的火急,那不是给人家当二奶当小三?

大荣就吭地笑,说:"这话从你嘴里说出来咋就这么难听呢,啥二奶小三的,伸开手没有一毛钱,还不如人家二奶小三活得滋润哩。"万紫听她这么一说,心里就咯噔一下,赶紧说:"咱可是正道人家,可不许你学那样的让人戳着先人骂。"大荣说:"我想学还要有资本哩。"万紫听她说得可怜,忙说:"国盛在外头干得咋样啊,要不行的话,就叫回来,娃给你婆婆看,你俩到县上找个活儿,二荣要是真开了店,你去她店里干去。开个店,总是要雇人哩吧。"大荣说:"能咋样啊,一天打电话就是叫苦喊累的,我就骂他,哪个叫你老子不是万万呢,要是万万的话,你就不用受苦了。妈,你知道他咋说?"万紫愣了一下,不晓得大荣会说啥,她就说:"我咋晓得。"大荣吭地笑:"他说你要是万万女子,我不也不受罪了嘛。"

　　万紫听她乱说一气，就有点烦恼了，万万、万万，可世界就一个万万，可世界有钱人多得是，你咋不想想别人，就瞎猫咬住死老鼠，盯住个万万不放了啊。嘴上就燥燥地说："自己的日子自己过，眼热人家干啥？"大荣说："你说得倒轻巧，咋不眼热，过年二荣买了几千块钱的衣服，我是一根线都没有给身上添。"听大荣说得可怜，想给她贴补点，可自己的日子也不松快，况且，还得给龙娃盖新房、娶媳妇，只好说："安安然然就是好日子，过几年娃大了，你也出去挣钱，俩人挣钱，日子就松快了。"

　　挂断大荣电话，万紫又拨了二荣电话，却还是没人接，气恨地咬了牙骂道："死哪儿啊你，你要是敢做下瞎瞎事，看我把你的脸扇烂。"

第四章

吃过早饭,红胜老汉在店里挑拣辣椒,好雨、小好在门外玩。福英手里抓了只鞋垫子,出了北屋门,走到半院,站在菜地边。

薄薄的阳光亮了半院,两只燕子从亮里飞过,飞到了暗的檐下,站在泥土筑的巢窠上,唧的一声,唧的又一声。西房前有一小片菜地,还是去年入冬前撒的菜籽,一小畦的菠菜,一小畦的油菜,一小畦的芫荽,还有两小畦蒜苗,都是一拃长样子,也都是水润油绿的,一棵挨着一棵,一棵挨着一棵,密实、旺势,有一种挤挤攘攘的热闹。

福英想起自己喜欢吃芫荽,还是跟着吉子。羊凹岭人说,芫荽是半辈子菜。有的人却是一辈子也不喜欢吃一口。吉子喜欢,她也跟上好这一口了,拌凉菜,萝卜丝、胡萝卜丝,还有黄瓜片,都要切一撮子芫荽撒上。炒菜里,炒洋芋丝、炖白菜粉条子、炒西红柿鸡蛋,撒一点绿绿的芫荽在上面,他喊香,她也觉得好吃。多少天没听过他喊个香了啊,也不晓得在外头吃饭,还嚷着要芫荽不,还有人给他放芫荽不?

福英正在胡思乱想着,二块从南平房的店里掀开帘子喊她,问她要吉子的电话,说是想叫吉子帮他问问钢材价。吉子在县里,问起来方便。福英给二块说了电话号码,问二块咋哩要问钢材。二块的脸色就黑了,也硬了,气呆呆地说:"把我那三间老北厦翻瓦了。"

春日里,是羊凹岭人动工的好时节。动的工,不是盖房子就是砌院墙,都是些大的泥水活。羊凹岭人有一句俗语说的是:婆媳妇盖厦,提起来害怕。这里的"厦"就是指盖房子。害怕呢,也是因为盖厦是个大事。羊凹岭人有关邻里房子的高低还有一句俗语:东高不算高,西高压断腰。说的是东边邻居家房子高了没啥,西边邻居家房子高了,对自己家不好。正在动工盖房子的万万跟二块是紧挨门的邻居,恰恰的,就在二块家西边,恰恰的,万万新房子的地基比二块家的高出五六尺。这就让二块很不舒服,而且是恼火了。

　　二块说:"福英你说,人活着不就是活口气吗,对不,我得把这口气挣回来。"

　　福英听二块给她提说起几十年前的陈年旧事,她又咋不晓得呢! 就这么个鸡尻子大的小村子,哪家就是有个针尖豆颗子大的事,不出一顿饭的工夫,也传遍村子的旮旯了。

　　那年,村里批划宅基地,二块家和万万家成了邻居。那时,他们家的这一排也只有三块院子,靠东边的是二块家,西边两家一家是万万的,一家是万万兄弟的。羊凹岭的地基多是五丈,万万兄弟俩的两块地基加起来有十一丈还多了。说是剩下的一丈多不给万万给哪个?也是,没人在一丈多的地基上盖房子。万万对二块说:"咱是千年邻居。"二块说:"可不是哩。"羊凹岭人看重邻居。有个好邻居,相互帮忙照应不说,出来进去,抬头不见低头见的,热呵呵地相互给个笑脸,心也舒展。二块和万万觉得他们都是实诚人,做了邻居,肯定是好邻居。二块收拾地基准备盖房时,万万找二块商量,看看两家能不能把房子盖得一般高低,门楼盖成一样大小。万万那时跟他爸一起跑车拉煤送焦炭,日子过得本来宽松了。可有一天在西坡坡上,万万开着车撞了个人。挣下的钱赔了进去,盖房子就紧凑了。万万说:"咱盖成一样样的,外人看着好看,我弟兄也好哄弄个媳妇。"万万叫二块盖房子不要盖得太好太高了,说咱羊凹岭的穷讲究,你高了我不在乎,可让人看着笑话我哩。万万的地基在二块的西边,若是照着那句东高西高的俗语,倒也没啥。二块答应了万万。二块说:"远亲还不如近邻哩,咱盖的一样,都好看。"二块这个倒插门女婿,本来在羊凹岭就遭人小看,听万万说得客气,心里早欢喜了,盖房时真就跟万万的房子盖得高低水平、大小一样了。只是他没想到，这些年万万不跑黑车拉煤送焦炭了，跟他老丈人合伙开起厂子挣下了钱，要拆了老院子的房子盖新房子。

二块气呼呼地给福英说："盖就盖吧，你万万动工咋也得给咱说一声，你说对吧福英，挨门邻居嘛，你家动工，咋说也会扰着我一家对吧。你不说吧，你还把地基起得那么高。"

福英没想到，二块回去后在万万工地上闹了起来。

二块回去后，打吉子的电话没打通，就牛犊子一样从屋里走到院子，又从院子走回屋里，进去出来，出来进去，一刻也不消停。一会儿进来说一声，还在砌，一会儿进来又说一声，还没停。春娥说："我看你是快疯了，你说你管人家干啥啊你个憨憨，人家就是把个房子盖成个老爷庙关咱啥事啊你成天气得呼呼的。"

二块不听春娥的话，眼看着万万拆旧房、夯地基，呼噜噜地砖运来了水泥运来了，呼噜噜地动工了。墙一开始砌，就跟地里的庄稼般欻欻地长，到最后，竟然是超过了他家房子。他对春娥说："光地基就高了五六尺哩。"春娥说："高一丈也是高人家的。"春娥眼睛不好，擀着面，头就低得快挨到案板上了。她劝二块别想那些个老说法，现在都啥年代了，哪个还在乎东高西高的话。二块气闷闷地说："不是这么个理，我也不在乎东高西高，我就是想要他个话，他也没有，他这是欺负人哩你晓得不，他就是欺负咱一家人哩。"

万万动工的第一天开始，二块就在家等着万万，他说要等万万给他这个千年邻居一个动工的招呼，一个把房子盖高的打算。然万万没来。二块说："哪怕一个屁呢，也算是万万给我面子了。当年咱是咋迁就他把他当人的，你忘了？"春娥当然没忘。春娥看一眼黑着眉眼的二块，又悄悄看一眼里屋。里屋的炕上躺着小子小辉。小辉在万万洗煤厂打工，去年秋上一天，上夜班在晾水塔边洗手时滑了一跤，跌进晾水塔把头脸胳膊腿烫伤了，医院回来后一直在屋里歇着。

春娥悄声劝着二块，说是没意思，争那点气有啥意思？春娥说："要不的话，咱也盖个新房子让娃和媳妇住，兴许红霞就不愿到城里打工就回来了，让她到镇街上找个活儿干,镇上咋说也比县上离屋里近,见日门她也能回来,她一回来,小两口在一起热热呵呵的,多好。"二块说:"她回来当然好,她不回来咱也得把这房子给盖了,不是争气不争气的话,不能说他万万的脸是脸,咱的脸是抹布,他想擦就擦想扔就扔对吧?"

二块跳过门槛往院子走时,对春娥说:"我得给万万要个说法。"

春娥还没听清楚,二块已经跑出了院子,跑到万万工地上找万万去了。

万万不在。他本家叔葫芦在帮忙招呼工地。二块问葫芦万万啥时候来。葫芦问他啥事。说万万出门了,就是不出门也忙得顾不上来。葫芦知道二块找万万啥事,他就唤二块哥,他说:"哥哎你觉得有意思吗?人家有钱想盖多高盖多高,咱管得着?咱要不服气咱也盖嘛。"二块硬着脸,说:"不是你说的这样,我就是想听万万一句话。"葫芦嬉笑地说:"话是个屁啊哥,你说是能顶一毛还是顶两毛?"二块听着葫芦的话,胸口越发地鼓胀,他嗖地跑到架板下,扯住正在吊水泥的缆绳不让升。二块说:"我就等万万一句话,万万给我一句话,他想咋盖他咋盖,他就是把房子盖到天上去,我也不管。"站在架板上干活的大工把瓦刀敲得咣咣的,劝二块松了手,说:"你别挡咱干活,咱也是个受苦人,挣人家的受苦钱。"

二块不松手。

一时半刻的,在福英店前闲坐的人听说二块在闹事,都跑来看热闹了。没有人听二块说以前的事。他们都说二块眼红万万有钱,故意找碴想讹点钱。村里好多人都在万万洗煤厂上班,他们都觉得万万不错,招工总是先考虑本村人,工资也从不拖欠。美莲说:"二块你女子找不见了,你不该记恨万万不叫你女子上班,你女子确实太小了,你娃不是在人家厂子上班吗?你娃把身上烫伤了是你娃不小心,人家万万给你娃看了病,还给了你一万块哩,你拿了人家的钱,还叫驴一样把屁大的事吵嚷个不停,还叫人吗?"二块说:"你胡说尿啥哩,我啥时记恨万万不叫我女子上班了?天下活儿多着哩,这儿不要还有地方要哩。"葫芦说:"吃饭吃味,听话听音,你听你的话还是记恨万万不给你女子活儿嘛。"二块说:"我没有。再说了,一码归一码,不能混一起说。这盖房的事早十几年前他就和我说好了的。"二块嘴角挤了两坨唾沫花子,又叨叨十多年前的事。

谁听他唠叨那些陈芝麻烂谷子的事呢?

其实也不奇怪。这些年里,万万在公路边上开了洗煤厂后,在县上买了楼房,一家人住到了县上,要把家里的土房子拆了重建,别说是建成两层楼,就是三层四层,万万也能盖得起。万万手里有钱了。这有啥奇怪的。羊凹岭人觉得一点也不奇怪。二块说:"房子是人一辈子的家业嘛,是老百姓人前行走说话的底气和脸面嘛,哪个不想盖,我是说……"

二块反反复复地念叨,就是要万万给他一句话。一旁看热闹的人哗地笑了。念尚说:"要那一句话能顶尿用啊你,万万盖两层,你盖个三层不就得了。"八斤说:"他就是眼红人家万万盖楼房哩,耍赖就是想要俩钱。"民娃说:"啥面子不面子啊,他还是记恨万万不叫他女子进厂故意找事哩。"

叽叽喳喳的责骂声黄蜂般嗡嗡地蜇在二块的心上。二块的脸色倏地乌紫黑青,瘦长脖上的青筋蚰蜒般暴起,喉结急促地上下蠕动,干裂的嘴唇索索颤个不停,却说不出一句话来,忽地站起,又忽地蹲下,突然,捞起脚边的一块砖。一旁看热闹的人以为二块要砸什么东西了,就往他跟前涌。

二块却没有砸东西。他把死沉坚硬的青砖啪地拍在自己的额头上了。他拍了一下,又拍了一下。好像不过瘾般,好像他拍的不是他的额头,是万万的头,是万万工地的灰兜子水箱铁锁链。他啪啪连着拍得血丝黑沉,惊心吓人,惊得羊凹岭上空的云都退出好几丈远,惊得树上的野雀子地里的麦苗都哆嗦开了。

等福英来时,万万工地上干活的人走了,看热闹的人也走了,缠裹着白纱布的二块在土地上坐着,春娥在一旁拉着他的胳膊叫他回去。没一会儿,万紫也来了。

福英看了一眼二块和春娥,扭脸就给万万打电话。手机里一个女子在说:你所拨打的号码是空号。福英问万紫,万万是不是换号码了?

万紫前几天还打了万万的电话,可她偏偏说不晓得,而且呢,还怨怪福英问她。自从万紫嫁到羊凹岭,跟春娥就没有在学校时那么好了,要说以前在镇上,她们时常地伙在一起玩,看电影,扯闲话,织毛衣。不是她找春娥,就是春娥来看她。有一年,春娥家收麦,她还跑去割麦了。有同学的情谊,当然,更多的是因为万万家在羊凹岭啊。她哪里能想到她会嫁给羊凹岭的另一个人。这本来就让她心里生了结疤,像树上的疤块一样,永远地长在了心里,想起来就疼痛。而春娥呢,二块这个傻子还是跟以前一样对春娥好。这也就罢了,王斌子那个二货,对春娥也是贼心不死。多少年了,跟个苍蝇一样,围着春娥嗡嗡嗡嗡地转。万紫想想就气恨得不行。她有哪个呢?那个顺子是个实心眼,睁开眼窝只晓得个挣钱,这个顺子吧,比那个还要实诚,岭上的青石头一样,没有一点活心眼。他们,哪里晓得她的心思啊。她白了福英一眼,说:"我咋晓得,我是他啥人啊,他换号码要给我说。"

福英挨了万紫的怨怪,也没跟她生气。实在的是不该问她呀。万紫和万万的分分合合,她也清楚啊,是刚才着急,才问了她一声。福英想了想,又给大全打电话,大全的电话一接通,她就没有好话地说:"你是羊凹岭的头头哩,这都快闹出人命了,你也不说来管管。"

万紫听福英跟大全说得像是跟好雨、小好说话一样,一股酸味就在心口漾开了。

大全叫福英劝着二块,他这就来。

福英叫春娥挽着二块回去,二块还挣着不走,嘴里呢,还在念叨着那句话,就是要等万万来。二块说:"我就等我这个千年邻居给我说一句话。"

福英眼看着二块头上的白纱布上又渗出了血,跟春娥一边一个把二块扯拽了起来,说:"有我啊二块,我给万万说,你先回去歇着去,我给你保证叫万万给你一句话。"

万紫在一边看着福英,嘴角撇到了耳朵边,眼睛一翻一翻的,心说,就你能,难怪吉子不爱见,能死你。

二块站了起来,对福英说:"我信你福英,羊凹岭数你最懂礼性最讲理了,我就信你一个人,你说他万万……"

福英等不到大全,又给万万拨了电话。这次,电话竟然通了。福英问他在哪。万万说:"在县上有个事,咋哩?"福英听他说在县里,心头的火气倏地就顶到了脑门上,扯扯嘴角,压住自己的火气,问万万能不能回来。她说:"万万,咱跟二块、春娥都是邻居哩,跟春娥还是同学哩,咋说也是抬头不见低头见吧,咋说也不能把邻居变成死仇吧,难不成你现在事业搞大了,有钱有身份了,就不顾惜个村人邻居的脸面,也不顾惜你自个儿的脸面?"福英一口气说了好多。她一生气,嗓门就高,语速也快,咣咣咣,机关枪一样扫了一通,一句就是一颗子弹,句句都是要击打在万万的脸面上。

万万在电话里急得问她咋回事,万万说:"福英你能不能慢点说啊,你张嘴就数落我,咋哩嘛,你说清楚,我这段忙得没回村里头。"福英不晓得万万是装的还是真不晓得二块找他的事,就在电话里一五一十地给他讲说了。万万说:"老同学你冤枉我了,我是真的不晓得,我把工程交给了葫芦,就没管过。"福英心说,鬼才信,盖房子这么大个事,你能不管?二块在工地上闹事,葫芦能不给你说?可既然万万说啥也不清楚,她也就只好说:"你能腾开身的话马上回来吧,二块的头都打破了。"

万万坐着车回来了,大全也来了。万万的小司机娃手里提着三大盒礼品,跟在万万屁股后。万万、大全他们一进了春娥家,万紫跟谁也没打招呼,黑着眉眼扭脸走了。

万万把给福英说的话又给二块和春娥说了一遍。万万喊二块哥,万万说:"哥哎我是真不晓得,一点点都不晓得,我葫芦叔也不说给我打个电话说说,过了年到现在,我就忙得上海北京的跑。"

二块张嘴又要拉扯以前的事时,春娥给他使了个眼色不叫他说。春娥叫万万坐,叫大全坐,又忙着找暖壶给万万倒水,给大全倒水,给福英倒水时,福英挡住了。春娥又找烟。万万叫她别忙,说:"春娥,我真的一点都不晓得的,你可别跟老同学见怪啊。"

大全和福英就笑他眼窝里还认得同学。

春娥不笑。她本来是不想跟万万攀同学情的,自己穷光景,攀人家,难免让人家生了戒备心,有钱人不都是这样吗?但凡你跟他说个话,哪怕是很平常的一句招呼,是面碰面过不去的一个问候,他的心里也会嘀咕,咦,这人是不是想给我借钱想求我个啥?有了这心思,看人的眼光,就有了重量,高处压下来般,给人高高在上的样子。春娥见不得这样。穷日子穷过,富日子富过,各人活各人。这些年来,虽说跟万万是挨门邻居,小辉也在万万厂子上班。可是,春娥从来没有找过万万一次。现在呢,人家拿着礼到家里来赔情道歉来了,好狗不咬上门亲呢,你二块、春娥心里再过不去,人家不是上门了吗? 杀人不过头点地,你还要咋? 看着矮矮胖胖的万万,话是热乎乎的,眼底里却是傲慢的,有恬淡,更多的是漠然和自得。这能怪人家吗? 人家有钱啊。钱是人的胆。她心里明镜似的,就说:"按理说,万万你盖房子盖楼,二块和我是没有资格张嘴说三道四的,个人有个人的心思和计划。可咱不是做了那么多年邻居嘛,远亲不如近邻哩,我盖这院子时,你还给我们拉过一车砖哩,你盖那院子时,二块守在你工地上守了三天哩,那时盖房子,还行给人家匠人做饭,我有个空闲了,就过去帮你妈蒸馍炒菜。"

春娥说得慢慢的,一字一句的,没有提说万万一句的不对,也没有提说二块的委屈和伤心,只说邻里之间的情分。你万万不是讲同学情吗?那咱就摆摆情分。然这看上是在讲情分,在追忆追念以前两家的和美,其实呢,春娥是存了心思的,她就是要叫大家伙听听,万万这个人念旧不? 讲情分不?

万万咋能听不出个轻重呢,他晓得春娥的话里有话,脸上讪讪地嘿嘿笑:"可不是,我妈我爸念说起你和二块,就说好。"

春娥的嘴角也咧了咧,说:"难得咱能做挨门邻居,是咱们修来的缘分吧。人常说,多年邻居变成亲,是亲必顾,是邻必护。"

春娥的话还是不紧不慢不温不火,看不出她是生气还是不生气,万万自顾着点头,不停地说是。好像是他除了说是,再没有话说了。心里呢,实在的是没有想到看上去柔柔弱弱的春娥,不吭不哈的春娥,说出来的话这么得体,有分寸,而且是一点也不伤人,顾了自己的面子,也给了对方台阶,是有情有义的,却是如秤砣般,一下一下,沉沉地压向你的心头。秤砣虽小压千斤啊。是要比过福英了。福英也强,是从骨子里到外表都不服弱,是处处时时要占个先。福英她不晓得,柔弱不是软弱,温和也不是窝囊,春娥才是真正的强盛啊。万万抬眼看着春娥,突然觉得春娥清秀的脸上,眼波流动处,平和,温柔,倒是有着说不出的好看。难怪这些年来,二块把她当个宝,王斌子也像个狗一样,不离不弃地跟着她。万万就说:"难得咱同学聚一起,我请大家,咱去镇上喝羊汤去。"

春娥不去,说:"到我屋里了,该我请大家伙哩,今个哪个都别走,我给咱炸油疙瘩吃。"

万万一听这话,是又在理,又大方。他的心里就把春娥佩服得不得了,女人中的尖子啊。

出了二块门,万万笑福英还是那么个火爆脾性。大全说:"咋哩,她骂你了?"万万说:"你咋一说就是个准哩。"大全哈哈笑。福英白了万万一眼:"不是我在跟前,还不晓得闹出个啥乱子哩,你不谢我了,倒说个风凉话。"万万嘻嘻哈哈地笑:"谢,必须谢,你说咋谢吧。"

福英却不跟他说笑,她板着脸面,一字一句地说:"万万你这几年容易也好不容易也好,总是人都认为你有钱了,人怕出名猪怕壮嘛,你是啥做派,人就盯着你了,稍微有一点儿过,就要受人指责,惹众人骂哩你晓得不。你看你这次动工,咋说也该给二块、春娥打个招呼对不?打个招呼就显得你低三下四了?没有,反而显出来你的谦虚和低调,让人看着你是个讲道义讲良心的。"万万说:"我咋不晓得,是我一天忙得顾不上这些个。"福英说:"羊凹岭是你的老窝,再顾不上也不能忘了这个窝。"

万万说:"我检讨行不行,打了不罚,罚了不打,大全你听听她这是罚了还打。"大全笑,不言语。福英也笑:"你就是欠人敲打。"万万说:"好,你打得好,咱不说了,我今年老往外跑,不多在屋里,你就饶我这一次,春娥不去,咱三个也难凑一块,走,我请你俩去河滩吃野味去。"福英不去,说是屋里还有事哩,她问万万在外头跑啥项目了。万万说:"想着在南方做个啥,还没定。"福英说:"那洗煤厂呢?"万万说:"不好闹哩,这几年就不挣钱,老赔,赔得我都快要卖血了。"福英说:"你卖血也没人要,黑血。"大全就笑。万万也笑,说:"你是不信我说的,你问大全是不是睁开眼窝就是赔。"福英说:"广鑫呢?"万万说:"还不是个赔啊,能撑到明年就摸了天牌了。"说着,万万又叫福英一起吃饭去。福英说:"屋里真有事,我先把你的这顿饭记在账上,等我闲了,给你打电话。"万万和大全走时,又对福英说:"有事了给我打电话。"福英嗯了声,心里就热了一下，晓得这是只有从小玩大的老同学才有的情分，她对万万说："在外头跑，吃喝好，乏了就歇歇，钱没个多少。"万万说："嗯。"

然二块还是要拆了老屋，盖一座新房子。春娥问他哪有那么多钱。他倔倔地说："没钱我挖借，我不能叫羊凹岭人小看我。"春娥说："看你说的啥话哩，可羊凹岭村，哪个敢小看你。"春娥看了眼二块头上的伤疤，叹息了一声："何苦啊，跟自己过不去。"二块说："我不是跟自己过不去，我就是把我这老命赌上，也赌不过人家万万一根手指头，我不赌气，我是争气，我要给我娃争回这口气，不能我在羊凹岭村让人小瞧了一辈子，到我娃这辈还要让人小瞧，人家给子孙后代传的是金银财宝，我给子孙后代传不下个金银财宝，也不能把人家的嗤笑小看轻视传了吧，咋说我也得让我娃在羊凹岭村把个脊梁骨给挺起来活人吧。"

春娥再也没说话，他存下这个心了，就盖吧。反正是小辉结婚时，就没有给娃个新房子，新房子盖好了，叫娃和媳妇住。

二块要去城里时，春娥装了几根油酥麻花，叫他捎给小云。

小云是他们的女儿。二块扑嚓扑嚓洗着脸，半盆水溅得满地都是，听着春娥唠叨，怔了一下，旋即，掬起一把水，哗地泼在脸上，满脸的水珠子骨碌碌滚。春娥靠着柜子，手上抚着柜子上小云的相框，说："小云打小就爱吃麻花，一根麻花，咬得嘎嘣嘎嘣，你说，她咋就那么爱吃麻花呢？"二块还是不理她的话，毛巾把脸都擦红了，还在噌噌地擦，半晌才说："城里啥没有？总让送。一个麻花，又不是啥人参燕窝。"春娥就扑哧笑了，说："人参燕窝好，能当了家常便饭吃？还是这麻花好吃，香。"二块就赶紧应承："好好好，你这麻花比人参燕窝好行不行。"他吃完饭要去买水泥时，接过了春娥装好的麻花，嘱咐她小心点，别碰到哪儿。春娥呵呵笑："你当我是瞎子啊，我眼睛早好了。"

去年刚入秋，春娥觉得眼前模糊，像是罩着一团黑纱，中药西药吃了快又有一麻袋了，眼前的那团黑纱还是不见消退。有几次二块带着她到城里医院，他们好像忙得只顾了看眼睛，来来去去两三趟，也没去小云打工的美容院看看去。春娥没提说。二块呢也没提说。可是，明显的，从城里回来，春娥吃着药，眼睛却不见好。这两年里头，小辉烫伤，红霞对小辉不冷不热的，小云呢，去年刚过了年说是去城里一家美容院打工，后来又说去了南方，后来就没了音信，是死是活呢，二块托了多少人打听了，都说不晓得。春娥问说起了小云，二块就哄她说小云让老板派到上海的美容院去了，屋里也没事，叫她回来干啥，一来一去的，路费得好多。他这样说，春娥就信吗？过节不回来吧，过年也不见个人影。春娥不多言语，爱自己琢磨。琢磨了个啥呢？二块不晓得，他就看春娥的眼睛出了毛病，这可不是熬煎出的病吗？急火攻心，硬是给捂出毛病了。

二块抓着袋子要走时，看春娥提着泔水桶，一步一步走得小心，眉头就卷起两个愁苦的疙瘩，声调不由就软和和的："要不……嗯，我是说要不……叫小云回来转转？"一句话二块分了三截说。春娥手里的泔水桶咕咚漾了一地。她慢慢放下桶，轻声说："算了吧，她只要好好的，回不回来吧，你叫她招呼好自己，吃好饭，外头啥人都有，不比在屋里，不要跟人多说话，小气好忍。"

二块嗯了声，没再说话。小辉在里屋的炕上歪着，耳朵上别着耳机，也不说话。屋子里一时就静默了。窗台上的野花轻轻晃了两下，花瓣触着了玻璃，飒飒地响。花瓶前，摆着小云的照片。

春娥没想到，晌午日头刚歪了头，二块引着一个小女子回来了。

二块和小女子进了门，转过照壁，见春娥坐在檐下，举着小云的相片，放在眼前看一会儿，又举起来对着阳光看一会儿，脸上滚着泪，嘴里喃喃自语："小云呀，二月二了，过年都一个月了啊小云，去年正月二十八你去县上的，到今个都一年多了，不让走，偏要走……就说县上能挣下钱，守在羊凹岭没意思。你不知道，你一走把妈的心都带走了啊小云……"二块和那小女子悄悄站在院子，听着春娥念叨，他们就抹开了泪。等春娥抱着相片回屋里了，二块才做张做势地把土院子踏得鼓响，高声大嗓门地喊："我们回来了，哈哈，我把小云给你骂回来了。我说你挣钱再多也不能说不顾个家不看看你那老妈老爸了吧，你妈就是丑了点嘛你也不能嫌弃吧是不是，人不嫌母丑哩，哈哈。"二块又说又笑地，自说自话地，给小女子使着眼色，嘻嘻哈哈地进屋了，心里呢，却是快要被苦水给淹了。小女子看二块红了眼睛，她的眼泪也在眼皮子下涌，跟在二块身后,妈、妈地喊。小女子说:"妈,妈,你在干吗呢,我夜个刚从上海回来,就说今个要回来哩。"

春娥抱着相框,听有个小女子连声地妈、妈地喊个不停,扭头就见个女子站在了她眼前,还真是她的小云啊。她的手一颤,手上的相框飞到了地上,嘭的一声,玻璃碎了一地。一块碎片就是春娥一个思念女儿的梦,满地的碎片,是她无数个破碎了的梦啊。春娥一把拉过小女子的手,摩挲着,又把小女子紧紧搂在怀里,说:"小云,你这死女子咋才回来。"小女子呢,抱着春娥,也扑簌簌地流下满脸泪水。她擦着春娥脸上的泪水,说:"妈,我这不是回来了嘛,我这不是回来了嘛。"春娥眼里流着泪,脸上漾着笑,抹一把泪,呵呵地笑,又抹一把泪,又呵呵地笑,紧紧地把小女子搂在怀里,搂抱一下,拽到眼前看看,一会儿问她在城里天天都吃啥?一会儿又问她睡的地方好不?跟哪个一块儿住?老板好不?一块打工的姐妹们好不?长长短短地问了一大堆,又摸着小女子的衣服说:"这才进二月,咋穿这点儿,别冻着了,人常说过了清明,天气才暖和了。"春娥问一句,小女子答一声。春娥说啥,小女子都嗯嗯地迎合着。春娥搂着她,她也紧紧地依偎着春娥,搂着春娥的胳膊,把头靠在春娥的肩上,心里呢,真的是也心疼,也感动,做出的一切,也就是亲热的。

春娥叫二块去看看福英店里有没有肉,要没有的话,到镇上割肉去,说小云回来了,咱包饺子吃,又喊小辉起来到院子刨两个萝卜。小辉从里屋出来,看看二块看看屋里的小女子,愣怔了。二块挤眉弄眼地不叫他说话。小辉扯扯嘴角,拄了拐杖,脸上淌下两行泪,啥话也没说,出去刨萝卜去了。

吃完饭,小女子要赶到城里去。春娥叫二块骑上电动车,把娃送到镇上去坐车。春娥牵着小女子的手,把小女子一直送到村口,路过福英店时,店前的人指着小女子问是哪个亲戚的女子,长得这么亲。春娥就呵呵笑说:"我女子啊。"民子说:"你不说都认不出来了。"念尚说:"女大十八变嘛。"

二块悄悄地对福英说:"一会儿我和这女子走了,你和她说说话去。"福英点点头,问他见吉子了没。他说:"没有,老板说他去王家庄送瓷砖去了。"福英嗯了声,看春娥抓着那女子的手,亲热得真像是抓了小云的手,紧紧地抓在手心里,一遍遍地摩挲着,不舍得松开,她的眼窝就热了,悄悄问二块到底小云是咋了呢。说是去南方打工嘛，咋就没了个影影了呢。二块说："哪晓得啊？"福英想起了好雪和好风，心头就飘过一团云。

电动车卷起一团尘土跑了，看不见影子了，春娥还在栈边站着，向着小女子走的方向一直看。福英过去，站在她身边，还没说话，春娥跟她说起来了。春娥说："这哪是我的小云啊，是不是我的小云，我还能不晓得？二块说是就是吧，他心里苦，我晓得。"春娥说着就泪眼婆娑的。福英晃晃她的胳膊，说："好人有好报，春娥你可要想开些，不敢再在心里沤事了，你这眼窝刚刚好。"福英叫她进店里坐坐，说说话。她不去，说是屋里还有一大堆活哩，闲了坐。

春娥回家后，就坐在檐下，半天不动。二块送走了小女子，从镇上回来了，她还在檐下坐着。他知道她又在想小云了。他就说："今年把房子盖好，明年搬到新房里就叫小云回来，在镇上找个活儿干，不能一跑就没个影了，不能老打个电话。"春娥没有接他的话，抹了把脸，抬眼问他："坐上了？"二块说："坐上了。"春娥说："坐到前排，前排不晕。"二块说："是前排，第一排。"春娥说："给司机叮咛一下，招呼着娃，女子娃出门，不方便。"二块说："叮咛了。"春娥说："那就好。"

二块没想到，小女子走了后没有几天，春娥的眼睛竟然好了，眼前的那团黑纱是一根也没了，清亮得看啥都清清楚楚的。二块说："你就是想小云了，小云好好的，你也就放心了。"春娥笑笑，没言语。

这要盖房子了，二块少不得要往县上跑。二块一说去县上，春娥就叫二块给小云捎东西，油饼、煎饼、包子，有一次，她要二块给小云捎几个馒头，放了椒叶芝麻和盐，说是小云最爱吃老酵子蒸的馒头了。春娥让捎啥，二块都是二话不说地拿上，到了县上呢，就把东西送到美容院给了那小女子。

二块路过福英店，福英听说他去县上，就问他，还没备齐？现在不是啥都是送到门上吗？钢材啥价呢？砖比去年贵了还是贱了？拉拉杂杂地问了好多，最想问的却没有问，张嘴就会惹人笑话啊——你婆夫俩（方言，夫妻俩）你都不晓得，还要问旁人？福英是想等二块能给她说说吉子，吉子在县上忙啥了，吃啥了，跟哪个在一起，瘦了还是胖了。然她问一句，二块说一句，她不问的，二块一个字也没有提说。她的心里就怅然了，哎，这个实诚疙瘩呀。

第五章

　　一早起来,福英扫了院子,又端了水盆,给店前的棚下、店门前的路上撒了水,把棚下和店门前的一截路,一扫帚一扫帚地扫干净。

　　店门前有块空地,左边有棵桐树,右边有棵绒线花树。树边檐下搭了个凉棚,两张小木桌子常年在棚子下放着,下雪天寒时才搬回店里。一个桌子上放着个饼干盒子,里面装的不是饼干,是扑克牌,另一个桌子上也放着个盒子,是个酸奶盒子,里面放的是纸牌,纸麻将,二指宽、半拃长的细长条,岁数大的人喜欢耍这个。木桌子旁也歪歪扭扭地放了好几个高的低的木板凳木墩子。天天日日的,店里店前闲坐些人,男的女的,都是满脸皱纹上了岁数的。日头从村东的崖上跳了出来,他们也从屋里出来了,晃晃悠悠地穿过宽宽窄窄的胡同,坐在福英店前,闲扯,或者是听人闲扯。爱玩牌的来了,一句闲话也不说。玩扑克的坐一桌,玩纸牌的坐一桌。坐下,不急着抓摸牌,先开始数钱。从口袋里掏摸出来一把,小心地放在脸面前的桌子上,数。都是一毛五毛的小钱,旧得发黑发毛了,数十张,叠得整整齐齐的,用皮筋扎着,放到手边,一上午一下午,输赢都是这个了。等到日头到了头顶,晌午了,该吃饭了,扔下手里的牌,手指头上抿了唾沫,数钱,看看多了还是少了。多上两张三张,黄糙的脸上就飞起了喜气。那脸上要是硬撅撅的,肯定是输了。输赢,饭是一刻不能耽搁的。一个个拖着黑影子晃悠着回去吃饭去了。等到吃过饭,后半晌了,还是那些人，又来了，耍牌，闲扯。眼看着日头一点点歪到西边栈道上的榆树枝杈中了，眼前如清水里滴了颜料般，粉红黄紫的灿烂明亮，突然就暗了下来，似乎是所有的色彩相融相谐地拥抱在了一起。手撑着膝盖慢慢站立起来，曳直了脖子找寻太阳时，找不见了。天，黑了。

店门前的巷子铺了水泥，下雨下雪时，不像以前泥水呼呼的一踩一个泥窝子，却也土灰灰的，成天的，也就店门前的一截路，让福英和她公公扫得干净些。剩下的那么长的巷子哪个扫呢，人都出去打工了，门上都挂个黑铁疙瘩锁得紧紧的，这样呢，风吹一层土，雨生一层泥，加上日头月爷在上面踅摸来踅摸去，就结了一层又一层的陈年老土，是空落了。

吉子走了多少天了呢？福英扫着巷子，在心里数着，抬眼就见桐树、绒线花树的枝条上有了绿芽芽，心说，暖和了到县上看看他去？把凳子墩子上的浮土拍了拍，把桌子上的浮土擦了，拍打着衣服回去做饭。开了电磁炉，坐上水锅，瓦罐里掏出一颗鸡蛋，在碗沿上磕开，打到碗里，筷子搅匀，水锅吱吱响了，转眼就咕嘟咕嘟开了，舀了一瓢开水冲了鸡蛋，碗沿上担了双筷子，放到小桌子上，站在门口"爸、爸"地喊公公喝鸡蛋汤。

公公也不说话，坐下来，端起碗呼噜呼噜喝了，放下碗去了店里。

福英抓了一把小米，淘洗干净，倒进水锅，又抓了一小把豇豆，一粒一粒地扒拉着，挑了里面的小石子碎土渣，淘洗干净，也倒锅里。等到好雨、小好起来，她把早饭做好了。小米豆子汤，热馒头，炒了个洋芋丝，还有吃剩的小碟子拌香椿，又掭了一小勺腌香椿，搅到一起，加了点柿子醋，拌了。还蒸了两个鸡蛋，好雨一个，小好一个。小好挤在福英的腿边，想叫福英喂她吃，一会儿又哼哼唧唧地不吃蛋黄，福英把她抱在怀里一顿哄，最后答应小好去镇上时带上她。她要坐超市门边的唐老鸭。福英刚点了头，好雨也说要坐唐老鸭。福英看了她一眼，说："坐，都坐。"

坐在一边吃饭的红胜老汉剜了小好一眼，叫她坐凳子上好好吃，老汉说："再害人，明个送幼儿园让人家老师管教去。"

小好就往福英怀里钻，好像爷马上就要抱走她把她送到幼儿园去，眼里呢，就有了亮闪闪的东西，尖着一副哭声说："我不去幼儿园，我不去幼儿园。"

福英叫她好好吃，说："不好好吃的话，真就送你上幼儿园去。"

小好不哭了，乖乖地坐在墩子上，抓了半块馒头咬了一口，眼睛呢，却翻着爷，悄悄地对好雨说："爷可坏哩。"好雨也说："爷可坏哩。"

收拾完，福英看菜地有点干，舀了半桶水，浇到菠菜地，又舀半桶水，浇到油菜地。等她把菜地浇遍。回到店里擦抹柜台时，手机唱了起来。利子打来的电话。放下手机后，她就柱子般杵在了柜子边，没再挪窝，是挪不动了哇。

红胜老汉跟前放着个小簸箕，对着窗口的亮光挑拣辣椒。老汉是个仔细人，也实诚，赶集卖花椒大料肉桂香叶，各样调味品经了他手，干净，清爽，有模有样，尤其是辣椒，他从城里进货时就挑拣得厉害，他说看上去都是红亮红亮的，饱满，红亮和红亮还是有个差别，得细心看。抓一把辣椒在手里握一握，感觉辣椒的弹性和干湿，再捡一支掰开看里面籽的颜色，硫黄熏过的，或者用啥乱七八糟的东西染过的，就黄得鲜俊。哪能要！白给都不要。红胜老汉呢还有一个绝活，是咂品。不管花椒还是干辣椒、辣椒面，他放嘴里一咀嚼，一咂品，是个啥货色，他心里清清楚楚了。尤其是辣椒面，添加了几成杂货，加的是柿子叶还是柿子皮，他一说一个准。镇上搞批发调货的老耿一见他，就骂他个能怂，眼窝贼得就是个透视机子，啥都欺哄不过他。红胜老汉有个小型粉碎机，辣椒面花椒面，他挑拣干净了，自己粉了卖。闲了，他还搬出铁碾子，花椒大料桂皮的倒半碾子，抓了滚子把儿噌噌地碾。这一带的人都晓得，羊凹岭红胜老汉的调货真，还不贵。他一到集上，摊子前就绣满了人。去年春上，红胜老汉得了脑血栓，左腿发硬，不大灵泛，就不赶集会了，没事了，就把屋里卖剩下的调味品挑一挑拣一拣，叫福英送到镇上商店里去卖。

红胜老汉低头挑拣了半天，想等着福英给他说是哪个的电话，福英却哑巴了样，杵在柜边不言语。福英不言语，他就不好意思问。福英是媳妇子，他是公公。媳妇子有啥事了，该给你说时，自然会说，不给你说的话，你也不要撺着人家问个七长八短的。问了，惹人烦心是小事。天天日日地在一个院子住着，一件一件的小事雪球一样攒到一起，就不是小事了。公媳（方言，老公公和儿媳）之间，你要分清那个界限。然看着福英的脸色硬白冷寂的，不对，他的心里擂开了鼓。红胜老汉扔一只辣椒,抬眼看一下福英。店里静静的,只听见辣椒嘭响一下,嘭又响一下。就是不见福英给他说个话。他就有些着急了,也担心,一家九口,在外的就有五口。在外,不比在眼跟前,有个事事情情了,总还有个三亲四近的帮衬着。在外头,哪个理你哪个是你的亲人啊。一个儿女一条心,哪个不叫人牵肠挂肚呢?想起吉子过年时的样子,年还没过完就走了,一年到头也回不来几天,回来了也不见跟福英说个七七八八。饭桌上,福英说一句,他有时答一句,有时跟个死人一样一句也不答。这哪像个婆夫俩啊。红胜老汉就想着是不是这东西操了啥歪心了。他要是有个歪心思,看我不打断他个狗腿才怪。

福英杵在柜子前,还是不说话。

红胜老汉就想清了,肯定是吉子有啥事了,肯定是吉子给福英说啥难听话了。再还有哪个呢?好雪跟利子两口子在一起,有了事,利子会招呼着。利子呢,稳重、心细,出了门让人放心。小红在厂子的财务室管账,活儿轻松,应该也没啥事。好风跟着王斌子,还有村里几个人在一起,有了事也有自己人。再还有哪个呢?吉子这狗东西,就怕家里安宁了要找个事闹闹。悄悄看福英一眼,见福英还是瓷在柜旁,眼光涣散,脸色煞白,他就揣着小心,问是哪个电话。

福英被吓着了般,肩膀抖了一下,张嘴说话时,眼泪先哗地流了两行,嘴唇瑟瑟地颤抖着说:"好雪的手叫机器轧了。"

红胜老汉一听竟然是好雪出事了,嘭地扔掉手里的辣椒,叫福英给他打利子的电话,他要问利子到底是个啥情况。

福英说:"好雪说是没事,就右手食指给轧了一下,不要紧。利子就在她跟前。我问利子了,也说是没事。"

老汉不行,要福英给他打电话,他要问清楚。电话通了,急得问利子咋回事。利子说:"真没事,有事了不给您说?"老汉倔倔地说:"手都轧了还说没事,你给我说实话,到底要紧不要紧。"利子说:"你看你,你看你,我就说不给你们说,给你们说了吧,就是个急。"老汉骂利子少说个闲淡话,到底是个啥样子?利子就笑:"好我的爸啊,真没事嘛,你是咋哩,非要让好雪有个事了才相信?"利子说得嘻嘻哈哈的,老汉哪有心思跟他说笑啊,然这话像个棉花包一样,一下捂在老汉的嘴上，不知该咋说了，是又气闷，又着急，就又问了句："真没事？"利子说："真没事。"老汉说："你可别跟我耍笑，这可不是耍笑的事。"利子说："我啥时候跟你耍笑了。"

老汉恼恼地把手机给了福英。福英叫利子把手机给好雪。好雪接了电话，福英就叫她回来，福英说："在咱屋里养伤，妈伺候你，吃啥喝啥都方便。"好雪说等这月工资领了就回去，又叮咛她不要想五想六地瞎胡想一气。福英说："你给妈说实话，伤得到底要紧不。"好雪嘿嘿笑，说："真没事的。要严重，我能笑出来啊你不想想。"

福英听好雪、利子都说得轻松，心情呢稍微放松了点。转眼想是机器轧到了手上，能没事？能不要紧？机器跟个钢刀一样，钢板铁棍都能削断切断，你一个肉手算啥呢！福英这样想着，耳边就响起了机器声，轰隆隆，轰隆隆，轰隆隆，好雪的手血肉模糊了，好雪血肉模糊了……福英的眼前血红黑紫的，她栽在柜台前，连眼珠子也不动一下了。好一会儿，才对公公说："我去西安看看娃去。"

公公抬头看着她："你去？"

福英说："我去。"

公公说："给吉子打电话叫他去。你一个屋里人出村跳厦的容易吗？他就在县上哩，他可是跑天边回不来了啊不叫他去。"

福英心说，就是吉子去，我也得去，亲眼看了好雪的伤是个啥样子，我才放心啊。她就拨了吉子手机。嘟嘟嘟嘟响了好一会儿，没人接。

公公气得叫她再打。

福英就再按了电话，还是没人接。

红胜老汉的脸黑沉得能刮下一筐炭，他看着福英，眼神又绝望又心疼，是无奈了。

福英说："我去。"

红胜老汉说："你一个屋里人去啥啊去，你在屋里招呼娃娃，我去。"他放下腿上的笸篓，跳脚起来时，却一脚踩在了笸篓沿上，哗啦一声，笸篓斜歪了，辣椒翻了一地。屋门口踅摸的两只鸡忽闪着翅膀，跳过门槛，飞奔到辣椒跟前,低头笃笃地啄,或许是闻到辣味了,啄了几下不啄了,抬起头,看老汉一眼,看福英一眼。看福英手上没有米,也没有饭,老汉手上也没有吃食,它们就夺着翅膀,落寞寞地在屋里这里蹔蹔那里蹔蹔。红胜老汉气得捞起一只鞋,嗵地砸了过去,鸡咯咯叫着,慌乱乱地扑扇着翅膀,飞过门槛跑出去了。

福英却死活不让他去。福英说:"您这么大个岁数人了,腿脚也不利索,出门我能放心?还是我去。"红胜老汉说:"再大岁数也不怕个出门,我又不是没出过门,我这腿也没事。"嘴上嘀咕着,看到自己的左腿时,话头上呢,就软了下来,英雄末路,是没有办法的退缩了,一股怒火却在心里砰砰地升腾了。好你个吉子啊,你就在外头胡逛荡着,别管这一家老小吧。红胜老汉跌着脚,去了东屋,掀开炕席子捏出两张钱,想想,又捏出两张,回到店里,把手里的钱给了福英:"穷家富路,出门多带个,不要受屈也不要叫人小看咱。"

福英收拾东西要走时,利子的电话又来了,说是包扎好了,好好的,医生说不用住院,叫回家疗养。福英说:"那你把她送回来。"利子说:"好雪不愿意回去,来来回回还要花钱,想在宿舍歇几天。"

红胜老汉却叫好雪不要回来,要福英去。红胜老汉说:"你看上一眼是个啥样样,咱就放心了,叫人家老板跟医院大夫串通好了哄娃,这俩人也跟着哄咱,娃一离开人家厂子,事大事小都不好找人家说了。"福英说:"嗯。"红胜老汉说:"到那儿也别跟人家老板闹,看事情大小跟人家好好说。"福英说:"嗯。"红胜老汉说:"有啥事了叫利子往前说话,你个屋里人别受他旁人的气。"福英说:"嗯。"

第二天一早,福英就收拾好包,推出电动车,把包夹在后座上,刚走到栈道,碰见了大全。大全骑着个摩托车,一只脚点在地上问她干啥去。福英给他说了好雪的事。大全问她咋走。她说:"把电动车放到镇上水霞店里,坐客车到县上。"大全叫她把电动车送回去,大全说:"到镇上等车等到啥时候了,我送你到县上吧"。福英说:"你没事?"大全说:"有事也没你这事急。"

福英也不再跟他多说话,把电动车送回去,抓了包出来,碰上万紫骑着车子过来了,她想躲开,已经不能了。万紫跳下车子,问她干啥去啊,大早起的。

福英不愿给她说实话。万紫的嘴,喇叭筒。啥事只要万紫晓得了,一村人就都晓得了。福英就说:"去镇上去,水霞打电话叫哩,说是有个货单子不对了,叫去看看。"福英问她去哪。万紫就撇了嘴,斜倚在车子上,恼恼地说:"我能去哪呀,睁开眼窝除了受死苦,还能咋?"转眼,又笑嘻嘻地用下巴点着大全说:"看你这待遇多高,羊凹岭的头头亲自给你当司机哩。"

喜子晃着羊鞭,吆着羊过来了,跟他们打了个招呼,跟着羊扑塌扑塌走了。他们几个赶紧往边上走走。大全怕万紫往歪处说,就骂万紫的闲淡话可比羊屎蛋还要多,大全说:"我这不正要去镇上有个事嘛。"万紫嘴里哟哟哟地吧唧着,说:"我说啥了啊,福英你说,我说错了吗?大全不是咱羊凹岭的头头?"大全白她一眼,说:"狗嘴吐不出个象牙。"万紫吭地笑:"我是狗你是啥呢?你说你是啥呢?"说着,就推着车子,把车轱辘往大全的摩托车轱辘上碰,嘭地一下,嘭地一下,不轻不重的,眼风水波一样,带着几分的媚气,往大全脸上飘,是轻佻了。因为有同学的情分,从小开玩笑惯了,大全和福英也不觉得过分,倒是逗惹得大全哈哈笑,连声骂她个憨怂货。

福英没有时间跟她多说话,说了声急着哩,给万紫摆摆手说:"闲了咱说。"腿一撂,骑坐到了大全身后。大全一脚油门踩了下去,摩托车轰的一下,跑开了。

万紫站在栈道上,看着摩托车,噗地吐了口唾沫,眼睛就把摩托车剜了一眼又一眼,气狠狠地说:"装你妈个腿啊装,不就是仗着大全爱见个嘛,以为是县长省长爱见你了啊,老娘还不晓得你是个啥货啊。"骂了福英,又骂大全个眼窝子浅,脸皮比城墙厚,人家爱见你啊你跟个公狗一样,绕着人家耍尾巴。想想万万从来没有这样看重过自己,心里呢,又把万万骂了一遍。骂完,就叹息自己的命不好,遇下的人都是没情没意的货。

正自怨自艾,水绸抱着小天过来了,问她去哪儿了,一早的站栈口喝风呢?万紫就用下巴点着跑远了的摩托,压低了嗓门说:"看见没?带上跑了。"摩托车跑远了,水绸看不清是哪个。万紫就扭了头,用下巴点着福英商店,眼睛一斜一斜的,说:"还有哪个啊,还有哪个啊。"

水绸不想听她扯闲话。男男女女的事,她更是不爱听,别人说得热闹,她也从不往跟前凑，反而呢，听个话头子就赶紧找个借口走开。她自己的脸都不干净，还笑话人家的脸黑啊。人活一世不晓得要经历个啥，唐僧取经，九九八十一难啊。凡人能走那一步，肚子里不知道揣了多少外人不晓得的泪水和枯焦啊。水绸就对万紫说："小天这两天不好好吃，我找好子婶给推推去。"扭身，走了。

万紫满肚子的话想找个人说，没想到水绸这个婊子不等她说二话，把她晾在栈口风地里自顾走了。她就气恼地咬着槽牙，看着水绸的背影，翻了个白眼，心说，哪个不晓得你做下的龌龊事啊。

仲春的阳光暖和，明亮，绸子一样在地里飘。地里的麦苗黑绿，稠密，一行一行的齐整，间或有一枝两枝的野花，挑着细长的枝条，鹅黄的小花齐整整地串了一串。崖头沟岔的野草野花疯了般扎了一堆一片，粉的花、黄的花、蓝的花，碎碎叨叨的，星星点点的，开了好多。地头路边的杨树柳树上绽开了一树的新叶，绿玉黄玉般，嫩黄的，翠绿的，都是新鲜得要淌下水般。喜虫儿野雀子呼噜噜飞到一根枝条上，候地又飞走了，叽叽喳喳地叫个不停，是热闹了。

大全骑着摩托车上坡下岭的，两个人都着急赶路似的，大全没言语，福英也没言语。摩托车骑到了去县上的油路，大全想跟福英说话，说两句安慰的话吧，又觉得虚叨叨的，没有啥意思，说别的吧，知道她心里有事，说啥她也听不进去，就啥话也不说了。福英呢，心里一直在想好雪的手，到底轧成了个啥样样呢？出门在外，为了挣俩钱，不晓得要受多少的委屈和疼痛。还有吉子，又是吉子，要是不出去，守在羊凹岭，他们还会成现在这样吗？还有好雨，自己要是不出去，照看着娃，她会摔了吗？小好呢？小不点点个人人，常年四季见不着爸妈，以后长大了跟爸妈还有个亲吗？福英心里乱纷纷的，看着路两边蓬蓬勃勃的野草，好像那野草长到了自己心里头，毛毛杂杂的扎得她难受。她就叹了一口气，日子过得真快啊。大全偏着头，问她说啥。福英说："大全你说要是人都不要出去天南海北地打工，日子能过下去不？"大全说："啥日子都能过下去，就看你咋过哩嘛。"福英说："我就想要个太平日子，一家人都好好的。"大全说："不是说守在一块就能好好的，也不是出门打工就不好了，得就事论事，不能以一概全了。"福英笑："不愧是村长,说话一套一套哩。"大全说："我说的不对?"福英说："对着哩。"大全说："所以说你要想开点,遇下啥事说啥话,不要把啥事都往心上搁,该放下的要放下。"

福英听着大全的声音在风里呼呼的,心思就氤氲开了,这样贴心贴肺的话,有几个人对自己说呢? 就是自己娘家哥和妹子,日子过得紧紧巴巴的,睁开眼窝也是忙着四处干活,自己一天到黑要照管小好、好雨和公公,还有个店也要招呼,姊妹呢,就不多见。有时候见了面,也只是拉拉不咸不淡的家常。他们问起吉子来,她也是一句应付过去。现在听大全的话,心热了,抬眼看着大全的半个脸和宽阔厚实的背,就伸开了双臂,轻轻地抱住大全的腰,把脸贴在他的背上。

大全扭头看了她一眼,说："到县上和吉子跟着去西安?"福英听大全问吉子,眼湿了,委屈地说："吉子,不接我电话,一黑了,打了无数个电话,也没接。"大全没有回头,一手抓着车把,一手抓了福英的手,一下一下地揉捏着,说："没事没事,我是说他肯定没事,娃也没事。吉子可能正好忙得没顾上,你别往心上去。"福英听着大全的话,感觉自己一下子小了,弱了,跟个娃娃一样,需要一个稳妥、安逸的怀抱。那个心气好强的福英呢,那个羊凹岭人眼里能说会道的福英呢?她反过来抓了大全的手,捏了一下。大全又反过来抓握住她的手,放到嘴边,亲了一下。

到了车站,大全要等福英坐上车再走。福英不让,叫他回去,说是还要等半个多小时哩。大全说："我把你送上车,我也能放心回去。"福英还是不让他等,嗔怪道："我个老婆婆了要钱没钱,要色没色,有啥不放心的,怕人把我引走了?"大全就笑说："老板要是胡来的话,给我打电话,我过去跟他说,用钱的话给我说,不管咋说,不要耽搁看娃的手。"福英看着大全说："嗯。"大全说："下了客车,打个车去好雪跟前,别怕花钱。"福英说："嗯。"大全说："到了外头不要受屈,钱花了咱还能挣。"福英嘴上答应着,心里呢早翻开了波涛,大全啊大全,我有啥值得你对我这样好呢? 你这样地对我好,我用啥还呢?

福英没想到,客车还没开,好雪的电话来了,说是买好明天回来的车票了。好雪说："我就晓得你不放心。"福英没办法,赶紧跑去找寻回镇上的车。车刚走,下一趟要等一个小时以后了。福英掏摸出手机,想问问大全走到哪儿了,却没有拨。她突然想到建材城看看吉子去。反正是到了县上,看看他在干啥。好雪受伤的事,也该给他说说。给自己找了两条理由,最想知道的,却是压在心底了。搭了环城客车过去,然建材城里的店快要问遍了,竟然没有一家说是店里有羊凹岭的陈吉子这个人。这就奇怪了。福英站在建材城的马路上,东看西看,不晓得该咋办了。吉子,难道不在建材城干了?他能去哪儿呢?他去哪儿也不给我说一声啊。福英突然觉得委屈,又伤心,看着眼前人来人往的,硬是把一泡热泪吞到了肚里,扭脸慢慢地朝外走去。

走到他们以前打工的那家店前,老板娘坐在太阳下嗑瓜子,一见她,就姐,姐地喊,叫她到店里坐,说是可有几年没见着她了,问她去哪儿挣钱了。福英挤了满脸的笑:"屋里忙的,没事也就懒得来县上转了。"又问老板娘生意咋样。老板娘嘻嘻地笑:"还行吧,这几年城里村里人都讲究了,买个楼盖个新房子,都要装潢,铺地板砖,能离了咱这瓷砖,咱家瓷砖,你晓得,国家十大品牌呢。"老板娘叫她店里歇歇。她没有进去。哪有闲心坐啊,想起要问问她晓得吉子在哪个店里,话到嘴唇边了,硬叫她给咽了回去。哪能问啊,张嘴就会惹人笑话。

没想到她没有问,跟个野雀子一样的老板娘问她了。老板娘嘣嘣地嗑着瓜子,说:"姐呀,吉子哥的店还可以吧。"

福英一下就傻眼了,刚刚压下去的慌乱又像个气球样呼呼地鼓胀开来。吉子开店了?吉子开了个啥店?店在哪儿呢?她挤了个笑,说:"还行吧,你晓得,现在的生意都不好做。"

说完,她就想走,再不走,这媳妇子还不晓得要问啥呢。然那媳妇子吭地笑了声,说:"哪个店不挣钱,吉子哥的店还不挣啊,万红给他联系了好多政府单位。"

这时,福英真的是傻眼了,嗯嗯地应和着,脚下呢,一步不停地往前走。吉子开了店,万红帮衬着他。吉子开了店,万红帮衬着他。吉子开了店,万红……这句话像刺蓟一样,嗖嗖地钻进她的心里,倏地就在心里生根发芽了,忽突突就长得枝繁叶茂了,把她的心占得满满的,把她的心口顶得生疼生疼的。她就顺着街道，出一家店，又进一家。就这么个屁大点的县城，你吉子只要在县上，不怕寻找不到你。她就一家店一家店地看。看完一条街，又进一条。眼看着时候不早了，再不去赶车，就没有去羊凹岭的车了。她咬咬牙，心里狠狠地说，等我找寻到你咱再说吧。

好雪的手果然没事。从县上回来的福英，心里本来恼火，看好雪的手确实是伤了个皮肉，她的脸上才有了一点儿笑意。红胜老汉说："也得小心点，一天天热了，不要叫伤口发炎了。"扭脸又吩咐福英，叫福英给娃做个好吃的补一补。福英说："明个我到镇上割肉去。"

好雪在桌子边跟好雨、小好玩牌，听到爷的话，就笑："还是回到屋里好。"福英说："好就别出去了。"好雪说："不出去做啥？"福英说："县上还找不下个活？"福英心说，找你爸去啊，你爸要是真的开了个店，你就在店里帮他呀。却没说。清明就快到了，清明节，吉子肯定回来吧。回来了，好好问问他。问清楚了，再说。好雪说："县上有啥活呢，我可不给人卖衣服端盘子。"福英说："那你想干啥？"好雪说："还去西安的厂子，活都熟了，人也熟了。"福英说："发全在屋里做点心给超市商店送，要不你也学个做点心饼干，还是个手艺活。"好雪说："哪个爱做那，没意思。"福英说："大女子了，该找夫家了，一天在外头跑，咋找。"好雪说："哪个说我大了，我还小哩。"

福英说："我像你这么大时，都生下你了。"好雪说："你那是啥年代，现在是啥年代。我可不想早早结婚再抱个娃娃，缠住人哪儿也耍不成。"福英说："多大了，咋就跟个耍娃娃样。你小姨前几天给我打电话说是他们村个小子，比你大三岁，你属狗，他属羊，狗看羊，好姻缘。"好雪说："你叫我小姨问问他屋里能在西安买个楼不，买得起了再说。"福英说："老农庄稼户的死受苦人，有那腰劲？你咋不说在天安门前给你买个楼，你嫁人还是嫁楼？"好雪就笑："也嫁人也嫁楼。"福英说："我看你是跑西安跑野了，西安是咱待的？"好雪的话松了："那也得在县上买个楼，我可不在村里头住。"福英说："还不晓得合适不，先给人家要楼房？"好雪说："能买起楼再说，买不起就不见。"福英说："我问问你姨给你说。"好雪说："也不急。"福英说："不急不急，外头有合适的了？"

好雪说:"该有的时候就有了。"福英就急了,气恼恼地说:"你们个个都不叫我省心。"好雪看她妈变声变脸的,就抱了福英的肩膀,问她咋了。好雪说:"到县上见我爸了没?"福英说:"哪顾得上。"好雪说:"那我爸这些天回来过吗?给你打电话了没?他要是敢欺负你,我可饶不了他。"福英听着,心里就嘀咕开了,好雪听说了个啥?又害怕她听说了啥不好的,就说:"他能欺负你娘,也不看看你娘是哪个啊。"话说得是轻松了,带着点玩笑,心里呢,哪里能笑起来,倒是看到好雪劝慰她,有了些欢喜。女子大了,晓得护娘了。

好雪回来三天时,福英做了臊子面,炸了油饼献神。

红胜老汉在院子摆了小桌,摆上香炉,点了三根线香,恭恭敬敬地插在香炉,把臊子面、油饼恭恭敬敬地摆上,脸面朝北,端端地跪到桌前磕头,嘴里念叨着,祈求天地神保佑一家老小平安。

福英和好雪、好雨、小好也端端地跪在老汉身后,她的心里呢,也在念叨着,希望一家老小都太太平平的。

献完,福英叫公公和娃娃先吃,她给三叔和后巷的五婆、东巷的成柱爷送个油饼尝尝。小好听说她要出去,筷子一丢,也要跟她去。好雨看小好要去,也丢下筷子,跟着福英。

后巷的五婆和东巷的成柱爷,娃娃都在外头打工,过年时才回来,平日里屋里就剩下老人,一人守着个院子,都是八十多岁的人了,手脚不利索,眼神也不好。过节时,福英就要多做些饭食,给五婆送一碗,给成柱爷送一碗。平日里,做了啥好的,也要送些去。万紫笑她是菩萨转世,爱管个闲事。福英说:"咋是闲事哩,都是能管上的。"福英说的能管上是把五婆和成柱爷当成了亲戚。她的娘家婶是五婆亲侄女,按她娘家那边的话,她要唤五婆老姑。成柱爷呢,也是陈姓家的老辈,跟她这门里的爷是叔伯兄弟。福英说:"他们能吃多少,我是看那么大个岁数了跟前没个人招呼恓惶哩。"万紫说:"人家娃娃在外头挣钱哩人家恓惶啥哩。"福英说:"哪个说有钱了就不恓惶。"万紫说:"他挣下钱了不会给他爸妈雇保姆,雇一个不行雇两个三个嘛,要你管?"福英说:"看你说的,这不是没保姆嘛,咱眼看着老人跟前没有个人,前巷后巷地住着,白眼窝一翻装个没看见？"

到了五婆屋里,福英喊了声五婆,叫好雨、小好喊老婆,掏出三个油饼放到灶台上的碗里,说是炸了油饼了,您趁热吃。五婆正在锅灶上下面,看福英娘母三个来了,急得在屋里翻柜子拉抽屉地找花生,说是过年时还剩下一把,就等我好雨和小好来了吃。福英叫她不要找了,娃娃啥都不缺。五婆不行,拽着好雨和小好不让走。在炕窑里找到花生,给小好装一口袋,给好雨装一口袋,才叫她们走。她们都快走出巷子了,五婆还倚在门口,喊小好和好雨过来要。

还没进成柱爷屋子,浓烟把福英娘母三个堵到了屋门口。福英喊成柱爷。老汉颤颤巍巍地从浓烟里出来,枣木棍一样的手指头抹着两眼的泪花,说是人老了,没人爱见,炉子也不爱见他跟他闹事哩。手在脸上抹着,抖抖索索地够不到眼睛上。福英说:"赶明儿我给成柱打个电话,叫他回来带你到医院看看眼窝去。"成柱爷赶紧摆手说:"不要打不要打,人家都忙得顾不上,人老了,不如死了,死了不连累人,自个儿也不受咧。"福英心里一凛,劝了成柱爷两句,叫小好和好雨在院子里耍,她到屋里给炕洞里引了把火,炉子里的烟才顺顺当当地从烟囱跑出去了。她又给成柱爷做了碗面疙瘩汤,掏了三个油饼,叫他趁热吃。她娘母三个去了三叔屋里。

三叔的院子靠栈边,五间北厦,老两口住东边两间,西边两间娃一家住。中间的一间做了厨房。娃和媳妇在汾南教学,一年到头也回不了几次。两个女子呢,一个嫁到了龙门,一个嫁到城关去了。不管离得近远,成了家,就有了自己的一家人要忙,空闲了,还四处找零活干,也不多来娘家。这个院子呢,平日里也是静悄悄的,出来进去的,除了三叔和三婶,就是他们的影子。倒是那片菜地里的菜蔬,一年四季里,总是空闲不下来。春上是菠菜油菜芫荽,热月天是茄子辣椒黄瓜北瓜,到了秋上,紫色的刀豆荚又挂了满架。地边呢,有一丛喜凤莲,有做饭花指甲草鸡冠花。红的黄的绿的,高高低低,粗粗细细,大朵小朵的,都长得旺势,又勤奋,挤挤闹闹的,不知给院子添了多少的热闹和欢喜。花一开,蜜蜂土蜂嘤嘤嗡嗡地飞来了,蝴蝶蜻蜓飞来了。灰雀子野雀子唧唧地嚷着,飞到菜棵子上,飞到藤蔓上,梆梆梆地啄嫩叶子。它们,给院子闹出来又一种的热闹。

福英到三叔屋里时，三婶正在擀面。

三叔一看福英提着油饼，问福英咋哩。

福英说："炸了几个油饼，您和我婶尝尝。"

三婶听见了，抓着筷子就跑了过来，着急地说："好雪的手咋样了啊，就说要去看看娃去，我那小侄女坐月子，你晓得我嫂子死得早，我去伺候了几天，还没顾上看娃去。"

福英就笑："不要紧不要紧，就是想回来在屋里歇几天了。"

三婶把油饼放到盘里，说是明个过去看看娃去。

福英叫她不要多心，好好的，有啥看的。

三婶叫三叔给好雨、小好拿饼干，又装了几个果子叫福英拿上，说是汾南的，冷库里存的。福英不要，说是屋里有哩。三叔叫福英拿上，说："哪有实袋子来空袋子回去的道理。"

福英问三婶小侄女坐月子了，是不是还要蒸花馍走亲戚？三婶就笑，说："不了不了，懒得蒸了，多买个鸡蛋吧。"三叔却在边上插话了，他说："该蒸花馍就蒸上个，还是按老讲究行事的好。"三婶就笑："看你三叔一天的穷讲究多，蒸花馍多费事啊。"三叔说："讲究不是穷，讲究是心意，心里有，就都有。日子过啥哩嘛，不就是过个心？你看那花馍各是各的样，祝寿哩庆生哩，白事红事上，各有各的说法。鸡蛋算个啥，就是个吃。现在的人就知道个胡吃海塞，啥礼节也不懂。"三叔说着，又说到了过节。他说："这一年到头，四季八节，都是过心，这大节小节给人的就是心劲。"

三婶筷子头点着三叔，对福英说："看这话有多少啊，你说一句，他嘴不停了。"福英也笑："三叔说得对哩。"

第六章

二块把砖和沙子、水泥都拉好了,找的两个大工,也说好了,准备动工时,大全来了。

大全掏摸出一盒红河,抽出一根扔给二块,问他,准备好了?二块说:"先动着吧,啥不够了,到时候再买。"大全说:"有个事想跟你和春娥商量一下,你俩同意了好,不同意了也没事,我也是受人之托来的。"二块就笑,说他像个媳妇子,说话吞吞吐吐的。大全说:"万万的意思是想跟你们换个房基地,村东他还有一块,五丈二,比你这儿还要宽二尺,靠着路边,出来进去的也方便,他换的意思不是说那块不好,是想盖到一块。"

春娥听着大全的话,就想起来这几天万万的工地上,砌了半截的墙不见个动静了。大工不见了,小工也不来了。原来是存下心了。想着就有点气恼,猫抓了心般刺挠,还说是同学哩,还说是好邻居哩,把人撺走了好把这个巷子独占了啊。可她没说话,看着二块,等二块的话。二块虽说是倒插门女婿,本家的人村里的人看不起,可她不能看不起,遇到大小事了,她都是先问二块,叫二块拿主意。人多的地方,她更是敬重着二块。她不能叫二块受屈啊。

二块却不说话,看着她。这个院子是二块和春娥盖起来的,但房基地是春娥爸买下的。

春娥晓得二块的心思,就对大全说:"要不,叫二块和娃娃媳妇商量商量？"

大全还没走,小辉从里屋出来了,他喊一声大全叔,说:"换,我同意换。"扭头又对二块和春娥说:"还是换了吧,万万叔要盖二层三层哩,咱盖得起?窝屈到人家的高门大厦边,多难看。"

二块听小辉说得有道理,直点头。

春娥说:"换有换的说法,大全,人常说,上门买卖不好做,可咱同学一场,我听你说,你说给多少就是多少,我和二块不回一下。"

大全说:"我就晓得你一家人明理,给你和万万两家撮合,也不只是个为了他万万对吧,小辉娃说得对,我没有想到小辉岁数不大,看问题看得挺准,你放心吧春娥,不会叫你一家吃亏。"

大全走后,春娥和二块、小辉坐在炕上,商量该让万万出多少钱。小辉就埋怨二块不主动说钱数,小辉说:"万万有的是钱,十万八万的,对人家来说还不是九牛一毛啊。"春娥问二块啥想法。二块说:"人家有钱是人家的,咱不能狮子大开口,说出去,羊凹岭人笑话咱没见过个钱。我的意思是照你妈说的走,他给多少算多少,反正咱也准备拆了北厦哩。他合适,咱也合适。"春娥就扭脸对小辉说:"咱穷过富过,人前头要能站住脚挺起腰杆子,不能占别人的便宜叫人耻笑。"

第二天,大全给二块送来了两万。二块和春娥没嫌多论少,是一句话也没说。字据写好,春娥就叫小辉到镇上买了两条红河烟、两瓶汾酒,送给大全。

换房底子的事就说定了。

手里有了钱,二块高兴了,说是不用借债了。春娥却把钱一把给了小辉,叫小辉给红霞,新房子盖好了,红霞想咋装潢,由她。

这样,二块就把砖和沙子水泥运到村东万万的底子上,开始动工前,二块到地里找见五六,他是听五六说也要拆了老院子老屋子盖新房。

二块说:"我家房子盖好了,咱大工小工一起到你家去。"王五六说:"我这眼眉下啥东西都还不凑手。"二块说:"我说的意思是咱总是要花钱雇人家小工,咱自己干了,就当是雇了小工。"王五六说:"那肯定了嘛。"二块说:"那你啥时候盖?"王五六说:"最早也到明年了,大娃都快二十了,撑上两间新北厦,给娃说媳妇也好说。"二块说:"你啥时候盖,我啥时候到,你说咋样?我就是为省事,也是看你干活实手,想和你搭伙。"王五六说:"我一天把鸡喂了,把羊放上一会儿,再没啥事,就过你工地上去。"二块说:"你媳妇一人在屋里能行吧。"王五六说:"咋不行,她现在好好的,我有事出去了,她拄着拐棍还替我喂鸡哩。"二块就惊地张大了嘴巴:"她拄着拐棍咋喂鸡。"王五六嘎嘎地笑:"猫有猫路,鼠有鼠道嘛。"说着话,就给二块学英子喂鸡时一跌一跌的样子,给槽里加饲料加水,一样一样,都能做得好。二块就啧啧地叹服:"英子也是个心强的人。"

英子在屋里听五六说她,隔着窗户喊二块哥,叫他们回来说话。

二块说不回去了,还得拉一车水去。

这样,二块盖新房再没找小工。两个大工配两个小工,正好。二块说:"反正眼下活儿也不好找,找个小工一天也得一百五,以工换工,省事。"然没想到墙才砌了一人高,王五六给他说干不成了,他老妈病了,得引到城里看病去。

大工程还在后头呢,一个小工供两个大工,哪里能顾过来。二块坐在檐下的台阶上,一根烟吃得云里雾里。

正在树下洗碗的春娥听见了,碗也顾不上洗了,水淋淋的手举在半空,受到惊吓般愣怔着一动不动,黑亮的水从红糙的手上慌乱地噗答答滴落,一颗一颗都是担心,是愁心了。春娥抬眼看见坐在一堆砖上的二块,一张黑瘦的脸在头顶的灯泡照耀下,又苍老,又衰弱,她的心就抖了一下。为了盖新房,买砖买沙买水泥买木料……一样一样下来,已经借了不少钱,再雇个小工,又得借钱。二块就埋怨春娥把钱都给了红霞,说:"家有三件事,先从紧处来。你倒好,眼眉下正是用钱哩,你把钱给了她。"春娥说:"我为了哪个啊,你没见她的脸色吗?你别管了,我顶五六。"二块好像没听见,黑着眉眼,自顾吃烟。春娥又说了句:"听见了没,别找人了,我顶五六的空。"二块说:"你行?你眼窝刚好。"春娥说:"咋不行?我眼睛一点病也没了,不就是搬个砖递个灰包子筛筛沙嘛,又不是没干过。"

这倒是真的。以前,二块和春娥在建筑工地上干活。搬砖,和灰,都干过,一袋水泥,腰一弯,两手一抄,她就抱到了怀里。和好灰,还得铲到小斗车,推到正在砌的墙边,递给大工。这些活,都是小工干的。他们都是工地的小工。

二块说:"要不,叫红霞回来,她打工挣俩钱,咱又付了人家工钱,图啥?再说了,咱泼命地盖新房还不是为了她?"春娥下巴点着屋里,担心屋里的小辉听见了心里不好受,手摆着不叫他大声。春娥说:"现在的娃娃,哪个受得了这苦。"二块默了一会儿,说:"那不还得找个做饭的?你顾了这头顾不了那头。"

动工以来,一直是春娥给工地上的人做饭。工地上四个人,还有她,还有小辉,有时还有送砖送沙子的人,每顿总有七八个人吃饭。春娥说:"做饭的工钱比小工的低好几十哩。"二块说:"那找哪个呢?"春娥说:"明个我一个人先支撑着,忙不过来了咱再说。"

夜里,二块收拾了工地上的铁锹、疙瘩绳、瓦刀、铁筛子、灰兜子,回到老院子,进了屋,甩了鞋就一头躺到炕上,转眼就呼噜打得如雷吼了。春娥收拾了碗筷,把白菜土豆也都收拾好,该盖的盖了,该装的装起来,也去睡了。躺在炕上却睡不着,眼睛瞪在黑里,想着盖房子借的账,一会儿又想起小辉和红霞,还有小云,心里乱糟糟的,也愁心,也着急。躺了一会儿,眼皮子抹了油般粘不到一起,爬起来出了门,穿过巷子,去了工地。

四野俱寂,工地东南角的一棵枣树枝上挑着几颗星,一朵一朵盛开的茉莉花般,清凉,干净。毕竟还没过清明,一早一晚还是凉。打个寒战,把衣襟掩紧,看工地上都好好的,又回去睡去了。好像只是一个眨眼的工夫,就醒了,张眼看见窗色晦明,身边空空的,二块不知啥时候起来走了。急忙爬起来穿好衣服,胡乱把头发拢拢,手还没从头发上下来,脚步已经到了工地。二块正在搬砖。他们要赶在大工来之前,把昨晚泡好的砖搬到架子上,把沙子筛好,把水拉回来,水泥和好……一样一样准备得差不多了,天也眼见得灰白了,两个大工前后脚来了。大工上到架子上开始砌墙,二块和春娥就忙得手脚都不能停一下了。

搬砖,铲沙,和水泥沙子,运水泥沙子……工地上活儿简单,要的是一把力气。干了没一会儿,春娥觉得浑身的力气一丝一缕地被抽没了,胳膊软得快要抬不起来了,前一会儿还能抱十块砖,现在呢,抱八块也吃力,两条腿更是沉得一步也挪不动了。她抹了把脸上的汗，看着大工手上的瓦刀叮叮咣咣地舞弄个不停，就觉得这明晃晃的瓦刀是根鞭子，她和二块呢，就是这鞭子下的牛羊，只要鞭子扬起来，牛羊就得走呀走呀走呀，一刻不能停下脚步。抬眼猛地发现二块在看她，赶紧扭了脸，悄悄地长吁一口气，咬咬牙，抱砖去了。

抱了一会儿砖头，二块叫她别干了，该做早饭了。春娥抬头看日头都高过房顶好多了，拍拍手，往老院子去做早饭去了。

等到天黑下来，收了工，二块问春娥咋样。二块说："不要硬撑，不行了咱就雇人。"春娥正在给手指上缠绑布条子。搬砖时忘戴手套，十个手指都快磨破了。她头也不抬地说："咋不行？睡一觉起来我又跟个小伙子娃一样浑身是劲。"二块不再说话，看着坐在蒲团上的春娥红糙糙的脸上，一道一道皱纹刻下般分明，整个人就像一棵老枣树，黑铁般的树干硬撅撅地伸向天空，也粗糙，也硬朗，心里就有一种说不上是欢喜还是难过的感觉。过了一会儿，二块又说："新房盖好，红霞回来，咱的日子就好过了。"春娥说："嗯。"二块说："到那时你啥也不用干，跟美莲一样，哪儿热闹走哪儿去，没热闹了，就南阴凉坐到北阴凉的享福。"春娥抬起头，斜飞了二块一眼，吭地笑："我是不是就老得不成个样了，只能南阴凉北阴凉地坐着等死。"二块说："你老啥啊老，你一点都不老，你永远年轻，我们村里的年轻人，金梭和银梭日夜在穿梭。"说着，就哼哼唧唧地唱开了。春娥嘻嘻笑得手上的布条子缠不住了，说："不老是妖精啊。"二块却不笑，他狠狠地咂了一口烟，呼地喷出一团烟雾，看烟雾在眼前渐渐散开，说："我就是想叫你好好享两天福，跟着我你一天也没享过福。"春娥兀地哑笑，眼里却潮潮的，缠着手上的布条，偷眼看二块，看他满脸的黑愁，就悄悄地怅然一叹，说："啥叫个享福，你觉得好，吃糠咽菜也香，你觉得不好，猴头燕窝也没味。"

在他们的头顶，在他们的新房工地上，在羊凹岭的上空，一轮油黄的明月悬挂在春日夜空中，圆润，饱满。有风拂过，春娥觉得这风像是从月上落下的，暖暖的。

春娥没想到她还没在巷里说找个做饭的，福英一早来了。

福英说:"早就说来给你帮几天忙,小好着风感冒了,吃了几天药好了,我就赶紧跑来。"春娥说:"那得把娃给看好了,一早一晚的还有个寒气。"福英说:"没事没事,我看那小东西就是不想上幼儿园,跟我耍赖哩,现在屋里跟好雨地上炕上耍得可美了。"春娥说:"好雪的手咋样了?我一天忙得还没顾上看娃去。"福英说:"好了好了,又去西安厂子去了,外头跑野了,在屋里圈不住。"春娥说:"给娃多提个醒,在外头干活可要当心。"福英说:"可不是,人家在外头,把咱的心都带走了。一个儿女一条心,你说咱这心要掰成几瓣啊。"

正说着话,万紫也来了,说是在家也没事,来看看要不要做个啥。万紫干活快,说话也快,快吧,还细致,手到哪儿,哪儿都能收拾得干净利落。春娥问她,这几天没事了?她说:"厨子还叫哩,王家堡有个走月子的,顺子不叫我去,说是他父子几个都挣上钱了,我还出去干活,龙娃说个媳妇都不好说了,人家嫌我给他娃丢人哩。"福英就啐了她一口,骂她显摆,说:"顺子个货还会心疼媳妇哩,他可没想到这媳妇子是个牛马命,一天不受苦,手脚都刺挠哩。"春娥笑。万紫也笑,嘴角却撇到了耳朵边,哼哼着说:"心疼个屁,一天不害我不叫我操心就是了。"转眼,又问春娥她的外甥女咋样啊,合适了给龙娃说说。春娥说:"问了问了,就是忘给你说了,人家女子现在正谈个。"万紫就对福英说:"有好女子了,给咱龙娃说着。"

春娥说:"咱说笑是说笑,我得给你俩工钱。"福英说:"给我俩这小工多少呢,给少了我俩可不干。"万紫也说:"是哩,给少了,我和福英拍屁股走咧。"春娥晓得她俩是开玩笑,可是话说回来,现在的社会,不像以前。以前啥样呢?以前人盖房子,都是农闲时,到巷里喊几个人,大工有了,小工也有了,不要工钱,管饭。一天三顿饭呢,也是巷里的媳妇子过来帮忙。你给我帮忙,我给你帮忙。帮忙吧,也都是可心可力的。现在可不行。现在人的力气不白出,一寸力气都要掐算得丁是丁,卯是卯,一分一厘,清清楚楚,毫不含糊。春娥就说:"有行情哩,我可不能亏待了你俩。"福英就摆着手不叫她说了,福英:"以前我盖房子时,可还记得你给我蒸馍、擀面,从头做到尾,要说工钱,这么些年了,钱滚钱,利滚利,你是不是想叫我跟你算那个账啊,你要是算的话,我可还不起你。"万紫也说:"就是嘛,哪家没个事?你这样掐七算八的,哪个还敢跟你来往。"春娥一把抓住万紫和福英的手,呵呵笑得眼里满是泪花。

春娥去了工地,福英和万紫就在屋里准备晌午饭。羊凹岭人晌午饭爱吃面条,手擀面、细长面柳叶面、汤面、干面,都行。受苦人不比见日门坐着的人,饭量大,一顿两大碗面,还要吃一个大馒头,吃馒头,就得准备个菜。福英和万紫,一个和面擀面,一个洗菜切菜,叮叮咣咣的,开始了。

春娥的脚刚搭在门槛上,儿子唤她电话响了。她叫儿子接上。儿子在拉风箱,说:"馍馍刚上了笼屉,火不敢歇下来。"

原来是那个城里的女子打来了电话。

城里的女子从羊凹岭回城里后,再没来过。二块说是小云忙。春娥也说是小云忙。他们商量好似的都说不要叫娃来回跑,路远,又不好走,疙疙瘩瘩地来了,还得疙疙瘩瘩地走。再说了,春娥的眼病也好了,身体也欢实了。然这个女子的电话呢,倒是跟以往一样,隔上一两天,就要给春娥打一个。

春娥一手抓着话筒,一手抓了柜上小云的照片,听着电话里的女子问她好不好。说是过几天闲了,就回去,又长了短了地给她说美容院的事城里的事,说到开心处,女子在电话里笑,她呢,举着小云的照片,也笑。春娥说:"屋里都好好的,我也好好的,你爸也好好的,你哥也好了,屋里盖房子忙,他也跑前跑后地帮忙,工地上没活了,他还开了三轮车到集上卖卫生纸哩,你嫂子给批发的,也不在挣多挣少,你知道吧,妈看你哥能下了炕走到大天日头下人伙堆里,妈就安心了,好日子是个啥呢?不就是一家人都好好的吗?你一个人在城里也要好好的叫妈放心。"小云听说屋里盖房子,就说要回来帮忙。春娥抹了把泪叫她别回来,说:"你回来能干了啥呢,我和你爸在工地上帮匠人,你福英姨万紫姨帮着做饭,你回来也没用。"小云就开玩笑说:"妈不想我不愿叫我回来。"话说得轻轻巧巧的,是只有女儿对妈说的话,撒娇了。春娥呢,呵呵笑:"好好好,让回来呢咋不叫我娃回来呢!哪个不叫我娃回来我揍他,闲了回来,妈等你回来给你做好吃的。"说的呢也是只有当妈的对女儿才说的话,话头话脑呢,都是母女之间才有的亲热,矫情,琐琐碎碎的,却是贴心贴肺的。

放下电话好一会儿了,春娥还杵在柜子前,盯着小云的照片,对在案前忙的福英和万紫说:"他们怕我伤心,都在哄我哩,我心里清楚,我身上掉下的肉我咋不清楚呢,那女子,不是我小云,你们说那死女子到底跑哪儿去了呢,她是死是活也给我个信呀……二块难过得一夜一夜睡不着,就在炕上翻腾。"福英劝春娥想开些:"好人有好报哩。"万紫说:"那女子亲吗? 再来了叫我看看,亲了给我龙娃说下。"

吃了早饭,福英和万紫洗了碗,收拾好了锅灶回家时,春娥给她俩一人舀了两碗绿豆,叫她们拿回去。福英不要,说:"这儿正动着工哩,一天好几口人吃饭,正需要。"万紫也不要,她白了春娥一眼,说:"这春娥就多心,放下,我俩还忙着哩,没空跟你厮厮缠缠。"春娥还是不依,把两个袋子往她俩手里塞,说:"还有哩,多哩。"福英给万紫递个眼色,叫她拿了,说:"咱就憋屈春娥心意了,我俩晌午再来。"春娥一直把福英和万紫送到门外,还要送,万紫不走了,说:"你今个不把我俩送回家可不行。"福英笑。春娥也笑。万紫说:"我俩来个不停,你送个不停,还咋干活哩。"福英拍了下万紫的背,吭吭地笑,扭头叫春娥快回去歇上一会儿,上午还要手脚不停地忙哩。

二块和大工吃了烟开始干活时,看见春娥竟然靠着桐树睡着了。他喊春娥起了,该上套了。大工的瓦刀一拿起,要砖要水泥,小工就不能耽搁。春娥嘴里嗯嗯地应着,身子却没动一下,眼皮子也没抬一下。二块看了她一眼,就说:"你乏了回屋里歇一会儿吧。"春娥睁开了眼,靠在桐树上,说:"不乏,乏啥呢? "春娥说是不乏,却靠在桐树上还是没有起来。二块扯扯嘴,没有再叫她。

一片干叶子落在春娥干草样蓬乱的头发上,春娥醒了。阳光透过稀稀单单的桐树枝条,给她黄糙的脸上轻轻悄悄地筛下一块黑一块白。看着工地上的二块,二块正在猫腰抱一袋子水泥,眼里就生了满满的愧疚。她把手搓得哗哗响,在脸上搓抹一把,不好意思地说:"我咋就睡着了呢? "又埋怨二块起来了也不叫她一声。二块抱起一袋水泥,脸憋得紫红,吭哧吭哧地说:"你要是乏就再歇上一会儿,快慢也不在这一会儿。"

二块再去抱水泥袋子时,看见王斌子推着个小斗车走了过来。二块装作没看见,低头去抱水泥,吭哧了好几下,没抱动。王斌子叫二块给车上装水泥,说:"用车推,省事。"二块嘴上说没事,可还是把水泥装到了王斌子的小车上,说:"你咋还有个小斗车。"王斌子就笑:"包工程的屋里没两件工地上的家伙,还算个啥包工头?"二块说:"人家这些家伙都是放在工地上哩,你贪污个藏屋里干啥,生蛋哩?"王斌子哈哈大笑:"藏屋里不是等你动工时用哩嘛。"二块看水泥装满了要抓过车把时,王斌子不给他,说:"我来。"二块说:"小车借我,你忙你的去。"王斌子说:"我这几天正好没事,给你帮几天忙。"二块说:"你这大老板总经理大工头哩,我哪雇得起。"王斌子就握了拳头,在他头上晃,做张做势地要打他,说:"就耍一张臭嘴。"二块还是叫他走,说是真不要,二块说:"我这工地上就俩大工,我和春娥刚刚好,不多不少,能应付过来。"王斌子还是不走。王斌子说:"我知道你能应付过来,你是哪个?你不是咱羊凹岭的犍牛吗?犍牛就是老了,也是老犍牛,也不会是老绵羊。"小时候,他们几个在一起耍,上树爬岭,砍柴翻地,二块都是第一。二块的力气大吧,耐力还强,从状元坡爬到凤凰岭,不歇一气,还能边上边砍柴。他们就唤他是犍牛。

二块嘿嘿笑着,心里呢,是真的不愿王斌子在他的工地上。

二块没想到王斌子干了一上午,吃了晌午饭了也不走。二块催着叫他忙去,说:"我这工地小,可养不起你这大老板。"王斌子笑了:"我哪是啥老板,你才是老板,你是老了老了还这么板正。"话是玩笑话,却是有了意味,也是只有他们才能听得懂的。二块没有接话,笑了两声,也是干巴巴的。春娥在一边听见了,却笑得咯咯的。二块乜了一眼春娥,心说,你倒是欢喜哩,我还不知道他那点花花肠子,他来还不是想跟你在一起啊。司马昭之心,黄鼠狼给鸡拜年。

王斌子比春娥和福英大,也比她们高了两级,可他喜欢春娥。下午的自习时间,常常的,要过来找春娥,一天是送根蜡烛,一天又是送个墨水。没有送的了,就找二块,叫二块把春娥叫出来。二块和春娥呢,镇上的学校上了三年,升一个年级,就要分一次班,可他俩从没分开过,一直到初中毕业,都在一个班。那时,虽说男生女生不说话,可也只是局限于校园,一出校园,他们就在一起耍。上学放学跟着,去地里割猪草拾柴火也相互唤着。春娥个子小,又瘦弱,割一筐猪草,或者是背一捆柴,不是二块背,就是王斌子背。后来呢,二块家穷,他爸不让他上高中,春娥也没有上高中。王斌子上了县上的高中,可周末回来,就要找他俩耍。他们哪有时间跟他耍呢!不上学了,就有好多的活儿要干。

二块跟他姐夫学开车去了，春娥也去了镇上卖毛线。三人见面，就不多了。倒是二块跑车回来，就要到镇上找春娥。王斌子呢，高中毕业没考上大学，去宁夏当兵去了。走前，去镇上找春娥，叫她去县上耍去。春娥不去，说："店里还有一堆活。"他俩就在毛线店里说话。王斌子告诉春娥他要在部队上学个手艺，回来了好好干一番事业。春娥听着王斌子云来云去，手上打着毛衣，竹签子上来下去铮铮地响，轻微、琐细、碎碎念念的。她看一眼王斌子说："部队上能转干，你好好干，说不定就留部队成军官了。"王斌子说："听说军官可以带家属。"春娥的脸倏地红了，飞了王斌子一眼，说："那你带家属啊。"王斌子也脸红红地笑，抓了春娥腿边筐子里的毛线团，一截一截地往外抽线，细细的毛线从线团里抽出来，吱吱吱吱地响，也是轻微、琐屑的声音。他抬起头，看着春娥说："要是我有那本事，要是真的有那么一天，我就带你。"春娥的脸更红了，是烧开了，她早感觉到了王斌子的心思，可他这样直接说出来，还是让她惊心，也欢喜，也感动，嘴上却说："到时你是军官了，能看上我个农民？"王斌子说："我就是团长军长了，也喜欢你。"春娥的心跳得更欢了，看他一眼，说："快把线缠好，锈一块了。"话扯到一边了，心呢，却还在王斌子的话上，咚咚得像是擂开了鼓，把他和二块来来回回地比了好几遍。王斌子人长得好，嘴也会说，话从他嘴里出来，总让人觉得熨帖和舒服。二块呢，个子不高吧，可敦实，人也实诚，就是不会说话，一样的话，他说出来，就像生了锄把镢头，硬邦邦的。春娥为难了。

三年时间，不长，也不短，横横竖竖里倒有足够的容量和耐心，生长好多的事，也结束好多的事。王斌子当兵第二年吧，春娥爸病了，镇上医院住了几天，又转到县上医院，县上医院住了半月，医生又叫他们转到市里医院去。转来转去的，除了春娥在跟前，就是二块了。春娥家三个女子，没有小子娃。春娥从小就晓得，大了，她会招个女婿上门，她呢，要一辈子守在这个家里，要像个小子一样为这个家顶门立户。那时，她的两个妹妹小，还在上学，哪里能帮上忙呢。等她爸从市里医院回来，直到去世，都是二块在张罗着忙前忙后。埋了春娥爸，二块家打发媒人来提亲了。还说什么呢。春娥妈说："过日子不是过人哩嘛，贫过富过有啥呢，人只要对你好，你还图个啥呢。"春娥点了头，对二块说:"我没有兄弟,你晓得,你要是愿意的话,得招亲来我屋里,顶我家的门服侍我爸的牌位。"二块说:"我愿意。"

这么多年了,二块知道王斌子心里还有春娥,三十多了才结婚,结婚了也不好好过,说是出去做生意,一出门就大半年的才回来一趟,转脸又走了。回来一趟,在家住再短的时间也要到他家来,说是给春娥带花籽了。春娥从小喜欢种个花,他还记得。花朵硕大的,比如美人蕉、月季、葵花,春娥喜欢;夜来香、蜀葵、吊线线花,春娥也喜欢;就是小如米粒的苦豆豆花,春娥也喜欢。春日里,春娥会在院子种好多花。一夏一秋,院子总是花花绿绿云霞般灿烂。儿子儿媳和女子都在外打工不多回来,她和二块也是睁开眼窝就去附近的工地,天都黑透了,才困乏乏地回来。可是回来得再晚,再乏累,她也要开了院子的灯,把她的花儿看一会儿。春娥看花看得仔细,看了指甲花,又看夜来香,又看月季、鸡冠花……挨个儿地看,看见个黄叶子,就伸手摘了,看见土干了,端了水盆子赶紧浇。看着看着,就把脸伏到花上,闻花香了。春天里,院子的花还没种,春娥就到门前的地里水渠边沟岔上,摘一把野花回来,插在罐头瓶里或者是饮料瓶里,摆在窗台上。冬天漫长,田野里没有野花了,院子的花也都收了籽等着春来了种。她倒是有办法,把萝卜根留下,白菜根留下,栽在花盆里,泡在水瓶里,摆到暖暖的锅台上。烟熏火燎的锅台上,放了这些个花花草草,也是好看。等到三九天,门外的风刮得呼呼的,寒气一团团从地底下冰袍子般直把人裹住时,她的萝卜花白菜花倒是开疯了。每次斌子来屋里,说是给春娥送花籽,二块心里就毛茸茸的不是个滋味。他哪是来送花籽啊,还不是放不下这个人?二块看春娥收下王斌子的花籽,欢喜地听王斌子讲这花咋好咋好,他就不开心了,过几天趁春娥不注意,就把花籽悄悄地扔了。春娥呢,好像也忘了那包花籽,天气暖和了种花时,也从来没问过二块花籽哪去了。今年春上动工,春娥没法给院子种花,她想起新房盖好了,一夏一秋的院子看不见一朵花,就伤感了,跟二块商量能不能挪挪工期,秋天里再动工。二块没答应,她也没再坚持。秋天里雨水多,节气也是不停脚地往寒凉里走,说不定昨天天还是暖和的,一早起来,天就变了。上冻了,泥水活儿哪里还能干呢!她晓得这个,也不过是心里生了遗憾,嘴上说说罢了。二块呢,听春娥这么说,心里也生了遗憾和怜惜。他看着春娥，心说这个糙婆子，上学时是班里数一数二的好看，现在却被日子磋磨得枣树样了。二块说："你放心，断不会少了你的花。"话说得朗朗的，是心疼，也是承诺了。

二块一心想撵走斌子，然他又是搬砖又是提灰包子，是说话的工夫也没有，况且工地上也确实缺人手，多个人，春娥也能轻松点。这样想着，二块就拉下眉眼，当没看见斌子，由着他把斗车推得呼呼的，跟个疯子一样。

王斌子在工地上干了一天，二块的心里憋了一天的气。晚上睡觉时，又数落起了王斌子："他安得啥心呢？还不是跟万万一个样，看我的笑话哩。"春娥就笑二块眼睛小吧心眼也小。春娥说："他愿意帮咱咱记住人家的好不就是了，谁屋里没个事？他屋里有事了咱可心可力地帮人家把人家的情还回去不就行了，像福英、万紫，咱都得记得人家。"春娥心说还有城里的那个女子，是难为那女子了啊。二块却不服气，说："他哪是帮我的忙，他就是为了看你是帮你哩，他从外头回来给他媳妇带啥东西了，给你带花籽，还不是喜欢你。"话里带上味了，酸味浓郁，醋花飞溅，一瓮的柿子醋打翻了。羊凹岭的柿子醋，浓郁，醇厚，能把牙给酸掉。春娥骂二块扯远了："这么大岁数了还瞎说，叫人家媳妇知道了，还真的以为有啥事。"二块说："真没事？"春娥啐了他一口："你说呢？"

二块睁开眼时，窗户朦胧。他心说还早，伸手摸手机看几点了，却摸到了一个空着的枕头。春娥的枕头。春娥不在屋里。干一天活累乏乏的，不多睡一会儿，跑去哪儿了呢？突然想起夜黑里睡觉前跟春娥说的话，他想春娥肯定是生气了，睡另一头了。春娥一生气，就不跟他睡一头。春娥说："我宁肯裹在你这脚臭里睡，也不想看你一眼了。"他呢，知道春娥故意跟他赌气，就把自己的枕头也扔到那头，说："我可不愿抱着你的臭脚睡。"春娥说："我的脚才不臭。"春娥见他过来，又把自己的枕头扔到了那头。他也跟着扔了过去。他说："你到哪儿我就跟到哪儿。"春娥骂他赖皮鬼。他说："我就赖你。"春娥吭地就笑了，是憋不住了。这是他们吵架赌气后经常玩的游戏。可是现在，脚头也没有春娥。枕头上没有。被窝里没有。屋里也没有。二块这才明白，这次,春娥或许是真的生气了。他责备自己如春娥说的眼睛小吧心也小了,还犟牛呢,你就是只哦哦叫的大公鸡,转眼又责备自己睡得跟猪一样沉,她啥时候出去,都不知道。

二块一出屋门,就砰地打开院子的灯。大灯泡明晃晃的,把院子照得雪亮。可是,二块没有找见春娥。还没有拉过去的沙堆上没有,砖堆边也没有。二块的脚下就慌乱乱地绕开了一团风,脚步凌乱地出了院子,又把院门口的灯打亮。在一片开满碎花的草坡上,他看见了春娥。二块心里一惊,腿脚软得险些迈不开。他花花、花花地喊着,声音如悬在叶尖上的露珠子,颤颤巍巍的。他不叫她名字,他说你爱见个花,你就是我的花。他叫她花花。

春娥在草坡上睡着了。

二块看着睡在野草野花丛里的春娥,心疼地说:"你是太累了,斌子他个憨憨愿意帮忙就让他帮忙吧,大不了过后我给他付工钱。"他要叫醒春娥回屋时,春娥醒了。春娥不好意思地说:"我想摘一把花的,咋就睡着了?肯定是这花太香了,把我熏倒了。"二块想起这几天忙得没给她摘花,还跟她吵架,就拍拍她的脸,说:"花再香也没你香,你要还想在这躺躺,我陪你,再待一会儿咱再回去。"春娥说:"那就再躺会儿吧,身子下有野草野花垫着,倒也不觉得凉。"春娥抓摸着二块粗糙硬铮的手,呵呵笑。他们呢,都没有提说吵架的事,好像是从来没有吵过架。

仲春的夜里,幽蓝的天空上,星星像一朵朵炫白的花儿,这儿开一朵,那儿开一朵。一片上稠密得热闹,一片上稀单单的只有一朵。花儿开到哪儿,哪儿就亮闪闪的好看。春娥仰脸看着天空,觉得那里也有个爱花的人,种了这一大片的花。夜风温润地吹了过来,带着点花香,也带着点草香。春娥心说,这风也是个爱花爱草的人儿呢。这样想着,春娥就看见风儿跑到树梢上,叶子的香跟着它跑;跑到青草上,青草的香也跟着它跑。到了这满坡的红的粉的花上呢,花儿上的香早就踮起脚跟等着它了。它们一来,这些香就跳着舞着跟它们笑到了一起。黑的夜色里,春娥看见它们在空中欢笑、奔跑,把香味给鸟窝里的鸟儿一点儿,给院子的黄狗一点儿,也给躺在坡上的她和二块一点儿。她抽抽鼻子,使劲地吸了吸。她的心又柔和,又安宁。她心说,等暑天了,城里的女子来了,红霞回来了,再给她们晒一盆花瓣水,叫她们洗脸洗手,她们,没准就舍不得离开羊凹岭再不愿到城里打工了。

春娥轻轻地叹息,干一天的活儿,还能闻到这些香,看到这么好看的花,就是好日子。她长长的叹息又忧伤,又欢喜。

二块说:"有你,就是好日子。"

春娥一惊,原来二块也没睡着。

第七章

　　福英在春娥家做饭时,想起在县上听到的那句话,就想问问万紫有关万红的事。两个人扯着闲话,她就有意地把话头子转了过来,问万紫:"你那妹子还在县上?"万紫坐在柜子前,手里抓着个土豆搓泥土,听福英猛猛地问万红,心里就思摸着,是不是福英听说二荣啥了。张嘴就说:"你是说万红啊,她现在是折腾好了,跟法院一个人结婚了。她做大生意了,以前的店也不管了,叫二荣给管着,真是享福的命。你看看咱这一天过的啥日子啊。"她心说这样说了,以后就不会有人说二荣的闲话了。她还在说着二荣咋会搞生意,咋会跟人说话。

　　福英嗯嗯地答应着,夸二荣从小就利索,大了更有出息了,心里呢,早不在她的话上了,想到万红嫁了个法院人,吉子咋还跟她在一起呢? 可是,建材城那媳妇子说的是吉子开了个店,吉子开店为啥不给我说一声呢? 福英想来想去,心里呢一时舒展了,一时又憋屈得恼火,不管咋说吧,吉子没有跟万红鬼弄到一起,就好。这样想着,她又有了些微的开心。好像是,吉子只要没有跟万红在一起,就不会跟别的媳妇子在一起了。突然想起来快到清明了,手指一掐算,可不,二月十四清明节,这都过了初十了。手里抓了擀面杖擀着一团面,圆圆的面团眼看着摊开了,眼看着大了薄了,擀面杖叮叮咣咣地卷了推开,换个方向,卷了再推开。擀着面,她就对的万紫说:"快清明了,还得蒸子柱。"

清明节时,羊凹岭的人家要蒸子柱花馍,上坟时要给坟地里带,祭献祖宗,走亲戚时也要携带。她俩手里忙着,就扯开了清明寒食的话。万紫说:"人忙得跟个马哈子一样,哪有闲心蒸那。"福英说:"不蒸子柱,过节就少了一样。"万紫就笑福英爱过个节,节节要照了老讲究做。福英说:"我就觉得年节好,哪个节都那么好,就像是走了长长一段路,乏了,饿了,一步也不想走了,突然,眼前头看见个炕,炕上放碗饭等你吃,节日就是那个炕和饭,让咱缓歇吃饱后,接着往前走时,脚底板上生了劲,心里头有个盼头,平日里滞在心里的疙瘩呢也化解了。"福英说着说着,心渐渐清明了起来,柔软了起来,就像头顶的天空,高阔,洁净;像脚踩的黄土,开阔,厚实。是她从县上回来,给好雨看病开始吧,不能出去打工,天天日日地守在羊凹岭,她就急躁了,烦恼了,一夜一夜地瞪着眼窝到天亮。她不晓得这样鸡零狗碎的日子,一天跟一年差不多,一年跟一辈子也没有多大区别,啥时候是个头啊。可是,到了节日,她的心就会倏地安静下来,也只有在节日里,她才觉得这日子还有个将来,还有个明天后天。

　　万紫早笑得前仰后合,手里的洋芋蛋也抓握不住了,咚地掉到地上,骨碌碌滚到脚边。瞥一眼福英,扯着嘴角说:"我可比不上你个高中生,肚里有墨水,说起来一套一套哩。"福英说:"这跟高中生有啥关系,这四头八节都是咱羊凹岭的老传统。"万紫说:"你可别说,多上几年学,到底不一样。"福英说:"有啥不一样呢? 还不一样在这山沟沟里憋着。"万紫说:"咋能一样? 我看上去是上了个初中,也没好好上,我这肚子里头跟狗舔了一样干巴巴的,你那肚里多了墨水了,还有我龙娃,总是埋怨我叫他停学早了。"万紫想说都是万万那货勾扯的,没说。那些个尘干旧事,福英又不是不晓得。

　　福英就笑。

　　万紫说:"好几年了我都不蒸子柱了,麻烦,皆是那把好面(方言,白面),咋吃不是个吃。"福英说:"面是一样的面,做出来不一样的饭,吃到嘴里就是不一样的味。"万紫就笑她:"有啥不一样的,还不跟人一样,灯一吹,是个女人都一样。"福英笑得擀面杖都抓握不住了,骨碌碌滚到了案头,抓擀面杖时,就骂她:"好话到你嘴里也变味了。"万紫的嘴却不饶人,不急不慌地说:"你说不一样？"福英低头擀着面，说："要说不一样，也真就不一样，人和人千差万别哩，要不，人咋还有个爱见不爱见呢。"福英又想起了吉子。年轻那会儿，白日黑夜的，一时不见了，就找寻。有一年，她在娘家住了一晚，接她回来的路上，刚下了古朵坡，前后看看没人，停下车子，抱了她就亲。那时的日子，真的是糖水里还要调一勺蜜啊。

万紫捏着韭菜，起来走到她身边，嘴对着她的耳朵，悄悄地说："听说了没，水绸和喜子。"福英手里的擀面杖停了下来，扭了头，问她："咋哩？"万紫扯着一根韭菜，努着嘴："你是真不晓得还是装哩，你门前天天坐满了人，没听说个长长短短？"福英摇着头，说："真没听说个啥，你晓得，我一天屋里店里的忙，你啥时候见我在门口闲坐过。"万紫撇撇嘴，牙缝里挤出来一句话："喊，还能咋，鬼捣一块儿了。"福英的眼睛瞪大了，说："这话可不能乱说，江和虽说瘫在炕上，眼亮着，耳朵也灵着哩，还有小天，她敢？"万紫就翻了她个白眼，扯着嘴角说："想偷吃总是有办法，你没听电视上说的嘛，办法总比困难多。"福英说："要是真的，旁人不笑话？"万紫却又说了句："怕这小天也是喜子的。"福英就惊得手里的擀面杖差点脱了手，板了脸叫万紫不敢再说出去了，这可是要命的话。福英说："还有咱二婶子，要强了一辈子，容得了她这样？"万紫就笑福英憨了，说："二婶子再强盛，瘫在炕上能晓得啥。"斜眼看了下里屋，贴着福英的耳朵，说江和打水绸的事。万紫撇着嘴角说："这个可是她亲口给我说的。"

是江和刚瘫在炕上没多久时，万紫碰见水绸，见她脸上的黑青，脖子上的血印子，一片一块的像是牙咬下的，血丝呼啦得很清晰，就问她咋回事。水绸脸红了一下，泪珠子下来了："我上辈子造了孽，这辈子老天叫他来折磨我。"万紫说："咋哩嘛，咋能这样哩嘛这死江和。"水绸苦笑了一下，说："他是要把我折磨死才甘心哩。"万紫想再问她两句，看她不想说，想起自己和水绸还不是一样样的命苦，就一把抓了水绸的手，说："可别乱想啊。"水绸呢，她的手被万紫抓住的那一刻起，浑身就像触了电般，索索地抖个不停，眼窝掏开了两面井，泪水兀地流成了河，哗的一道子，哗的一道子。一道一道都是苦水呀。水绸喊了万紫一声花嫂，哽咽得说不出话来。万紫拍着她的背，说："熬着等咱娃娃都大了就好过了。"水绸扑在万紫的肩上，呜呜咽咽的，是想哭又不能高声哭的压抑。万紫搂着水绸,想起死了的顺子,再招的这个顺子让人小看,龙娃的不听话,还有二荣,靠下个老板,叫人晓得了耻笑。一件一桩的都是苦心挠心的,她就跟水绸一起抹开了眼泪。哭了一会儿,水绸止了哭,万紫也止了哭,她俩擦抹着泪,彼此看着红肿的眼,脸上的泪痕,又呵呵地笑,笑着,两人又流下了泪水。万紫说:"不哭咧,这啥日子嘛,它就是想看咱个笑话,叫咱哭给它看,咱偏不,咱偏要硬起来仰了脸不哭,偏要高高兴兴地畅快地活。"水绸说:"花嫂,我是不能畅快了,除非死,我就等着死哩,我死不了,也要叫江和给折磨死。"水绸说到折磨死,又流下了满脸的泪水。外人不晓得,万紫也想不到,她的这一声"折磨死"里,不晓得隐藏着多少旁人难以猜测到的秘密和痛苦。

万紫给福英讲说着水绸给她说的话,嘴角都快撇到了耳朵下,她说:"江和为啥折腾水绸,肯定是男人的活做不成了,男人的活都做不成,还能生出娃?不是喜子的还能是哪个!"福英听着万紫的话,她的心就怦怦跳得纷乱。福英心说,水绸要是做下这辱没先人的事,江和能察觉不到?他能饶了水绸?反而是羊凹岭人都看见了,自水绸生了小天,江和对水绸好得不是一点,水绸说啥就是啥,不高兴了,还给江和捶打,江和呢,倒是好脾性了,不生气吧,还哄着水绸。羊凹岭人都说水绸立功了,给江和生了个小子娃,江和把她端得快要坐到陈家的祖宗牌位上了。今个听万紫这么说,福英想起水绸这几年的路数,也觉摸出水绸尽管有江和惯着宠着,好像也不见得多高兴,反而呢,总是沉沉闷闷的,店里是来也不来一下,店前也不站一步,或许,水绸和喜子真有一腿了?

福英低下头,擀面杖在案板上滚得叮叮咣咣,面片擀好了,就用擀面杖卷了,刀从上面切开,又竖一刀斜一刀地切成柳叶面。抓了面散开时,面片叶子样纷纷落了下来,像是落在了她的心里,一片又一片,一片又一片,乱纷纷了。她心说,或许是羊凹岭太冷清了,过了年,打工的人前后脚走了,在万万厂子和广鑫厂子上班的呢也是白班夜班地忙,村里是好消息也好坏消息也罢,一个消息都没有,这就让人觉得寂静了,睁开眼窝就是那几个人,你一脸褶子,他一脸老皮,有啥好看好说的呢,要么就是脚底下跑的怀里抱的娃娃,他们懂啥呢!长大了,一样的要可世界闯去不愿在村里留。剩下的就是岭上的石头地里的庄稼,这些有啥好看好说的呢,看了一辈子了,跟自己脸上的褶子手上的纹路一样熟悉。福英想起从早起到太阳落,店门口坐的那些人,有时一晌一晌的,不说一句话。他们是连说话的兴致也没了,木然地看着岭上的风刮过来刮过去,看着日头把桐树的黑影子扯长了却撇下跑了,照到栈台子上,又一点点照到对面的土墙上,等到那黑影子到了眼眉前到了脚下,日头就快落了。一天就完了。羊凹岭村小吧,以前也有三四百口人,鸡飞狗跳的事,鸡毛蒜皮的事,总是不缺。现在呢,就剩百十口人,能有啥事呢?这样的一天又一天,可有啥意思呢。这咋行呢?绝对不行。人不是常说的,有个气气,就能扯个戏戏。福英想,或许是有一天,人们看见喜子走进了水绸家的巷子。一个是老光棍,一个的男人是瘫子,好了,干柴碰见个烈火,没有个戏戏哪可能呢。不可能的。羊凹岭这些闲坐的人不答应。

阳光从桐树上透了过来,又透了窗玻璃,把案板照得一块黑一块白,案板上的面也一块黑一块白。福英看着,突然心烦了。吉子开了个啥店呢?跟万红到底有没有一腿呢?要是没有扯到一起,人家凭啥帮他呢?万紫晓得万红帮吉子吗?想到县上找他去,转眼又想羊凹岭人晓得了,还不是个笑话?不让他瞧扁了、不让羊凹岭人笑话我想男人想疯了?福英想过来想过去,当想到水绸这么好的女人,模样好不说了,心底也好,还是个直肠子,有啥说啥,从不藏着掖着,要是她都不顾了脸面跟人乱闹,这世界,还有哪个不乱套呢?不能哪。坚决不能。

二月十三小寒食,二月十四正清明。清明时,羊凹岭的风轻柔了,云也自在了。淡淡新阳下,草木葳蕤,麦苗挺秀,翠绿色的风儿携了日头的衣袖,在麦地里飞得又轻快又逍遥。一切,都在铆足了劲儿生长、拔节、开花、结果。

二月十二一早,福英就开始泡酵母发面、煮鸡蛋、泡红枣、捞豆芽、洗核桃,一把小剪子一把小梳子也洗干净了。所有的都是为蒸子桂花馍做准备。福英想清明节了,吉子他说啥也会回来上坟吧,等他回来了,跟他好好说说。咋好好说呢?咋对他好呢?自己咋就不好了呢?不跟他吵不跟他闹的,屋里啥事都是自己在张罗,不要他操半点心,他还要咋呢?福英惆怅了,郁闷了。她咬了牙,使了劲地揉着手下的面团。

清明节头一天,好风和龙娃回来了,利子和小红也从西安回来上坟了。好雪没回来,吉子也没回来。小红一进门,小好就扑到她怀里没有离开。

一早的,陈家本家的男人,老老少少的,跟了一大队。江和坐在轮椅上,抱着小天。红胜老汉拄着拐杖,戴着草帽子,走得一跌一跌的。利子抓着铁锹,嫌他腿脚不利索,不让他去地里。他说:"我还能上几回啊。"利子就不再言语了。好风担着担子。担子的一头挂着装了大花馍的篮子,花馍上扎着好多的燕燕;另一头的篮子里呢放了一碗煮熟切好的猪肉片,一碗小米,也是煮好的,小米和肉下呢,都垫着焯熟了的带根波菜,碗旁还放了一棵山葱,也是带着长长的根须。篮里还有叠好的白纸、剪得齐整整的纸票子,用白纸条缠了腰儿,十张一捆,十张一捆,捆扎得紧实又齐整。到了坟头,拿出一捆纸票子,拿出一捆白纸,各家的堆放一起。等坟头的蒿草铲净,培了土,撒了小米,就要上香、燃炮、焚烧纸钱,晚辈的一起跪下来,点了纸票子,恭恭敬敬地磕三个头。

陈家的老坟地不在一处,有一块在王斌子家的人口地里,一块在念尚家地里。村里当年分地时,抓阄,所以,坟地也就交叉开来。你家的坟地在我家人口地里,我家的老坟地在他家人口地里。家里有人殁了,要埋到老坟地里去吧,就得跟人家打个招呼,若是毁坏得粮食多了,还得给人家一些赔偿。后来,人都嫌麻烦,人殁了,就在自家的人口地里打坟。吉子的老母就埋在吉子家的麦地里。人口地里的风水比老坟地的好赖呢,也不讲究了。

上沟下岭的上完坟,就快晌午了。大家伙平日里不多见,走在路上,年轻的嘻嘻哈哈地说笑,年老些的询问哪儿有好活工资高点。吉子从县上回来了,等在地头,跟大家一起上完坟,却不跟大伙一起往村里走,出了麦地,骑了摩托车扭头要去县城。三年了吧,他只有过年、清明节回来,中秋节也不回来,平日里更是看不见他个影子。红胜老汉早察觉出了他的路数,只是福英不吵不闹的,他也不好多说话,可是,老汉心里灵醒,不吵不闹,不能说就是太平的就没有个是非,福英心强,好体面,他得替福英把该说的话说出来。

等到本家的兄弟侄子孙子都走到前面去了,他厉声喊住吉子,叫他等等,他有话说。吉子扭了摩托车头,走到他跟前。红胜老汉只说了一个字:"回。"

吉子说:"店里忙哩。"。红胜老汉又说:"回。"吉子说:"咋哩嘛,给你说店里忙。"红胜老汉的一口唾沫啐到了吉子的脸上,张嘴就骂开了:"再忙,清明回来了连个家门都不进?"吉子骑在摩托上,黑铁个脸:"给你说了,店里活儿多。"红胜老汉又噗地吐了他一口,说:"我可见过个忙,你以为你是县长,还是市长省长?"吉子不言语。红胜老汉:"你说你要脸不要啊,好雪的手轧了,给你打电话你不接,你也不问娃的手到底咋样,你说你还是当老子的不?好雪、好风都这么大了,眼看着该嫁女子娶媳妇了,你倒好,在外头一年四季不着家,你不要脸我还要脸娃娃也还要脸哩。"吉子说:"我这不是回来了嘛,你当我在外容易哩?我受气受苦哪个晓得?我挣钱还不是为了咱那光景。"红胜老汉气得浑身颤抖,拐棍在地上咄咄咄咄地戳:"你别拿你那俩糟钱恶心我,钱能当了人?人都没有了,我要钱做啥哩。"

吉子不回去,呼哧踩了一脚发动杆,手上拧着车把扭头要走。他爸手脚这时候利索了,嘣的一下拔出摩托车钥匙。红胜老汉气得晃着手里的钥匙,说:"你要走我不拦你,我拦你我是龟孙子,我就问你一句话,你是决心不回这个家了是不是?"吉子还是板青个脸,坐在摩托车上,一只脚点地,一只脚踩在脚踏子上,胳膊僵硬地拄在车把上,说:"我咋不回咧,我这不是回来咧。"红胜老汉骂道:"你这也算是个回?我把你个不要脸没良心个东西,你嘴歪到边上说话当本事咧?好好好,你有本事,你硬气,今个当着你三叔你大伯五叔的面,还有利子和好风的面,你要是今个不回去,当我没你,以后就永远也不要踏我门一步咧,我死了你也别回来咧。"

这话就严重了,也过分了。吉子不晓得他爸为啥一下就气成个这样,为啥突然说起这么决绝的话,他心说,肯定是福英在背后叨咕的。有那么一刻,他想着回去,可听爸骂得这么难听,心底也升腾起一股火气。你们在屋里啥心也不用操,想吃啥喝啥穿啥的,拿上钱就去买。哪个给你们的钱啊,不是我在外头跟个鬼一样没明没黑地挣,你们花啥!爸的话都说到这份上了,还回啥。吉子的犟劲上来了,说不回去就不回去。

红胜老汉气得浑身瑟瑟地抖动着,嘴唇瑟瑟地抖动着,一只手瑟瑟地抖动着,哗地把钥匙摔在吉子的脸上,扭头气呼呼地走了。钥匙哗啦一声掉到摩托车上,又丁零当啷掉到地上。本家的人不晓得啥时候折回来了,好风站在人伙后,气得脸乌青紫黑,看爷爷一步一步走得踉跄,剜了吉子一眼,跑过去搀着爷爷走了。

三叔叫吉子回去,说:"你不回去等你爸扛个镢敲你一头是咋哩?"

吉子瞪着眼睛说:"你没听见我爸说的啥话啊。我一天在外头泼死命活地干,为了哪个?这清明不回去,就是个事了?"

三叔说:"有啥话不能回去说?站在地里,让人家上坟的人看笑话呢,还是你没屋里?"

吉子说:"三叔,店里真的忙哩,里外就我一个人,我得赶紧回去开门啊。"

顺子把钥匙捡起来给了他。一旁的大伯五叔和本家兄弟也都劝他回去,说是少开一天半天的门,耽搁不了啥。吉子却不动。三叔有些火了,说:"吉子你挣钱为啥哩,还不是为了一家人过得好?家厦都不要了,老人媳妇都不看不管了,还有个啥好啊,你以为给了他们钱,就行了?我给你说,人回自己屋里不应该要人劝,你是灵醒人,你听你爸一句话,回去,咱就还是一家人,你要是不回去,你爸不认你,我和你大伯五叔也不认你,没有个根,哪有枝叶。"

说完,三叔扭头叫大家伙走,走时,三叔又撂下一句话:"吉子,我想着你在县上开个店当上了老板有出息哩,没想到你这心野了。"

吉子把摩托车钥匙插在孔里,突突地发动起摩托,车头一拐,摩托车忽突突扬起一团尘土走了。

吉子没想到,骑着摩托车刚上了古朵村的大坡,往县城的路上拐时,福英站在路上拦住了他。福英是听好风说了坟地里的事,突然就觉得一股风凛凛冽冽地在她心头旋过。福英的心乱了。很快地,她就冷静下来,不能这样不明不白的啊吉子,你咋也得给我个话吧。

福英挡在摩托车前,问吉子:"咋说你也得给我个话吧,三年了,你年年正月初四走,清明到地里上了坟也不回屋里转一圈,连个电话也不打,给你打电话也不接,你给我说说你到底咋哩,你开个店也不给我说一声?"

吉子狠狠地瞪了她一眼,说:"给你啥话呢给你啥话呢?钱我不乱花一分,都给了你,你还要咋?你叫爸和三叔当着众人面斥骂我让人看我的笑话。"

福英说："你咋红口白牙地冤枉人，我从没有给爸和三叔说过一句你的不对。"

吉子说："算了吧，哪个还不晓得你，你多会说话啊，软刀子杀人不见血。我给你说吧福英，我早就受够你了，再也不想看你一眼眼。"

福英气蒙了："我做下啥事了让你受不了。"

吉子翻她一个白眼，说："你没有做下啥事好不好？我一天在外头忙着给你挣钱哩，你以为我是享福咧？你看你在羊凹岭活得多有脸面，大人小娃，你都能哄得团团转，大人小娃，没有一个不说你好的，村长厂长都巴结你请你吃喝着你可世界逛哩。"

福英的脸唰地红了，一时又白了。她不晓得跟万万、大全在一起说话、大全带着她去县上的事，是哪个传到吉子耳朵，传到他耳朵的都是些啥话。她诺诺着，竟然说不出一句话来，她想了好多的理由，她想吉子也许是受人骗了，脱不了身，或许是跟了啥组织，不认一家老小了，当然，她也想着是吉子忙，在外打工不容易，难免，受人家指派和呵斥，心情不好了，就不愿回来，不愿给屋里打个电话。原来，却不是。原来，是吉子嫌弃她了。原来，吉子的嫌弃是因为自己的好。竟然是，自己太好了。天哪，这是啥理由啊。福英真的不知道自己该笑还是该哭。她咬咬牙，说："你说清楚。"

吉子说："还要咋清楚？你太强盛了，我跟你在一起从来没有一点自在没有一点意思知道吧。"

福英的心又是一颤，她没想到吉子说出这样绝情的话来，抬眼时，看见前面路口闪出一个人，远远的，像是万紫妹子万红。万红扭脸看了他们一眼，就站住不动了。福英的心乱了，再看时，确实是万红。万红还在那边站着。她压低了声音："你有人了？"

吉子说："你以为人人都像你一样胡搞？你他妈的别以为我不在屋里就啥也不晓得。"

福英的泪就在眼里漾开了。她咬住泪，不想跟吉子吵，也不让自己在吉子跟前哭，哭啥呢哭，让他可怜你？让他看你哭得恓惶跟你回去？福英对自己说不能。福英对自己说不能啊。福英咬咬牙对吉子说："我没有胡搞吉子，我再给你说一遍,我没有胡搞。"说完,就扎下电动车,要扯了吉子回去。吉子摔了她的手,她趔趄了一下,摔倒在地上。还没等她爬起来,就听见摩托车轰的一声响,抬眼看时,摩托车拐了个弯不见了,是一点声音也听不到了。路上一个人也没有。吉子不见了。万红也不见了。身边是一大块的空。阳光肥肥厚厚地把路占得满满的,又豪迈,又霸道,没心没肺了。她却觉得胸口上疼开了,像是被剜掉了一块肉般空落落地疼。空疼。空疼才疼啊。眼泪咚咚地砸在地上。她咬咬牙,恨恨地骂道,你看啥呢?你看啥呢?人家要你看啊你看?

福英推着电动车,走得很慢,一步一挪,好像在爬坡一样费劲。其实呢,她是走在古朵坡上,是个下坡。路上没有一个人,也没有一辆车。阳光撒野般挥霍下一地,炫耀般刺着她的眼睛。喜虫儿在路边上喳喳地吵闹得欢腾,是在笑话我吗?福英推着车,流着泪,心思如地里返青的麦苗一样毕毕剥剥地生长开来,清晰,旺势,又杂乱,又蓬勃。他肯定是叫万红这个妖精给勾住了。肯定是。要不然,媳妇不要了也罢,老子和娃娃也不要咧,还说出那么难听的话!吉子,我做了啥事让你不自在了呢,那妖精就比我好?好雪都二十多了,你咋才觉出不自在了呢,以前,你咋不说呢,我晓得你就是叫妖精给迷住了。福英推着电动车流着泪,给自己找着理由。下了坡,再走一截路,就是羊凹岭的地。地里还有上坟的人,一伙一队地跟着。她擦抹一下脸,骑上车子,骑到自家麦地头,想去婆婆坟头哭一场时,看见水绸抱着小天往这头走,担心水绸看见她满脸的泪痕,正寻思着躲开水绸,水绸呢,好像没看见她,脸一偏,扭转身抱着小天往岭上走了。突然想起万紫的话,就咬了牙骂道,婊子货。

福英刚到店门前,好风出来了,默默地看她一眼,没言语,从她手里接过电动车,推到院子,放进西房。利子也从东厦走了出来。红胜老汉也出来了。他们都看着福英,眼里充满了期待和无法言说的担心,是想等福英张嘴说话。可福英啥也没说,好像啥事也没发生一样,好像她刚从集会上从地里回来一样,脸上平平静静的,说:"我做饭去。"公公、利子和好风满含忧伤和悲戚的目光,沉沉重重地落在了她的背上。福英能够感觉出来。可福英咬着牙,迈过门槛,进屋去了。

昨个福英就和好雨、小好捏好了猫耳朵,菜也摘好洗好了,一切,一炒,没一会儿,猫耳朵就端到了桌上。她又拌了两个小菜,一个是黄豆芽拌粉条,一个是菠菜拌粉皮子。小菜端上桌了,清明节前蒸得花馍也热了端上了。饭桌上,公公和利子没言语,好风也没言语,福英呢,自然也没有心情言语。好雨和小好围坐在小红身边,筷子往嘴里扒拉着饭,还叽叽咯咯地说个不停。好风心烦,呵斥她们不要说话。好雨、小好就吓得偷偷看好风一眼,看福英一眼,看爷爷一眼,看他们都黑着脸,她俩就抱了饭碗,跑到院子吃去了。屋里的人,各怀心思,一顿饭吃得沉重,潦草。

万紫听顺子说了地里的事,就跑去给春娥叨咕。万紫说:"人常说,一手拍不响,两手都有过。我说我吉子哥不回屋里,肯定是福英做下啥瞎瞎事了。"春娥说:"睁开眼窝就是活儿,好雨、小好,还有你大爸,哪个不要她招呼,她一天忙得跟个马哈子样,能做下啥瞎瞎事,再说了,你就是叫她做瞎瞎事,她也做不出,不是那号人,多少年了,哪个不清楚。"万紫咦了声,说:"那天我就见他俩骑着摩托车走了,福英坐在大全屁股后,把大全贴得那个紧哟。"春娥不叫万紫胡说八道。万紫的嘴角就扯到了耳根,叫春娥一起去福英屋里看看去。春娥不去,她晓得万紫是想去凑个热闹看个笑话,等万紫走了后,她去找福英去了。

福英正在店里把上坟的燕燕给盒子上、瓶子里插,见她来,就给她两个,说是红霞、小云回来了,给她们耍。春娥接了燕燕,看福英脸面上平静,安然,好像啥事也没有发生过。一会儿,福英抬眼看春娥一眼,说:"清明过了,大工来了吧,没事了我就过去给你搭把手。"春娥说:"你歇上几天吧,我妹子说她来。"福英说:"我也没啥事,就是麦地里的草长蕻了,得锄锄去。"春娥说:"想锄了锄去,不想锄了,叫五六配个药打打。"福英说:"反正屋里也没啥事。"春娥说:"你想锄就去,我是说有些事也别给心上放,咱还有娃娃女子哩。"福英听出了春娥话里的味,她心里咯噔一下,眼底就热了,使劲咬住,问道:"你听说了?"春娥说:"嗯。"福英说:"我都没了脸面。"春娥说:"哪家不吵不闹呢,厮打没好手,厮骂没好口,他就是个糊涂话,你是灵醒人,别给心上搁。"福英说:"他不糊涂,他说得明明白白不要我了。"春娥说:"要是真不要了,能是这样？还不得拽着你去法院？别理他，叫他在外头受受，受够了，他就晓得咱的好。"福英说："他说我强盛，春娥你说我啥地方强盛了，我一天到黑都是为了这屋里好。村里头哪家有事了，叫咱说个话，你说咱能推辞吗？"春娥说："照我说，咱不该撺上他和他对面，婆夫俩得留一层纸不能戳破，破了，没了脸面，咱不好过，他也不好受，咱不说，有他老爸娃娃哩，他跑到天边，根脚也在咱跟前。男人，就像个娃娃样，好耍。耍够了，就回来了。"

福英听春娥说得有道理，抬眼看着春娥，心说，她这么个灵醒人，难怪二块把她捧手心，斌子也不舍她。

谁也没想到，清明过了没几天，红胜老汉从炕上起不来了。送到镇上医院，医生检查后说是脑出血，要住院。三叔给吉子打电话。吉子接了电话，就赶到医院，白天夜里地伺候了二十天。三叔问他要不要给利子打电话叫回来。吉子说不要。吉子说："我一人能顾过来，他今年当了个小班长，忙。"

红胜老汉去年得过一次脑血栓，左腿就不太灵便，这次出了医院，左半边身子就硬撅撅地不听使唤了，话呢，也呼呼噜噜地说不清楚。三叔问吉子咋办。三叔说："你爸跟前得有人伺候。"吉子低着头，不言语。福英在一边说话了。福英说："有我哩三叔。"三叔说："你个媳妇子伺候公公，不方便啊。"吉子黑着眉眼，坐在凳子上，头夹在膝盖间，拱着个背，谁也不看，也不言语。三叔又说："人辛苦养娃做啥哩，还不是图个日子圆圆满满欢欢喜喜，还不是图个老了有人养死了有人埋，一辈辈就是这么过来的，活人的根本嘛。"红胜老汉在炕上急得说不出话来，顺手捞摸个扫炕的笤帚砸向吉子，嚷了一通。福英听明白了，公公说的是："你还想鞋壳的土一磕，撂下这屋里的老老小小走？三年了，当我是瞎子看不着你那做派？你想咋哩你不说，扭转脸就走个没了影子，这算啥哩，叫人晓得了不骂臭先人？"吉子抬起了头，张嘴就说没多花一分钱，挣了就给屋里了。红胜老汉呼噜着说："我要人！"吉子说："我给您雇保姆。"红胜老汉气得脸都青了，抓起拐棍要打他："我没娃吗我雇人伺候。"吉子说："店真的腾不开手啊。"福英看着他，也不言语。三叔说："吉子你这是啥想法，屋里有福英，你没事了勤回来，给福英搭把手，不行？"吉子说："我咋跑啊，店里就我一个。"

红胜老汉摆着手不叫三叔说了,他要铺字据。红胜老汉指着吉子,嘴里呼噜着:"你今个要走就把这字据立了,就永别再登我这门了,就当我没你,你没我。"三叔不写,怨怪他胡说话。红胜老汉又气又急,满眼的泪水哗哗流,抓了炕头的拐棍吭吭地敲打着自己的头。三叔急得拦住他,说:"你这是干啥啊你这是干啥啊。"红胜老汉说:"我羞先人哩咋还有脸在这世上活,我还不如一根绳子吊死拉倒哩。"

三叔心说写就写个吧,也好刺激一下吉子。

字据上写道:

> 即日起,陈红胜和陈吉子脱离父子关系。
> 立字人:陈红胜 陈吉子
> 中间人:陈德胜

字据写得很简单,也没有写上日期,是三叔故意的。写那么细致干啥?难不成真的叫他们父子成了仇人? 三叔抖着字据问吉子:"你说句话。"

吉子歪着头不言语。红胜老汉从三叔手里抢过字据,狠狠地按了手印,用拐棍点着字据,叫吉子按。

福英看着吉子。

吉子甩开三叔,扯过字据,大拇指蘸上印泥,往字据上按。

福英的眼就瞪了。三叔的眼也瞪了。他们都想着不过是当父亲的要给娃一点儿厉害,要叫娃回到屋里来,虽说是步险棋,也可能会让吉子灵醒过来。当他们眼看着吉子的手往下按时,心里不由得着急了,要阻拦时,就见红胜老汉的拐棍吭一声敲在了吉子的后背上。

吉子疼得跳开,摔下字据,扭脸走了。

福英使劲地咬住泪。

屋里吵吵哄哄的一场,福英呢门槛里还是满脸的愁云,迈过门槛就是另一副脸面,没事人一样,该说笑时,跟店门前闲坐的人说个笑,该去地里锄地,给麦地浇水是一件也不耽搁。

清明节过去好多天了,福英蒸的上坟燕燕还有几只插在柜台上的塑料盒子上,有娃娃来要,就拔出一个给了。羊凹岭人习俗,小娃娃吃了清明节的燕燕,能禳灾祛病,辟邪远恶。真有这些个好吗?当然是个传说,不信也就不信,信呢,也就高高兴兴地唤了娃娃来拿上,嘱咐不要乱丢,吃了。娃娃呢,也不会去想啥好与不好的传说,只是稀罕地把竹条子举到眼眉前,不错眼珠地看那端端地立在竹条子上的鸟鸟,碰巧还有个娃娃手里也举个燕燕,两个小脑袋就凑到了一起,一个小手在另一个手上的小麦穗上点一下,另一个小手就在那一个手上的鸟鸟上点一下,心里呢,稀奇,又欢喜。那个娃娃呢,刚开始还拘谨着,害羞着,躲在婆或者是爷的怀里,只把手里的燕燕举得高高的,看人家摸他的燕燕,他也不害羞了,也伸出个手指,要摸那个娃娃手上的鸟鸟。那个娃娃却躲开了,嘻嘻地笑着躲到了绒线花树后,探出个小小的脑袋,偷偷瞄一眼那个娃娃。那个娃娃呢,就举着他的麦穗跑来了。他们躲在绒线花树后,你挤我一下,我挤你一下,嘻嘻地笑着,举着燕燕,一步一跳地跑到栈道上去了。等他们从栈道上回来,手里的燕燕还端端地在竹条子上。他们坐在蒲团上,比燕燕,你说你的鸟鸟好,他说他的麦穗好。比来比去,还没有个结果呢,还不晓得到底哪个好呢,他们却嘻嘻地笑着把燕燕举到嘴边,你看他一眼,他看你一眼,眼里的笑小溪般汩汩流淌着,也不说话,你看他把燕燕放到了嘴里,他也把燕燕放嘴里。啃一点,再比。比一下,又争论,都说自己的燕燕好,争来争去的,手里只剩下了竹条子,光光的。燕燕没了,都吃了。

过了清明,天热了,福英把店门上的绒布门帘换成竹门帘,竹门帘上挂小半幅的白布,白布上绣了两朵大红的牡丹花,还绣了两只蝴蝶,一只红蝴蝶,一只黄蝴蝶,一前一后,在花上忽闪着翅膀,双飞双宿的样子。花朵上绣了个满圆的月亮,金灿灿的黄色,花好月圆呢。刚坐在店门口,手里抓捏着十字绣,低了头,上上下下地飞针,抬眼时,就见门外晃过来一个人影子,是水绸。福英喊住她。水绸问她咋哩。福英用嘴努努柜台,说:"清明时蒸的燕燕,心说要给小天送俩要,一天到黑也不晓得忙个啥。"

水绸不要，也不进店里去，她说："我娃牙不好，咬不动。"福英就放下手里的十字绣，拔出两支燕燕，伸了过去："咬不动就别叫娃咬，拿着耍。"水绸不接："扎了我娃个脸啦嘴啦咋办哩。"福英心里一愣，脸上还是浮着笑，说："哪里能扎着娃嘛，我给娃挑个不带刺没个棱棱角角的。"水绸没说话，径直走了。

福英举着手里的燕燕，愣在了店门口。

水绸闪了福英的事，万紫当笑话说给了春娥，万紫说："俩强人碰到一起了，差点吵起来。"春娥说："福英咋会跟人吵。"万紫耸着鼻子说："做下见不得人的事了，还敢嘴硬。"春娥说："这话可不敢乱说。"万紫说："你放心，我就在你跟前说说。"两个人正说着话，水绸在院子里喊春娥，春娥看了万紫一眼，推开亮门，叫水绸进来。水绸和万紫打了招呼，下巴点着门外盖了半截的房子，说："今个咋停下了。"春娥说："大工屋里有事，明个来。"

万紫问水绸："福英给小天燕燕耍，你咋不要哩？"水绸说："怕娃扎了嘛。"万紫说："你接了，再扔了不给娃耍不就行了，把人家福英闪到半空，上不去下不来。"水绸说："扔了多可惜。"万紫还想问水绸话，水绸晓得她，她就是站在边上看笑话，还嫌笑话不热闹。扭脸跟春娥扯闲话，是看也不看万紫一眼。万紫讪讪地走了。

水绸看万紫走了，问春娥是不是福英说啥了。春娥就笑："你还不晓得她那人？她啥时候说过闲话。"水绸点头。春娥说："那天你真该接了她的燕燕。"水绸说："春娥我咋说呢，你晓得，我从来就是个直肠子，说话不打弯，有啥说啥。我心里头不爱见福英，不是说人家对我做下啥瞎事，是我觉得她那人吧太好了，你看她做人做事，有模有样的，样样数数都能到，吉子三年了不着个屋里，她倒跟个没事人一样硬撑着，图了个啥呢你说，是我的话，早打到县上叫他不能安然。我就觉得这活人不能太好了，好个七八分就行了，她却要好到十分，好到十分还是人？是神，神也有不到的地方。她好吧，还强盛，对自个儿强盛，对人家也强盛，坐她店前你听人说话，就她话头话脑地强，嘴上皆是不饶人。你说咱个女人家，要那么强盛咋哩嘛，说实话啊春娥，我不爱跟她说话，她张嘴就让我觉得自己窝囊得啥也不行。"

春娥和水绸在屋里说话时,福英正好也来了,她是问春娥多会儿开工。走到院子,刚好听见水绸的这番话,心里咯噔了一下,脚下就滞住了。水绸的话是直戳戳的,而且呢,带着很大的气力,钢锉铁磨般,噌噌地使劲磋磨着她的心。强盛? 强盛。强盛! 吉子不是也这样说过她吗? 吉子咋说的啊。吉子说,你太强盛了,我跟你在一起一点都不自在。现在,水绸也这么说她。她气恨吉子说出这话是给他自己找个不回家的理由,可是,水绸呢? 水绸犯不着说出这么难听的话啊。福英的心里轰隆隆地搅腾开了,酸甜苦辣咸,啥味呢? 啥味都有。啥味都没有。

水绸的话却还没有完。水绸说:"我就觉得她太假了,春娥你说做人嘛哪能没有个闪失,就她好像没有。她宁可把自己受死,也要把不好的藏着掖着,你说她图了个啥,你说她累不累。"

福英悄悄地扭身回去了。

晌午了,店前没有人,她坐在棚子下,一下也不想动。好雨和小好从店里跑了出来,在她身边的小桌子上吵吵嚷嚷地画画、说儿歌,她叹口气,扭转身,回到店里,抓起十字绣放在腿上,捏了针,却一针也没有绣。她有心思了。

阳光跳过了门槛,给门里亮下了方方的一块白亮。亮光里生了脚般的灰屑不晓得有多少颗,细细碎碎的,把那片白亮挤得满满的,仿佛那里是它们的世界,蹦跳个不停,喧闹个不停。福英的心口呢也嗖嗖地长出来好多的事,如这尘屑般纷纷攘攘地挤满了心头,却是盘根错节,纠缠不清,刚提起来一件,又有一件绕了上来。难道,自己真的是强盛得容不得人叫人泼烦了吗?

第八章

过了清明，就是谷雨，天气越发地暖和了，地里的草也疯长开了，要是搁在以往，地里可就热闹了，人都忙着扛了锄头锄麦地里的草。现在倒不忙，一瓶农药忽突突一喷，也就没事了。喷药，也不自己去，又得找喷药壶，又得买药，买回来，还得照了比例，多少水多少药地配，麻烦死了。羊凹岭呢，都是找王五六打药。一亩地多少钱，把钱给了王五六，就不用管了。有的人过了年出去时，就把钱给了王五六，把地交给了王五六。王五六呢，管了除草打药，还要管浇水管翻耕，收秋、收麦、种秋、收秋，地里的一应事务全都应承了。主人回来呢，给多少粮还是钱，也都是提前说好了的。庄稼地在大日头下，长成啥样，能收多少，要费多大的事，人人心里都有本账，哪个占了便宜哪个吃了亏，也都在明处，是清清楚楚的。在外头的人呢，其实也看不上地里的收成，很多人，也都是随着五六，五六给多少，他们接多少。在县上打工的，八月收了秋或者是五月里麦子收下了，就会回来，找五六把玉米或者麦子拉走，磨成面，做了面条或者馒头吃，就觉得自己地里的粮食，香，吃了放心。他们在外头虽说也不指望这二亩地，可怎么说呢，还是不想叫地撂荒了。地荒着，人来人往地看见了，会骂先人。

福英家的六亩地，加上利子的三亩，她没有叫王五六去打药。她扛了锄，一锄一锄地去锄。这天，锄完了地，路过五六家，进去跟英子说了会儿话。从五六屋里出来,没有回去。店有好雨、小好在,就是好雨、小好不理会,那么小个店,有啥事呢?就是有事,店门前一上午一下午的都有人坐,不是玩牌,就是扯个闲话。有人来买东西,到门口扯一个人跟他一起进店里,拿上东西给人看一眼,放钱时,也给人看一眼,要是找零钱,也是抓了柜台里面的钱盒子,一张一张地数着给人看,出了店门,还要给门口坐的人看手里的东西和零钱。

福英扛着锄头,找水绸说话去了。

从大全提醒福英该给好风操心婚事了,福英就多了一分心思。男大当婚,女大当嫁。哪个做母亲的不是这样,眼看着娃娃大了,女子是女子的心思,小子是小子的心思,细枝末节的,无穷无尽的,水波涛一样,一件未去,又生一件,心头牵挂的永远都是娃娃女子的长长短短。要说两年前,福英最大的心思是好风能在近处打工。好雪吧,虽说也在外头打工,可她跟她叔婶在一起,相互照应着,她就比较放心了,心里头呢,牵念的就是好风了。子不教,父之过。小子娃要当老子的管。话是这么说的,可吉子不回来,她得担起这个担子。吉子不回来,这个家老的小的担子她都得担起。黑里睡不着时,她就一件一件地想这些事。她心说,就是我自个儿受死,也不能叫羊凹岭人小看了自己小看了这一家人。好风在近处打工吧,天天在眼眉前晃着,就放心,这跑得远远的,吃得好赖,穿得多少,她咋知道,捣蛋不捣蛋,才是她最惦念的。小子娃,就怕跟不三不四的人来往,走上邪路,往回拽,就不容易了。要是结婚了,有个媳妇子管着,她也就放心了。他就是天南海北地跑,总归有媳妇子牵着,不怕他没个正心。前几天,她跟好风在电话里说了,好风就笑:“急啥啊急,我姐都还没结婚哩。”福英说:“你姐是你姐,你是你,都该找个了。”好风说:“珠子咋样?”福英的眼睛就瞪大了,好风竟然看上了万万的女子珠子。这可不行。坚决不行。怎么说呢,不是看不上珠子,是看不上万万和他媳妇。万万在外的花花事,是听说了不少,还有万万媳妇,竟然跟个小年轻娃鼓捣在了一起。谷雨说是包养。谷雨说:“现在大城市都行富婆包养个小年轻,是个时尚呢。”竟然还有这时尚?时尚啥啥就好?虽都是过路风一样吹过来的一句半句闲话,没有十足的把握,然能泛起些涟漪,多多少少的总是有个动静吧。福英觉得万万跟她做亲家,配不上。不是福英有多心高气傲,虽说现在吉子不着家惹人背地里笑话,可她福英在羊凹岭村说话做事是有模有样见方见圆的,是有规有矩的。人常说,娶媳妇娶丈母娘。这话不是没有道理。女子从小跟妈在一起,当妈的行为言语,对世事人情的看法和做法,女子耳濡目染的,就会受到影响。没有个好丈母娘,能有好媳妇?羊凹岭人还说,一个好媳妇,能旺五代人。一个家门风的好赖,很多时候,都是依恃媳妇子往起撑。

把这些话唠叨给好风,好风就有些可笑,笑福英顽固,门缝看人,把人看扁了。好风告诉福英,珠子可不像她妈,还常在他跟前骂她妈不好。福英心说,这就更不对了,哪有女子嫌弃妈的,一家人的事,该关了门去说,满世界给人说,不是自己打自己的脸吗?可福英没说。福英换了话头。她说:"人家高门槛,咱攀得起?人家娇生惯养的,咱服侍得起?"福英还要给他说门当户对的话时,好风就笑:"你还小哩,就急得想当婆了?"

福英是真的急了,她想赶紧给好风介绍个女子,说不定,他就跟珠子断了。小娃娃家的在一块耍两天,过家家样,能当真?说到底,她还是担心好风跟珠子好上了,做出来出格的事,到时候,你不承认也不行。福英把知道的小女子在脑子里过了一遍。她能知道多少呢?现在的娃娃大了,要么是上学,要么是打工,都跑得远远的,过年过节了回来,也不多在村里巷里耍,等你在巷里碰上,眼生得要问人家爸妈名字。一说,就咦的一声,是惊讶了。女大十八变,现在的娃娃都好看。踅摸来踅摸去,相中了镇上水霞的女子。

水霞在镇上开个日杂店,福英店里缺货了,就给她打电话叫送些,一来二去的就熟络了,她家的两个女儿,福英也熟悉,一个十九,一个十八,一个像爸,黑吧,却是黑里俏,大眼睛,双眼皮,一说话,眼睛忽闪忽闪的,看着灵性。一个呢,像了妈,白,也是白得干干净净的,见人先笑,一张嘴,话说得干脆利索。虽说孩子大了,上学、打工的不多见,可老人传言,三岁看大,七岁看老。况且,水霞的为人做派,仁义,讲理,不欺人,也不霸道,一言一行都是有板有眼的。那两个女子虽说还小,待人接物上,也能看出来受了妈的影响,是有模有样的。这样的女子,以后成家当了媳妇,有了娃娃当了妈,也不会错到哪儿去。

心里有了人选,就去找三叔掐算。三叔捏着手指头掐算了半天,说:"子鼠与丑牛六合,跟属牛的是上上等婚配,其次是与申猴辰龙也配,是三合,也是上等婚配。"三叔叫她记住鼠和马兔相克,属鼠的小子千万不能找属马和属兔的女子,和羊也不太合。福英悄悄算了水霞的两个女子,大的比好风大三岁,属鸡,小的比好风小一岁,属牛,三叔不是说了嘛,属鼠男配属牛女,婚姻美满一生幸福。那就说小的。

福英决定找水绸给好风当媒人,也是前思后想过了,除了水绸,羊凹岭村还能找哪个呢?春娥吧,屋里动着工,一天忙到黑,就累得不行了,何况这两年来,春娥家里遭了事,以前爱说爱笑的一个人也变了个样,小店前难得见她一面,见了,也是路过,站着跟人说上两句有盐没醋的闲淡话,慢悠悠地走了。万紫呢,说个闲话还行,说正事,就怕说不到点子上去。美莲,更是个敞口子货,说了这就扯那。小媳妇谷雨手巧,嘴也巧,直肠子,岁数小吧,到底是在镇上跑过几年,说话做事,也能看出有分寸,可太年轻,遇到事了就怕扛不住,再说了,婚姻大事,咋说也得找个岁数大点的人来说,稳重,人情世事,柴米油盐,样样都在心里装着,也才显得庄重。水绸呢,圆团脸,大眼窝,人体面,嘴又巧,把好风的事托付给她,是再合适不过了。况且,水绸和水霞,亲亲的姑舅姊妹,高低话,都能说。虽说水绸和李喜子的闲话在羊凹岭传得风生水起的,人们背后地里提说起水绸,都是翻着白眼撇了嘴角的,可福英不这么想。守寡难,守活寡更不容易。吉子不着家三年多了,她知道这活寡的难过,煎熬吧,还不能给人说,给人说啥呢,两天没男人,就急得受不了了?寡妇呢,是明摆着的事,人们就会帮她张罗,会劝导她,怎么说呢,是理解了。活寡哪个理解呢?就是理解了,也会叫你熬着,不熬咋办呢,你男人又没有死。熬到啥时候呢?到老。老了,就到头了。老了老了,一了百了。这样想着的时候,福英心里倒是有些佩服水绸了。她想自己,还有万紫、翠平和美莲,春娥的儿媳妇红霞,还有小媳妇谷雨、娟子,哪个日子里不是泡在煎熬和惦记的泪水里啊。不容易啊,人活一辈子真不容易。

福英心说不要碰上万紫,巧巧的,走到前巷口时,就见万紫和美莲说说笑笑地过来了,见她扛个锄头,问她锄地去了?万紫说:"有锄地那工夫,还不如出去挣两个钱给了五六叫打药去。"福英说:"我这不是没钱嘛。"万紫的嘴角就撇到了耳根子，嘴里啧啧着，说道："别说好雪、好风月月给你挣钱，就是吉子，都当上老板挣上大钱了，你再说没钱哪个信啊，我可给你说，龙娃要是说下媳妇了，你和吉子这当大妈大爸的可跑不了，没有十万八万的助我，总有三万两万吧。"

福英听万紫说吉子开店的话，心口就兀地生出一口怨气，你就是在探我的口风，故意在胖美莲跟前看我的笑话哩，心里呢就直骂这个二货，要不是你那好妹子，吉子能对我这样？离了婚的万红有好多花花事，被人传得蝎蝎虎虎，一天说是跟了个煤老板，一天说是换了，跟万万在一起，那天她又听说是跟了个法院人，这咋又跟吉子扯到了一起，福英是想也想不到。然建材城的老板娘的话，还有清明时在古朵坡上看到的万红，让她不得不信，吉子，是跟万红扯到了一起。吉子跟万红扯到一起，肯定是万红这个婊子勾引的。你还有脸在我跟前说！我叫你说！心里气恨着，嘴上呢却是轻轻淡淡的，咧咧嘴，脸上浮了一层淡淡的笑，说："大爸大妈哪有亲姨亲，你说对吧美莲，龙娃亲姨多能干啊，十个媳妇子也比不上她一个，手里抓了个钱簸箕，簸箕一撮，满箱子满柜子的，他大爸算个啥，就是挣俩钱，也不晓得是流了多少黑汗死苦换下的，能比上万红？"这话就巧妙地把吉子隐到了一边，把万红推了出来。福英就是故意把万红扯出来，给万紫难看，叫美莲看笑话。

美莲嘎嘣嘎嘣地嗑着瓜子，听她俩你一句她一句夹枪带棒的，舌根下不晓得藏下多少事，却是哪个也不弱哪个，她不说话，只吭吭地笑着看这妯娌俩的热闹。

万紫听福英提说万红，心里就有些别扭，担心福英知道了吉子和万红的事，她的脸也没处搁，后悔不该提说吉子开店的话，嘴上却不服输，说道："别听人胡说，她要是有那么能，亲亲的女子小子都不跟她？一天想她的女子小子不晓得哭了多少恓惶泪。"

福英心说，这倒是实话，可你咋不给万红说说，她那样的行为走势，女子小子不认她，也不是没个道理。心里这样想，嘴上却没有说。刚才的话已经够重了，再说，彼此的脸面上都过不去了。

胖美莲噗地吐了瓜子皮，说："家家有本难念的经，人活到世上，不是这事就是那事，都不容易。"

福英看着美莲，心说这话虽说是老话，是面子上的大实话，可从这货嘴里说出来，就让她觉得不一样了，看上去嘻嘻哈哈没心没肺、只知道抓钱的美莲，也有一肚子的委屈和难心，她的心里顿时就松快了些。

万紫从美莲手里捏着瓜子嗑，嗯嗯地迎合着，又问福英给好风看下好女子了没。

福英听万紫换了话题，心说她倒是还不糊涂，也就随了她的话，却不愿意给她说水霞女子的事，八字还没一点呢，万一不成，不是惹人笑话嘛。她就随口说了声没有，又嘱咐美莲和万紫，有好女子了，说给好风。

万紫和美莲还不走，福英说了声找水绸要水霞的电话去，就走了。

水绸家在村后，靠着山，左右都是老房子，偏僻，一条巷子就剩她一家还开着门住着人。这几年，人们但凡要动工盖房，都想法子在村边买个地基。村边靠大路，出来进去都方便。老巷子吧，院子窄小，巷子也窄小，还高高低低的不平，还曲里拐弯的不直，都不愿意在老地基上盖房子。可那些盖了新房的也不住，出去打工了，有老人的说是叫老人过去住，其实呢是叫老人看门，没老人的，就一把黑锁挂到了门上。没有盖新院子的，也不在家窝着，也锁了门，出去打工了。这样呢，老房子老院子就一家挨一家地闲置着，老巷子也跟着空落了，冷清了。福英走在老巷子，过一个门，看门上吊个锁疙瘩，过一个门，看门上吊个锁疙瘩，想起水绸说的满巷子的老鼠都跑她家了，心说，可不是哩，这些屋里没人住，哪还有吃的，老鼠可不都跑她屋里了。

福英到了水绸家，荆条编得两扇门紧紧闭着。她水绸水绸地喊，推开门，脚下没停一步地往里走。拐过土照壁，看见喜子从水绸屋里出来了，手里抓根绳，抬眼看了福英一眼，晃了晃手里的绳说是给送柴来了。

送柴火把绳子拿到屋里干吗呢？福英心里疑惑，嘴里却唤喜子哥，问他水绸在屋里吧。他说在呢。看她手里抓个锄，问她，锄地去了？福英站住脚，把锄靠在照壁上，说："草长蕻了，比麦都高了。"喜子问她咋不打个药呢，省事。福英说："一天也没啥事。"喜子说："不好锄，野麦长在麦棵子里，得用手

103

拔。"福英说："喜子哥，我发现今年麦地里的野麦比往年多了，是种子有问题了？"喜子说："我想清不是种子的问题，你想咱的种子都是从种子站买的，人家种子站是专门培育的，咋会有问题？"福英说："那这野麦咋来的？"喜子说："我看了，是这东西硬，耐活，一长就是一大片，长得风快。"福英说："这可咋办，它长得快，营养都吃走了，不是害了正经麦子了吗？"喜子说："可不是啊，这野麦不到美穗长出，还真难看出来哪个是麦苗哪个是野麦，得操心一棵一棵挨着给拔了，要不，就得问问有没有个专门治这东西的药，不然的话，肯定要影响收成。"

　　说了麦地，福英又问他今年羊价咋样，福英说："这几年羊价可都不低，你养了三四十只，没少挣吧。"李喜子抹了一把黑红的脸，说："年个还行，今年不行了，羊价一直跌。"福英说："再跌也能挣个吧。"李喜子说："就挣个受苦钱。"福英："受苦能挣下个也算哩。"李喜子说："可不是，咱就是凭个苦。"福英说："攒下了，喜子哥，找上个人，热热呵呵的，人老了，跟前离不了人。"李喜子咕哝了句啥，福英没听懂，就见他笑了笑，摔着绳子，手背在后，晃悠晃悠地走了。福英觉得李喜子年轻时，人都叫他倔把鬼，这老了老了倒是温和了。这样想着，突然想起来万紫说的话，想想也是，人常说，一物降一物，倔把鬼李喜子或许是跟水绸有了来往，倔劲泻下了，嘴头子软和了，灯泡样的眼窝也柔和了，涂上了一层彩色般，是柔顺了。扭头再看他时，已经不见了人，只听见巷子里猛猛地响起了一声唱腔：更深沉，独自卧，定南辰，独自坐，似这样十分快乐，上工尺，工上尺，上五六，五六上，我面前缺少个知音的人……

　　高高低低的调子，倒是有着说不上来的情绪，有忧伤，也有开心，说无奈吧，倒也有些娇嗔和淡然。福英听着，就有些愣怔。"更深沉，独自卧，定南辰，独自坐，似这样十分快乐，上工尺，工上尺，上五六，五六上，我面前缺少个知音的人……"这不是唱的自己吗？自以为在羊凹岭村也算是不弱于旁人，到头来，还不是跟这个老光棍一样。胡思乱想着，眼睛就有点潮热。仰了头朝西看，看见了岭半腰李喜子的两眼窑。她知道这几年水绸家的地，一直是李喜子管着。买化肥买农药，浇地犁地，喷药施肥，一年两季庄稼，麦子玉米，从种到收，都是李喜子在招呼。有时候，水绸想吃芝麻了，就给李喜子说一声。李喜子呢,点种玉米时,就给埝上种两行,到了秋季,收玉米时,李喜子先把芝麻棵子割了,收回去,放在他的窑洞前晾晒,晒得芝麻棵子上的芝麻壳裂开了,他在地上放上簸箕,把芝麻棵子掂起来磕倒,能倒五碗芝麻,他给水绸送五碗,能倒一小袋子芝麻,他也是一颗不留的都给水绸送去了,很实诚。要是水绸身边真有这么个人知热知冷地疼着,也算是她的福分吧。哪个,对自己有这么贴心呢?

水绸在屋里听福英喊她,还没等她出去,福英撩起门帘子进来了。她不晓得福英猛猛地来找她干啥,虽说心里不待见福英,可人家到你门上了,你总不能摔个脸子撵人家走吧。好狗不咬上门亲哩。想起喜子刚从屋里出去,福英这么灵醒的人,保不准看出个啥了。她的心头就拴了个秤砣,忽悠忽悠地一忽儿扯拽到这边一忽儿又扯拽到那边,是又沉重又慌张,不能定下心来,脸上腾腾地烧开了,嘴上呢就没有了以往的冷漠,反而是有了几分的亲热,拉福英到凳子上坐,问福英吃了没,要给福英倒水。

福英拦住不让她倒水,问她:"忙啥呢在屋里,好几天都不见了,小天呢?"

水绸手里抓着块抹布,在柜子上擦抹,就用嘴努努门外:"江和给领到外头耍去了。"扭头嘭地开了电视,说:"能忙啥呢,还不是个小天、江和呀,屋里院里的,哪儿手不到能干净了,一把柴火也得咱一个人抓。"说着,就呵呵笑,"真是个脏,全是黑煤灰,一抹一个手印子,你看看。"伸了手指头在柜子上擦抹了一下,给福英看。水绸担心福英问起喜子,就把话头子往别处引,不等福英说话,她自顾一句接着一句地说,热情,急促,眼睛里闪着异样的光,说笑吧,也是很大的声音,好像是,声音大了,就能遮盖住她内心的慌乱,能掩饰了喜子来她屋里这件事。然她一笑,就觉得脸上的肉硬撅撅的,伸手给福英看手上抹的黑灰时,手指头竟然抖了几下,是又胆怯又慌乱了。水绸不晓得福英看出来没,看福英也不多问她话,是提也没提喜子一下,好像是碰见喜子是在巷子里,不过平平常常一件小事。要是万紫,肯定会跟个野雀子样打探吧。心里对福英佩服着,也没有放松警惕,嘴不停地说着,眼睛呢,也是不停地把福英看了一眼又一眼,心里呢,也不停地寻思着福英来找她干啥,若是问到了喜子,她该咋说。

福英呢一进门，看见喜子从屋里出来，她就有些后悔了，然哪里又能退回去。退回去，水绸不是更要生疑心？等她进了屋里，看了水绸一眼，就觉察出水绸的慌乱，扯着闲话吧，也都是有盐没醋的，东一句西一句，说了前半句，后半句就扯到了别处去了，倒不像了平日里滴水不漏的做派，是含了小心、不安和试探。福英心说，或许万紫说得没错，这水绸跟喜子真的有一腿，虽说在院子跟喜子扯了几句闲话，可她晓得不能在水绸跟前提问喜子，张嘴就会得罪水绸，况且，这俩人，也难啊。这样呢，她就跟了水绸有盐没醋的话，带着戏谑的口吻，迎合着她，东一句西一句地扯，叫水绸别擦呀抹呀个不停，红尘世界嘛，没个尘土咋还是个红尘世界呢。福英说："以前热月天里，咱都给院里摆上小桌子，摆了汤菜馒头，一家人围了吃。现在，哪家还在院子吃饭呢？风一刮，一层黑灰。你说咱天天擦抹能擦抹干净了？累死了，净是自个儿往车辕里套。"

水绸听福英说得可笑，心也渐渐放下了，晓得福英不会让她难看的，想起清明节时吉子在坟地吵闹，知道这人的日子也过得难心，吉子好几年了不多回来，她却把一家老小伺候得妥帖，从不在人面前有半点流露，四时八节也是一个不落下的，跟老人娃娃兴冲冲地过，不容易哪，真不容易。想起前几天对她的难堪和在春娥家说的闲话，水绸的心头就生起了悔意，她唤了声姐，说："姐呀，我有啥不对不到的，你可别往心上放，我这人就是个嘴快，没脑子。"

福英听水绸也没有提问一句吉子的话，说的这几句，也是只有姊妹之间才有的体己话，是贴心贴肺了，她的心里一热，晓得水绸是含了歉意，说到底，还是个实诚人，是信得过的，然她脸面上还是平平和和的。她说："我要是见怪还来找你？"

水绸的眼圈就红了，脸上骨碌碌滚下两行泪，软软地叫了声姐，说："你不晓得我的难过……"

福英看她想说啥，又不说的样子，心里呢知道她的苦处，就把刚才胖美莲的话说了一遍，说到"都不容易"时，想起自己也是一肚子的委屈无处诉说，眼圈也红了。

水绸点点头，看福英眼里含着泪，强忍着不让落下来，知道她的日子也是不好过。吉子不回来，跟她的争争吵吵，她是想强也只能是装在面子上，关上门,哭多少恓惶泪,哪个晓得啊。只是这人太好强,轻易地不在外人跟前示弱,这,又得要多大的力气才能吞咽下啊,想安慰她两句,看她不说了,也就不再言语。

福英看水绸不说话,就转了话头,夸她有了小天后胖了,越发地白皙了,三十多岁的人,倒像是二十多。

水绸擦了把脸,笑得风中的花枝般乱颤:"你这个老板娘不好好当,跑这旮旯儿角就为了夸我咧?"福英白了她一眼:"我就不能到你屋里坐坐?我还有个事想托付你这巧嘴哩,好风今年都二十了,不小了,你晓得个女娃不,给咱好风说说。"水绸说:"我一天也没个闲时间出去,也不晓得人家女娃都要个啥条件,现在这女娃哪个在屋里闲坐哩,都出去打工去了。"福英说:"可不是嘛,我寻摸了一下,你姑家的那个姐,镇上开店的水霞,她那二女子跟咱好风的属相般配,也不晓得人家娃有没有个对象。"水绸啪地拍了下手,说:"那是个好女子呀,眉眼亲,说话也脆得水萝卜样,你有这心思,我给你问问。"福英说:"我跟你姐认识好几年了,好人,我就怕好风给我领回个外路侉子,我不爱见。"水绸说:"我可丑话说头里,要是能说,我可不给当媒人。"福英说:"为啥呢?你是舌头短一截还是脸上少个痣叫我给你贴个绿豆?还是怕我给不起媒人的一吊子肉?"水绸咯咯地笑:"你晓得,亲戚礼道的不好说话,你找个外人说。"福英说:"找哪个。"水绸说:"大全啊,你老同学,人家大全又是咱村头头。"福英听水绸说出大全,心说她难道也是要看我个笑话?探我个口风?就吭地笑笑,说道:"我哪敢找大全啊,可羊凹岭人都知道翠平对我有意见,我找大全说这事,不是没病揽伤寒吗?我和大全有啥事呢?上学那时候都没有那个心思,现在一人屁股后一大家子人,还有那闲心? 要说是情分,水绸我在你跟前不说假话,人和人嘛,都是有个爱见不爱见的,爱见也就是个顺眉顺眼,不能就说有了花花事,你说对吧。再说了,这事不定要跑几次才能说成,大全也没有这个时间,家长里短的,丝丝缠缠的,他还不一定能说得来。"

水绸说出找大全的话,也是随口一说,说出去,就有点后悔了,担心福英怨怪,没想到福英倒是把她和大全的话说了出来,这就让水绸不好意思了,她心说,就是你跟大全真有了啥事,我也能理解你。活寡的滋味,我知道。听福英说得也有道理，就不再推辞。

福英没想到水绸到镇上把她表姐女子的情况打问清楚了，表姐说是叫俩娃见个面再说。可是，福英还没给好风打电话，好风的电话来了，说是谈下个对象，要带回来给她看。福英问，是珠子？好风说："见了你就知道了。"

这下福英手忙脚乱了，赶紧跑去叫水绸给她表姐说不见面了，好风谈下个对象了。

这天，福英锄地回到屋里，小好、好雨在店门口耍，店里呢，好风身边坐着个小女子。柜台上堆了一堆零食，小女子扒拉着，拿起一包，嗵地扔下，说不好吃，又拿起一包说不好吃。

福英看那小女子小小的脸，小小的眼睛鼻子，还是个娃娃的模样，看上去，比好雨大不了多少的样子。还担心好风把万万的珠子带回来，却不是珠子，是这么个外地小女子。本来高兴了，看她挑三拣四地找吃的，心里又有些不乐。

好风看见福英回来了，拉了小女子介绍。小女子看了福英一眼，嘻地一笑，没说话，低头撕开一包锅巴，咔嚓咔嚓吃着，埋头看着手机。

福英心里就不爽快了，撩开门帘子走到院子，扭头对着商店喊好风过来。把好风叫到北厦，问他哪儿认识的小女子，哪儿的人？好风说是工地边的小卖部认识的，河南人。福英的眼睛一下就瞪大了，她家是个啥情况，她父母都是啥人，这些，都清楚不？好风是一点儿也不晓得。担心好风不高兴，也不敢过分地责备，只不满地数落道："你看那女子到人家屋里了就晓得个吃，大娃娃了也不晓得跟人说话，不懂得礼数。"

好风不高兴了，眉眼一挑："就你的礼数多。"福英说："到人家屋里做客，最起码得问个好吧，全世界都一样，咋是我的礼数多？"好风不耐烦了，挑了眉眼，嘟着嘴说："人家说话你能听懂？"福英说："我懂不懂是我的事，她说不说是她的事。"好风可真是个娃娃样，转眼又笑了，说就当个朋友要要，成不成还不一定啊，看你说的，好像马上就娶回来给你娃当媳妇子了。

福英越发地不乐了，说："你跟人家处对象，咋就是个要一要呢？要认真……"福英的话还没说完,好风早笑得不行了,冲着她说了句"老脑筋",跑出去找那小女子去了。福英还没出门,他又跑了过来,看福英和面做饭,却说要走,带小女子去县上逛逛,从县上搭车去工地。福英喊他:"人家到咱屋里了,咋也得招待一顿。"

可等她撵出门来,好风和那小女子提着一大包零食,已经出了商店门,走到栈道上了。她本来想叫好风在屋里过了端午再去工地,然她没去追,也没再多问。她担心好风若是留下了,这小女子咋办呢?她不喜欢这小女子。

美莲在人伙里坐着,下巴点着栈道,眼风一飞一飞的,问福英:"那女子是好风媳妇?"福英说:"不是不是,他同学,来屋里耍来了。"美莲说:"同学好啊,从小一块耍大,我看那小女子亲哩,叫咱好风别撒手。"福英说:"哪儿亲啊,我看没有咱门口这几个女子亲,好男、胜男、小云、二荣,哪个都比她亲。"美莲的嘴角一下子扯到了耳根,耸着鼻子说:"就你眼光高。"

第九章

闰月了，三婶说闰月要做老衣。

羊凹岭这个地方的老人都不提前做老衣了，病重了，娃娃女子到寿衣店买现成的。三婶一个小子两个女子，小子和媳妇在县里小学当老师，一天忙得顾不上回来，星期天呢，又嫌回一趟屋里得倒两趟车，麻烦，也就不多回来。两个女子一个嫁到了古朵村，一个嫁到了龙门村，都在县上超市打工，平日里也顾不上来娘家。三叔三婶不等娃娃女子给他们买，他们要亲手挑选亲眼看着才踏实。镇上有三家老衣店，三叔三婶都转着看了，然都不满意。三婶说："还不如自己做。"三叔说："一针一线的啥时候能做成？"三婶乜了他一眼，嗔怪："你急啥，慢慢做，今年做不成明年再做，明年做不成，后年接着做。"三叔就嘿嘿笑："那你就做到咱一百岁吧。"三婶说："做到你二百岁。"三婶唤福英来帮着做，说福英你有儿有女，是全人。福英心说，我哪是全人啊，吉子都不着家了，我都快成寡妇一个了，可这话哪能说出口呢！

进了闰四月后，天好像加了热劲，一天比一天热了起来，天一热，无端地让人有几分困倦，懒懒的，啥也不想干。然又下了两场雨。雨一下呢，天又凉了下来，又清凉，又温润，倒是舒服了。

福英走进三叔大门，就看见三叔院子的小菜地，地边上种了好几棵指甲花，棵棵都长得旺势，红的花黄的花也是攒了劲头似的，一朵赛着一朵地开。

地里栽的辣椒、茄子、西红柿,苗苗棵棵的,也长得壮实。三叔听见院子有脚步声,出来了,叫福英屋里来,说:"你三婶正念叨你哩。"福英指着地边的指甲花说:"咋光种下个指甲花,春娥爱种花,她院子那花到了暑里天总有半院子,红的黄的,可是好看咧。"三叔嘿嘿笑:"花就是个看头,又不能顶了菜吃,种了菜,有吃有看的,两全其美。"福英说:"那你还种了指甲花。"三叔说:"那是专门给你婶种的,人家端午时要染红指甲哩。"福英呵呵笑:"那您得经心管护好,要不我三婶不给你做饭吃。"三叔说:"我给人家做饭哩,我现在巴结人家,叫人家给我的老衣做好,万一我得罪了人家,人家把我的裤子裁短一截,给我穿个小鞋,不是我受哩嘛。"

三婶在里屋听见三叔的话,呵呵笑得吊在鼻梁上的花镜都快要跌了下去,喊福英快屋里来。

福英进了屋,就看见炕上已经堆了一堆绸缎,蓝的黑的红的绿的,都是亮色,饱满、圆润,好像是经了风雨经了霜雪,沧桑中见出了风情和华彩,自然的,就有一股子富足和安宁,是贵气和心满意足的样子。就是那块姜黄色缎子,三婶说要做个鞋面子,不艳丽,倒有着说不出的风情和体贴。羊凹岭这块地方,上了岁数的老人,自己缝纫老衣或是买,也多是选绸缎料子。样式呢,也是民国时期的,老汉的是对襟褂子,缅裆裤,老婆的褂子不是对襟的,是斜襟,裤子呢,也是缅裆裤,裤子外还有裙子。福英心说,这样的料子要是做一件平常穿的衣服,也好看。

三叔扯着缎子叫福英看,说:"你看这个给你三婶做个棉袄好看不。"福英一看是块朱红缎子,本色寿字图。她就连连点头,说:"好看好看,这颜色多饱。"三叔又扯了块墨绿色缎子说:"这个做裙子好看吧?"福英说:"好看。"三叔说:"人家就说不好看?"福英就笑:"三叔您真是好眼光,要不人家都说这媳妇子要靠男人装扮哩。"三婶说:"你没听人说红配绿臭狗屎吗?"福英说:"这绿不像翠绿嫩绿艳扎,与那块朱红缎子正好配。"三婶说:"福英我信你,你说好看就好看。"

三婶坐在炕上裁剪,福英坐在炕下的缝纫机前缝纫,三叔呢,叫她们安心做,他做饭。三婶说:"你多做个,还有咱大哥和好雨、小好哩。"福英说:"不用了，屋里啥都有，我一会儿回去做饭。"三婶不叫她回去，说："哪有干了活不管饭的道理，皇上也不白使唤人。"

三婶和福英一个炕上一个炕下地忙，嘴上呢，就家长里短地扯开了。说长说短，都没有提说吉子一句。三婶三叔不提说，福英当然也不提说。他们都小心地避开了吉子。说着闲话，手里的活也不耽搁，一针一线也都是仔仔细细，不打半点马虎眼。阳光透过窗玻璃，照耀在炕上的绸缎上，那些绸缎就发出淡淡的光，静谧、妥帖、岁月静好的样子。

拉拉扯扯地做到闰四月底了，三婶和三叔的老衣做好了。三婶又找了两小块绸子裁了两块手帕，一块灰蓝的上面白道道，是三叔的，她用白棉线给锁了毛边，叠好，装到一件黑缎子棉袄兜里；一块枣红绸子上绣着黄碎花，是她的。福英用黄棉线给锁了毛边，给了三婶，三婶也一样地叠好，板板地装到她的老衣兜里。她俩还在炕上忙着，三叔在炕下说话了。

三叔欢喜地说："这么大的事完工了，我得做几个好菜谢福英吧。"三婶就说："那看你的心了。"福英赶紧说："我又不是外人，谢啥啊谢。"三婶叫福英不要管他，叫他忙去吧，有钱难买他愿意呢。福英呵呵笑，不拦挡三叔了，只和三婶把老衣一件一件叠好。三叔的一个蓝布包袱，三婶的一个红布包袱。福英看着鼓鼓的两个包袱，包着的不是日常的衣服，而是老衣，是再也不能回转身的衣服，也不能染了这世界一粒尘土，一件件衣服泛着暗哑的光芒，似乎在诉说着，所有的用心和努力都到了尽头，希望到了尽头，爱，也到了尽头，是曲终人散良宵将近了，是最后的末路，要退场了。福英心里的悲凉就如浪涛般一浪卷着一浪，可是看着三婶三叔欢喜的模样，好像做的不是老衣，而是过年的衣服，缝纫老衣的这些日子不是平常的日子，好像是过节，是他们俩的节日，盛大的节日。福英想三叔三婶相互还做个伴，自己呢？想起吉子先前说的话，她的心里不由得又涌上一股悲凉。

小瘦肉、醋泡花生、苗子白小炒、凉拌白菜心、香椿炒鸡蛋、辣椒炒肉，三叔凉的热的做了一桌子，还熬了一锅洋芋粉条子烩菜，说是一会儿把好雨、小好都唤来吃。

福英却没有吃，哪能在三叔屋里吃呢！做了那么一点儿小活，就让三叔盘盘碗碗地招待，让人笑话啊。

福英回去后，三叔要试穿老衣。三婶就有些怨怪："你看你这个人，试啥啊试，刚才你也没说个要试，我和福英都叠好包起来了。"三叔说："我不是见有福英在不好意思嘛。"三婶说："那就别试了，一个老衣，穿上了又不是走亲戚。"三叔说："咋不是走亲戚，我穿了就是走亲戚，走最亲最好的亲戚去了。"三叔的话说得可笑，三婶却一下也笑不出来，心里呢，也无奈，也伤感，扯扯嘴角，解开包袱，把老衣递给三叔。三叔呢，也不嫌热，喜眉笑眼地把里里外外的三身老衣都穿套在了身上，转来转去问三婶好看不，还催着叫三婶也试试，三叔说："松松快快的，还挺舒服哩。"三婶不穿，想说穿这衣服时，你咋还晓得个舒不舒服，看老汉喜气洋洋的，咽了口唾沫，没说话。三叔不住嘴地催三婶穿上，三叔说："穿上老衣，咱俩喝两盅。"三婶叫他试试就脱了，别把衣服脏了。三叔不脱："脏了也是我的，怕啥。"他解了三婶老衣的包袱，抖开一件，叫三婶穿，三叔说："我得记住你穿上老衣是个啥模样，别吃一碗孟婆茶，过了奈何桥，把我吃糊涂认不出你来了，你也好好看看我，记住我……"三叔还在唠叨着，三婶眼早酸了，骨碌碌滚下两行泪。还说啥呢！

五月初一试荷包，五月端午戴荷包。快端午时，福英店前的绒线花树开花了。绒线树一开花，就是满满的一树。丝丝缕缕的花浅粉淡紫的，像是撑开了一树的丝线，远远望去，像是天上的云彩落到了树上，非常好看，而且呢，绒线花的香味浓郁。坐在树下玩麻将的美莲嚷嚷福英："你这花太香了，把我都熏得头昏脑涨的，牌都打错了，输了好几毛。"她对面坐的八斤说："你这不是胡拉被子乱扯毡嘛，明明是自己的手臭，还怨人家福英的绒线树。咋哩，想叫福英把输的给你补回去？"

福英在门边上坐着，腿边上放着小小的柳条笸箩，笸箩里放了各色绸缎布，还放了剪刀、针，线呢是各色的丝线，还有几颗杏核、一小包的朱砂和香草，都是缝荷包要用的。听他们吵闹得热闹，就笑了："这棵绒线树还是我嫁过来那年吉子栽下的。"说完，她就后悔了，也纳闷自己咋会说这么个话，又没人问说这树是啥时候栽下的，转眼呢，又担心要牌的人要问吉子过端午了，回来

113

不回来。美莲说了句吉子就会哄媳妇，就低头看手里的牌。一圈的人也都扯着端午的吃喝、收麦种秋的长长短短。没人理她。她呢，赶紧低了头缝她的荷包。

小好、好雨也不玩去了，手上也捏了块花布，绣在福英腿边，也要缝荷包。小好说："我给我爸我妈缝个荷包。"好雨听了，也说要缝个荷包给爸妈戴。小好说："二姐你缝啥荷包？"好雨说："桃花荷包。"小好一听好雨缝桃花荷包，眼热了，抓过好雨的手要看。好雨手里捏了块粉红色的布，手指头大小。小好说："二姐把你的给我。"好雨躲开了，不给小好，嘴里呢竟然说小好个小娃娃，她看着小好，脸面上板板的，说道："你个小娃娃，会缝？"

福英听好雨说的话在行在理的，是大娃娃的话，斜了眼把好雨看了好几眼，心想，我好雨说不定开窍了呢。

好雨的手呢，还真是巧，三下两下的，三个花瓣的桃花缝好了，指甲盖大小的花瓣俏俏的，穿在大红的丝线上，福英教她给下面缀了黄的绿的丝线穗子，真是好看。小好就想要。好雨不给小好，她要给福英。她扯开福英的手，把荷包挂在福英的衣服扣子上，呵呵笑。福英低头看，呵呵笑着把好雨搂在怀里揉了又揉，说："看我好雨多能干呀。"小好扔下针线，挤在福英腿边，嘟着嘴，也要她抱。福英把她也抱在怀里，说："我小好也能干哩。"

谷雨在一旁逗好雨，叫好雨给臭蛋也缝个荷包。好雨翻了她个白眼，嘟囔着说："臭蛋是你娃，你给你娃缝个。"

这话呢又是在理上了，惹得一旁闲坐的人哈哈大笑，都夸好雨说得对。好雨呢，听人们都说她笑她，扭身跑进了店里，躲在门后一动不动。

端午节一早，太阳还没出来，福英就去五六院子割艾草去了。

羊凹岭的习俗，端午这天一早，要把艾草插在门上，大人娃娃衣服上呢，还要别一枚艾叶。走了没几步，碰见了春娥和万紫，也都是去五六家割艾草的。福英说："难得你给人要艾草。"春娥说："我有啥法啊，动工把我的那些宝贝都铲没了。"福英说："明年再种。"万紫说："上辈子肯定是恶人，这辈子叫你专门伺候个花花草草。"福英和春娥就笑得咯咯的。福英说："那你呢。"万紫说："我上辈子是走街串巷的小炉匠，这辈子叫我守个屋里不能离了半步。"春

114

娥就可笑得在万紫背上扑打。福英说："你就是个哑巴猴，要么不言语，张嘴就能笑死人。"

三人进了五六门，喊五六喊英子。五六不在家，英子趺着脚出来了，走得急，差点摔倒。万紫赶紧上前扶住她，叫她慢点。英子叫她们屋里坐，说："五六一早就把艾给割倒了，都在墙脚放着，他给老院门上插艾绑麦索子去了。"万紫说："人都不在屋里住，弄那有啥意思。"英子说："五六说了，人在不在的，总归是要回来的，逢下四时八节了，老讲究该行还是要行。"福英说："这五六就是个讲礼性的人。"万紫说："人家五六再讲礼性，在你跟前还是差一截。"福英就笑："我就觉得这些个老讲究好，过年过节哩，你说要没有这些个讲究，年节还过个啥味嘛，人都光晓得过节了要吃好的穿好的，拜神祭祖啥啥都不管不顾，不想想没了根脚哪会有枝叶。"她还在感叹，万紫早抱着春娥的肩膀，挤眉弄眼地悄悄笑说她了。英子在一旁笑："福英嫂，你可该跟五六是亲姊妹哩，他就爱过节，也常这么念说。"福英说："爱过节的都是好人。"万紫捡了几棵艾草，叫她别演讲了，拿上艾草赶紧走，还要回家包包子去。

福英和春娥也捡了几棵艾草，说笑着回家了。

福英给门上插了艾草，贴了黄符，把麦索子给门环上拴了，又给利子家门上插了艾草，贴了黄符，门环上拴了麦索子。还有坤子家、小玉家、王斌子和喜堂家，一样的，门上呢，她都给插了艾草，门环上拴上一根五彩的麦索子。

过了年坤子两口子出去打工时，把大门钥匙、屋门钥匙给了福英，说是福英有个店，天天在屋里，万一有个啥事情了，也好招呼。店门口的人说福英这下权力大了。福英晃着手里的钥匙说："你当这是权啊，这是担子，屋里少一根柴棒子，我都脱不了干系。"坤子媳妇赶紧说："屋里空空的啥也没有，给你跟前留把钥匙，是万一屋里有啥事了，你帮忙招呼着，我在外头钥匙丢了啥的，回来也不愁进不了屋里。"福英笑了："开个玩笑你就当真，看你盖得新新的房子又不住，还不如在空地上种个庄稼。"坤子就笑，说道："种啥呀种，你就知道个种庄稼，大儿大了，没有个新院子，媳妇子都说不下。"福英晓得是这个理，可心里呢，是觉得新新的房子院子不住人，放在那，多可惜，就问坤子媳妇啥时候出去了，住到新房子里，享上几天福。福英说："要是我，打死也不出去，外头金山银山也不出去了，这么好的房子。"坤子媳妇还没说话，坤子举着手在空中比画着，想说什么又可笑得说不出来。福英不晓得有啥可笑的，就看他满脸的黑折子乱抖，眉上的伤疤虫子般一下就顶到了额头。那伤疤他说是工地上干活时摔破了留下的，福英倒听别人说是他根本没在工地上干，骑个三轮车在城里捡破烂时，跟人争个纸箱子打架时打下的。坤子说："福英你这个能人要是出去了，咱羊凹岭就搬到北京城了。"福英说："我又不是没出去过。"坤子说："到个县上能算是出去？你要是到了北京上海，肯定能成了女白领女老板。"福英说："那你说我守在羊凹岭是屈了才了？"坤子还没言语，店前的人叽叽嘎嘎地问坤子啥挣钱。坤子说："啥都挣钱。"说着，掰着手指头，一样一样地点。炸火腿，烙煎饼，卖麻辣串，卖果子……长长短短地说了一大堆，说："哪样都挣钱。"坤子媳妇骂坤子："还没到暑里天，你就扇开了。你可是跑了这几年了，挣下个金山还是银山？"一旁的人就说："挣下一座院子，还要咋？看你那新房子盖的，要是守在屋里，盖得起？"坤子媳妇说："那倒是。"扭脸叫福英嫂，说："过年我婆夫俩不回来，花嫂你记得给我门上贴个对子。"福英抓了坤子媳妇的手说："咱老邻居嘛，你放心，还有院子的粮仓，也给画上，端午节的艾叶、黄符，我都给你该贴的贴该插的插，人在不在，家得像个家样，你说对吧。"还想给坤子媳妇说个啥，寻思了半天没有说一句话。是无话可说了。以前可不是。以前，他们两家就住邻居，这家喊一声，那家就应了。地又紧挨着，干活累了，站在地里，你一句她一句地扯闲话。现在说啥呢？城里的事情她一说，人家就笑话。村里的事，他们又不爱听。还是不说的好。

坤子把家门钥匙交给她后，小玉、王斌子、薛喜堂好几个邻居也把钥匙送来了。他们都出去打工去了。

福英给他们几家门上插了艾草，贴上黄符，门环上绑了五彩的麦索子。想起坤子媳妇的笑，脸面上虽是轻轻淡淡的满不在乎的样子，但还是能看出那笑里的苦涩、无奈，是满怀心思的。端午节了，出去小半年了，也不晓得他们在外头过得咋样？在家千日好，出门一日难哪。

等她回到屋里时，好雨和小好已经起来了，正坐在店门口比荷包。老虎荷包、娃娃荷包和一串用黍秸和花布串的红花串是娃娃必定要戴的,好雨呢,跟小好一样,胸前也戴了这么几样,又把麦穗儿荷包、荷花荷包挂在扣子上。加上那细细的手腕脚腕上系了麦索子,脖子上系了小巧的米粒大小的花疙瘩荷包,她俩就像是个画中的娃娃,花花绿绿的好看。

福英唤她俩过来,给她俩胸前又嵌了片艾叶。小好高兴地把荷包凑在鼻下嗅,嗅一下,就仰头对好雨说:"香哩。"好雨也学着小好的样子,低头嗅一下荷包,对小好说:"香哩。"小好凑过来说:"二姐我闻闻你的吧。"小好的头抬起来时,深深地呼吸:"真香。"好雨也低头凑到小好胸前的荷包上,去闻。

福英看好雨跟小好一样懵懵懂懂的样子,玩得亲热又开心,心里真是说不出该高兴还是忧愁。柜子上还挂着一个红朱砂包一个笤帚荷包,是给吉子的。福英看着那两个荷包,眼光就一截一截地软了。你真狠心啊,过端午了也不回来。

正要去泡粉条择葱,做端午的肉拌菜,万紫在门口喊她,叫她快出来。她甩着一双湿乎乎的手跑了出去。

万紫伏在福英的耳朵上,悄悄地说:"水绸家打开了。"

福英说:"咋回事,这大过节的。"

万紫嘻地一笑,撇着嘴角说:"听说是好男在屋里堵住了喜子。"

福英和万紫刚走到水绸家巷子口,就听见水绸家骂声、哭声、吵嚷声,乱糟糟的。等福英和万紫到了水绸院门口,两扇荆条编的门在里面关着。万紫摇着门,喊水绸开门。没人理会她们。隔着扇土照壁,她们啥也看不见,就听见院子里哭声喊声骂声乱纷纷一片。福英就叫万紫和她一起把门抬开。

等到她俩进了院子,就看见水绸的二女儿好男手里抓着个胳膊粗的棍子,指着喜子打骂。喜子呢,脸上被挠得血丝呼啦的,蹲在墙脚,头夹在两腿中间,不吭声。水绸拦在喜子身前,叫好男把棍子扔了。水绸说:"二女你要是再动一下你喜子伯,你就先把我打死好了。"好男不理她妈,气得跳脚大骂喜子:"喜子你个不要脸的,你跟个狗一样卧在那里干啥哩,你这么大个岁数的人了还这么不要脸,我还心说你帮我爸种地是好心哩,没想到你操着瞎心眼,你个老光棍咋不死哩……"水绸抹着眼泪,抱住好男不叫她胡骂乱说:"二女有些事情你不晓得你不要乱说。"二女推搡着水绸,要水绸让开。水绸抱住她,扭头喊叫喜子走开。好男在她怀里跟个马驹子样蹦跳着,手里的棍子眼看着要打到喜子头上了。好男虽说只有十六,已经长得大人样,像江和,人高马大的,个子高吧,还壮实,头发也留得短,从背后看,就是个小子娃样。好男一把推搡开水绸,举着棍子照着喜子的头上就打。喜子往哪边躲,她就往哪边追。水绸摔倒在地上,往起爬着,喊骂着好男。

福英和万紫跑进来抱住好男,好男在她们的怀里呼哧呼哧地蹦跳,说:"我今个就要打死这不要脸的,你们抱我干啥。"好男真是有股子蛮力,福英和万紫两个人使了好大的劲,才把她按住,把她手里的棍子夺下。福英喊喜子离开。喜子佝偻着背,头也不抬地从她们边上扑塌扑塌走了。

水绸看喜子走了,扭身坐在檐下的台阶上,呜呜嗷嗷地哭开了。好男气狠狠地瞪着水绸:"你哭啥啊你哭,你有啥脸哭哩,要是我做下这瞎事,早跳黄河死了。"水绸听好男骂她,越发哭得鼻涕眼泪的:"我早就该死哩,我可咋不死哩,我丢不下这世界啥哩嘛我不死哩。"好男不理她,气哼哼地往外走,福英好男好男地叫,追过去拦住她,说:"这过端午哩你走哪儿去,有啥话回屋里和你妈好好说。"好男不说话,眼泪哗哗地流着,甩开福英,扭身走了。

好男走了,水绸哭了两声也不哭了。福英问江和和小天呢。水绸捏了把鼻涕说:"不晓得死哪儿去了。"万紫问水绸咋回事哩,咋就打开了呢。水绸脸扑哧就红了。

原来是前几天李喜子放羊回来,刚走到村口,江和把他挡住了,说:"这一季的麦收了,地你就不要管了。"江和说:"现在种地越简单了,我在屋里看娃,水绸也能招呼了地。"李喜子当下就有些愣怔,讷讷地说:"水绸忙不过来吧,拉扯个小的,我就是放个羊,一天也没啥事。"喜子没有说水绸还要给你擦屎倒尿,他怕江和面子上下不来。江和说:"有啥忙不过呢,犁地有旋耕机,种麦有播种机,收麦收玉米也都有收割机,给了钱,地哪儿还要人管,她就是跑个腿说个话。"李喜子想说还要浇地呢,还要点种个萝卜芝麻呢,沟沟畔畔的地,机器又上不去,还得靠两只手,水绸能行?水绸爱吃甜瓜,麦子地头种几棵甜瓜,玉米地头呢,种几棵南瓜,一点药都不上,用的全是羊粪,好吃,还方便,这个，水绸能种了？他咽了口唾沫，没有说。他不敢说。说啥呢，毕竟是人家的地，毕竟是人家的人，人家说了算啊。何况，他和水绸有那档子事后，他跟江和说话就有些躲闪。看江和不松口，他说了声你说啥就啥吧，扬了鞭子，扑塌扑塌追撵羊群去了，心里呢就打翻了一缸的醋，又心酸又疼痛，却是一点法子也没有。江和坐在轮椅上，看着李喜子的背影，噗地呸了口黄绿的浓痰。

然李喜子答应好好的，不管江和家地了，却还是跑去岭上水绸家玉米地锄草去了。今天是从地里回来时，摘下几个甜瓜，给水绸送来了。喜子在水绸家地里干了三年多，习惯了，别说收秋种麦，就是日门间的锄草、间苗、浇地，他也是到了时候，就去了。他是早把江和吩咐的话忘得光光的了。到水绸屋里，江和不在。水绸说江和舅家哥来了，开着车，江和带着小天搭人家的车去镇上理发去了。水绸叫喜子别急，过端午哩，她一会儿包饺子，包好了，给他带些。喜子就洗了手，说跟她一起包。喜子咋能在水绸屋里坐下来包饺子呢？他真的是忘了是水绸屋里了。他看见水绸，就想着帮她。水绸放下手里的面，从插屏边摘下一个朱砂包一个笤帚荷包，叫喜子戴上，又剪了截麦索子，要给喜子系到手腕上。喜子嘿嘿地笑，说："老了还戴这个呀。"水绸说："戴上个耍吧。"水绸低头给喜子系麦索子时，喜子看见她的头发上有根柴棒子。柴棒子细小得发丝一样，他摘了几下，没摘到，还在仔细地摘时，巧巧的，好男就在这时候突然进来了。好男看喜子搂着她妈，就追着喜子打骂开了。

万紫问水绸咋回事，就摘个柴棒子系个麦索子就打喜子？水绸呜呜咽咽地哭着，不说话。福英看了万紫一眼，心说他俩的事，你不是都晓得吗？还故意问她，不是难为她？况且，这事哪里能问呢！就是问，是人家水绸和江和的事，也轮不着你万紫啊，你就是看热闹的不怕事大。使着眼色不叫万紫问。万紫扯着嘴角，耸着鼻子，眉眼上呢，就飞过了一丝的嬉笑。

福英劝着水绸，想起吉子这几年跟走亲戚一样，回来点个卯就走了，明里黑里，天天日日，她是尝到了没有个男人在身边的煎熬和难心了。江和下半身坏了是可怜，可不该动手动脚打媳妇，这水绸能受得了？水绸可怜吧，也可恨，你就是再受不了，也不该偷汉子吧，咋说江和也还是个男人，也还在你眼前，偷了汉吧，竟然还养出个娃来。这就不是偷鸡摸狗的小事了。娃大了，要顶一户门哩,这是该顶江和的门还是喜子的门呢? 水绸那么灵醒的人,咋做下这糊涂的没法收拾的事呢? 江和要是觉摸到了,你咋办啊? 小天咋办啊?

福英心里乱糟糟的,浮皮潦草地劝了水绸几句不疼不痒的话,就叫着万紫回去了。清官难断家务事啊。

等到江和和小天回来,水绸还在炕上躺着,屋里清锅冷灶的,包了半算子饺子也没有煮,菜碗、面盆、案板,乱七八糟的还在炕头放着。江和没问水绸一句,只是给小天拿了两块饼干,叫小天自己耍,他滚着轮椅开了电磁炉,把锅坐上。

水绸嗵地坐起,眼睛红红的瞪着江和,问江和好男说得好好的,端午不回来,咋就猛猛地回来咧。江和奞拉着眼皮不看她,看着电磁炉,说:"我咋晓得,她要回来就回来,这是她屋里,她想啥时候回来就啥时候回来。"水绸说:"你不晓得,你啥不晓得,你就是故意叫好男看我个难看哩嘛,叫我在娃跟前丢脸不是人哩嘛。"江和生气了,他转过轮椅,看着水绸,一字一句地说:"好男要看你难看,还要你做下难看的事哩。"水绸说:"我做的事难看好看你心里不清楚?江和你要是说你不清楚的话,咱到福英店前摆一摆叫人听,看看是哪个不要脸。"江和火了,他嘭地把电磁炉上的锅推到地上,气呼呼地说:"我给你说过不要再跟他来往了,说过没有?你个婊子还要跟他丝断麻不断地拉扯不清,你是舍不下他对不对,他比我好是不是,他能叫你爽快是不是,我就是要叫好男看看她妈咋是好人,看看你们这一对咋不要脸,叫好男把那不要脸的打断一条腿,看他以后还敢来我屋里不。"

水绸还说啥呢,水绸啥都明白了。她兀地扑在炕上,嗷嗷地号哭了起来,我咋不死呢,我死了叫人家都称心如意了啊。

小天吓得坐在地上哇哇大哭。

端午的夜里,天好像阴了,却好像又亮开了。抬头望去,就见云里有了亮光,一错眼,月牙儿从云里钻出来了,斜斜地歪在一朵云上,慵懒懒的样子。菜地里的辣椒苗茄子苗西红柿棵子,已经长得苗壮、秀挺,黑绿的叶子间枝杈上,也眼见得白花紫花的开了好多。再过一阵子,就能吃上辣椒西红柿了。地里的麦子,也黄了头了,快收了。羊凹岭这个地方,北依吕梁山,西邻黄河水。岭上常年有风,大风小风不断。羊凹岭人说,羊凹岭是石头窝,石头多没有风沙多。春上是黄毛风,三天两后响地刮,直刮得天黄地黄,人的眼眉上都挂着黄土尘。冬里呢,是老牛风,带着哨子,呜呜地叫,把厦顶的瓦都吹得忽片片地蹦。一年的光景里,要说最爽快的日子呢,就是这谷雨前后和秋分前后了。白日里不热,黑夜里不凉。

福英哄了好雨和小好睡下,自己拉了个薄被子,转来转去地睡不着。眼前一会儿是喜子和水绸,转眼呢,又是小媳妇娟子和柱子。小媳妇娟子和柱子的事,是今天从水绸屋里出来时,万紫说的。万紫说:"别看美莲一天咋咋呼呼的,在人前把柱子斥骂得龟孙子样,柱子怕她? 在外头勾连了多少媳妇子,你问她个憨憨晓得不。"万紫说:"柱子五十多了,你说他要脸不? 勾引人家二十多的娟子。他不是二柱子当个啥尿罐,他凭啥啊,有那么个当官的弟弟撑腰、给钱,他才一天跟个公子哥儿一样游手好闲招蜂引蝶啊。"万紫说:"娟子那个小婊子,看那眉眼,我就晓得不是个好东西,国军在外头打工,一月四十的不回来,她在屋里看娃,能守住?"万紫说:"等美莲那货晓得了,羊凹岭村又有一场好戏看了,你等着看,美莲能饶了他们? 不打个头破血流才怪哩。"

万紫说个不停,福英只听得心惊肉跳的。按说,她一天也在屋里呀,咋就不晓得这些个龌龊事呢? 万红是不是嫁给了法院的一个人? 吉子和万红到底有没有事呢?

福英想起了吉子,又想起了大全。月光透过窗户,薄纱样笼住她。她看着窗户上的那弯新月,眼前呢,竟然全是大全的样子了。大全歪着头看着她笑。大全皱着眉头瞪着她。大全宽阔的脊背。大全厚实的手掌。她已经想不起来吉子。吉子已经很久没有抱过她,没有跟她亲热过。记忆里存放的那些拥抱也好,亲吻也好,已经成了一幅幅画面,油亮光滑的相片般,有笑容,也是死板板的,有颜色,也被日子磋磨得黄旧旧的了。而温度呢气味呢,风干得一点儿也没有了。反而呢,是觉出来寒凉。凉意沁骨啊。她记得说过吉子身上的味道。是咋说的呢? 每次亲热的时候,吉子身上都滚烫得要着了火般,马行千里般浑身上下腾腾地冒着热气。那热气和着激荡的风在她的鼻下飘摇,忽而咸涩,忽而呢，又是甜腥。热气越来越粗壮，风势越来越猛烈时，那些味道就绳子般缠绕在了一起，是雨后草地的清新，腥吧，也鲜，刚从棵子上摘下的嫩玉米的味道般，好闻了。她就裹在这股味道里，任由自己被这股味道裹挟着，托举着，飞到半空。晕晕乎乎中，她不停地喊骂吉子。她说："你个驴货。"她说："你个驴货呀你要我死呢你，你把我弄死吧你个驴。"然而，现在，她已经忘记吉子身上的味道了。

抬眼看着月牙细细薄薄的光亮，感到这月光无限幽秘，又暧昧，似乎在蛊惑着她，挑逗着她，给她一眼一眼地送着秋波，色眯眯地说："来吧，来吧，来吧。"身体受到了鼓舞般，摊开了，放松了。她没有想到，她一放松，身体里就有了一种异样的东西蠢蠢欲动，上来，下去，一双温柔的手般，揉捏着她，抚摸着她，又带着潮润的声音，在她的耳边不断地呼唤着她，催促着她。她警惕地看着四周。屋里安静。好雨和小好睡的西边里屋，也是安安静静的。窗外，也是安安静静的。她又扭头看着月光。

月光静静的溪水般在她的身上汩汩流淌，似乎是给了她更大的暗示和勇气。她不晓得自己该咋办。手在身上上来下去地游走，却似乎是一只找不到埠头的小船，在无尽的水里可怜地漂浮着游荡着，无处抓摸，无处依靠。这感觉让她非常难过，也非常失落。就一把抓住了乳房。这一对乳房，虽说哺育了三个娃娃，可还是像女娃娃时的那样，饱满、坚挺、弹性十足。手指头一触到乳房，就带上了力度，又迅猛，又带着凌厉般的狠劲。乳房这个不要脸的竟然呼应着手，兴奋了，气球般嗖嗖地颤动着膨胀着，而且呢，还把兴奋像射箭般嗖嗖地射向身体的每个角落。手呢也不知道了羞耻，不停地揉捏着，一把一把一把，一把一把一把，呼应着乳房。它们就像一对淫夫荡妇，急切又兴奋地互相呼唤着配合着，你来他往，他来你往，终于，唤醒了整个身体。乳房颤抖了，手也颤抖了，整个身体触电般跟着它们一起颤抖。手这个忘恩负义的东西，占领了乳房，又撇下乳房，向别的地方进发了。它气势昂扬着，王般不可一世，一路攻城夺地，占领了更多的地方。耳朵。嘴唇。脖子。胳肢窝。肚脐眼。小腹。在攻到茂密的丛林地带时，手轻轻地抓了一下，就绕开了，似乎是为了迂回，似乎是在宣告，等着吧，一会儿再来收拾你。手，滑到了大腿。五个手指头跋涉得乏累了般,节奏慢了,力度,也弱了下来。手指头轮番在大腿上轻轻地敲,像是放到了琴键上,从腿面到腿根,一下一下,一下又一下,柔情脉脉,很有耐心,却是有了极大的攻击力和号召力。原来是弱到极致,柔到极处,是强势的强势,是强势的王。然而,那手却是君子风范,一点也不越雷池半步,就在大腿上,只在大腿上,敲。大腿像琴般轰地呼应了,先是哼哼唧唧地小声吟哦,随即,就高声大嗓门地唱了起来。简直是,高歌猛进了。那歌声浪涛般,一下子把整个身体推到了悬崖边。迎着从深不见底的沟里冲上来的烈风,整个身体激情四射,又是哭又是笑。它真的是十分的难过又十分的快乐,它号啕大哭,又开怀大笑。它哭得豪迈又温柔,笑得欢畅又悲伤。泪水和欢声中,双臂缓缓地舒展开来,像只美丽的鸟儿一样不管不顾地迎着那风慢慢地伏下去,伏下去……

福英在炕上翻来覆去,整个身体像是被一股强大的气流托住了般悬浮在半空里,轻飘、放松,也是舒爽的。她的嘴里喃喃着,一遍遍地唤着大全。她说:"大全,大全,大全你来啊。"

福英醒来了。她的眼里还流着泪水。刚才的梦还在眼前。她不晓得自己咋就唤大全了。她骂自己真不要脸。月光温润地抱着她。她紧紧地抱着自己,任由泪水流个不停。

第十章

麦子收了,玉米豆子也种上了,天却旱得不见个雨花花。早起睁开眼窝,眼眉前挂的就是个白日头,火球样,骨碌碌滚一天。那日光有着千般重万般重的样子,把一尺多高的玉米棵子绿豆红豆棵子都压得变了样,个子矮了,也不那么壮实了,蔫叽叽的,快要挺不起身子了,黑绿颜色呢,也眼见得被压得几乎没有了水分。然还是不见个雨云。

一早起来,王五六吆喝着羊,从栈道边走过。羊走得缓慢,人也走得有一搭没一搭的,一切都是不急不火的样子。走着吧,一只山羊羔子不知嗅到了什么,昂着头,瞪着黑亮的眼睛,磕磕撞撞地往前挤,王五六就扬了手里六尺长的牛皮鞭子,呵斥羊,急啥呢?一天两晌,你急能急成三晌四晌?鞭梢在空中啪地甩出一个清脆的响声,像一朵花儿在空中盛开了,炫白,金黄,又嘹亮,又妖娆,花下那支松散的队伍倏地就整齐了,有序了,一步一步有了节奏般,河水一样漫过苍黄的大地,流淌在苍黄的阳光里。羊群慢了下来,似乎是头顶蹦跳的尘埃也慢了下来,日头也慢了下来,可世界,都慢了下来,哪里都是一副四平八稳的样子。大地苍茫。岭崖苍茫。

从栈道走过时,碰上了福英。福英说:"五六你放羊呀。"五六说:"哦。"福英说:"听说羊肉现在金贵了,一斤都卖好几十,你这十几只羊,出手就是上万的数,还有你那些鸡,算下来,你这一年不少挣。"王五六撇撇嘴,说:"好我的花嫂哩，这几天是高了点，可你晓得，市场一天一个价，乱七八糟算下来，一年挣不下几个。"福英说："那倒是，啥都不好做。"五六说："这段看上是涨了点，说不定过两天又跌了。"福英说："趁着价好，卖上几只，下年了，多逮上些，总是个放哩。"五六说："管不过来咧。"福英说："养鸡能行？"五六说："也不行，鸡蛋价一涨，饲料就跟着涨，到了是一分也多挣不下。"福英说："英子这几天咋样？"五六说："还是老样子，我在屋里了，她就少做个。"福英说："嗯。"福英说嗯时，心头上就飘过一团黑云，是眼红了。五六也晓得疼惜媳妇啊。指着北山上的云说："看着这天气不对。"五六说："我也不走远，就在村后崖上叫啃啃草。"五六转身走时，猛猛地说了句："不容易哪，活着就是个受。"也不等福英言语，他又说："活着就是个受，你不受哪个受咧。"

福英听五六拉着悠长的腔调，一句话说得像在唱戏，听上去是嘻嘻哈哈的，是玩笑，话底下呢，像沉积了不知多深多厚的黑泥般，有着经了生活磨难的沧桑，也有着风行水上的飘洒，无奈吧，似乎也有外人不晓得的适意。说不清了。人这一辈子，哪个能说清呢？

王五六没想到，把羊呹到梁上没一会儿，羊还没吃一会儿草，天果真开始变了，又是打雷又是闪电的。安安静静的山梁候地就被摇搅得很是热闹，转眼风也被叫醒了般，呼呼地可着劲儿冲开了。北山头顶的云团像被人赶着的白羊黑羊般，呼啦啦往一块儿挤。王五六抬眼看了一下，想入伏快一个月了，没下一场雨，老天可别只闷下一场风没有个雨花花了。他咩咩咩咩地唤着羊，扬起鞭子，把羊往崖下赶。

等他赶着羊刚进门，风却停了，是一丝儿也没有了，天也似乎亮堂了一点，刚才黑压压的雨云也不知跑哪儿去了。王五六就生气了，抬头对着天空嚷嚷老天专门跟他作对哩，却没有再放羊出去。把羊圈到圈里，对着屋子窗户喊了声："割草去咧。"是给媳妇英子说的。也不管英子听到了没，也不等她回话，抓了镰刀和绳子，晃悠晃悠出去了。天气倒真的像是跟王五六开玩笑。他前脚上了梁，割下一把草，风又呼地起来了，而且是一时比一时大了。风贴着地皮打着卷儿往前拱，蒿草、酸枣棵子、刺圪针疯了样管不住自身儿地乱晃。一只麻雀没来得及躲起来，像淘气的孩子扔了个褐色的土疙瘩，从半空中嗖地斜

125

着被撇到了草地上。王五六手忙脚乱地把割下的草拢到一起，用绳子捆了，抓了镰刀猫着腰站起来时，雷电嘎嘎地当头炸响了，还没走两步，一滴雨点叭地砸在他的鼻梁上。

雨，下开了。

王五六背着草，脚步就紧了。裤兜里的手机偏又在这时唱了起来："今天是个好日子，心想的事儿都能成……"绕在风雨中，高声低音的，人来疯的孩子样，喜庆，热闹。除了媳妇，还会有谁。王五六腾出手掏摸出手机，果然是媳妇。他没接。摁断。然又唱开了。这个傻子，不知道雷电天外头不能接电话吗？王五六索性把手机关了。等他背着草回到屋里，头发上滴着水，脸上也不知是汗水还是雨水，浑身上下湿淋淋的水怪样。英子骂他傻，明个没有天日了？这么大的雨还不把草丢下跑。王五六骂她不傻，说："你可聪明哩，雷电天你给我打电话，就想叫雷电把我劈死了你好嫁个有钱的享福去。"说着话，就把上衣脱了揉在手里在脸上头上可劲地擦抹。英子咯咯地笑，骂他死样，旋即就拉了脸，指着西墙叫他看。西墙角又开始渗雨了。

灰黄的墙上黑湿了一片。王五六点了根烟，说："不怕，怕啥，骤雨，来得快，走得也快，雨停了，我上去给拾掇拾掇。"英子的脸上生了一层愁云，说："拾掇八百遍了，一下雨，还不是照样漏。"

王五六蹲在门边，听着英子唠叨，一根烟吃得闷闷的。他想等雨停了，给瓦下压个塑料布，一会儿又想明年春上了，咋说也得先把这两间房子翻盖了。那年在地里盖这两间小房子时，手上没钱，凑合着撑起来了，想好好干上三五年，挣下了，给老院盖四间北房，大儿结婚住两间，他们住两间，儿子儿媳要是都想占，他们就把地里的这两间小土房子好好收拾一下，再住回来。怎么说呢，鸡还得养，羊也还得养，养鸡养羊，地里是最好的。然十几年过去了，挣得那点钱给爸看病给妈看病给英子看病，还得给大儿二儿和小女子交学费，还有屋里的人情门户、油盐酱醋，这样呢，大大小小的事情应承下来，哪还有钱。

快晌午了，雨没有停下来的意思，王五六眼看着墙角洇下的湿印子越来越大了。他给头上扣了顶草帽，找了块油布披到肩上，扛了梯子，手上又抓了块油布，喊媳妇过来给他抓住梯子，他把油布苫到房顶漏雨的地方去。英子跌

126

着脚抓了顶草帽扣在头上，嘟嘟囔囔地嫌他平时不管事，下雨了才着急忙慌，一会儿又嫌老天要么一暑天不下雨，下吧就下得这个猛火，让人措手不及。看五六支好了梯子，都上到梯子顶端了，赶紧伸手紧紧地抓了梯子，仰了脸叫他不要上屋顶，泥瓦湿了，一踩，漏得更快了，要是闪着了伤了腿脚，才是麻烦。唠唠叨叨地嘱咐着，雨水飒飒地落了满脸。五六没理她，站在梯子上，把油布铺好，又斜下身子，叫英子拣几块砖头给他压油布。等他把油布的边边角角压实，下了梯子，回到屋里，看屋角的雨水一时比一时滴得小了，就摊着两手对英子说："这不好了吗？看把你熬煎的，有啥好熬煎的，车到山前必有路。"英子嘟着嘴，白了他一眼，骂他就耍个贫嘴。王五六也没言语。说啥呢？英子眉眼里的忧愁，他是不忍看了。

　　王五六蹲在门口抽烟，看院子的雨水溪流般拥挤着，哗哗往外流淌。桃树枣树的树坑里积满了水，亮堂堂的，像是两面圆的镜子。他摔了烟头，戴了草帽，到羊圈前看羊。羊躲在圈棚下，看见他，昂着头争着咩咩叫。他晓得该喂羊了。早起在岭上还没啃两口草，就让给赶了下来，到现在都晌午了，还没喂它们。能不饿嘛！然他的心里却莫名地生出一股火，对着羊就吼骂开了："饿死鬼啊，不看雨下得这么大，咋伺候你们吃，等一会儿雨停了，就开饭嘛。"王五六叨叨着："我还没吃饭哩，你们倒是享福，小鬼一样催催催。"
　　羊圈高，圈里的土地上没积下水，却软塌塌地浮不起脚了，他不敢过去，一双脚轻抬慢放着去鸡棚了。一钻进去，潮闷的空气里夹着鸡屎的臭味，罩子般兜头把他给裹住了。他从头上摘下草帽，呼呼地在胸前扇。雨大，又下了这半天，鸡棚的土墙黑湿了半截。王五六在鸡棚走了一圈，黑着脸，猫着腰出来后，去了院门外。
　　天空还是阴沉沉的，雨还在急急慌慌地扯着白线，栈道上的雨水小河般哗哗地流淌。快要吃晌午饭了，雨还是大一阵小一阵，没有停的意思。晨风饭雨（人常说，晨时风饭时雨。就是早晨起了风，就会刮一天的风；吃饭时要是淅淅沥沥地下开了雨，这雨就会下一整天）。他嘟嘟囔囔的，不下是一滴也不见，要下就不要命地下。

栈道上，远远看见福英举着个伞过来了。他喊问她做啥去，下这么大的雨。福英手里晃着一串钥匙，说是看看坤子他们这几家院里积下水了没。

前几年，王五六在地里盖这两间土房子时，这里还是一片庄稼地，一年两季庄稼，夏是小麦，秋是玉米棉花豆子。然没有几年的工夫，这些地不再长庄稼了，长出来的，是房子。坤子、斌子、喜堂好几家给娃娶媳妇，把房子盖到了人口地里。他们说，反正一年到头也不在屋里，地也种不成。盖好了房子，圈起了院子，一年满算也就是住十天半个月的，又走了。这样呢，这些房子院子成年累月地就空着。

福英问五六，有事吗？没事的话，跟她一起去看看。五六说："大天白日的，怕啥哩。"福英说："不是个怕，是进人家屋里，两个人厮跟着好。"五六说："难怪人家说你心眼多，就你想得周全。"

五六跟着福英，开了坤子家大门，转过门楼，进了院子。

坤子家白墙蓝砖的院子房子，房顶和院墙头镶嵌了红琉璃瓦，院墙外镶嵌着雪白的瓷砖，阔大的大门两边两根大红的廊柱，又粗壮，又结实，大红的铁门亮闪闪的，擦了上面的浮尘，能照出人影子，怎么看都气派。五六对福英说："我睁开眼窝从屋里出来进去的就能看上坤子的大门楼，福英花嫂我不哄你，我是看一遍眼红一遍。你说盖了这么好的房子，他又常年不回来住图个啥，有这钱还不如在城里买个楼房住，空调暖气的，手一拧就是水，茅厕在屋里，刮风下雨都不怕。"福英说："哪个不想买个楼住到城里，盖这房子的钱在城里能买下个楼？就是买下了，见日门要花钱，他能住得起？他都是趁着现在手里有钱盖了房，干不动了，就回来了，还能老死在外头？"五六说："也是。"

福英和五六一进坤子家，他们的眼就瞪了。

坤子是去年盖的新房子，他们还没有来过，没想到在门外看着那么好的房子，那么气派的房子，里面却是一片乱象——房屋的墙壁只粉刷了一半，有两个屋子的墙还是灰突突的。梯子在廊檐下靠墙端端地立着，灰滚子也靠墙立着，大大小小的灰点子干巴在梯子上脚底下。灰桶子里还有小半桶灰，干巴巴地起了皮，好像是坤子和他媳妇去巷子了去赶集了，或者是去地里了，转脸

128

他们就回来了，回来，就会和了灰，提了桶，举着滚子，一滚子一滚子，把剩下的墙滚刷得雪白。

这个坤子，咋就心急火燎的不把活干完？干了半截扔下，再刷，颜色哪能一样。王五六叨叨着，叫福英站在厦檐下，他到院子各处看看去。五六把院子屋子看了一遍。屋子好好的，就是院子西墙上裂了两条缝，黑的缝隙扭扭歪歪地从墙头一直插到了墙脚，雨水在墙脚下不往前跑，打着小小的旋儿，钻下去了。王五六过去一看，水是顺着墙脚下的缝隙跑了。五六给福英说了。福英说："雨脚提起了，和个水泥把墙缝给糊了，要不，水泡久了，墙肯定要走。花多少钱，我给他打电话说。"

出了坤子家，就是王斌子家。端午头里，王斌子走了，走前把钥匙给了福英，说是工地上有事了，得赶紧去。嘴上说事情紧急，转脸却跑到春娥家，在春娥家待着不走，东拉西扯地说了好一会儿。王斌子说自己太忙了，要不就多帮你们几天。春娥说："够了够了，你一天也是个忙身子。"二块在一旁撇着嘴，心说你可该早走了，哪个稀罕你帮忙，不要你帮忙，我这房子照样能盖得飞起来。想是想，哪能说到当面，好赖人家一分钱不要，给你干了好几天的活，他就说："上梁那天你没吃好，光喝了一肚子酒，我还说买两瓶好酒，上瓦时请你来好好再喝两盅咧。"王斌子说："有酒还怕没人喝咧？你准备好酒，我回来就找你喝。"二块扯扯嘴角，嗯嗯地应承着，心里却说，给你个梯子，你就顺势上啊，真不知道个好歹。

王斌子家也是高耸耸的院墙，红艳艳的大铁门，院子里三间崭新的北房也是齐整整的。福英和五六在院子看了一圈，哪儿都好好的。她开了北厦门，去看屋里有没有哪儿漏雨的。五六呢，进了门，就眼红得不行，想他们盖得这么好的房子，置备得这么好的家具，不在屋里待，非要挤到城里租住人家茅厕大个小平房，不晓得图了个啥。茅厕大个小房子，是王斌子媳妇给他说的。王斌子媳妇指着院角的茅厕，对五六说："租的房子就我家茅厕那么大的两间。"

福英转了一圈回来，见屋里的柜子、床、沙发都蒙在大大的床单下，就对五六夸起了王斌子媳妇，说："你看看人家王斌子媳妇，在家时就是个干净人，留下这个空房子，也是角角落落都收拾得利落、干净，哪天人要是回来了，单子一揭开,不用打扫就能住了。"

五六耸耸鼻子,没接福英的话,扭脸看见沙发,嘻地一笑:"叫我坐坐斌子的新沙发。"轻轻撩开皮沙发上的被单,坐在软暄暄的沙发上,两手在两边使劲摁摁,手一下被弹得老高,他就吭吭地笑了。福英就笑他长不大,跟个耍娃娃样。五六呢,真的跟个娃娃一样,身子往后一靠,头枕在沙发靠背上,眼睛眯了起来。也就在这时,他觉得了累。跑了一上午了,梁上梁下的,可不是累嘛。他对福英说:"要是在这么好的沙发上睡上一觉,可算是享福了。"福英说:"那你就睡上一觉吧,下雨天,又没啥事,睡醒了,记得把门锁好。"五六说:"那我就真睡了。"福英说:"睡觉还有个真假啊,睡你的吧,我到小院子看看去。"五六说:"那你独个儿去,叫我歇歇,花嫂你放心,我啥都不动。"福英笑:"看你说的啥话啊,像个娃娃家。"

福英走后,王五六坐在王斌子家的沙发上真的睡着了。眼窝睁开时,王五六看着眼前的柜子茶几,一时就有些茫然。等他想起自己竟然在人家王斌子家的沙发上睡着了,就呼地站起,用手仔细地把沙发抚了又抚。皮沙发,有啥好抚的? 抚过,又拍了拍,担心自己身上的尘土草渣子落到了沙发上。看看没有,扯过被单子小心地盖好,慌慌张张地出去了。

站到檐下了,五六还在埋怨自己,要是让王斌子知道在他家乱动东西,还在人家沙发上睡觉,王斌子会咋看他啊,邻居会咋说他啊,还有福英花嫂,叫你厮跟着厮跟着,你倒好,撂下她不管了,你睡到人家屋里了。

这时候,雨又下大了。檐头上挂了雨帘一样,哗哗地给水泥地上砸出了一朵朵水花。院子里的积水有一脚背深浅了吧,一样的,像是被人追撵着般,往水眼跟前呼呼地涌流,院子的水却是一点也不见少。看着这么大的雨,五六就想等等雨势小下来,再去找福英去。福英也肯定在哪家躲雨了吧,这么大的雨,走一步,就会湿一身。他就蹲在檐下,想吃根烟,口袋摸遍了,没有一根。蹲得腿都有些麻木了,也不见雨势小下来。想起王斌子屋里的沙发,那么暄软,阔大,跟个床一样舒服。他就想坐一下是坐,坐两下也是个坐,再说了,坐坐沙发有啥呢?就是王斌子在家,也会让我坐。这样想着,他就又推开房门,撩开沙

130

发上的单子坐下了,想想又没人在屋里,也不会有人来,可巷子也没一个人,他就躺了下来。骑马坐轿,不如躺着睡觉。何况还是这么好的沙发啊。他说是睡上一会儿吧,反正是雨下得那么大,回去也是啥也干不成,反正是自己也不是故意要在人家家睡。天要留人,人咋办。

然这回是咋也睡不着了。

他歪着头扭着脖子,瞪大眼睛看屋里的摆设,柜子桌子茶几,吊灯壁灯落地灯,还有墙上的那一幅幅挂画,哪一样都是新崭崭的,都是上档次的样子。就是窗户上垂的窗帘子,从天花板一直垂落到地面上,一块是紫红色上蓝粉粉的花,一块是粉红色上金灿灿的花,一大朵一大朵的,也是又时尚又富贵。五六左右看着,心里支了一面鼓,鼓点子叮叮咚咚地敲得急促。他想王斌子这几年包揽工程真是挣下钱了,屋里布置得跟城里人的家一般。城里人的家里是啥样子呢?王五六从电视上看到过,就是王斌子家这个样子。转眼,他想起了英子,跟着他,一天福也没享过,哪天福英花嫂闲了,叫她引着英子来王斌子屋里看看,看看人家这些个好房子好家具,坐坐人家的好沙发好床。王五六想,还是出去打工好,总比守在家里挣得多点吧,坤子捡个破烂都能把新房子盖起,自己还能不如他?可我咋就一点儿出去的心思都没有呢?英子骂我是胆小鬼,见人害怕见大城市害怕。她说得还真对。前段,他引着老妈去市里看病,看城里满眼的高楼满街的汽车满地的人,他就心烦得不行。可是,天天日日地只养着些鸡和羊,啥时候能盖起新房能装潢成这个样子呢?

王五六的心头压了块碌碡,越发地睡不着了。一会儿又想自己是不是该横下心来,不养鸡养羊了,像坤子他们一样,去城里打工。坤子说,就是到城里捡破烂,也比你养鸡养羊挣得多,还不用受苦,还没有啥风险,捡个破烂有啥风险呢,怕把手扎破了?勤快点就是了。王五六想,那样的话,用不了几年,我也会盖起新房吧。想着媳妇娃娃住进宽敞豁亮的新房里,不知道有多高兴,他就兴奋了,抬眼看见墙上相框里王斌子的相片,笑模呵呵地看着他,他不好意思地坐了起来。

出了坤子门,福英打着雨伞,踩着满地的雨水,去了赵来活家。来活家的院子是个敞口子,没有院墙,只盖了三间北厦,也没有盖西厦和东厦。土院子的蒿草长得半人高,雨水里,似乎是越发地葱茏茂盛了。看看房子周围没有积下雨水,屋里也没有漏雨。她扭脸去了薛吉堂家。薛吉堂的房子倒是盖了北厦和东厦,也砌了院墙安了朱红的大铁门,大铁门上一个一个铆钉跟个蘑菇一样,很气派。一进门,迎面的照壁上贴了花瓷砖,拼成了一幅风景画,大红的牡丹花一朵一朵的,油绿的叶子也是手掌般大小,也是一片是一片。花朵上飞了两只蝴蝶,一只紫红色的蝴蝶,一只蓝绿色的蝴蝶,也是手掌般大小,翅膀上是一个一个的金点子,亮闪闪的,忽闪着翅膀,要从瓷砖上飞起来的样子。转过照壁,进了院子,却是另一副光景。房子没有门,也没有窗户。门和窗用砖堵得严严实实的。福英心说,他哪里还能装起门和窗。去年,薛吉堂的娃出去打工,跟人学电焊,手艺还没学会,就让给电死了。薛吉堂说:"娃都没了,还挣啥呢挣,挣得再多还有啥意思。"话是这么说的,薛吉堂和媳妇在这没门没窗的房子里住了半年,又出去打工了。给福英送钥匙时说在村里待不住,太寂静了,还是出去好过些,再待下去,人就疯了。

福英看着薛吉堂家扒了屋顶的西房,烟熏火燎的四堵黑墙,像个没牙豁嘴的老人张着空空的嘴,怎么看着都难看。她长长地叹息了一声,出去了。

紧挨着薛吉堂家的是小玉家。

小玉是去年才出去的。前些年,都是她男人陈海泉出去,她和女儿在家。去年,小玉说女子该上初中了,镇上初中哪有城里的好,带着女子去县上了。福英却听万紫说是小玉去城里,不是为了叫女子上学,是去管海泉去了。海泉在县边上开了个汽车修理部,村里虽说是盖了这座院子,屋里装潢得跟宾馆一样,却很少回来。过年过节了,都是小玉引着女子去城里。他们在城里还买了楼房。万紫说:"海泉有俩钱了,算是丧了良心了,弹嫌小玉没给他生个小子娃,就在城里找了个小媳妇,给他生小子娃,听说他给小媳妇买了楼房还买了小车,回家就回到小媳妇那里了。"万紫说:"福英你晓得不,别看小玉穿金戴银哩,其实也恓惶哩,我看还不如咱这没钱人,想日骂哪个就日骂哪个,海泉对她那样,你问问她敢张嘴吗?她是半句不是也不敢说,一肚子苦水没处说啊。"

福英开了院门,院子里铺的地砖,水虽积下半院,倒是都顺着水眼呼呼地

132

淌着,这样呢,院子就不怕积下水。开了屋门上的锁子进了屋子,抬眼看见端端的门前墙上,偌大一副相框里,小玉笑意盈盈地看着她笑。她心说,要真是万紫说得那样,你可咋过呢?你还笑得出来吗?眼里流着水波般的刘小玉,看着她,抿着嘴微微笑着,不说话。福英站在相片前,看了好一会儿,想起小玉给她送钥匙时,她还劝小玉没事了多回来转转,巷子里人是少了,总还有几张熟脸。小玉笑了一下,想说个啥,蠕蠕唇,没有说。福英想起那笑容,心说不知有多少苦涩和难心隐在那笑容后了啊。福英看着屋里的沙发、床,都是新新的,心说,海泉要是真有了那么一家,你还不如回羊凹岭来,起码嘛,还能落个清静。想想小玉还年轻,或许呢,还咽不下那口气,还要争一把。哪像自己,由着吉子。不由他又能咋,这么大岁数了,要是真跟他离婚或者是闹腾去,不是惹人笑话吗?转眼,她又想吉子要是像海泉一样,也找个媳妇,要不是万红的话,那是个小媳妇,还是个老的呢?不管老的小的,他肯定会疼她吧?跟当年疼自己一样吧?那年春上,还是刚结婚时,他们上到岭上砍柳条编筐子。福英手快,喜欢大筐子,她就编了个大的。吉子呢,喜欢小筐子,说是小了才显得巧,他就编了好几个小小的筐子,个个都是圆乎乎的好看。吉子把他的小筐子都放到福英的大筐子里,说:"男人是个耙耙,媳妇子是个盒盒。"福英说:"那你耙一分都得放我这盒盒里头。"吉子说:"不给你给哪个,娃娃馍馍,老汉婆婆嘛。"老汉婆婆,老汉婆婆,现在老了,要你这个老汉了,你倒跑得不见个影子咧,把我这个婆婆晾到岭上不管了。

从刘小玉家里出来,就到巷头了,该看的院子房子都看了,雨也停了。福英合了伞,往回走时,在王斌子家门口碰见两张生脸。斌子大门锁了,不见五六,却见一胖一瘦的两个人蹲在王斌子家门前的水泥台上,叽叽咕咕地不知在说什么。她一听,是陕西那边口音,就问他们找哪个。

胖子指指大门,说是找王斌子。福英说:"他不在屋里,端午头里刚走了。"胖子说:"我们和斌子是兄弟,以前在一起做生意,听说他回来在屋里歇着哩嘛,过来看看他,咋又走了哩。"福英说:"不晓得,人家工程上的事,咱咋晓得。"瘦子说:"听说他这几天又回来咧。"福英笑着晃晃手里的钥匙串:"咋可能嘛,他钥匙在我手里呢,他回来了,不找我?"瘦子点点头,拍着一只黑色的提包,说:"我俩就是找他想在一起喝个酒,兄弟嘛。"

黑提包的拉链没拉严实,福英眼风过处,一道亮闪闪的光从提包里窜了出来,冰冷、锋利,猛地刺了她一下,她的心就突突突地跳乱了,挑着眉眼说:"真没有回来,回来了,肯定得找我要钥匙,要不他进不了门,就是他能进了门,我刚从他屋里出来,看了看他院子的雨水流得利落不,他各个门都锁得紧紧的。哪有人?鬼也没有。"

那两个人你看我一眼,我看你一眼。瘦子不说话,拿眼瞪胖子。胖子扭脸问福英真的假的,胖子说:"嫂子你没哄我们吧,听说他回来了啊。"福英就笑了,又晃晃手里的钥匙串:"不是给你俩说了嘛,他家钥匙就在我手里,我哄你们干啥,我刚从他家出来。这一巷的钥匙都在我手里,他们都出去了,今个雨大,我挨个儿看了个遍,你们说,咱拿着人家的钥匙,就要为人家负责对吧,要是雨水灌到屋里钻了墙缝,久长了,墙要是走了,邻居回来了,咱咋给人家交代。"胖子说:"一看嫂子就是好人,嫂子你忙你的,我们再等等,说不定他就在回家路上。"

福英想这两个人肯定有事,就叫他们跟她去店里等去。她想店里人多,说说话话的,说不定就问出这俩人的底细来了。她说:"我虽说有斌子屋里钥匙,人家主人不在,我也不能叫你们进去,你们到我家喝口水,歇一歇,他要是回来了,肯定先来找我要钥匙。"

正说着话,胖子的手机响了。胖子扭头到一边接电话去了,瘦子点了一根烟,刚吸了一口,胖子接完电话过来了,一来就催瘦子走,转脸对福英说是有事了,得赶紧走,等王斌子回来了再来。

福英一直把那两人送到巷头,嘱咐他们给王斌子打电话,说:"没事了来耍。"看着那两人上了一辆沾满了泥点子的黑车,黑车呼地开跑了。福英回到屋里时,一个人忽然站在了她脸前。居然是王斌子。福英说:"你啥时候回来的,有两人找你,我还说你没回来,刚走没几步,可能还没出村哩。"王斌子摆着手不叫她说:"我知道,刚才我就在五六屋里,窗户上看见那两人了。"福英说:"那你咋不出去,说是你兄弟,听说你回来了要跟你喝酒。"王斌子说:"啥兄弟啊,要账的,多亏了你刚才不在屋里,要是在屋里的话,我拿着钥匙出去正好撞到人家手上。"福英问王斌子咋回事。王斌子说:"生意上的事。"王斌子不说了,福英也不好意思再问,可她觉出来王斌子遇到了麻烦,想起那俩人黑提包里的那道冷峻的光,就提醒王斌子注意点。

福英把钥匙给了王斌子,王斌子叫福英跟他一起走,说:"我进了屋里,你把大门在外头锁了,那俩人肯定还要来。"福英说:"那能行?有事得解决事,你这样躲到啥时候。"王斌子说:"我没办法啊,先躲过这几天再说。"福英说:"那你咋吃喝?"王斌子说:"有你嘛。"说着就掏出一百块钱给福英:"你给我装上个方便面榨菜啥的吧,别给旁人说,就这几天,过几天我就走咧。"

福英说:"顿顿方便面咋吃哩,我给你送饭吧,只要你不嫌你嫂子做的饭不好吃。"王斌子把钱放到柜台边的钱盒子里,说:"还是方便面简单,不要叫人看见你"。福英想想也是。

王斌子要走时,叫福英出去看看巷子和栈道上有没有人。福英叫他说得心胡踏踏乱跳,明明知道天气好时,巷里头也难见个人,可她还是到巷子看了看。雨脚刚提起(方言,雨刚停),巷子泥水呼啦的,没有一个人。她下巴一点,王斌子匆匆地出来走了。

等福英开了王斌子家大门,王斌子闪身进去时,又叮嘱王福英千万不能和人说他回来了,哪个都不要说。

雨,又下了起来。福英没打伞,她紧走几步,去五六屋里了。英子叫她坐。她想起那俩人包里的刀子,哪能坐得住。斌子不让给人说,可万一有个事了咋办?她就对五六说了,五六说找三叔去说说。他们去了三叔家。三婶对福英说:"你三叔去你屋里了,你爸打电话说是想吃两口旱烟。"他们又急忙赶到福英屋里。

三叔一听有人找斌子麻烦,还揣着个刀,就觉得事情不好弄,得给大全说说。福英给大全打电话,大全说在万万厂子,这就来。然大全还没来,英子的电话打来了。原来是,那俩人开着车跑了一截路后,又折了回来。他们没有把车开进村,走进了村,巧巧地,就看见福英和王斌子相跟着,王斌子闪进了门里,福英把门锁了。福英和五六走了后，胖子就剪断了锁子，闯进了院子。等斌子从屋里跑出来，那俩人也喊着叫着追了出来。斌子跑到五六屋里，咣地就扛住了门。英子呢，正好出来喂鸡，被关在了门外，看那俩人四处找斌子，她赶紧给五六打电话叫他回来。

等福英、三叔和五六冒雨到了五六院子，那俩人正在五六门上捶打，喊斌子出来。五六问他们干啥，五六说："我这糟门薄板的，打坏了，可得赔。"胖子耸着鼻子说："我们找斌子，他在你屋里。"三叔问他们找斌子干啥。胖子说："你叫他出来说。"三叔说："咱有事说事，不能张嘴就想动个手啥的，你俩也是灵醒人，斌子就是再不对，这里他屋里他村子，要真动起手，别以为现在村里没有几个年轻小伙了，你俩也占不了便宜，人常说，好汉难敌四手，对不？"福英也说："就是啊，看你俩岁数也不小了，也都是有老有小的人吧，遇下事可别舞枪弄剑的，哪个把人打了能过去？"胖子看了福英一眼，不蹦跶也不言语了。

王斌子开了门后，三叔先把他训斥了一顿。三叔说："人家老远地来咱屋里了，咋说也是客人对不，你不欢欢喜喜地接应了，倒躲躲藏藏的像啥？让人以为咱羊凹岭人不懂个礼性，事情又不是馍饭，坏了臭了没法说了。"斌子不言语。英子招呼大家坐下，又提了暖壶端了瓷碗给大家倒水喝。

原来是王斌子的工程上欠下了那俩人的水泥钱。王斌子说："我有啥法啊，老板跑得不见个影，一年多了还没给我划来一分钱。"王斌子下巴点着福英，说："好风和龙娃的工资，这都几个月了，你晓得，也没发一个。我没有啊，我拿啥发。"三叔说："那你没找找老板？"斌子说："我这腿都快跑断了，找不着啊，就是找到他也没钱，听说大老板找不到了，有人说是躲国外了，有人说是让人给杀了。"三叔说："啥世道啊。"斌子说："不是我故意躲你们，我拿不上钱我是没脸见你们啊。"胖子说："那咋办？我们厂子也欠人一屁股债，人家债主天天堵在我门口，我这日子都没法过了啊。"三叔说："斌子你给个话吧，上咱的门就是咱的客，人家大老远地来了。"斌子说："我实实的是没法子啊三叔，但凡我拿到一点儿款，我就打给他们了。"三叔说："好，我就要你这句话。"扭脸，他又对那俩人说："你俩说呢？"瘦子不言语。胖子撇撇嘴，说："那当着叔的面，给我们写个条子吧。"斌子说："啥条子？咱不是有合同有发货单吗？"胖子下巴点着三叔说:"合同是死的,条子是活的,以后我不找你,我拿着条子找我伯。"福英说:"你这是把三叔绕进去吃个定心丸啊。"三叔说:"行,我担保,活人就是要活个诚信,咱都讲个诚信。"

胖子和瘦子离开羊凹岭时,不下雨了,三叔指指他们的包说:"到啥时候都别乱来,闹下事可不是耍笑哩。"

那两人走了,斌子也不回屋里躲了,要去工地。三叔说:"斌子,我是没病揽伤寒算是把你这事给揽下了,你到了外头也不要胡来,好好再干个工程,挣下钱了赶紧给人,把我这面子也给拾起来,不要叫人家指着我这老脸骂我时我没话说。"

斌子说:"三叔,我晓得,下次回来了,我请您和五六还有福英喝酒。"

福英站在五六家低矮的屋檐下,隔着雨雾,看一条巷子里新崭崭的院墙高耸耸的房子,突然觉得这些新房一点儿也不好看,怎么说呢,这些新房子没有让村子好看起来,倒是添了些怪异和担心,还有,荒凉和孤寂。满村的荒凉还不如这山山岭岭好看。山山岭岭还能随了节气,自自在在地长草开花,燕飞雀叫也都是自自在在的,是一片一片的热闹光景,春是春景,秋是秋样,人呢,活得急急慌慌的忘了还有个春秋,抛家弃舍的,担惊受怕的,哪里比得过这些草木虫鸟。

福英没有回去。她打着伞顺着路,往南走。一直的,走到路口的那棵老槐树下。雨中的老槐树上,像是支了千把万把的鼓,嘭嘭嘭,嘭嘭嘭,响个不停。福英站在槐树下,朝着东边的路看去。

第十一章

麦子说熟一声,一霎时就黄了。可羊凹岭都是新麦的甜香,可沟渠草木上都是新麦的甜香,可村子都是新麦的甜香,一世界都是新麦的甜香。一丝一缕的,一团一股的,蜂蜜样黏稠,糕点样甜香,金黄灿灿的,白银闪闪的,在沟渠上绕着,在树木蒿草上绕着,在山梁崖顶上绕着。

一早的,福英刚走到店门口,听见公公在店里打电话,话说得咕咕噜噜的,仍像从前一样高声大嗓门,收麦了你回来不回来?端午你就没回来,收麦你也不回来,咋哩,就是不打算回来还是咋哩,别以为我现在走不动了,我可还能撵到县上去……福英听出来了,公公是跟吉子打电话。她的眼窝就酸了,到底是父子啊,前段还打的闹的要立字据断绝关系哩,现在又给人家打电话。一个亲字,钢刀也铡不断啊。

羊凹岭的麦地在岭下,大片地,收割机开到地头时,男男女女都出来了,问收割机啥时候能到他家地里。人们站在地头的榆树下,脚下扔了好几个编织袋,看着收割机在麦地里轰隆隆地跑,麦颗子水般流到了袋子,就提说起以前一镰刀一镰刀地割麦子,这个说割完麦子腰都快断成两截了,那个说麦子割了,还得转到场上,还得套了骡子马拉着碌碡碾,还得摇了风扇吹。说着,就说到了晒麦子。麦子拉回土院子,要晒时,天阴了,下开了,那可真是让人焦心,要是遇上骤雨,一家不管老小都要动起手脚,撮的扫的装的,顾不上抬一下头,头一抬,雨水就到了眼窝里。三叔说:"有一年龙子爸的麦子没收过来,让雨水给冲了半院子,他婆急(这里指奶奶)得一屁股坐在雨地里嗷嗷地哭。也没人顾上管她,一家人踩着雨水早撵到了巷子,在土巷子的泥水里捞,连泥带麦子地撮回去,到屋里又是淘洗又是挑拣的,可是没少哭恓惶。"万紫说:"现在可好了,有了收割机,不怕风不怕雨的,也不用弯了腰大日头下一把一把地割了,不用摊场碾场了,连晒也不用了,收割机收下的麦子还没进家,面粉厂、粮食贩子就等在了地头收走了。"五六接了话:"是不用割麦碾麦了,可得从口袋里掏钱啊。一亩地从麦籽开始,你算下来,得花多少钱啊。"人们说着现在的好,又说现在的不好,到底好不好呢?说完,自己也觉得前后话的矛盾,话落到地上,叹息几声,眯起眼看白亮的阳光下,收割机忽突突跑过来又跑过去,又说起了今年小麦的收成。

日子的好赖,谁能说得清呢?

羊凹岭的麦子一见黄,王五六就叫了收割机。他经管着好几家地,这样呢,他就得招呼着给收了晒了,面粉厂或者是粮食贩子到村里来收麦,他就给粜了,等着邻居过年过节回来了,该给哪个多少钱,他一五一十地付了。五六到了地里,收割机都开到了地头,司机一见他,就叫他上车抓袋子。等他上去,收割机突突突地蹚过一片麦田,又蹚过一片后,他手上的编织袋已经满满接了两袋子新麦了。

春娥的麦子收回了家,晾干后,看一眼肥圆瓷实的麦袋子,一袋一袋紧紧挤靠在一起,亲亲爱爱的模样,忍不住扑哧笑了,对二块说:"磨新麦,蒸花馍。献天地爷,走麦罢。"

二块正在平整院子的土,见春娥出出进进的忙,问她咋哩。她说:"蒸花馍哩。"

春娥揉着面团,催二块出去找个活儿去。春娥说:"要不给大全说说,去万万厂子?"春娥的话还没落地,二块就摆着手不叫她说了,骂春娥没出息,说:"咱就是给人擦鞋底拾鞋带子也不去他那厂子。"

春娥晓得二块的心思,可是新房子还要安门窗、刮涂料、铺地板砖,盖房子已经借了一屁股债,要住进去,还得花钱摆置。这哪一样,不都得要钱啊。忍不住,她又说:"斌子的工地也不晓得缺人不,你问问他。"

二块抬起一脸的黑汗,想埋怨她,看她吃力地揉着面,就不忍心了,问她胳膊不疼了?春娥说:"新麦收下了,再疼,也得蒸花馍走麦罢呀。"二块白她一眼,埋怨她多事,有那工夫还不如平整院子去。他说:"你看巷里谁现在还记得这走麦罢?没有一人记得也没一人信了。"春娥说:"福英就蒸了。"二块说:"福英一天这礼数太多了,日子都过不到一块了,还有闲心过节。"春娥说:"福英日子咋过不到一块了,吉子嫌福英不好不回来,有他难过的时候哩,到时候,后悔的是他,再说了,福英要不是有这个心劲,这一家老小咋办哩。"二块说:"我就不晓得过个节可有啥好哩,人都忙得要死。"春娥说:"新麦面不先供了神灵供了祖宗,你能咽下去?"

春娥叫二块帮她揉面。二块扔下铁锨,洗了手,不情不愿地揉着面:"我一个外头人一天在外头出力流汗不说了,你还要叫我染一身锅台灰,不怕人家见了笑话。"春娥嫌他话多,白他一眼,说:"以前你咋没这么多咸淡话?刚结婚那年,去我娘家走麦罢,那时你咋不说这嫌那的?粘在我身边打都打不走。"二块嘿嘿笑:"那不是年轻嘛。"手里的面还没揉几下,说,"你提说起以前走麦罢,我就想起走麦罢的小曲儿了,我给你唱个咋样?"也不等春娥说话,丢下手里的面团,站在屋当中就唱开了:"五月里来麦上场,女婿去看丈母娘。磨新麦蒸花馍,各样点心一提盒……"

春娥笑得直抹眼窝,给花馍上剪花瓣也差点剪到手指上,叫他快别唱了,说:"你这闷锣嗓子,震得我耳朵疼。"二块说:"斌子嗓子亮堂,小曲儿一唱,招惹得一群女子娃小媳妇围着他转,他可爱给你唱哩,你咋不嫁他?"春娥嗔怪:"都几十岁的人了,还鸡眼针尖心,记得那些个尘干旧事。"

二块揉着面,又哼哼唧唧地唱开了:"走一村过一村,眼前有个好女人,双眼皮柳叶眉,两朵酒窝细腰身,赛嫦娥胜貂蝉,她就是我的亲蛋蛋……"唱着就把嘴噘到了春娥脸上,吧地亲了一口。

春娥一愣,骂他没正经,说:"多亏了小辉赶集去了不在屋里。"

二块还要再亲她一下,春娥斜着身子躲开了。二块把手里的面扔在案板上，不让亲就不揉了。春娥就笑得前仰后合，手里的花馍也捏不成了，骂他跟个娃娃样耍赖皮，却把红烫烫的脸凑了过去。

福英刚好走到春娥院子，听见春娥两口子在屋里有说有笑的，心口上就漾了一股子酸水，心里呢，就又骂开吉子了。跳脚进门时，问春娥两口子在屋里唱戏哩，吵得热闹的。说着，就把手里的包放到柜上，对二块说："听春娥说你明个去县上，把这捎给吉子。"

二块说："我还以为你给吉子捎个啥猴头燕窝哩。"

春娥说："这咋了，瓜子虽小敬人心哩，这也是我们做媳妇的一片心。"

福英呵呵笑，问二块找下活了？

二块说："找不下也得找，人家不叫我在屋里待，嫌我吃闲饭。"

春娥说："盖房借了一圈账，福英你说他不出去挣个，咋还人家哩。"

福英说着是，心里呢却敲开了鼓，人家是推不出去，你倒好，是请也请不回来。

二块出去了，春娥看福英闷闷的，悄悄地说："别担心，吉子肯定会回来，男人就是个娃娃样，贪耍，总有他耍得没滋没味的一天，到时候，没人叫他回来他也跑得风快。"福英撇撇嘴："哪个稀罕他回来，我跟我娃过得美气哩。"春娥斜了她一眼："你呀就是个嘴头子上不饶人，过日子哪能离得了男人，咱又不是七老八十了。"福英说："我这是心强命不强。"春娥看她愁闷了，赶紧说："命咋不强了，有儿有女的，可羊凹岭哪个不说你福英能干，好媳妇。"福英说："春娥，你说我真是太强盛了？"春娥说："说真话？"福英说："我当你是亲亲的姊妹哩。"春娥说："有时是有点强，照我说呢，哪个媳妇子愿意挺着胸脯站到人前去呢，还不是他们男人不理事逼得咱啊。"福英的心头倏地就热了，她唤了声春娥，想说黑里一个人想吉子的话，嘴上呢却难为情了，啥话也说不出来。春娥就笑她："真能离了吉子？"福英扑哧笑了："哪个像你，缠着二块。"春娥说："我才没缠他，我叫他出去找活儿去，他不去嘛。"福英说："你舍得？你舍得二块也不舍得离你，不像我，人家不爱见。"春娥说："他是灯下黑，抱着个金疙瘩当个土坷垃，鬼迷心窍了，别跟他一样，咱把娃娃老人招呼好，娃娃老人就是咱的王牌。"福英说："啥王牌啊，是咱上辈子欠人家的。"春娥嘻嘻笑了：

"要不咋叫个能人福英呢。"福英不言语。春娥趴在她肩头,对着她耳朵:"想不?"福英的脸就烧了,扒拉开春娥:"越说你越不着调了。"春娥说:"咋不着调,还是小婆夫嘛,三十如狼四十如虎,又不是七老八十了。"福英的脸就红了。春娥说:"哪天你去县上去,住上两天,屋里我给你招呼着。"福英说:"我爸瘫在炕上,还有小好和好雨俩小东西,我丢下不管了去找他?"春娥说:"咋不能去,放心去你的,我给你招呼两天。"福英说:"人家不笑话死。"春娥说:"笑啥呀笑,亲亲的婆夫俩,又不是偷偷摸摸的。"福英轻轻地说:"不去。"春娥说:"你呀,就是个受死鬼。"福英说:"受死拉倒。"

福英从春娥屋里出来,碰上了万紫。万紫问她吃了。她说:"吃了。"正寻摸着探探万紫万红的事,美莲筛晃着一头乱发,气叨叨地黑着眉眼迎面走来。

万紫扯了美莲胳膊,问她咋哩。美莲挣开万紫,一步不停地往前奔去。福英和万紫就听她念叨了一句小婊子。万紫的胳膊肘碰了福英一下,下巴点着美莲说:"有热闹看了。"福英说:"是不是找娟子去了?"万紫撇着嘴说:"一个巴掌拍不响,都不是他妈的好东西。找人家媳妇子打架算啥?去了穿红的还有挂绿的,世界上的小媳妇多哩,你能打几个? 有本事把自己的老汉收拾服帖,让他不敢在外头弄这些个花花事。"

福英听着万紫叨叨,心里一惊,这马大哈说得也不是没有个道理。只是,你咋样才能让老汉服帖呢? 福英心里卷起了波涛。

万紫要跟着去看热闹,福英不叫她掺和去,说是万一人家只是个吵吵说说,你一去,人家脸面上咋下得来。毕竟不是个好事。万紫就笑她菩萨心肠,说:"美莲那货能跟娟子说说? 不打个血丝呼啦的才怪。"

福英没想到的是,事情还真的从万紫的话上来了。

美莲走进娟子家时,就从门边捞起一根棍子。娟子家在老巷子,门楼、院墙和三间北厦,青砖白墙都是崭新新的,大门上朱红的铁门也是崭新新的。这院子是前年她跟二伟结婚时盖的。黑黄土尘的老巷子里,新房子很突兀了。美莲抓着棍子,高声大嗓门地在院子叫骂着。美莲真是气坏了。她本来就是个火暴脾气,加上二柱子在县上当官,屋里常有人来求三求四的,渐渐地也就把她哄弄得越发骄纵。在自己屋里说一不二,在村里,说话做事,也要占了上风才行。羊凹岭村里,只有她美莲说人闲话,笑话他人,哪能让人笑话她?哪能让人上了她的锅灶分她一口食?还有这个大柱子,多少年了,不都是听话顺套的吗?竟然敢在外拈花惹草!而且是在她眼皮下,而且是勾连了一个二十多的小媳妇!

院子静悄悄的。屋子也静悄悄的。

你个小婊子,我叫你爽快。骂着,就抡起棍子往窗玻璃上敲,咣,一块,咣,一块。等她敲了三块玻璃时,娟子婆婆花朵来了。花朵小时得了小儿麻痹症,走起来左腿就一甩一甩的。二伟结婚盖了这个院子,她和老汉借了邻居的老院子搬出去住了。跌跌撞撞地跑进院子,看见美莲在敲打玻璃,嗷地号叫一声,甩着腿就跑了过去。美莲又高又胖,花朵呢,长得不低吧,却瘦,知道自己打不过美莲,也拦挡不住,就扑通坐在美莲脚下,一把抱住美莲的腿,嗷嗷地哭骂了起来。

美莲想拔出脚,敲打剩下的玻璃,腿脚像是被水泥凝住了被钢筋箍住了,挪不动一步。抢了棍子想打花朵,举得高高的,终没有落下来,骂着花朵养了个小婊子,一屋里的人眼窝瞎了,把个小婊子当祖宗供在牌位上伺候。

花朵只埋头紧紧抱着美莲的腿,不叫她再敲打玻璃,也不叫她回屋里去。屋里的家具都是新新的,哪里经得起这憨货的捶打。花朵呜呜地哭着,骂美莲有钱了,屋里有个当官的,就来欺负人。花朵说:"你有本事把我打死吧,你有本事给我头上来上一棍子把我打死吧。我可还活啥味啊,我这日子没法活了啊,你今个不把我打死就不是人生的。"

美莲终于还是挣脱了花朵,从洞开的窗户钻进了屋里。花朵还在地上拍打着哭号着,屋门忽嗵开了,屋里倏地跑出来个人,倏地又跑出个人。两个人脚下踩了车轱辘般转眼就跑出了院子。

美莲从屋子追了出来,那两个人的影子都不见了。

美莲气咻咻地骂着,撵了出去。等福英和万紫看见满脸满手血的美莲时,她俩大吃一惊,想着是她跟娟子打到了一起,却不晓得是胖美莲钻窗户时,被玻璃划破了脸和手。美莲撺开福英和万紫的拦挡,一身肉筛晃得跟个水袋子样,撵到了栈边。没有抓住大柱子和娟子,吵吵骂骂地跑回去找公婆闹去了。坐在公婆的炕上,拍着炕褥子,嗷嗷地号哭自己的恓惶,为一家老小操碎了心,没有一个人念说个好,到了落下这副光景,又骂大柱子丧了良心,不要脸皮,找个婊子。又骂娟子个小婊子狐狸精驴日的。公公没法说话,头一拧,背操着手,出去了。婆婆坐在美莲身边,一个劲地说好话。美莲骂着哭着,嗵地从炕上跳下来,奔到门后的水缸前,掀了缸口的盖帘,头一低,就要往里插。

福英和万紫正好进了门,赶紧把她扯拽住,又是抱又是抬的,把她弄到了炕上。万紫抱着美莲的胳膊,叫她宽心些,说都是那小婊子招惹的,要不,大柱子好好个人,咋会呢?念尚婆婆子(指念尚老婆)也说是,说要死还要小鬼缠,那小媳妇穿得跟个妖精样,一看就不是个好东西。

福英站在炕下,看看美莲,看看美莲的婆婆,两个人赛着长一声短一声地哭号。她的心里就不是个滋味。想劝说美莲吧,又不知道该说些啥。真的是娟子一个人的过失吗?她心说也未必。美莲好的话,大柱子未必把脚插到人家屋里去。这样想着,就对自己吃了一惊,不晓得自己为啥替小媳妇着想为啥不同情美莲。按理说,苍蝇不叮无缝蛋。两人都不是个好东西。怎么说呢,是自己本来就不爱见美莲这憨货。然发生这样的事,美莲再不好,也是受害者啊。美莲再不好,大柱子就该在外头找媳妇子吗? 吉子和万红呢? 福英的心里乱了。看美莲的哭声渐渐小了下来,美莲婆婆也不哭了,悄悄扯扯万紫,给念尚婆婆子使了个眼色,几个跟着出去了。

过了没几天,人们在巷子里又看见了大柱子和美莲,又过了几天,大柱子又像以往一样,坐在福英店前的麻将场上,大呼小叫地摔开了麻将。美莲呢,收拾完也出来了。小媳妇娟子呢,一直没有看见。万紫说是离了。民娃说不是,花朵叫二伟把娟子接走了。

收了麦,玉米也种上了。可是,五月整整一个月就下了一场雨,再没见个雨丝丝。进了六月,还是不见个雨。有时眼看着天阴了,黑云漫天的,一股风刮过去,黑云就不晓得跑哪儿去了,天上又亮光光地滚着个大太阳。地里的玉米苗一尺高了,叶子旱得打卷了,还是不见个雨。福英碰见大全,问他黄河水啥时候能挨到咱村。大全说是快了。福英说："再不浇，玉米怕要旱死了。"大全说："我再打电话问问上头。"

大全和福英没想到这天黑夜，天阴了。天快亮时，羊凹岭上空炸开了一声雷。雨来了。

福英被一声炸雷从梦里拽了出来，翻身坐起，窗帘扯开个缝，就看见闪电如一条歪歪扭扭的裂缝，从黑魆魆的空中划过，随即，就是一连串的炸雷，嘎嘎嘎地在头顶响了起来。她赶紧下了炕，跐上鞋去看好雨和小好。看她俩睡得沉实，把被单子给她俩盖好，回来又躺了下来。躺下，却睡不着。没一会儿，就听见雨下开了，而且是一下就下得很大，噼噼啪啪地打在屋瓦上，好像下得不是雨点子，是碎石子蛋儿。

福英听着雨跟泼一样，下得急促，越发睡不着了，想着院子的雨水流得畅不畅，就开灯穿上衣服，找出雨鞋穿了。刚拉开门，雨水就飞溅了她一脸一身。院子四面高高低低的厦檐上，像是挂了四面银白的帘子。空中黑乎乎的看不见雨水，只能看见院子里的水被击打得砰砰砰砰响得纷乱。福英顺着厦檐到柴房找了根柴棍子，戴上草帽，去看门楼下的猫窗水眼，院子的水已经高过脚背，要是猫窗水眼堵了，像这么大的雨，再下不到一个钟头，雨水就会漫进屋里去。她弯腰用柴棍子把猫窗水眼通了通，看见水呼呼啦啦地从水眼往外流淌，赶紧回到檐下，衣服后背已经湿透溻到背上了。她刚回屋里换了件衫子，听见大门被拍得山响。

大全在门外喊她。

原来是山水要下来了。

福英回去看好雨和小好睡得稳稳的，就把房门闭实，扭身到柴房找出雨衣穿上，又抓了铁锹，从店里找出手电筒，就往门外走。迎面碰上了公公。公公拄着拐杖甩着硬撅撅的胳膊和腿，嘱咐她小心点，站在边上招呼着就行了，别到水里去。公公嚷嚷地还想说啥，张了张嘴，没说出来。福英叫他听着好雨和小好醒来，拉开门闩，闪了出去。

西边土堰台子上站了好几个人，大全、春娥、水绸、民娃、五六，都穿着雨衣、戴着草帽。晦明的雨地里，民娃着急地问大全到底有没有山水。大全说：

"上头通知说有,你看这么大的雨,能没有?"

雨雾里,大全看见几个老汉披着塑料布戴着草帽子也来了,他喊问他们来干啥。就摆着手叫他们回去,不要添乱,大全说:"摆下乱子了我可担不起。"老汉们不回去,说:"娃都不在屋里,哪个浇地?"大全说:"您放心好了,山水来了,就挨着咱的地流哩,屋里有人没人,都要把埝攞开叫水流到地里头。"福英也喊他们快回去,黑咕隆咚的别摔了磕了。几个老汉站在土堰台子上不回去,他们要等山水来。

万紫抓个铁锹从土堰台子上走了过来,手里晃着手电筒,喊大全,说:"你个死大全,这哪有山水嘛你让人睡得香香地爬起来。"大全就骂万紫:"你睡你的别起来嘛,我掀你被窝了非叫你起来还是咋的。"万紫就做张做势地把铁锹举到大全脸面前,说:"看你个臭嘴就得让翠平收拾。"大全躲着她的铁锹,说:"我嘴臭你嘴香,你嘴香叫我尝一口有多香。"说着话,也不管雨水了,就把头伸到了万紫脸跟前。站在雨地里的人哈哈大笑,人们好像不是在等山水下来浇地,而是来雨地里耍来了。万紫笑着躲到了春娥背后,说:"到底有没有个山水啊,人把山水想死了,山水可不晓得想人不。"大全说:"镇上打的电话,肯定会有,这么大的雨,我看要有山水的话不会小了。咱先顺着埝台子走一圈看看,不要有个豁口啥的,叫山水灌进了村子。"一行人就捏着手电筒,在土堰台子上查看。

羊凹岭村边本来有两道土堰台子,一道在村东,一道在村西,以前的土堰台子比栈道高出一人多高,这样呢,每年从岭上冲下来的山水,土堰台子就像两道大坝一样,把山水拦截在栈道里,不会灌到村里去。这些年来,土堰台子是眼看着低了好多,也不晓得是土堰台子的土让风吹雨淋、人们脚底下踩踏得少了,还是它旁边的栈道升高了,显得它低了。怎么说呢,土堰台子里的村子肯定是升高了。也不是村子高了,是人们盖新房子时,地基一年比一年高,都说高了豁亮,朝阳,通风。房子高了,院子也跟着高,巷也慢慢高了,几乎跟土堰台子一般高了。这样呢,每年的暑天里,都要给各个栈口扔几袋子沙土,就怕山水下来冲进了巷子。

大全他们正在雨里走时,听见轰隆隆的声音响了起来,像是远远的地方开过来一辆巨型大车,沉闷、滞重、地动山摇。山水下来了。

大全喊大家伙赶紧往地头走,不要叫水白来了。羊凹岭村也不是年年暑天都会发山水,雨大,又下得猛,山里存留不住水,才会冲下来。近些年来,雨水少了,山水倒成了稀罕物。有时雨水大,也没有山水。人们说是山都成了空心了,雨水哪能流下来,都给钻到土下去了。地里呢,还是缺水,山水下来了,自然就不舍得让跑过,总是要堵渠豁埝地浇地,南门前的地马路锅的地还有下埝栈里的地浇遍了,才堵住豁口开了水渠,放了山水。

大全、福英、水绸、五六相跟着,手电筒挂在胸前,提着铁锹,雨地里顺着栈道给地边上豁口子。不管家里有人没人,他们给每块地头都豁开了。大全说:"浇一次地不容易,山水过地头了,你不让山水进地里,多难看。"

转眼间,洪水来了。

山呼海啸的巨响中,浑浊的洪水裹挟着石块沙土树枝野草滔滔浪浪地在栈道上奔涌过来。大全、五六、福英他们各有分工,有的跟着水头给地头擢口子,有的查看地里有没有个塌陷。等水进了福英家地时,福英发现地里有一截土堰哗的被山水冲开一道口,水呼呼地流到了地边的沟里。大全蹚着泥水跟了过来,急得用铁锹撮了泥土,扑哧一锹土扔进水里,就没了踪影。福英急得跑过去,谁知一脚踩到一个水坑里,水咕咚咕咚把雨鞋给灌满了。她提起脚时,脚是出来了,雨鞋却胶到了泥水里,是看也看不见了,弯腰摸了一大圈,才摸到雨鞋。等她穿好雨鞋,就看见大全把他的褂子脱了堵在豁口上,五六也赶了过来,扔了好几锹泥土,豁口总算是堵住了。

大全裹着一身的泥水,抓了铁锹跟着水走,喊福英小心点,说没想到今个山水这么大。五六到另一块地里查看去了。水绸、喜子、万紫几个跟着山水在地里跑。羊凹岭人把地里的暗洞说是水眼。那些暗洞有的是地老鼠的洞,有的是墓穴下沉后生成的。雨里,福英查看着,突然听见大全噭噭地喊叫。浑黄的泥水里,大全举着胳膊乱摆。原来是跌到水眼里了。福英喊着五六,就往大全跟前跑。雨里水里,没人听见她的叫喊。大家都隔着好远,都在忙着跟洪水雨水搏击。

水眼不知有多深,等她到大全身边时,只能看见他半截身子在水上。她把铁锨的木把儿送到大全手里,叫他抓住,她来拽他。大全太重了,她拽得坐到了水里,他也没动一下。福英抹了把脸上的泥水,扭脸看见身边有棵椿树,就一手抱着树,一手拽铁锨。没用。大全还是在水坑里泡着。大全叫她用脚蹬着树再来拽。福英试了几次,都不得劲,干脆一屁股坐到水里,脚蹬着树,两手一齐用力,把大全给拉了上来。

大全抓着铁锨,抖着身上的泥水,骂道:"英雄一世了,没想到叫个水坑给暗害了。"

福英听他说得可笑,就白他一眼:"还英雄哩,我看你就是个狗熊,也不晓得谢谢救命恩人,就在那儿穷嘚瑟。"

大全满是泥水的手一下抱住福英,在福英耳边说:"要不是你,我刚才说不定就牺牲了。"想起刚才惊险的一幕,福英的眼泪就哗哗地涌了出来,不由得也紧紧抱住大全,不叫他胡说:"咋会呢咋会呢。"说着话,又哭了起来,嘴里喃喃着:"大全你要好好的,晓得吗大全,你要好好的。"

雨小下来时,地也浇遍了,山水顺着栈槽子流到下牛村了。羊凹岭的地里、栈道上,一片黄汤。太阳出来了,黄汤反着光,似乎是把天空也映照得黄灿灿的了。

五六、万紫、民娃都回去了。地里没有一个人了。

福英走到地头,看到前面路上的几个人,就是不见大全,扭头见浑身泥水糊了的大全在土堰台子下走得一跌一跌的, 问他咋了。大全说:"脚给扎破了。"福英问他,要紧不? 说着,就蹲在土堰台子上,伸了手要拽他上来。大全抓着铁锨,走到福英跟前,伸手抓住福英的手,没有随着福英上去,而是暗暗使了点劲,把福英扯了下来。福英哎哟叫了声,哧溜从土台子上滑到了大全怀里。她还要再喊时,大全的嘴一下子堵住了她的嘴。福英倏地推开他,左右看看有人没有,羞得想喊叫吧,又不敢高声,气恼恼地骂他胆大不知羞了。大全张开胳膊还要搂抱她,说:"福英你是装憨呢还是真不晓得啊,我爱见个你,我晓得你也爱见我想我对不对。"福英又往边上跳去躲开他,想说大全啊真不能的,这天大白日头的。又担心这样的话让他生了误会,好像她要给他机会,只是眼下不行。可是,自己心里真的没有大全吗? 不想跟他好吗? 也不是。那是咋了呢？福英不晓得。福英不舍得拒绝大全，眼眉下呢，也不想跟他亲热。她的心里纠结着，身体的某个地方却在雄赳赳气昂昂地准备迎接大全了。她赶紧给自己说，不能啊，坚决不能的，你还没有准备好，你还不晓得咋面对大全啊。还有吉子呢，那个死吉子啊，以后咋面对他呢？急得脸红耳热了，也不晓得该咋给大全解释，张嘴骂了大全一句恩将仇报，扭脸赶紧走了。这一句不轻不重的，带着点娇嗔，又有点委屈，倒也是相知的男女之间才有的调情，不迎合，也不拒绝，给彼此都留下很大的空间了。

大全哪里又不明白呢，福英这样子，更是让他觉出了福英的好，心里不甘吧，又无奈，眼睁睁地看着福英的背影，扯了下嘴角，讪讪地说："你呀你呀，你就是让我亲上一下能咋了，我又不干别的，一点也不懂人家的心。"

大全的声音不大，福英还是听见了。她的心里一热，回头飞了大全一眼，咘咘地笑，没有言语。

福英累乏乏地回到屋里，公公甩着硬撅撅的左胳膊左腿，给她下了碗酸汤饭，叫她趁热赶紧吃，呼噜着说："里头我搁了生姜，去去寒，看你这半晚上半天地忙。"福英胡乱洗了手脸，换了身干净衣服，接过公公手里的碗，眼里一热，眼泪就悬在了眼眶里，头一撇，咬咬牙，给咽到了肚里，抚着腿上脚上划破的血道子，说："您快歇着吧，可别摔了您。"

吃了饭，福英已经累得不行了。她没想到浇个地就把自己累成了狗样，趴在炕上一下也不想起来了。看上去一天到晚也不停手脚地干这干那，其实呢，手里脚下的活儿也都是屋里头的小碎事，抓柴扫院，揉面蒸馍，七零八碎的，并不咋地用大力气，这在地里跑了半夜又大半天，就受不了了。要是吉子在，还用得着我费这么大个力气？想起吉子，福英又骂自己窝囊，人家都不要你了，你还想他。

躺在凉席上，想起吉子的无情，泪水就顺了脸颊流个不停，头疼得炸开了，眼睛却闭不住，使劲地闭上呢，眼皮又像个皮球般怦怦地跳个不停。迷迷糊糊中，就看见栈道的山水中，吉子站在一艘船上。船是电动的，而且呢，随了山水哗哗地冲击，那电动船就起起伏伏地动个不停，吉子站在船头也起起伏伏地动个不停,让人看着悬心。她站在土堰台子上喊他:"吉子,吉子,你去哪儿去。快跳上来吧,别让山水冲翻了船。"电动船开了过来,船头站的却是大全。停在她跟前,伸出手来,催促着叫她上船。她腿一撬就上到了船上,却不是船了,是电动车。她坐在大全身后,两手紧紧地箍着大全的腰,胸呢,也紧紧地贴在大全的背上。大全的后背宽阔、厚实、暖和。男人身上真热哩。突然,她想起来万紫刚结婚时的玩笑话,万紫说:"男人身上咋那么热呢,跟个火炉子样。"她就对着大全的耳朵说,说完,又对着大全耳朵轻轻地吹了口气,挑逗呢。大全突然回过头,在她脸上叭地亲一口。这个举动实在是出乎她的意料,一颗心就鼓荡了起来,奶子呢也兀地鼓胀了起来,浑身上下没有一处老实了,都被鼓荡起来般一阵一阵地燥热。她就喊大全,大全。来到一条小巷子,电动车停住了,他们跳下车,福英紧紧抓着大全的手,说:"大全我们去哪儿啊,我得找吉子去,吉子这么多天了不晓得去哪儿了。你不晓得我有多想他啊大全。"大全晃着她的手,不叫她说话,一直领着她朝巷子深处走去。吉子竟然在巷子深处,他的身边就站着万红。他们,紧紧地靠在一起。福英的心头涌上来一阵难过,她想问吉子到底她有啥不好,为啥要跟这个婊子。吉子不说话,从大全手上扯过她,手上的砖头嗵地砸到大全头上。大全的头上冒着血,倒在了地上。她摔开吉子的手,问他咋打人啊。吉子又抓住她的手,拉着她就跑。她呜呜地号哭着,腿上一点力气都没有,由着吉子拉着她,到了一个满是砖头瓦块的地方。吉子说:"我一直在这里,哪儿也没去。"吉子在她脸上拍拍,说:"我真的就在这儿,你总是不信我,我就在这儿搬砖。"福英的眼睛一下就睁大了:"搬砖?在这儿?"吉子点着头。福英扑向吉子的怀里,仰起头,把嘴贴在吉子的嘴上,喊吉子,吉子抱紧我啊,吉子亲亲我,吉子,要我啊吉子。吉子亲着他,扯开了她的衣服,一口含了。却突然来了一个人,推开她,扯着吉子就走。竟然是万红。她扑过去打万红。万红扯吉子跑了。她气坏了,哭着大喊:"吉子,吉子,你死哪儿去了啊吉子。"

福英把自己喊醒了。醒来,还在哽咽,泪水顺着眼角灌到了耳朵里。她不晓得自己咋做了这么个乱七八糟的梦,又是大全又是万红的。猛地想起上坟那天,古朵坡上她堵住吉子时,万红在不远处的路边站着。不会吧?不过是个梦。咋可能呢？有啥不可能？有万红帮忙，吉子的店肯定能行。建材城老板娘的话。福英瞪着眼睛，屋里安静的像旷野般又空旷又寂寥，一股彻骨的无望在福英的心里如尘雾般腾腾地氤氲开来。眼泪还在流个不停。她恨恨地骂自己，你流给哪个看呢？哪个稀罕看你的眼泪啊你哭！

第十二章

六月六一早起来,太阳就像个火盆样扣在了羊凹岭的头顶。福英收拾完家务,翻箱倒柜地把绸被子缎褥子掏摸出来,搭在院子的晾衣绳上。六月六,晒丝绸。翻腾出两件结婚时的缎棉袄。腊月里结的婚,过了正月,棉袄就穿不上了,到了第二年冬上,怀了好雪,棉袄就更不能穿了。再后来,不时兴了,也就压箱子底了,所以,这两件棉袄就还是崭新的。一件是大红色底子上绣的黄花,一件是水绿色底子上绣的橘红色花。搁了这么多年,黄花橘红花好像刚绣上去的样子,还是饱满生动,一朵花牵着一朵花,一朵花牵着一朵花,幸福万年长的样子。福英的手抚在棉袄上,眼就热了。"就买这件吧,你穿着太好看了。""贵怕啥,我就要你好看。"吉子的话。就在县上的商场。那么多的人,走来走去地看她。福英记得很清楚。她羞得脸都红了,吉子倒是高兴地在她身边转来转去地看。抱了衣服回家的路上,吉子骑着车子带着她,从公路上拐到土路。已经忘了一路上他们都说了啥,就记得田间的小路,窄,疙疙瘩瘩的不平,吉子非要她坐在前面的横梁上。坐上了,他骑着车子,下巴在她的头顶蹭,要她回过头来亲一下。就是亲了那一下,吉子把车子骑到了地边的小房子里。就是在那个小房子里,他们有了第一次身体的激越和癫狂。那时,真是胆大,也是年轻啊。那时,吉子多爱她对她多好,馋嘴的娃娃一样一黑夜黏着她,白日里,也是见空就要亲她抱她。多少年前的事了啊,已经久远地好像是梦,一会

152

儿她又觉得,好像就是昨天前天,或者就是转眼前的事了。然眼前,却只有红花黄花开着,只有阳光空落落地亮着。

好雨和小好看院子晾晒了这么多花花绿绿的被子褥子衣服,就跑了过来,稀罕地摸摸这件扯扯那件。小好说:"光。"好雨说:"滑。"小好说:"我妈也有这个袄。"好雨说:"我妈也有这个袄。"她们嘻嘻笑着,一会儿钻在被子褥子间,一会儿学着福英,抓个棍子把被子褥子拍打得啪啪响。小好把脸埋在一件红棉袄里,喊好雨:"二姐你能找见我吗?"好雨也学着小好,把脸埋在一件绿棉袄里,喊小好找她。

福英听她们玩笑就出去了,过了栈口,一直往村南去了。

地里的玉米前几天叫山水浇了,长得黑绿、壮实,枪般密密实实地立下一地。路对面一棵桑树上落下好多的灰雀儿,嘎嘎咕咕的声音,粗笨,喑哑,小土坷垃般从空中一串串坠落,聒噪一番,想起了什么事,呼啦啦跟着匆匆忙忙地飞走了。一只长尾巴、白羽毛的山雀自个儿站在一枝细溜溜的酸枣枝子上,叽地叫一声,一会儿又叽地叫一声,不嘹亮,也不匆忙,像是含了满腔的心思般,又忧愁,又落寞。猪耳朵、草妹妹、草水节节、牵牛花开了一地的花,紫红淡黄,天蓝水绿,这儿一簇,那儿一蓬,招惹得蜜蜂土蜂嗡嗡地飞来飞去。满山满岭都是拔节生长、开花结果的声音,喊喊喳喳,喊喊喳喳,一刻不停。站在路口的大槐树下,看着来来往往的车跑得纷乱,一团团的黄尘黑土怪物一样飞得纷乱,福英的心思也纷乱了。好日子,赖日子,都是过个心啊,你的心里咋就没有我了呢?

福英店前的棚下坐了好些人,老汉一堆,婆婆子一堆。耍牌,也是老汉一桌,婆婆子一桌。不耍牌的,坐一边扯闲话。耍牌的手上抓着牌,嘴上呢,跟着不耍牌的人一起,有一搭没一搭地扯闲话,念说着在外干活的人,吉堂收个破烂都开上了电动车,斌子的工程队到太原揽下活了,海泉媳妇撵到了城里,海泉跟小老婆还来往着,海泉媳妇咋能受下那屈呢,不出事才怪哩,后巷的才才光顾了挣钱,把他老母扔屋里,平时也不说看一眼吧,连个钱也不捎回来,你说养儿哩,养那么个儿还不如养个狗哩……棚子外的阳光炫白、明亮,热气腾腾。棚子里的人只安坐着,似乎是那火烧火烤般的热走不进棚子,热不到他们身上。

福英给公公倒了一茶缸子水,刚坐在店门口,抓了十字绣,一根线还没穿过针眼,就听见翠平叽叽嘎嘎的声音。

"这才进六月嘛,就要热死人啊。"翠平刚从车上下来,人还在栈道上,破锣样的嗓音随着六月火般的阳光,炸豆般在羊凹岭的土巷子上叽叽叽地蹦开了,等她来到福英店前,把手掌大的墨镜推到头上,喜眉笑眼的,婶啊叔啊地唤着,跟店前闲坐的人打招呼,手就从包里抓出香烟,扔给柳树下闲坐的男人,又抓掏出一把糖,散给媳妇子和娃娃。翠平在县上有楼房,村里呢,她倒是常回来。有事了回来,大小事没一个,她也回来。怎么说呢,是过上一段时间,她就要回村里转转,自己开个小奥拓,红艳艳的,停在栈道边。她从不把车往村里头开,按说车一拐就到了福英店前,停在福英店前也行,她还能少走几步。可她不。每回回来她都把车停在栈道边,下车走到村里。若是去村里头哪家有事,也是把车停放在那家门边,不会在门口停。这样呢,人们就嗫了嘴夸她的好,说翠平有钱,又是村长媳妇,没有个架子。

坐在店门口绣十字绣的福英想回去,却来不及了,是不能回去了。翠平虽说是本村人,可在县上住着,人家到了你门口,就是个客人了,怎么说也得打个招呼吧。她就停下针,抬眼叫翠平回屋里喝口水。翠平看了她一眼,说:"不了,我车上有矿泉水哩。"翠平跟福英说了一句,就扭过头跟三顺、美莲他们说笑,再也不理会福英了。福英呢,就在心里骂自己贱,骂翠平张狂。福英心说:"你以为你是哪个啊,有俩造孽钱就怕人不晓得,住在了县上还当是住到了北京城,开了个鳖壳子还以为自己开了个飞机火箭啊。"心里骂着,就想扭身回去,不要看她个轻薄样,又怕旁人觉察到了笑话,压下满肚子的恼火,没滋没味地抓了十字绣,手里的针却像是生了锈,或许是丝线生锈了,一针拉起来刺啦啦要好长时间,好容易拉过去了,再绣一针,却扎到了手指头上,疼得她抓了手指头,眼看着一滴血冒了出来,鲜红鲜红的。

怎么说呢,翠平以前在村里住时,她们就不来往,有时在巷子碰巧打个照面,躲不过去,这一个问,回来了?那一个嗓子眼里嗯一声。或者是,那一个问,

154

吃了？那一个嗯一声。一人一句，不冷不热，礼数是有了，各自的面子也有了，就是女人间的碎碎叨叨的热汤热水的咸淡话一点儿也没有，好像是，两个人只是个面面情分，拉呱多了，反而是不懂礼性。一个村里活了二十年了，咋说呢，高眉低眼的不停见面呢。何况羊凹岭村就个手掌大，五条胡同五根手指样，一二三四五，哪个不晓得哪个呢。她们俩人心里都清楚，中间夹了那死大全啊。翠平认为大全爱见福英。怎么回事呢，她也说不清，或许就是女人的那种直觉吧。她问大全。大全说："啥爱见不爱见啊，多大个人了，成天就知道个瞎说，不瞎说能死啊。我看你就是闲的，无事生非，没事了，拿块碳到河边上洗去。"话是这么说的，翠平信吗？哪个相信人嘴上的这"话"呢？人的话就跟岭上的风一样，来时，你不知道从何处来，走吧，你又逮不住抓不着，是无踪无影的，有时候呢，又像多事的媳妇子一般，哼哼唧唧，叽叽喳喳，从这条巷子扭出，又挤进另一条巷子去了。出来进去呢，总要裹挟着几只塑料袋几张纸片，有时竟然是裹着几片瓦片跑，跑得都带出来呼呼的风，瓦片跟在风的脚步后也跑得哗哗啦啦的，却是转眼就跑得看不见了，不知道躲到哪个旮旯角角了。风呢，也找不见了。翠平虽说也没逮着两个人啥事，也没听人说这俩人的风言风语，然心里头扎下了这样的刺，就会时常地疼一下，是叫你惊醒着提防着啊。男女之事的这根刺很讨厌，不能随着头顶的日头月爷淡了没了，一旦扎下了，就走不了了，一辈子都会扎在心里的某个地方，想起来就会痛，有时呢，它还会无缘无故地长枝绽叶，开花结果，丝丝蔓蔓的，凭空生出好多是非，一团乱麻般绕在心里，让你有口说不出，干受着。

大柱子手里捏着翠平的烟，转着看牌子，看清了，就呀地叫一声，说："紫云啊，一盒二十多哩。"翠平说："吃饭时饭桌上捡的，一盒都给你们吃吧。"翠平把剩下的半盒烟扔到桌子上。民娃在空中一抓，接住了，嘿嘿笑着，低头数烟盒里还有多少根。美莲白了民娃一眼，说："翠平你以后要多回几次，民娃叔都不用买烟了。"民娃翻了美莲一眼："你个小气鬼，二柱子给你拿的好烟好酒也不说拿出来让大家吃吃喝喝，藏到屋里咋哩，生蛋哩？"美莲白了他一眼，没理他，问翠平这热天咋不在那城里小洋楼里避暑，空调一开，热不着晒不着，多好啊，耗油费事地跑回来丢不下个啥呢。翠平面饼样的脸抖成了一朵南瓜花:"好是好,可就是丢不下咱羊凹岭这尘土嘛,丢不下咱前街后巷你们这些老邻居嘛。"民娃说:"羊凹岭有啥好啊,土乎尘尘的,你看看,出去的人哪个还想回来。"美莲说:"看你多享福,村里的楼房城里的楼房,想住哪儿住哪儿。"翠平说:"享啥福呀,城里门一关,各家是各家,哪有咱村里好,老邻居,隔着墙喊一声,墙那边就应了。"翠平问美莲咋不在县上买个楼。翠平说:"叫二柱子给买个,一天伺候他爸妈哩,人家那楼房才是好,装得也好,大,顶我那两个哩。"美莲的嘴早撇到了耳朵根了,嘴里嘶嘶地说:"我可不想沾他那光。"

翠平的嘴上说着这也不好那也不满意,心里呢早欢喜得眼角眉梢都飘着喜色。人们的话就像柳梢上的凉风儿一样,飕飕地钻进了翠平心里。一月半月回来一次,七八十里的路,不就是为了听这几句话吗?不就是为了看羊凹岭人眼里的羡慕巴结她翠平的样子吗?翠平迎着人们的眼光和话头,心里舒坦得竟有了一种舞台表演的感觉,有了一种被人簇拥的感觉。城里再好,谁会给她这种感觉?城里的楼房里,从早到晚都是她翠平一个人。娃娃在外上学,大全有时回来,回来了不是躺倒睡觉,就是叫一屋子的人打麻将,跟她没有一句话。她跟大全说话,大全也是一副爱理不理的样子,翠平说多了,他就啪地摔下一沓钱叫她打麻将去,吼一声:"够吗?够不够你输?"

翠平当然不给人说这些。翠平说:"死大全不回来还好,一回来就不让人出门了。你说上了麻将场能由了人?他就一催六二五,你骂他也不依,哄劝也不依,就是一个字,回来。"

民娃说:"那不是一个字,两个字。"

翠平斜了民娃一眼,咯咯地笑:"两个字两个字,你们是不晓得人家麻将场上的人都笑话我笑话他,气得我回去就骂他。他倒好,嘿嘿笑着把洗脚水端到你跟前,啥人嘛你们说,我前世做了啥瞎瞎事了,这辈子遇到这么个管家把我管得实实的没个自由。"

翠平跟人嘻嘻哈哈地说笑着,然不管人们的话头扯到哪里,她接过来,再一绕,肯定会绕到大全头上,过渡得极其自然、顺畅,让听的人一点也不觉得突兀、奇怪。若是说的人自己的话还未说完,嘴里还积攒着一火车的故事,见缝插针般,看着她的话刚落地,想把话头引到自己的话上。翠平可不依。翠平在话头子上是一点也不饶人的,你引你的,我说我的。她的嗓门亮,又爱笑,常常的,她一张嘴,一圈人都只能听她说了。她说大全呢,也是极尽了夸赞,说大全对她咋好咋好,给她买个车,就是为了让她打麻将逛街方便,黑了回到城里,就给她打电话叫她回来。

人们嘻嘻哈哈地吃着翠平给的烟,都说大全前世是和尚,没见过个媳妇。

翠平高声大嗓门地说着,抖擞她的好抖擞大全对她的好,心思其实全在福英身上,眼风就往福英身上飞一眼再飞一眼,心里头呢,不知给福英翻了多少白眼,看福英埋头绣十字绣,脸上红了白了有啥变化也看不出,她嘴上的话就越发稠了,人来疯的小娃娃样越发地欢实了。她回来要到福英店前转转,看上去好像是没有办法,因为可村里只有福英店前热闹,也只有福英店前能见个人。其实在她自己心里呢,还是生了一点儿情绪一点儿小心思。每次回来,抹粉擦脂的,金项链金耳环金镯子玉镯子,一样一样都戴上,把自己打扮得时尚、漂亮,还不是为了在福英跟前显摆啊。她就是不明白福英有啥好呢? 勾引得大全缠磨在羊凹岭,说是村里离不了他,屁大个村子,人都忙得可世界打工挣钱去了,过年过节也都不回来,回来,也是绕一圈,转个身又走了,哪个离不了你? 还不是想看这妖精。

福英早看出来翠平对她有成见。让她气闷的是,吉子也认为她跟大全有一腿。福英呢,真是冤枉死了。她盯着手里的十字绣,上一针下一针地飞针走线,绣得非常认真,好像她的心思都在十字绣上,好像翠平的话只是说给旁人听的。自己倒还不如万紫,不如水绸,就是娟子那小媳妇,听说柱子也是钱呀东西呀给了不少好处,落下个闲话吧,还真有那么回事。自己和大全有啥呢?爱在一起说个话,就是个事吗?心里有个烦恼了,电话里说说,也是个事吗?雨地里的一抱,能算是个事吗?别说那时是大全,就是棵树桩子她也会扑上去抱了哭的。要说心里头,福英心说,哪个心里没有个长长短短的想头?想,就是好上了吗?

棚子外的阳光爆豆子样,爆下一地的白亮。福英的心里却旋起了风,东西南北风,一股一股,一股又一股,乱纷纷地刮开了。

翠平坐了一会儿,说:"不说了不说了,该回去做晌午饭了,死大全要吃漏鱼儿哩。"

美莲看着她脚上的高跟鞋,走一步梆地响一声,走一步梆地响一声,就喊她:"翠平哎,你这鞋跟有一拃高吧。"

翠平站住了,扭过头,指着脚上的鞋子,咯咯地笑,说:"你看着高吧,一点也不难受,八百多呢,我舍不得,大全就说好,非叫我买,你可别说啊,这好鞋子就是好,一点不累。"

还是大全。

这些话呢也一句不剩地钻到了福英耳朵里。福英的嘴就撇开了,心里冷笑了一下,自己男人对自己好用这样大张旗鼓地给人说吗?可羊凹岭哪个不晓得你的事啊?然那可笑还在心头浮着,猛地又刮来一股风。你笑话人家翠平,你男人爱见你?大全不爱见翠平吧,还不跟她吵闹,隔三岔五的,还回去,哪怕是个影子吧,还能给屋里留下个。你呢,你有啥呢?福英手里捏着针,瞪着桐树上筛下来的日头,给地上画了一块白一块黑,这些白花花黑花花好像也画到了她的心里,她的心头一时亮了,一时又暗了。她心说,我对吉子有啥不好呢,我的性子再强盛,还不是为了撑起这个门?还不是为了你老陈家不要让人小看?你咋也不该丢下这一家老小不管不问了啊。福英越想越是气恨得不行。说到底,她还是气不过想不通,可人面前,她一个字也不提说。给人说啥呢?还不够丢人吗?这不是福英的做派啊,福英是牙齿打碎了也要和着血咽下去,胳膊折了也要藏到袖筒里。这就没有了办法,是一点办法也没有了啊。"我但凡有一点点法子,狠下心来屁股上土一拍,扔下这一家老小,走了。""我咋能狠下这个心呢,我小子女子好几个哩。""我就是狠下心撇开小子女子,也狠不下心跟他离啊。""放不下你还怨恨啥呢?""可这活寡让我守到啥时候啊?"福英心里白白黑黑想着,突然觉出翠平的好了,这个粗粗大大的媳妇,她的显摆也好,虚荣也罢,黑的说成白的,绿的说成红的,又何尝不是在包容大全,在呵护她的娃娃她的家?人心都是肉长的啊。大全就是一块冰,终究会被这好和暖融化了吧。用心良苦啊这翠平。要说哪个是过日子的高手,春娥是命好,算不上。万紫、水绸、万红、美莲,还有小媳妇谷雨和那个快被唾沫花淹没了的娟子,她们,哪个凭了自己的本事,把日子过得和和美美的?人伙前,哪个不是一遍遍地数落自己的男人嫌弃自己的日子不好呢？要细细想起来，还只有翠平了。看上去咋咋呼呼的翠平，傻傻笨笨的翠平，其实是最聪明的。不简单啊翠平。

福英突然想跟翠平说两句话，她张眼找寻翠平时，翠平已经过了栈道。

翠平开车走了，说是回去要给大全做饭去，却没有回城里，也没回她的院子。顺着栈道，她把车开到了村后岭下的一个小栈口。下了车，嘭地关了车门，开了后备厢，提出两袋子水果，一袋子粉红水嫩的桃，一袋子黄香蕉，当当当地进了胡同，推开水绸家的柴门，水绸水绸地喊。

水绸家的院子还是土院子，土院子中铺了石子，从大门到屋门，歪歪斜斜的二尺宽。脚下踩磨得久了，那些青石子黄石子黑石子就个个都是光滑油亮的，好看了。说是粗野吧，跟院子的土墙、柴门和那一畦一畦的菜地配到了一起，倒也有一股子说不上来的雅致。院子里这样的光景呢，在羊凹岭很少见了。这些年来，人们都把院子铺了青砖，或者是浇了水泥硬化了，平展展的是连个花池子菜地也不留，说是为了晾晒粮食方便，也为了下雨天不会一脚泥一脚水。水绸的院子却没有动。她说土院子咋就不能晒玉米麦子了。以前还不都是土院子晒？她认为水泥院子没有一点好，暑天太阳一烤，光脚踩在上面能烫掉一层皮，夜里想睡在院子吧，扯个凉席铺上了，却是烫得不能睡。就是树下放个小桌子吃饭，也像是坐在火炉边上了。况且呢，连个菜也不能种。水绸不像春娥喜欢种花，她喜欢种菜。岭上土地稀缺，又多是旱地，地里呢，就不能种菜。她给院子翻了好大一块地种菜。天热开始，院子的韭菜、菠菜早吃了一茬，西红柿、茄子、辣椒也都开了花结了果。等到暑天，她家的菜吃不完，还要唤邻居来摘。天凉了，撒了菠菜籽油菜籽，栽了蒜，塑料布一盖，又能吃一冬的青菜。说起来，也是那些年的光景了。那些年，屋里有江和与他老子开的修理部，婆婆做饭，水绸多悠闲啊，手里又有钱，真的是衣食无忧啊。种菜摘菜，这些个活儿，水绸是当作小情小调玩耍哩。

翠平却不这样认为。她说水绸以前吧，仗着江和爸有钱，江和惯着她，听她的话，她呢干啥就喜欢与众不同，人家穿个红袄黑裤子，她偏要穿个黑袄红裤子。人家结婚都要高墙大门的气派派的,她呢,就说要种菜要这么个土院子土墙。还弄了这么个不晓得是枣树条子还是荆条子门。以前,翠平在村里住时,她们俩能说到一起,就常在一起耍。翠平呢,心里还藏了点心思,是不能给人说的。翠平就骂过水绸,你以为你是城里人?你以为羊凹岭是你的后花园?想起江和家的修理部不干了,江和看病把钱花完,还借下一屁股烂账,就这吧,江和一天也离不了药,好男和胜男上学还要花钱,这两年又有了个小天,哪一样不是要用来钱弥补呢。她就劝过水绸给自己手上攒上个钱。长长短短的日子,白了黑了,还不是过钱呢?手上抓了钱,怕他啥呢?他回来不回来吧,他爱不爱吧。有钱,还怕没人爱?水绸不听她的,还笑她。眼下好了,你是想跟人一样,也一样不成了。

咣咣地走在石子小道上,高跟鞋一扭一歪的,脚脖子都疼,心里骂着水绸弄的这破路,张眼看土院子,虽说也收拾得干净整齐,菜地里也还种着菜,茄子西红柿辣椒,一棵是一棵的,结下不少。可翠平咋看咋觉得不舒服,心下就没来由地冒了一股酸气,住这么个破院子烂房子,还有个闲心。恐怕,就剩下了个闲心了。掀开竹帘子,也不等人答应,她就往屋里走。

水绸不在家,江和坐着轮椅,在炕下扯被子,听见有人进来,扭脸一看是翠平,就问她回来了。

翠平把袋子放到柜子上,问他干啥呢扯被子。

江和抱着被子,滚着轮椅,说是晒被子啊。

翠平从他手里抱过来被子,问他水绸去哪儿了,他来晒被子。说着就埋怨他不等水绸回来,翠平说:"把你摔了磕了咋办?"江和笑呵呵的,嘴上说着咋就能摔了,又不是没干过。水绸去镇上了,给福英娃说她姐的女子,看能不能成了。江和问翠平认得水霞不,镇上开日杂商店的。看她去院子了,也滚着轮椅跟了出来。

翠平把怀里的被子搭到绳子上说:"认得,咋不认得,过来过去,就那么几苗人。"

江和抓了个小凳子,叫她坐枣树下歇歇。他呢,扭脸滚着轮椅回屋里了。还有几床被子要晒。翠平也跟着他回到屋里,看轮椅上江和的后背,眼里就湿湿的了。江和,年轻时多好的一个人啊,人长得好吧,个子还展做(方言,挺拔),站到哪儿,都是个挺挺的白杨树般帅气。哪能想到竟然遭了这么个大难,好好个人一下子成了废人了,腿不好了吧,人也跟着皱巴了,好像聚在身上的精气神随了腿消散了。翠平悄悄地抹着泪。当年要不是算卦的那句话,跟他结了婚,他会是这样子吗?翠平有个姨在羊凹岭,看上了江和家有钱,江和人又长得排场,就跑到她家要给她做媒。爸妈自然同意,她也点了头,说好第二天到集上见面。翠平哪里能想到,事情就坏在了第二天要见面的集上。到了集上,时间还早,她跟妈站在商店门边等姨和江和时,门边的一个人喊她:"女子女子,我给你算一卦吧。"她心说算就算算吧,看看自己的命是个啥样。她妈拦挡住不让,担心卦不好了她心里疙瘩。她说:"算算看吧,看咋说。"蹲在算命的人跟前,手伸了过去。那人抓着她的手指头,看了手掌纹,抬起眼皮说话了:"女子,你不愁吃不愁穿,一辈子不愁零花钱,好富命啊。"说得翠平心头开了花,又叫算算婚姻。算卦的伸出两根手指头,说:"两卦是两卦的钱。这么好的命,先把头卦的钱掏了。"翠平给了他五块钱,叫他再算。他闭着眼,手指头掐了掐,睁开眼窝时对翠平说:"今年婚事白匆忙,明年婚动东北向。龙配兔,不到头,龙配鼠,富贵绕。"恰恰的,江和就属兔。听完卦,她拉着妈就走了。后来,翠平想起算卦人的话,就气恼恼的,大全倒是属鼠,这日子咋就是个这呢?

她呢,因为有姨提说的那么一下,见了江和,见了亲人般心里总是莫名地生出欢喜和亲切,似乎是江和本来应该是跟她一家的。江和遭了难,她跑去医院看,当着水绸的面,难过地掉下了眼泪,心里也生了深深的内疚。从县上回来了,在福英店前说说话,就要到江和屋里坐坐,跟水绸和江和扯扯咸淡话。在江和屋里,翠平换了个人一样,家长里短的话,她一句,水绸一句,愁烦苦闷,欢喜乐呵,就是戏谑笑骂,都是相知相惜的人之间才有的亲密,是一滴水滴到了一滴水里,彼此融合,相互拥抱,是温暖和见心见性的体贴。跟在福英店前,是完全不同的两幅面孔了。

小天醒了,在里屋呜呜地哭着喊妈妈。江和滚着轮椅小天小天地喊着,把小天从屋里抱了出来,指着翠平叫小天叫婶婶。小天不叫,揉着眼窝,坐在江和怀里,嘟着嘴,哼哼唧唧地要妈。翠平蹲到江和腿边,抓了小天的手,要抱他出去找妈妈去。小天头一扭，挣开她的手，贴着江和的怀，看着她，把大拇指嗍得吱吱响。

江和骂小天没出息，说是你这个婶婶可厉害了，有小车，坐小车去县上坐摇摇车，去不？小天还是不理翠平。江和嘿嘿笑着，叫翠平到屋里把柜上包袱里的东西帮着搭到院子去。

翠平把包袱抱了出来，解开包袱，就看见一块块的缎被面，红的绿的黄的，各色的都有。一件一件搭在绳子上。阳光晒着院子，晒着这些绸被子缎衣服，像是院子支起了好多块玻璃，红一片，绿一片，黄一片，又亮堂，又热闹，暖洋洋喜洋洋的。江和说："还是结婚时，亲戚朋友送的。"翠平手里抓着被面，听江和在她身后嘀嘀咕咕说个不停，有那么一时，她的心思恍惚了。

江和说："水绸那货不爱过节，我说今个六月六晒丝绸哩，叫她把这些个绸缎东西晒一晒，这么好的东西别叫虫蛀了可惜。她不。她啥节也不过。过年，翠平你晓得吗，她都不献祖宗不献神。我晓得，她是见我这样，心里难过。哎，她不晒，我晒吧。我多亏有水绸，要不是水绸，我早死了不晓得多少回了。我这一辈子，最对不起的人，就是她了。"

翠平听他说得恓惶，眼泪就跌了出来，扭脸悄悄擦了，从包里掏出一把糖给小天，对江和说："我个朋友前几天出国了，给我一包糖，外国糖，给小天吃吧。"

小天缩在江和怀里不伸手，江和接了过来，啊啊地惊呼着："真真的外国糖哩，上面都是英语字母，made in Australia，澳大利亚的糖啊。"

翠平说："你还认得啊，我早都给忘了。"

江和嘿嘿笑："上学时咱也是好学生啊，尤其是英语，每次考试都是高分。我还记得八年级时，英语老师姓李，李老师对我真好，叫我当课代表，还给我复习资料，他说我就是考不上重点高中，县上的高中肯定没问题，哪个想到中考失利了，李老师到我屋里跑了好几回，叫我复读再考。我爸不让读了，说是看我这样子，大学肯定没指望，还不如跟着他学电焊。后来，再见到李老师时，他直摇头说是可惜了可惜了。"

翠平说："真是可惜了呢，要是考上个大学，这会儿说不定你在北京上海哩,还能在咱这山窝窝?"

江和吭地笑笑,张了眼看头顶的树,问翠平信命不,说:"人常说,人的命天注定。世上没有后悔药啊。话能说回头,人可是回不了头了。"

阳光透过枣树稠稠稀稀的叶子,给他的脸上印下一块白一块黑。翠平看着,就觉得好像有一只看不见的手,推搡着他,揉捏着他,把他的日子涂抹得白一块黑一块,身上就兀地冒出一层汗。听他说命,脸更是红得好像太阳照了过来,赶紧说:"我托朋友打听打听吧,看哪儿有好医生,你去看看去。"

江和嘿地笑了一下,把糖捏在手心,说:"不看了,北京的大医院都看过了,看不好了,我这一辈子就这样了。"说着话,眼圈就红了,赶紧低头逗小天,叫小天给翠平说个儿歌,说:"我就盼着这小东西长大了。"

翠平听江和说得可怜,心里就难过得好像是自己害了江和,脸上暗下了一层,讪讪地笑笑,改了话头:"都是盼娃娃大哩,家家有本难念的经。"听自己说得前言不搭后语的,想要安慰江和两句,又不晓得该说啥好,说啥,对江和来说,都是虚的啊,想找两句玩笑话说说,逗逗江和开心,一时竟然一句也想不起来。她就在心里骂自己,平日里的那些个闲淡话跟树叶子一样多,张嘴就是啊,这时你笨得一句也倒不出来了。看小天,扯出一句话,说:"娃娃就是快啊,转眼小天都跑得风快了。"

江和说:"小东西闹人哩。"

小天吃了颗糖,从江和怀里跳下来,看到院子晾得花花绿绿的东西,就稀罕得不得了。跑过去摸摸这件,摸摸那件,把脸埋在一件西瓜绿缎棉袄里,喊爸爸找他。

小土院子叫这个小人人闹腾得热闹了起来。

翠平跟江和闲扯了一会儿,眼看着响午了,也没有等见水绸,就说要走。江和滚着轮椅,把她送到门口,指着阳光下晒的被子褥子说:"六月六哩翠平,六月六晒丝绸,你回去也把被褥抱出来晒晒吧。"

翠平听江和说得软软和和的,扭头把他看了一眼,又看了一眼,想说我咋不知道"六月六晒丝绸"呢,不就是说这天太阳最毒,丝绸晒了不怕虫子蛀,可这关我翠平啥事呢？虫子蛀了又有啥呢？我翠平有的是丝绸衣物。没有说。嘴上呢，也是软软和和的，翠平说："江和，我有时候就想，你说人活着图个啥呢？不就是图有个和和美美的日子嘛，就是婆夫俩有个吵闹，也是好的，说明你的话他还能听到心里头还能说出个对错来，婆夫俩要是连个吵闹都没有了，连个家长里短的话都没有了，你说，那日子还有啥意思。"

江和坐在轮椅上，嘿嘿笑："遇下啥事情就得说啥话，没听说过嘛，到啥山头唱啥山歌。啥是个有意思呢，人不能光活了自己，背后还有一大群人哩。我要是光想了我自己的话，我早都一根绳子吊死了，我就是想我死了也就死了，水绸咋办啊，她一个人咋活啊。"

翠平的心头压了块碌碡般，她是没想到江和竟然这样重情义，对水绸的情这样深，自己倒是如那算卦的说了，不愁吃不愁穿也不缺零花钱，想去哪儿，开了车就跑了，可大全对她呢？翠平就幽幽地说："所以说你要好好的，你好起来了，水绸才高兴。"

江和说："我俩现在就像是那个词是咋说的啊，相依为命，我俩现在就是相依为命，她喜欢晒被褥，爱闻那个味，太阳好了，我就把被褥都晾出来。我得让她高兴啊，你说对吧翠平。"

翠平突然不想听江和提说水绸了，她真的眼红了，甚至是有些嫉恨了，就又提说起了江和的腿，说："我回头帮你问问我朋友，看他们晓得哪个医院看你这病好的。那几个家伙成天可世界跑，没有他们不晓得的事情。"

江和捶打着自己的腿，说："你看我这条腿还像以前那样子？好多了哩，水绸天天黑了给我按摩，给我烧水泡脚，还真管用了。"翠平说："她咋会按摩，你可别让她胡按摩，按得不合适了，疼得越重了。"江和说："没有没有，她买了本按摩书，没事了就翻看，还跟镇上按摩店的李大夫学了几个动作，我这腿真的轻了，轻多了，以前我坐在轮椅上哪能下来啊，现在，我有时还拄个拐站站走走哩，有时还干点屋里的活，翠平，水绸她太苦了，我这一辈子算是没法还她了。"

翠平没有说话。她说啥呢？她的心里如头顶的天空一样，没有一丝云彩，也不见一只飞鸟，只有一颗硕大的太阳，呼呼地不停地吐着火，要把她烧化不可。翠平都抬起了脚，准备走了，江和还在水绸长水绸短地说着，说来说去，都是水绸的好，都是他们的好。翠平的心里猫抓了样刺挠开来，挤出一丝笑，看着江和那张粗巴巴的黄汤寡水样的脸上漾着丝绸般的光亮，柔柔和和软软乎乎地不停地说着水绸，她的心里就像是酿了一瓮的柿子醋。羊凹岭的头淋柿子醋，酸得掉牙。醋水咕嘟咕嘟冒着泡，从她的心头往外溢。

翠平发动了车，没有往城里开。她把车掉了头又开回村子。这次她没有把车停在栈边，也没有从福英店前过，她绕着路，一直把车开到自家门前。

羊凹岭，除了万万新盖的院子气派，下来就数翠平家了。六间带了走廊的北厦，五间南平房，还有做厨房的东厦、做澡堂和卫生间的西厦，一律的，都是高耸耸的，都是白墙灰瓦，紫红的脊兽端端的一溜溜。站在岭上，一下就能看见，很显眼。院墙也高，门楼也高，而且阔，小车能开进门里。朱红油亮的大铁门上，碗大的泡钉，蘑菇样，金灿灿的一大朵一大朵。翠平把车停在门前，嘭地关了车门，开了院门，站在院子，看到满院子土乎乎的一层，院中的小花池里长了满池子的野草。她就在心里骂开了大全，成天地在村里待着，也不说把院子扫扫，这还是你家吗？你还要这个家不？就想着往那妖精屋里钻。

她把包扔到窗台上，到墙角抓了笤帚，也不嫌脏，也不怕热，呼哧呼哧地从北到南，把院子扫了一遍，才开了北厦门。半年没回来过了，门里也是一屋子的尘土，一踩一个脚印，一踩一个脚印。翠平虽说不在村里住，然这毕竟是自己的家嘛，到了年跟前，她总是要回来把屋里院子该打扫的打扫干净，该擦洗的也都要擦洗一遍，门上的对联墙上的小联子，还有财神爷灶王爷土地爷门神，该贴的也是一个都不少。这才几天光景啊，咋就落下这么多尘土呢。翠平没了奈何，把包扔在沙发上，抓了拖把到院子的水窖前，吱吱扭扭地压了一盆水，把拖把泡湿，把屋里拖了一遍，想起水绸院子屋里干干净净的，她就又拖了一遍，这才开了柜子箱子，赌气般翻腾出一包丝绸衣物，一件一件抱出去，摊开在晾衣绳上，又翻出一包，晒到绳子上。

亮闪闪的院子挤挤攘攘地热闹了，灰白的水泥地映得红红绿绿的，像开了满院的花儿。墙角黄的麦秸秆黑的干枝条白的玉米芯也映得红红绿绿的，像是开满了红花绿花。雪白的房墙上呢,也是一团红一团绿,好像是花儿开到了墙上。

翠平看看大红底子上绣着金色粉色龙凤的被面,看看翠绿底子上绣着银白牡丹的被面,眼泪就扑簌簌流了满脸。

第十三章

人常说,五黄六月,热死老鸹。太阳刚露出个头,就像个火盆把岭上烤得火烧火燎的。偏偏这时候,万紫张罗着要给龙娃娶媳妇了。羊凹岭人办喜事,多是选择在中秋节后,天气凉快,地里该收的该种的也都忙完了。现在的人虽说不像以前那样清闲了,都在这厂子那工地上上班。可是把喜事放到天凉时办,也是为了人忙起来了舒服。婚礼是个大事,做被子褥子,买床单窗帘,还有家具沙发电视,脸盆毛巾暖壶,牙刷牙杯梳子镜子,大件小件,零星八五的,不晓得要跑多少次县上镇上集上。哪一次不是空手出去,回来时是手拿肩扛的大包小包。一样一样还没准备齐全,日子眼看着到了,还有一对大红枕巾忘买了,墙上贴的喜字买少了。这一样那一样地检点了一遍,竟然还有好几样没有买。就急急火火地把嫁出去的女子、自己的姊妹都叫上,鸟儿垒窝般,帮着娃娃把一样一样衔柴草样衔回来把一个小家给垒起来。头上顶个火盆,人本就累乏乏的不想动弹,还要手脚不停地忙前忙后,这就让人心生泼烦了。

然万紫也是没有法子。

那天,好龙回来给她提说要娶媳妇,她的眼睛就瞪大了。给娃娶媳妇,每个当妈的心思啊。添丁加口,自古以来,都是每个家庭最生动的欢喜,生动中蕴藏着激情和向往,让人看到的是一支血脉的传承和延续,像一条河流一样,长流不止,永生永世。如果说在羊凹岭,儿女结婚就算是成人了,有了一家人,小子就是男人、女子就是媳妇子了。要是过上一年两年的，再生个娃娃，肩上有了担子，他（她）呢就会快速地长大，操心起过日子的油盐酱醋，顾念起亲戚本家的人情门户，是会真真正正地顶起一家的门槛来。亲戚邻居，就不会把他（她）当小娃娃看待了。不娶媳妇不嫁人，再大的岁数，也像个娃娃头，永远长不大。然这娃提说得太突然了啊，她还啥也没有准备。问说得急了，龙娃扔下一句话："夏夏怀上了。"

这就让万紫没话可说了，心里呢是又高兴又恼火。看着眼前的院子，白白黑黑里，总是冷冷清清的，连个鸟叫虫鸣也听不见，实在也需要人来人往的喧闹，需要鼓乐震天的热烈，需要鞭炮齐鸣、礼花飞天的欢跃，需要浓浓重重的喜气，把这院子的寂清冲走。寻思来寻思去，说："娶吧。"

找哪个掐算结婚的好日子呢？羊凹岭人但凡娃娃结婚，都是拎一箱牛奶或者是一盒点心，找三叔去。三叔要了娃娃和未过门的媳妇的生辰八字，初一十五地在手指头上一掐算，就在一方红纸上写下几个日子，让人挑选。万紫不愿意找三叔。还没嫁到羊凹岭，万紫的心里对三叔就有了恨。是真的恨。克夫命，是万万妈说的，可万万妈说了，是三叔算的。三叔可真狠啊，我咋就是个克夫命呢？万紫没想到，真的是冤家路窄。鼓着一股劲嫁到羊凹岭，巧巧就嫁到了三叔的门里。顺子爸是老二，死了。吉子爸是老大。他们跟三叔是亲亲的三兄弟啊。嫁了过来，万紫就对三叔爱理不理的。过年过节，福英叫她去三叔家磕头拜年送花馍。她眼皮子一耷拉，嘴一撇："给我操啥心了啊？给他磕头送花馍。"等顺子死了后，万紫对三叔的恨更甚了。她认为，一定是三叔的嘴毒，给她的命里使了坏，让她年纪轻轻的就守了寡。村里经常有这种事。一家跟一家结下了仇，就悄悄请了法师，或者是古朵村的五龙，给那家使个法。早上起来，看见门旁一堆黑纸灰，就会跳脚在巷子叫骂。叫骂归叫骂，那堆黑纸灰像个黑鬼一样，已经钻进了心里，多少天，都在心里刺圪针般扎得心慌。这样，万紫在巷子里碰见三叔三婶，远远就躲开了。躲不开，脸面上也是冷冷的，哼一声就过去了。眼下呢，要给好龙看个结婚日子，不愿意找三叔吧，也不舍得到镇上去。镇上的愣愣也会掐算。要找愣愣掐算，得给五十块钱。万紫不舍得。万紫在屋里思谋了好几天，才到福英商店里买了一箱子牛奶，去了三叔家。一箱子牛奶二十二块钱哩,半天的工资啊。万紫心疼地看着新鲜的牛奶箱子,气狠狠地说:"就当我行善,给了要饭的了。"

三叔三婶早看出来万紫对他们不高兴,却不晓得那病犯在哪儿,倒也不跟她计较。人嘛,哪个没有三个薄两个厚呢。人和人,就是个缘分。人家跟你没有缘分,不给你个好脸,也是没有个缘分。后来,顺子死了,看万紫日子过得恓惶,他们就更不跟她计较了,巷里见了大荣二荣龙娃,总是拉了到屋里来,给点心给果子吃。

三婶看万紫提着奶箱子来了,赶紧接应,嘴努着点点奶箱子问她,咋哩?

万紫吭地笑:"叫我三叔给龙娃看个日子。"

三婶洗了个桃给万紫。万紫也不客气,抓了就咔嚓咔嚓地吃。

三叔看着万紫拿来的生辰八字,说:"龙娃还小哩。"万紫说:"二十了还小?不小了,把媳妇娶过门,我也就卸下套了。"三叔说:"没听你说过定亲嘛,哪村的女子?"万紫说:"河南的。"三叔就笑了,夸龙娃能干,有眼光,还能自己自由个媳妇。万紫说:"也不晓得是一家啥人。"三叔说:"叫龙娃多了解了解,不过哪儿都有好人。"万紫说:"这么远,咱咋查访人家啊?"三叔说:"那咋急得结哩,不避过这热月天,八月凉快了过事多好。"万紫说:"由得了咱?龙娃要过哩。"三叔说:"彩礼给了多少?"万紫说:"张口就是十八万八,要我命哩,求了求情,给了十三万八。"三叔说:"过了?"万紫说:"不过能行?借了一圈圈,多亏了万红,要不我到哪儿挖借这么多。"

提说起彩礼,万紫心里又把万万骂了一顿。龙娃给她说了彩礼数,说是夏夏爸妈说的。万紫把龙娃骂了一顿,叫他跟夏夏爸妈说说少点。龙娃眉眼一挑,不听万紫说了。龙娃说:"你以为是集上买果子桃啊,搞个价。"龙娃从小到大,啥时候顶撞过她啊,啥时候不是她万紫说东他就东啊。这还没有结婚哩,就不听老娘的话了啊。万紫拍着大腿,把龙娃骂了一顿。骂归骂,娃的婚姻大事不能耽搁了,耽搁下去,媳妇子露出个大肚子,咋办事啊。她就给大荣二荣打电话,叫她们赶紧准备钱,给万红打电话,没有多的有少的啊。大荣送来五百块钱,五百块钱能干啥呢?买个沙发腿?二荣倒狠心,是一分钱也没有。万红答应了给她想办法,说是钱都投出去了,没有现成的。她就给万万打电话。

她心说，虽然两个人好几年没有来往了，一夜情，也是情吧。何况他们上学时那么好。要不是万万，她能跳到羊凹岭这个火炕？万万那么有钱，春娥家的底子换一下，就给了春娥五万。咋说，他不给她一万两万？然万万是一分钱也没有答应。这就让万紫气炸了，电话上就骂开了。她说："万万你个不要脸的，当时咋跪在我跟前抱着我的脚舔，说要给我做牛做马都心甘情愿的！当时咋烧香磕头地说海枯石烂不变心的？这时候了老娘要你帮忙渡过难关，你就这也不对那也不行的推三阻四，你是不是看老娘老了不好玩了。老娘是老了，但老娘的日子不会就这样难过哩。老天有眼哩，也不会叫你这种无情无义的人顺风顺水的，老娘我就要等那一天，看你万万的锅塌了灶倒了是个啥样。"电话里把万万骂了一顿还不解气，挂断电话，就从手机里把万万的号码删除了。

三叔问一句，万紫说一句，这倒不是万紫平常的做派。万紫这个野雀子，从来都是人家说一句，她有十句等着。这样呢，三叔就觉摸出万紫心里对龙娃婚事的不痛快，也不再多问，黄历上翻了，掰着手指头掐来算去，找出个好日子，六月二十六。三叔说："日子太短近吧，准备啥都紧张哩。"万紫说："不准备啥，有啥准备的，我手上也没钱，胡乱给他过了算了。"三叔说："娃一辈子的大事哩，没钱是没钱的过法，该走的礼路样样都得有。"万紫说："有啥礼数啊，讲究了是礼数，是天地祖宗哩，不讲究了，就当啥也没有，反正也看不见摸不上抵不上半毛钱用。"三叔瞪了瞪眼，没言语。

转眼就过了六月半，到了六月二十五，万紫的土院子热闹了。

祖宗牌位、相片请了出来，放在东窗户下的桌子上，相片前摆了两只大碗，肥白的肉片堆得山尖般，一个尖上扎一朵红艳艳的月季花。大门边小门边贴上了红对子，花花绿绿的彩纸条横横竖竖地给院当空拉了好多条。一副马鞍上缠了红纸，放到了大门边，等明天新媳妇进门时再放到门槛上，叫新郎新媳妇跨过。鞍即安嘛，预示着一对新人的日子平平安安。稻草也用红纸捆扎了，端端地立在大门两边。门外的槐树上贴了个红条子：逢木大吉。墙角的一块石头上也贴了个红条子：逢石大吉。等到了巷子口，本来要当空搭个彩。新人经过的巷子，都得搭个彩。谁家在巷头，主家就给一方红布一截红索子，托付人家帮着搭。现在村里好多人在外打工，就是在屋里的也是忙着挣钱，哪个顾得上给你搭梯子扯线地搭彩呢。福英说咱自个儿搭。万紫不让，说是只给新房门上搭一个，别的地方都不搭了，没有扯下那么多红布。福英向万紫要了一方红布和红绳索子，给龙娃的新房门上搭了彩。说是"新房"，也不过是新婚的房子，房子呢是一点儿也不新。万紫把自己住的三间北厦腾出来，滚了涂料，漆了门窗，土房子就变了个样。等她到县上买了沙发、电视柜、大衣柜，还买了个梳妆台，三间土北厦就真的成了新房，眼里看到的样样数数都是新的了。她呢，跟顺子在巷子借了个房子住。现在，那些家具上门上窗户上贴了红艳艳的喜字，喜气就满盈盈的了。

春娥向万紫要花馍给新房炕席子下的四个角放，万紫没有蒸下，叫春娥随便挑上四个馒头放。春娥说："这咋行？"万紫说："咋不行哩，能行。"春娥说："人家那花馍是给娃娃媳妇子祈福哩，希望小婆夫俩美满幸福哩，咱放四个馒头算啥意思。"万紫说："她个外路侉子不懂。"福英说："你顾不上蒸，我到我屋里给娃蒸花馍去。"万紫撇嘴说："明个叫龙娃媳妇子多给你这大妈敬杯酒。"

万红也来了。坐在巷子的阴凉里，直埋怨万紫可会选日子，这么热的天气过事。万紫听到了，也不生气。万红给了好几万，哪敢跟万红生气啊。拿人的手短，吃人的嘴软。大荣和二荣朝万红要防晒霜，她从包里掏摸出防晒霜给了大荣，悄悄问大荣，咋不见你大妈哩？大荣扭头找寻万紫，问万红有事没，说刚才还在哩。万红不叫她找寻，说："没事没事。"大荣问二荣见大爸了没，二荣说："没见。"大荣说："龙娃结婚哩他咋都不回来，钱挣得都不要人情了。"二荣还没说话，万红说："又不是他娃结婚哩，他回来，来来回回得大半天在路上走。"大荣说："等他娃结婚，咱也不来。"万红问大荣有没有饮料，渴死了。大荣回去找饮料去了，万红扭脸看见巷头过来一个人，是福英。她站起来就往巷子另一头走了。二荣在背后喊她去哪儿呢，她也不言语。

福英呢，是一进巷子就看见万红了，她正寻摸着见了万红说啥，不管说啥，不管她跟吉子有没有一腿，我这心气不能掉下来，我又没做亏心事我怕啥？他俩就是有一腿，也是偷偷摸摸见不得人的。转眼想这社会啥事都有，不要脸的事也敢站到大天白日下，你有啥法子。这样想着，她就想扭过脸回去，不跟万红打照面。然没想到的是万红先走了。福英咬咬嘴唇,生气地怪自己,你怕啥!

万紫说是简单过,不想请鼓乐队了。一班子鼓乐队得三千多块钱。万紫说:"就吹打那么两下,还不如叫三叔把村里喇叭放个歌好听哩。"然她禁不住三叔和福英的劝说,还是请了鼓乐队。二十五赶天黑时,鼓乐队来了。万紫嫌来迟了,说是人家都是半后晌就来了,一来就吹吹打打得热闹,你们这天都快黑透了才来,别说我娃献爷(方言,祭祖)迟了,你吹打给哪个看呢,人都瞌睡了。鼓乐队管事的也火爆爆地说:"哪能想到车爬到半坡上息火了,半天发动不着,叫人给推到了坡上。"万紫说:"我又不是给不起你钱嘛,你来这么迟,故意叫人看我笑话哩。"管事的说:"嫂子你别说了,钱上我少收个还不行。"万紫说:"不是钱的事,我就是觉得扫兴。"福英在一边劝她别胡说。

各样事情都托付了大全这个总管和邻居管事的人,买的肉呀菜呀也都拉到了祠堂的大厨房去了。万紫坐在屋里,闲闲的没有事了。看万红、大荣、二荣出来进去的给墙上贴喜字,她就恍惚了,自己结婚好像刚刚过去没有几天啊。那时,时兴推车子。顺子穿的是枣红底子上绣的金色福字缎棉袄,蓝涤纶裤子,脚上穿的是黑亮的皮鞋,粉红的缎被面绾的花戴在胸前,推着一辆崭新的飞鸽。车头上,也一样的系着一朵大红的绸子花。她是一身的红缎子。袄和裤都是大红底子上绣的金色牡丹花,一大朵一大朵的,又富贵,又喜气。跟在推着飞鸽的哥身边,低着头,羞羞答答的……转眼,好龙都要结婚了。好龙小时候抱出去,人家都说那眉眉眼眼跟她一个样,没想到长大了,咋看也像顺子。背面看那走路的样子,腿一拐一拐的,肩膀晃着,两条长胳膊甩来甩去,跟顺子简直是一模一样的。可怜的死鬼,死了都十好几年了。想起顺子,万紫就喊好龙。

好龙正准备去镇上洗澡去,问她干啥。她说:"拿上纸票子,到你爸坟前磕个头,你爸晓得你结婚,不晓得有多高兴。"

第二天晌午时,一阵鞭炮响过后,鼓乐队嘭嘭咚咚的声音也响了起来。龙娃从镇上龙龙旅店把新媳妇娶回来了。羊凹岭热闹了。

福英和三婶手里抓着腰里系了红绸子花的稻草把子，一人站一个门边，就听三叔在门外说："良辰吉日，大家欢喜。新人下轿，天降吉祥。属鼠属猴的避一避，对你好对她好我们大家都大好。"又是一阵鞭炮声、鼓乐声后，三叔撒着五谷进了大门，满脸喜气的龙娃和伴郎进来了。小红手里端着个白瓷小碟子，碟子上放了个石榴花馍，花馍旁的小酒盅里和了点胭脂，等着引媳妇。新媳妇穿一身雪白的婚纱从车里出来，小红叫她摘了白纱手套，给手心里点点胭脂，新媳妇撅着嘴不要，也不理会小红，跟着三叔往院子走。美莲趁新媳妇不注意，手指头上蘸了点胭脂，倏地抹在她的脸上。看热闹的人哈哈大笑。新媳妇羞红着脸，也笑。进院门时，没有看见裹了红纸的马鞍，差点摔倒。小红赶紧扶住她。

　　福英看着，心里咯噔了一下，这娃，你急啥啊。要丢下手里的稻草去扶新媳妇时，眼傻了，龙娃的新媳妇竟然是好风引回来的那个女子。难怪龙娃结婚，利子、小红、好雪都回来了，从小跟龙娃一起耍大的好风不回来。

　　美莲闹了新媳妇，又唤了水绸和春娥，跑去闹万紫和顺子。万紫和顺子的脸就被她们抹得红一块黑一块的。万紫气得骂美莲，等着吧，等你二嘎结婚时吧。说是气，也不是真的生气。哪能真生气呢。娃娃结婚是喜事，人家闹你，也是给喜事添热闹哩。花脸抹好了，美莲和水绸把万紫、顺子两口子推到新媳妇跟前，叫她看。院子的笑声浪涛样，一涛接一涛的。

　　管乐队在院子里吹打得脚底下都嗡嗡地抖动，三叔在牌位前高声喊龙娃和新媳妇往前走，三叔说："一对新人往前走，祖宗位前把礼行。"人们催喊着，嬉笑着。三叔说："今逢盛世，生活富足；两姓结缘，好事成双；一对新人，郎才女貌……"

　　万紫和顺子到祠堂给人敬酒时，见好几个婆婆子把席上吃剩的鸡肉猪肘子装袋子里拿走了，她一扭头，装作没看见。别人家的席上，她也是这样的。虽说现在不是没吃少喝的年月，瓮里的粮食多得年年要桑，啥时候想吃肉了，逢集时就割上二斤，啥时候想吃个鸡蛋，也不像以前那样前思量后计算的，可白事红事的酒席上，吃剩的肉呀菜呀，都要你一包他一包地拿走，剩下的半瓶酒，也要顺手拿走。万紫心说，拿吧拿吧，今个你们放开了拿，明个你家有事了，看我拿多少吧。

这天夜里睡下后，万紫竟然梦见了顺子，是死去的那个顺子，笑呵呵地看着她。万紫说："我对得起你了。"

福英没想到，半晌午时，在祠堂看到了吉子，穿一件麻灰上面蓝点点的短袖 T 恤，蓝灰色的休闲裤，脚上穿的是灰白色的休闲布鞋，整个人看起来，干净，清爽。她的眼皮子跳了跳，心口就涌出一股酸味，也不晓得哪个婊子给他买的衣服，打扮得倒跟个年轻小伙一样。吃席时，跟利子、五六、民娃、柱子几个坐了一桌，竟然喝醉了。福英在一旁帮忙，就听见他不停地说说说，话稠得像树上的叶子样。利子搀扶着他，把他送了回去。等福英从万紫家回来，东厦里的灯黑了。推开北厦门，就听见吉子的呼噜声山呼海啸般。窗帘没有拉，月光撒了半炕细细薄薄的清辉。福英没有开灯，站在里屋门口，看吉子的嘴微微张着，一声赶着一声的呼噜，睡得踏实，她的心思一飏一飏地飘起了无数小旗子，赤橙黄绿青蓝紫，每一面旗子都在欢喜地迎风招展。她沉醉又迷恋地把吉子看了好一会儿。看他满头满身的汗，衣服都贴到身上了，就伸了手去掀衣服，要帮他脱。他却一下子醒了，迷迷瞪瞪地看了福英一眼，眉头皱了一下，似乎是不明白自己睡在了哪里。

福英看着吉子的冷脸，薄纱般的月光里，没有一点温暖和柔情，反而是一脸的晦涩和硬邦邦的冷。她不自然地笑笑，带着打搅了他睡眠的歉意，说："袄脱了睡吧，都湿透了。"伸了手又去脱。吉子却扯了衣服，忽地扭了身子，闭上眼，呼呼地睡去了。福英看着横在脸前的吉子的后背，黑沉铁实的后背，像是竖起的一堵墙，水泥铸造的墙，坚固、高耸，每一寸都在向她大声喊着拒绝和厌烦。她愣了一下，讪讪地下了炕，到堂屋里，给脸盆里舀了两瓢凉水，从暖壶里倒了点热水加上，把手脸洗了。又轻手轻脚地换了盆水，给水里滴了几滴花露水，把毛巾浸湿，把腿脚和前胸后背擦洗了，换了身大背心大短裤。忙了一天，天又热，衣服早已经一股汗味。想想，又掀了柜子，找出一条粉红底子上乳白色的小花睡裙换上。这件睡裙，已经很多年没有穿过了。一夏天，她就很少穿裙子。跟公公住一个院子，又在一起吃饭，穿个裙子不方便。进了里屋，把门插上。爬到炕上，挨着吉子躺下来。吉子还是一动不动，好像睡得很沉。她就侧了身子，紧紧地贴在吉子的身上。

虽是暑天，深夜的岭上，白日里的燠热已经消退，小风从窗户上吹过来，是舒爽的凉意。福英的嘴在吉子的衣背上亲着，手悄悄撩开吉子的衣服，一点点探了进去，在吉子的胸前轻轻地揉搓。吉子还是一动不动。她抬起头，含了吉子的耳垂，迷恋又沉醉地轻轻吮吸。手呢，从吉子的胸前向下探去，等她的手钻进吉子的裤里时，她听见了自己的呼吸，一下比一下粗了，一下比一下重了。一渠溪水在身体里潺潺湲湲地流淌般，让她觉出了自己从内到外快要湿透了。身体的某个地方如春天岭上的野花野草般，阳光一照，就泼泼辣辣地冲出黄土，迎着阳光，抱着阳光，跟着阳光，一股脑地生枝长叶。冬季，实在的是太漫长了，太冷酷了。福英痴痴地抚摸着吉子，吉子的身体温热，胸部有隆起的肌块，腹部松软光滑。这时，吉子动了。吉子的头一摆，掀掉她的嘴，又抓了她的手扔到一边，身子呢，像是怕热一样，又往边上挪了挪。福英没有生气。福英来不及生气。吉子身上散发出的气味召唤着她，蛊惑着她。她身体里哗哗流淌的溪水鼓动着她，催促着她。她不管不顾地跟了过去，直接扑在吉子身上，把满是泪水的脸紧紧地贴在吉子的脸上，把鼓胀的奶子在吉子的胳膊上蹭着，一双手蛇一般在吉子的胸前后背游走，身体里的溪水简直在奔腾了，溢满了。她呻吟着，流着泪，在吉子的脸上鼻子上嘴上亲着，嗯嗯哼哼地喃喃："哥我想你，晓得吗哥，我天天都在想你啊哥，要我吧哥，要我好吗哥。"

吉子没有往前挪，前面，就是墙根了。吉子嗵地推开她，呼地坐了起来，腾地下了炕，趿了鞋，拧开门上的插销，噔噔地出去了。福英仰面躺倒在炕上，听见摩托车发动的声音。摩托车的声音就像是机关枪的声音，突突突突，一梭子子弹射了过来，突突突突，又一梭子子弹射了过来。一颗一颗，毫不留情。一颗一颗，都是厌恶和憎恨。一颗一颗，都是朝着她的脑门她的心口上射。一颗一颗，都是见血见肉的，要命。接着，大门吱扭开了。接着，摩托车突突突突地开了出去。接着，大门吱扭关上了。摩托车声音小了。听不见了。

福英躺在黑里，真的跟死了一样，浑身上下一点儿力气也没有。她说："你还不如死了好！"一股凉气像山水一样，从黑处漫了过来，先是潺潺湲湲的，一点儿一点儿的，侵袭着她的手脚、头脸。她说："你死了吧！你死了吧！"突然那山水像是解冻了的黄河一样，猛烈了，激荡了，从头冲了过来，一下子，就把她裹挟到了滔天巨浪中。她说："你还有啥脸活！"她被巨浪卷了起来，又狠狠地摔到冰窟里，一直往下掉，一直往下掉。她说："你咋不死呢你！"牙齿噔噔噔噔响个不停，身子嗦嗦嗦嗦抖个不停。她伸出抖个不停的手，啪地在脸上扇了一巴掌，啪地又扇了一巴掌。她说："周福英，你要个脸行不行啊你，离了男人你不活了吗？"

　　早上睁开眼睛，福英头疼得快要炸了。她瞪着顶棚，眼前先是一片空茫，倏地，昨黑夜的情形就跳了出来。她长长地吐出一口气，挣扎着起来。看着乱糟糟的炕，被单子满腹心事般纠结成一团，旁边的空枕头上一个深深的坑，像是一个嘲笑她的眼睛，只有竹凉席平展光洁得像是啥也没有发生一样，没心没肺地摊开手脚，四平八稳地等待着拥抱和切肤的亲密。以往，福英起来就把炕收拾了，冬天的被子夏天的被单子，叠好放到炕窑里。一对枕头，乳白底子淡蓝色碎花的枕巾铺好，靠墙摆在炕角。炕单子上，小笤帚从炕脚扫到炕头。看炕上平平展展的干净了，才出去洗漱，才去叫好雨和小好起来。今天，福英没有收拾炕，好像是要保护案发现场一样，好像急得有事要干一样，是看也没看炕上一眼，也没叫好雨和小好，她心说，我要出去，我要离开这个家，我要走得远远的。扭身出了门，推出电动车子，走到院门口时，公公拄着拐杖从南厦的商店出来了。公公喊她路上慢点。福英没有回头，咬咬牙，也没有答应，然公公的话如早起的凉风般，嗖嗖地钻进了她的耳朵，让她有了深深的歉意和愧疚。可她仍然没有停下来。

　　电动车呼地骑过了店门，骑过了栈口，骑到了栈道上。过了五六的土院子，到了路口的大槐树下，电动车没有停下。车头一拐，跑到了往东的公路上。早起的路上很安静，偶尔过来一辆车。是个阴天，黑云一大团一大团地压在头顶。风吹过来，抹布一样，蔫唧唧地缠在身上，潮湿、闷热、不干不净了。路边的杨树叶子上裹满了黑尘，像是沉重得挺不起来，索索地要摔下来的样子。福英像是担心有人追撵过来，把电动车开得飞快。一直骑到公路口，停下来就掏摸出手机，拨了大全电话。手机响了一下，就接通了，好像大全就在手机边等着她的电话。这让福英的心里舒服了一点,同时呢,一股委屈又从心头爬到了眼里。她叫了声大全。

大全唤了声小姨。福英一下就愣了,大全唤她小姨,肯定是跟翠平在一起。她就不敢多说了。大全说:"咋啦啊小姨,一早去市里头了,二平子的事,等我回去了说。"

福英一句话也不敢说,只装腔作势地嗯嗯着,听手机嘟嘟嘟响了起来,站在路口,一时茫然,不晓得自己要干啥。转眼,大全的短信来了。原来是翠平爸病了,在市里医院住院,大全和翠平在医院伺候。福英看着短信,就羞红了脸。旋即,大全的短信又来了,问她,有事吗? 说是一会儿给她打电话。

福英没有回短信,也没有等大全电话。她关了手机。心里直骂自己兴冲冲地找人家大全,你以为大全会随时听你的召唤? 你以为你想找大全了,大全就会在路口等着你迎接你? 大全,是有家有厦的,是人家翠平的老汉啊。翠平的事,才是大全的事。翠平给大全打电话,才是随时随地想说啥说啥啊。你,算啥呢? 掉过车头,骑着车子回去了。骑到五六门口,碰见了五六,问她去哪儿了,一早在路上跑。她慢下来,说:"娘家哥有个事,过去说了句话。"不等五六再说话,喊了声"走了哦",就把车子骑到了店门口,停了下来。把车扎好,锁好。美莲过来了,老远就把眼睛眯起来,喊问她去哪儿了,一早的骑个车子跑。美莲说:"耳朵聋了还是长毛了,叫你也不停。"原来,刚才过栈道口时,美莲刚好在她家门口站着,看见了她。福英就笑:"哪个像你闲得跟个厦上的瓦一样,唤我干啥哩,有啥好吃的还是好喝的了唤我。"美莲就嘎嘎笑得胸脯子上的肉凉粉坨子一样颤抖个不停,拉着她去她屋里吃瓜去,说是二柱子送了一筐子香瓜,闻着香,吃着甜。福英说是闲了去。美莲又叫她去万紫屋里耍耍龙娃媳妇去。福英嘴一撇,说:"我是娃大妈哩,我耍娃不怕娃笑话。"美莲看她一眼:"三天里头没大小,我看你是丢不下吉子吧。"说着,就把嘴凑到了她的耳朵边,压低了嗓门说:"人家说小别胜新婚哩,夜黑了咋样啊,没把吉子折腾死吧。"福英白她一眼,揪了她的脸蛋,笑着骂道:"哪个像你个骚货啊,白日黑了地折腾人家柱子。"美莲又嘎嘎笑得像下了蛋的母鸡,说:"你不折腾他,他就折腾人家去了。"

福英笑笑,不想跟她多说话,说了句小好在屋里喊我哩,闲了咱坐。走进棚子时,回头看了美莲一眼,心说,你这一身的肥膘,柱子早不晓得多厌烦哩,人家在外头拈花惹草,你晓得个屁,在我跟前嘚瑟。

撩开店门上的竹帘子,看见公公手里抓了扫帚,甩着硬撅撅的胳膊腿,在院子慢慢扫着,听见声音,抬头看了一眼,见是福英,嘴动了动,没说话,低头夹着扫帚,哗—扫帚,哗—扫帚。

福英看公公的眼里满是无奈和可怜,她的心就软了,骂自己学吉子个没良心的,你不是常骂他扔下一家老小不管不顾,你也学他? 你不是常说没有他,你照样把这个家顶起来吗? 你走,你能走到哪儿? 你走了,你的好雨你的好风好雪,哪个给他们烧口热水? 还有公公,哪个管他吃喝问他个头疼脑热? 福英也没说话,去西厦做饭去了。

吃了饭,福英到北厦,把炕上的被单子扯了,枕套拆下,凉席子也卷了,一抱抱到院子,把被单子枕套扔到洗衣机里洗,舀了一大盆水,抓了刷子,唰唰唰地把凉席子从上到下刷洗干净。又把好雨和小好的炕单子被单子枕套扯下,洗了。公公的炕单子被单子,也抱了出来,洗。洗了单子,又洗衣服。衣服洗完了,院子花花绿绿地晾下一绳子。她又擦抹商店去了。旮旮旯旯的角落,她都拿抹布仔仔细细地擦抹了一遍。

一天里,福英都没有闲下来。她就是要用干活,不停地干活,来充填自己空茫又孤独的心,抵御那个由空茫而生的悲凉和伤感。屋里、地里,只要想干,总是有干不完的活。只有到了夜里,独自躺在炕上,看着身边空出的一大片,看着月光在那大片上趄摸来趄摸去,她的心才觉出了疼痛,她的眼泪咬不住地顺着眼角流到耳朵。耳朵灌满了,流到了枕头上。水蓝色的枕头洇湿了一大片。耳朵里灌满了泪水,轰轰地闷响,好像远离了人世,独自行走在黑而深的山洞里。没有来路,也没有去向。没有欢声,也没有吵闹。没有温暖,也没有寒凉。福英说:"好吧。"福英说:"好吧好吧。"福英说:"好吧好吧好吧。"福英咬咬牙,说:"好吧好吧好吧好吧。"

第十四章

快到七月七时,天气越发地火热了。早起还有点凉气,到了半晌午,头顶的太阳就像在下火,像千支万支火箭,嗖嗖地射向羊凹岭。半晌午时,福英店前坐了一圈人。天气的炙热或寒凉,时光的清明或滞浊,日子的单调或繁复,在他们的身上都是一样的,不过是因为娃娃媳妇在外境遇的不同,每个人的心事是千差万别。然这些个心事,都揣在了心底,迈过自家门槛,坐在人伙里,脸面上像没事人一样,平平静静的。该说笑时,一句不落。听到旁人的闲话时,也是竖起耳朵往前凑。

一副扑克牌要烂了,民娃喊福英拿副新的来。福英在门里绣十字绣,叫好雨到架子上拿牌去,扭头对着外面的人说:"光说要牌哩,哪个掏钱。"民娃说:"大柱子掏哩嘛,大柱子这两天手气好。"大柱子说:"你咋不说我前几天天天输,输了好几块哩。"民娃说:"我还以为你输了好几万,几块算啥哩,你娃在外头一天就挣好几百。"福英说:"别管人家挣几百几千,把我的扑克钱掏了。"

正说笑,万紫骑个车子过来了。福英问她干啥啊,大日头下骑个车子跑。人们喊她给买个扑克。大柱子说:"你这婆婆都当上了,给大家伙买个扑克,沾点你的喜气吧。"万紫噌地跳下车子,眉眼一挑,嘟着嘴,气鼓鼓地说:"婆婆是当上了,孽是没遭完,做下汤面说是不想吃,做下干面了,又嫌干得没个酸汤,这不,下命令了,去镇上买卤肉去,点名要吃老柴家的卤牛肉。牛肉多贵啊,一斤五十多,这哪是吃肉啊,是吃金子银子哩……"正碎碎叨叨地数落着新媳妇的不是,美莲戳着她,悄悄说:"新媳妇过来了。"说了半截的话,倏地断了,扭头一看,水泥路上白花花的,谁家的狗噗哒噗哒跑了过去,连个鬼影子也没有。一圈的人就哈哈大笑。万紫也嘎嘎地笑着,啐了美莲一口,说:"她来了咋哩,不叫老娘张嘴了。"腿一抬,骑上车子跑了。背后,大柱子喊她多买个,大家伙都吃个。她也不回头,骑在车子上说:"吃嘛吃嘛,我把老柴的店搬咱羊凹岭来叫你个老东西吃个够。"

万紫跑了,棚下的人还在说万紫,说万紫年纪轻轻的把龙娃媳妇娶进了门,也算是修下福了。民娃说:"也是哩,万紫这货跟了那个顺子,开个三轮车可世界赶集,冬天冻,伏天烤,也算没少受,那个死了,都说万紫咋过哩,三个娃娃要吃要喝,老天就给她送来个顺子,这个顺子也真是顺心啊,听说顺套的叫干啥干啥,这眼下,娃的媳妇也娶下了,我看万紫该享福了。"大柱子说:"有钱之人不在忙,没钱之人跑断肠。"美莲撇了嘴说:"有几个像下牛村的启子,不想法子凭了苦挣钱去,就靠解男人的裤腰带吃喝。"大柱子脸上讪讪的,不言语了。民娃说:"能挖闹下钱也算是人家本事。"美莲喝了嘴,哟哟地斜眼看了下大柱子,说:"这算个屁本事啊,先人都让人骂臭了。"民娃说:"听说那货也不少挣哩。"

说到钱,大家又七嘴八舌头地扯着万万厂子生意的好赖说开了。

红胜老汉坐在一边,嘴角挂着涎水,细细亮亮的,蛛网般,急得想说啥,嘴唇翕动着,却说不出来。打牌的老汉呢天一句地一句地闲扯着,手里的牌倒是不耽搁一下,一张赶着一张地噼噼啪啪摔。

水绸从栈边过来了,美莲问水绸,吃了?娟子问她小天咋没出来呢,说是小天跟她娃两个小东西耍得好哩。

水绸说是小天睡着了,江和在屋里看着哩。这两年,水绸不多在人伙前走,端午过后,她就更是躲着人。别说人提说她屋里的事,就是没人说一句,人看她的眼光,她也觉得像个刺圪针,一根一根地扎得她难受。可也是因为端午的事,她心上跟福英亲近了,感念福英的为人做派,有了不开心,趁着店前没人,也会找福英说道说道。

福英问她干啥去,日头正晒得火哩。她站到福英跟前,问她忙啥哩,说着话,就给福英使着眼色,叫她回屋里。

福英看出了她有事,也不好意思起来就走,下巴点着手里的十字绣,说:"还能干啥啊,我妹子叫我给她绣这个,一针一针努死了。正好你这巧手来了,有个地方看不清,你给我画画。"水绸扯了十字绣,说:"你买的这个图案还真不是十分的清,找个笔我给你画画。"羊凹岭人都晓得,水绸手巧,会剪花花,会画人人。她们就挑起帘子,回店里去了。

好雨和小好跑了过来,看见水绸,好雨喊水绸婶婶,小好也跟着好雨喊水绸婶婶。水绸把好雨、小好搂在怀里,说:"看这姊妹俩的嘴,真是亲死人了,再叫个婶婶听听。"小好好雨又乖乖地喊水绸婶婶。水绸才把她俩放开。看着她俩出去玩去了,福英问她,水霞有话了?水绸嘻地一笑:"那二女子心高哩,想找个县上的娃娃。"福英说:"那咱就不说她了,你给咱好风再看个,龙娃都结婚了,好风还没订下个。"水绸笑她心急,说:"好雪大还是好风大,你咋就光想好风不想好雪也该订了?"福英说:"人家不叫我管啊。"水绸说:"好雪跟万万的小子好上了,你晓得不?"

福英的心里咯噔一下,先是好风说是跟珠子好,让她着急,眼眉下好风跟珠子不来往了,好雪又跟万万的小子好上了?这没出息的货,咋就绕不过个万万呢?急得问水绸咋晓得。水绸说:"你先给我吃个糖,我再说。"福英就努着柜子上的棒棒糖,说:"想吃多少啊,你说。"水绸却没有吃,嘻嘻地笑:"万万媳妇打发我来探探你的口风,说你要是同意的话,她就找媒人提亲。"福英没有提说万万和他媳妇的事,只说道:"咱这么个小门小户的,配得上人家高门大户?"水绸说:"咋配不上?他家以前还不是跟咱一样?风水轮流转,哪个能说咱以后就不会发财呢?"福英说:"等我跟你哥商量了再说。"

说了好雪的事,福英没有提说端午的事,咋能问呢,都是伤肝伤心的事,心里呢也担心她问起吉子,就改了话顿问小天咋没引出来耍。水绸哼了声,说:"江和不让我引,怕我把人家娃给卖了。"福英就笑,抬眼看着水绸,觉得水绸这两年白了,脸皮细了光了,人也胖了,却胖得好看。她对水绸说:"看看你脸光溜的,我这脸糙得都不能看了。"水绸听福英夸她脸光溜,就把一双手掬在脸上,说:"我这是没心没肺光长膘了嘛。一天光吃喝,啥心也不操,不胖才怪哩。"福英说:"没心没肺好,人活一世,那么累干啥啊,哪个领你的情给你一口热气暖心啊。"

水绸到底是把话绕到了吉子身上。水绸说:"姐呀,我说个不好听的话你别见怪,你说你图了个啥?你在屋里给他老的小的伺候,他在外头吃香的喝辣的爽快。我要是你就跟在他屁股后头把他看管得紧紧的。"福英说:"我到城里去,老的小的哪个管?"水绸说:"那就把他给薅回来。"福英说:"他回来了,哪个挣钱?好风娶媳妇的新房子还没撑半间。"水绸说:"那倒也是,不过咱也不怕他,咱好雪和好风都这么大了,怕他啥呢。"

福英听水绸的话头子软和了,缓和了,听上去是柳暗花明,是天高地阔,她心里明白,这软里不知含了多少的忍让和无奈,委曲求全啊,哪个媳妇子不是顾了老的又操心着小的啊,想着这些,还没张嘴,眼圈就红了。水绸抓了她的手,眼里含着泪,怅然一叹说:"姐呀,咱是黄连树下弹琵琶哩。"

白茫茫的日头晒得村子快要化了,热空气像海水般淹没了村子,安安静静的没有人声,也没有狗叫,知了趴在树枝上,一颗黄黑的土疙瘩似的,泼死地叫个不停,过了今个没有明个的样子,吱吱吱吱,吱吱吱吱。吃了晌午饭,福英躺在凉席上,翻来翻去睡不着,手上的竹扇子摇得有一下没一下地,想着水绸说的把吉子叫回来的话,就怅然一叹,你们都看我强盛,我咋叫不回他呢?

翻了个身子,看见炕下的梳妆台,还是结婚时做的,粉紫色,当年是说不上的干净和雅致。椭圆的镜子上,右角角一丛绿叶托着两朵红花,红花上两只燕子,展着油黑的翅膀,飞呀飞的,相亲相爱的样子。还有外屋的组合家具,还有平柜,当年都是请了木匠做的。油漆时,吉子把她接来,问她要啥色。她说要粉紫色。油匠师傅说是结婚家具油这个色,寡淡了些。吉子妈也说寡淡,说是顺子的家具油的枣红色,一进门,红艳艳的好看。吉子不说话,看着她。她也看着吉子。吉子就说:"福英喜欢粉紫色,就油个粉紫色吧。"家具,就油成了粉紫色。当年,吉子跟她多好啊,干个啥,都要问她。她不点头,吉子是从来不会干的。

扇子噗噗地摇过来摇过去,风就像时光一样,在福英眼前一时过来了一时又过去了。她就有些气恨了。当年当年当年,老想当年有啥意思。当年,你多大,一张脸红润白净的,嫁到羊凹岭,是第一的好看。说话做事,也是有模有样规规矩矩的。提说起她,人都说下牛村和和的女子嘛,和和人家个老教师,教出来的女子还能差了。跟万紫一年结婚,一个门里两个新媳妇,村里有了红白喜事了,跟着去。镇上逢集了,也跟着。人都说这俩新媳妇都好看,好看和好看却还有个不一样。福英的眉眼是安安静静沉沉稳稳的好看,万紫的眉眼间总有说不上的燥火和轻薄,小气了。万紫是轻薄、小气,可总也有个人疼着护着啊,你有哪个?

福英翻了个身,眼皮子上擦了油般,粘不到一块去。恼恨自己没来由地想这些个尘干(方言,陈芝麻烂谷子)旧事,那些旧事却偏偏地扯藤带蔓地越来越多地涌到了眼前。哪一件事里,没有吉子啊。哪一件事里,能缺了吉子。过去的二十多年,她不就是活他吗? 哪里能想到,活着活着,他不愿意活在她的日子里了。他厌烦了自己,自己还跟个"望夫石"一样巴巴地等着人家。烙饼子样又翻个身,心思也翻了个儿样变了。我要叫他看看,离了他,我跟我娃娃这日子照样过得美气,红红火火的,高高兴兴的,别以为没了他,我这一家的门槛就塌了。

正胡思乱想着,手机响了。大全打来了电话,问她在干啥。她说:"还能干啥啊,这热的天,歇晌午啊。"又问他啥时候回来的,翠平爸的病好了?大全说:"刚进门,还没出院,翠平和她哥在招呼着。"

福英听大全说他刚进门,心里暖了一下,话上就软了:"那好好歇歇吧,床上的病人,床下的罪人,这些天肯定累坏了。"大全说:"没事没事,你那天打电话有啥事哩。后来我给你打过去,咋也打不通。"福英吭地笑笑,心里的那点暖,风一样飘走了,嘴上呢又不冷不热地客客气气了:"没事,就是想问问你万万厂子里有没有个好活,叫好风干,他一天在外头,我就一天放不下心。"这话听上去也不过分,却是福英随口说的,她就是不想跟大全扯那天的事了,她想对他说的话,也都在那天压到了心底。

大全却不依不饶地把话又牵了回来。大全说:"福英你肯定有事,是不是吉子又欺负你了。你来厂子吧，楼上一个人都没有，咱俩好好说说话。"福英的心动了一下，轻轻唤了声大全，眼泪就在眼里打开了转。大全说："来吧福英，你怕啥呢，我又不吃你。"

福英咬着牙不说话，手上的扇子噗一下，噗一下。想着是把大全压到了心底了，哪能想到大全的一句话，又逗惹得心里长了草般乱哄哄的。大全说："福英，你不晓得我有多爱见你多想你，你来吧，我就是想看看你跟你说说话。"福英的心真的热了，身体里的某个地方也被撩逗起来般，鼓动着她，张着小嘴催着她，去吧去吧去吧。大全说："天太热了，我接你吧，我开了个车。"福英啪地扔下扇子，说："我骑电动车吧，让人看见了，还不晓得咋说哩。"

起来洗了脸，坐在梳妆台前，给脸上擦油，看着镜子里的一张素脸，吭地笑，还有人爱见这张脸哩，你怕啥啊，去了穿红的还有挂绿的，凭啥他吉子能在外头人模狗样，你就不能呢？大全对你也算是实心实意了，你还等啥。脸上的油抹了，拉开小抽屉，捏出一管口红。是好雪扔下的。拧开管子，在嘴上轻轻涂了下，看镜子里两片子粉红的唇，黑漆的眼睛水波流转，她说："咦，你还真不赖哩。"

打开衣柜，拉出一条白底子小兰花的绵绸裙子，在身上比了比。想想又扔下。穿裙子干啥，大全说了就是说说话，你穿个裙子招蜂引蝶啊？难不成穿个裙子就不能说话了？穿个裙子就是要干啥吗？心里嘀嘀咕咕个不停，手里的裙子已经扔到了柜子，翻出一件白底子黑团花的真丝短袖，还有个裤子，也是白底子黑团花，肥肥阔阔的裤腿，穿上也舒服也凉爽。是好雪从西安买的。她穿上，一低头，领子太低了，要是弯个腰，能活脱脱跳出大半个胸。又找了一身运动服，是好雪的衣服。粉色，带领子。福英穿上，看着镜子里的自己，有腰有胯的，直想笑，你以为你干啥去啊，约会呢？还笑话人家水绸，还看不起人家启子，你算啥？管他呢！福英心说，管不了那么多了，大全，爱见我。

出门时，看了看西边里屋炕上的好雨和小好，睡得呼呼的。开了西厦门，推出电动车。从棚子下过去时，公公竟然没有歇晌午，端端地在棚子下坐着，问她去哪儿啊，大晌午的，正热。她的心里惊了一下，想退回去，哪能啊，都出来了，脸红红地说："福朵叫哩说是有个事。"公公说："你路上慢点。"

184

福英害怕公公追过来般,把电动车骑得风快,到了栈道,扭头看了下身后。只有阳光霸占着栈道,没有一个人。电动车慢了下来,心思动开了。想着见到大全,会说些啥话,第一句话该咋说,大全真的是像他说的那样,只是说说话吗? 鬼才信这话。那他会抱她? 亲她? 要是抱她的话,让抱吗? 她心说,要是大全要的话,她就给。她就给大全。她就要大全。太阳热烈烈地兜头罩着,路两边的榆树柳树长得七扭八歪的,知了在树上拉开了琴弦般,要死要活地叫。不晓得为何,猛地停了下来,一点儿声音也没有了。倏地,又轰地叫开了。吱——吱——吱——吱——福英笑自己真是闲的,想那么多干啥。

　　电动车跑在树荫下,像是喜欢上了两边的景,慢吞吞地,一点儿也不急的样子。急啥呢? 你又不是十七八岁的小女子。火急火燎地跑过去,不是叫大全笑话吗? 想起浇地时,大全紧紧地抱着她,她就笑了,骂了声死货。

　　哪能想到骑到路口的大槐树下时,电动车突然停了下来。咋拧也不动一下。车子没电了。福英站在树下,急慌慌的不晓得咋办,推着走? 十几里的路哩。要是过来个出租车就好了,把车子放到后备厢,十来二十分钟就到万万厂子了。她朝东边望望,朝西边望望。路上白茫茫一片,反着光,灼人的眼睛。远处的公路像是晒化了,雾起一片腾腾的烟,空茫茫的不见一辆车也没有一个人影子。地里的玉米棵子一尺多高,被晒得蔫蔫的耷拉着叶子。坟包子这里一个那里一个,热烈的太阳下,也像是被晒蔫了,没有了以往的威猛和阴郁。一只蝴蝶飞了过来,落在树下的狼尾巴草上,翅膀黑绒一般的底子上缀着玫红的圆点子。

　　福英气得踢了一脚草,蝴蝶振着翅膀飞走了。阳光透过来,印下一地花花荫凉,一片黑一片白,像是哪个人的心思。莫名其妙的,心里生出一股子怨恨和委屈,简直是绝望了。

　　我想干个啥咋就干不成呢? 抬头看着头顶的槐树,婆婆娑娑的一树绿叶子,阳光照到上面,也是亮闪闪的绿。叶子瑟瑟地轻轻颤,细细的风从叶子上滑下来。从好雨病了,回到屋里再不出去的这些年,她不晓得来这棵树下多少回了,有多少次等上了他,坐在他的身后跟着一起回家的呢? 而更多的,是含了满心的希望来等他,到底是吞着泪拖着自己的影子一个人回去了。后来呢,心里明明白白晓得是白等是空等,然过上一段,她还是要来。似乎是这种等待,是她必须做的一件事。做了,她的心就踏实了,安稳了。做了,她的日子就是全的。这棵树给了她欢喜和希望,也给了她说不清多少的泪水和伤心。福英拍着树,心说这哪是槐树啊,这就是我的望夫树。想着,心头猛地生了一种不祥的预感,猫爪子样在心里刺挠得她疼了起来。咋就恰恰好的走到这里车子没电了呢?是你不让我去吗?是你让我在这里继续等下去吗?我还能等上你吗?你说。

手机响了,大全问她走开了没,到哪儿了?她说:"正要给你打电话呢,都推了车子要出门呢,我妹子来了。改天吧。"说完,害怕大全再要说话,倏地就挂了电话。看着手机,眼泪却流了下来。坐在树下,抽抽搭搭地哭起来。

说是妹子来了,妹子还真来看她了。

福英的妹子福朵在县上超市打工,超市衣服打折,给福英买了个真丝枣红色短袖,给好雨买了件短袖T恤,给小好也买了件短袖T恤,姐俩一样样的,都是水蓝色上面印着黄的红的花。福英给她倒了一碗水,搲了一勺子白糖搅上,端给她。又端了一盘干馍叫她吃。福朵斜坐在炕沿,掰了块干馍问她,打干馍了?她说十五了嘛,手里抓着这件衣服说好看,又抓了那件说好看,嫌她乱花钱,买这么一堆衣服。福朵说是不贵,没有几个钱。福英问她工资咋样。福朵说:"差不多吧。"福英问她最近去哥屋里了没。福朵说:"没有去,叫长命捎了一箱子奶一盒子饼干,还买了几个粽子。"福英说:"我也是端午去了哥屋里,拿了一箱子奶一箱子点心,包的包子拿了几个。哥和嫂子去黄村干活,都忙得顾不上和我说话。"福朵埋怨她哪个还打干馍了,想吃了买个。福朵说:"镇上康子用机器打,花几个钱打上几个,受这劳累干啥。"福英说:"我一天也没啥事。"

姐俩东一句西一句地说笑着,福朵问了好雪、好风,问起了吉子。

福朵说:"我哥这几天没回来?"福英听福朵猛猛地提说起吉子,心里咯噔一下,挑了眉眼看着她,不晓得她是啥意思,泪水呢就从心里往外顶。福朵也不等福英回话,就说:"前个在大富豪商场前看见我哥和个媳妇厮跟着,那媳妇背影像是万红,我喊了他一声,他没理我,天也雾隆隆地黑了,转眼就不见他了。"福英说:"你看清是你哥和万红?"福朵说:"我咋看不清哩,我又不是七老八十的眼花,他咋跟万红厮跟一起了,万红个寡妇,我一看她就不是个好货。你一天也别只顾了屋里,多操个心,我哥回来了,敲打敲打,别叫他在外头生了斜枝子惹是生非。"福英眼里潮潮的,咬咬牙,硬是把泪水逼了回去,咋能在福朵跟前哭呢?福朵这火爆爆性子,要是晓得吉子这几年在屋里的样子,不跟吉子闹才怪哩。她就说你哥不是那号人。福朵说:"我想清我哥不是那号人,可他在外头时候长了,保不准有个婊子勾。"福英说:"万紫说万红跟个法院人结婚了。"福朵说:"结个屁婚,她那种人,勾引人家法院人,叫人家媳妇堵到屋里,差点没把她的脸打烂。这婊子也厉害,硬是赖了一笔钱。"

福英心慌了,万红没有跟法院人结婚,那事情真的是她猜疑的那样吗?她想再问问福朵还晓得啥,福朵的话却变了,她说:"你要是听人说下个啥瞎瞎话,也别给心上放,我想清我哥不是那号人。"这话看上去扯得远了,却实实在在的就在福英的眼眉前心头上。

福朵提了干馍袋子走时,又嘱咐福英不要多心,福朵说:"我哥回来了你对人家好点,他在外头也不容易。"扭头却又说:"男人都不是个好东西,对你自己好点。"

福英笑笑,叫她别担心,福朵骑着电动车跑远了,她站在栈口,站了好一会儿。

傍黑时,天色阴了,黑云从东北向的岭上涌了过来,一大团一大团,很旺势的样子。天气,是越发地闷热了。福英手上捏了几根棉线,去找春娥换线,给小好染七夕戴的银锁线。还没到春娥家,手机响了,大全叫她来大队。

她问,有事?大全说:"没事我能把你请到?"听大全好像有点不开心,想起晌午的失约,心说他肯定猜到了几分,是生气了吧,也就没有再多问,咋说也不能屈了大全的心吧。手里捏着线,推开了大队的门。

村委会办公室在村子东南角,很早以前是老爷庙,后来做了小学校。村里的娃娃都转到县上镇上上学去了,小学校也就空落了。前几年,三叔几个岁数大的老汉鼓动大全把老爷庙盖起来,把关老爷供起来。说是琵琶村的山神庙、古镇村的火神爷庙都盖起来了,咱这的老爷庙明朝时就有了。这样,大全就叫大家集资,把教室推了,盖了老爷庙。临近大门边的几间房子留了下来,改成了大队办公室。会议室占了两间,村主任办公室一间,书记办公室一间。羊凹岭村主任书记都是陈大全,平常里,他只进主任办公室,书记办公室常年锁着。院子里还有几间校舍,也常年锁着。大全斜歪在床上,看报纸,看福英来了,下巴点着桌子后的椅子叫她坐。福英坐了下来,大全一句话也不说,就那么歪着个头,一直盯着她看。直把她看得脸烧烧的,扑哧笑笑,举起手上的线晃了晃,喊:"哎哎哎,瞌睡了?"大全拍着身边,叫她过来坐。她不过去,说:"热死了,也不说开空调。"大全说:"咋没开呢,是你心慌得吧。"

大全站了起来,说:"福英,叫我抱抱你。"不等福英说话,就伸开了胳膊。福英躲开他,说:"憨怂,门口有人哩。"大全扯了扯嘴角,放下胳膊,坐到了桌子后,说:"门口有鬼哩,你不愿意,我不勉强你。福英,你晓得我爱见你就行了。"

福英的脸更红了,白棉线在手指头上绕了一圈又一圈,一圈又一圈。轻轻地叹息了一下,说道:"我心里有数呢大全,我对你,其实也是,你也晓得,我就是,害怕。"心里纠结着,不晓得说啥好,嘴上呢,就磕磕绊绊的一个字一个字地往外蹦。可一个字一个字,都是心里话。害怕。她真的害怕。怕以后没脸见吉子。也怕以后大全没了这股子热劲了,到那时,跟万紫和万万一样,是那份同学的情分也没有了。她不舍得这份好。人活到世上,有这么个人,不图你啥的对你好,难得啊。那天多亏了电动车没了电,让她没有去见大全。那天见了的话,还有今天吗?明天呢后头呢,长长的日子里,咋纠缠咋放下这乱麻般的情啊?眼下,就好。眼下的这一步,是刚刚好。不能再往前走了。不能太贪心了啊。你要记住,大全,是翠平的老汉啊。说到底,她害怕丢了跟大全的这份情谊。

大全说:"你怕啥啊,我又不要你撇下你那一家。"福英吭地笑了,心里呢,是一下就轻松了,就开玩笑说:"怕小鬼把我抓了下油锅啊。"大全指着她说:"你呀你呀,让我说你啥好呢,一点儿也不懂得人家的心思。以后有啥事了,记得给我说。"福英看着他,热切地说:"有你这句话,我还怕啥呢。"

大全指着桌上的文件说:"上头让统计危房哩,还有低保户,也要资料哩。给你报个危房吧。"福英说:"我那房子还真是危房,报了咱也能说过去。对了大全,咱村不搬迁?"大全说:"我想清搬是肯定要搬的,搬是搬,你先占个危房名额,多少会给点补贴。好风的事,我给你说过,你心里有个数。"

正说着,万紫悄没声息地呼哧推门进来了。进来就高声大嗓门地嚷嚷:"把门关得紧紧的干啥好事啊。"看大全和福英坐得端端的,脸上就讪讪的,嗵地倚在福英身上,说:"到你屋里找你,小好说你换线去了。我挨个门地寻,路过这,听见你说话,就进来了。"

福英举了举手上的线说:"刚换了几根,准备去春娥屋里,走到这儿,想问他要铜锁的电话。"

大全白了万紫一眼,没有理她,在纸上写了个电话号码,给了福英。

万紫一伸脖子,看见大全桌上的文件,说:"大全给我报个名吧。"

大全挑了眉眼问她凭啥,说:"这要大家评哩。"

万紫的嘴角就扯到了耳根下,说道:"评个屁呀评,你个村长哩给我一个哪个晓得啊。福英又不是外人。"说着话,就过去在大全的肩上拍一下再拍一下,身子呢径直往大全身上贴。

大全歪着身子躲着万紫,举着手,装作受了委屈的样子说:"福英你看见了哦,我可没撩逗万紫一下。"

福英咯咯笑,问万紫是给大全挠痒痒呢还是按摩呢,那么温柔。

万紫又搡着大全拍打了他一下,笑得前仰后合的。心里呢,早把大全和福英骂了个遍。心说要不是我进来,这俩人肯定鼓捣一块了。恨自己来得不是时候,又暗骂自己咋不尿水照照,大全能看上你?你又不是福英。福英她凭啥呢?不就是一张烂嘴会说吗?她好,吉子咋不爱见?

等福英和万紫从大全办公室出来,天又放晴了。夕阳挑在西边山尖上,红艳艳的。跟万紫分了手,掏出手机拨了大全电话,给他说了危房补贴名单的事,叫他不要擅自做主。福英说:"我这北厦裂的口子,大家都晓得,评选时,应该能评上,评不上就算了,省得让人说你闲话。"大全就在电话里笑:"我要是怕人说闲话,还当这书记村长哩?"大全说:"你别管了,我晓得咋弄。福英,黑了你来大队,咱俩好好说说话,你不要怕,我就是想和你说说话。"

福英听他说得多情,心里也柔柔地动了一下,却找了个借口没有答应。她说:"你看我能出去吗?小好和好雨睡觉都要我哄。改天吧,大全,改天咱好好说。"

大全"哎"了一声,说:"好吧,我晓得你的心思,你就是不晓得我的心思,就是走到天边,我也敢说一声'我爱见你',你敢说吗?"

福英叫了声大全,就哽咽了。大全急得在电话里叫她不要哭,说:"我不说了还不行吗?你别哭好不好?福英,我是真心的。你别难过,我不逼你。"

福英听他说得着急又恳求,知道他是真心,就扑哧笑了,说:"憨怂,我晓得,好了,不说了,有人过来了。"

挂断电话,福英的心里是惆怅万千,又欢喜不已,想起吉子对她的冷淡和屋里七七八八的事,真想回去抱住大全,好好地哭一场,把满心的郁结和愁闷都哭出去,却是不能啊。她知道是永远也不能的。大全对她的这份好,只有记挂在心里,一样的,永远也还不回去了。

正长长短短地想着,小好跑过来喊她,指着天叫她看,艳红的夕阳把漫天的云彩都染得红彤彤的。小好说:"红天啦红天啦。"她还没说话,小好又指着脚下叫她快看,说:"红地啦红地啦。"

好雨也跑了过来,用下巴点着小好说:"你也变成红的了。"

小好看好雨的脸也红艳艳的身上也红艳艳的,就咯咯笑:"你也是。"

好雨说:"咱屋的房子也成红的了。"

小好说:"万紫婶婶的房子也是红的。"

好雨说:"岭也成了红的。"

三五只野雀子从她们的头顶飞过,小好说:"野雀子也成了红的。"

喜子赶着羊过来了,她们又追着羊群,说:"羊也成了红羊了。"看羊群被她们追撵着跑得乱乱的,她们就站在夕阳里咯咯笑。

福英看着小好和好雨,也乐了,抬眼时,日头滚到了山头,橘红的霞光似乎是更明艳了,轻纱般罩住了羊凹岭,沟梁上啃草的羊成了橘红色,羊凹岭村的老房子新院子也成了橘红色。坐在棚下耍牌扯闲话的人也都穿了一身的橘红色衣服,脸上敷了橘红色的粉般。他们收了牌,说:"不耍了,回去切西瓜吃去。"他们的话一出口,也被染成了橘红色的了。

福英娘母三个也回去切西瓜吃了。

羊凹岭的胡同巷子都安静了。

唯有上空的云霞还像个臭美的女子一样,一会儿穿个紫红纱裙,转眼,又换成了紫灰的纱裙,然后是蓝灰,黑灰……一霎时,一点霞光也没有了。月牙儿斜斜地挂到了东南角的树梢上了。不一会儿,满天星星也灿灿地点亮了。

第十五章

一场雨下过,天气凉快了。地里的玉米苗黑绿得小树样,茁壮、秀挺、密密实实的。自从端午节好男打了喜子后,水绸呢再不敢找李喜子。她没想到,喜子会跑来找她。

吃了早起饭,收拾完,水绸从门后扯了提篮,说是去地里掰两穗嫩玉米吃。江和正在看电视,小天在他怀里抓着奶瓶子咕嘟咕嘟喝奶。他把小天往她跟前推搡,说是要去的话,引上小天。水绸说:"玉米地里密匝匝的,能引他?叶子割了脸,又要哭半天。"江和却不依不饶地说:"不引娃,就别去了,我叫五六给咱掰个。"水绸说:"你看你这人,掰个玉米,也要劳顿人家五六,指不定五六会说给你看管个地,是你家长工了啊,啥都叫他干。"水绸开着玩笑,抓了提篮往外走。江和却在背后骂开了:"掰玉米掰玉米,我还不晓得你个婊子,是屄痒哩叫人掰腿哩吧。"

水绸倏地收回脚,扭脸就把提篮摔了过去,江和手一挡,提篮嗵地掉到了地上。小天在他怀里呜呜地哭了起来。

水绸没有理会小天,也没有骂江和。她已经不跟江和吵架了,端午过后,她就一句也没有吵过了。夜里,江和说的话再难听,她也假装睡着了,不跟他吵。再吵再闹,能离了?离不了,还不是要在一个锅里搅稠稀,还不是要在一个被窝里你贴他他贴你?水绸瞪了江和一眼,咬着牙,推开亮门,没有去地里,坐在桐树下织毛衣。一会儿,看江和滚着轮椅,抱着小天,出来了,她也没理会。江和说了声去找五六掰玉米,就走了。

水绸没想到李喜子竟然跑来找她。

李喜子跑去找水绸,是因为一个叫启子的媳妇子的话。

下牛村的启子男人前几年出车祸死了,半夜三更的事,也没有查找出是哪个的车,死了也就白死了。启子拉扯三个光小子,没有钱养活,就勾连了周边村的几个光棍汉,今个给这个要钱,明个给那个要钱。

李喜子倒是从未找过启子。他认为启子屋里就是个黑窟窿,进去就不要想上来了,掉到里头,那婊子三下两下就要你一疙瘩钱,受苦人的俩钱招架得了?等到水绸不理他后,喜子气坏了,心说,我不信揣着钱还找不下个媳妇子睡。他跑去找启子了。趴在启子的肚皮上,心里想得还是水绸。动一下,唤一声水绸,动一下,唤一声水绸。喜子说:"叫你不理我叫你不理我。"

这天,李喜子刚把羊圈到圈里,洗了手,准备点火做饭时,手机响了。李喜子想是不是水绸打电话了,两个多月了,水绸没给他打过电话。好男打他的事,他心里气呢倒没太计较,心说好男毕竟是个娃娃不懂得大人的情分,他等水绸来岭上。水绸却没有,喜子憋不住了。是五月十六那天擦黑时,他拉着奶羊去水绸屋里给小天挤奶去。小天从生下就一直吃羊奶,自然是喜子天天给挤了送来。敲半天门,门里静静的,好像跟东边西边的邻居家一样没人住。喜子把奶瓶子放到门边的石墩子上,拉了羊扑塌扑塌地上了岭上。第二天,他又去了,他实在想知道水绸是个啥情况,好男跟她吵了没,江和打她了没。然到了水绸家门口,却看见夜黑里搁下的奶瓶原封不动地还在石墩子上放着。他盯着水绸家的门看了一会儿,咽下一口唾沫,拉了羊走了。从此,他再没去过水绸家。有啥好去的呢?人活个脸面呢。

然这个电话却不是水绸,是下牛村的启子。李喜子没有理会手机,自顾让它响完停了,才骂了句,日你先人哩个婊子,就等不到人家吃上一口饭。转眼,手机又唱开了。还是启子。李喜子这次接了,就听电话里启子喊他哥,哥哎哥哎喊得挺亲热,他就不由得又骂了句,你个婊子就凭了个嘴哄人钱哩。启子说:"哥哎,长时候了你也不过我这儿来坐坐,忙啥哩,我都想你哩。"喜子噗地吐了口唾沫,骂道:"你个婊子是想我钱哩可是想我人哩,我这么个人,哪个给放心上哪个给惦念着热冷哩。"嘴上骂着,心里呢就越发地烦恼了,就不愿意跟启子再多说一句话,冷冷地说了句忙着哩,就挂断电话。坐在窑洞门前桐树下闷头吃烟,一根烟吃完,又站在窑顶看岭下的村子。村子有啥好看的呢?他是看水绸家。说到底,他心里呢,还是放不下水绸。喜子站在窑垴的日头下,看着水绸院子,嘴里呢,就哼开了:孤零零一个人好不凄凉,日用餐谁为你端茶捧饭,夜宿店谁为你展被铺床,衣破旧谁为你缝洗补浆……

唱了一段,落寞寞地下来,踩着一条黑长的影子圪溜溜地回去了。一碗饭吃完,甩了鞋子,准备躺在炕上歇缓一会儿时,就觉得窑里暗了一层,窑洞门口忽然黑下一片,水绸?他心里一惊,翻身坐起,却看见是启子。这个婊子,她竟然跑到我屋里来了。李喜子就急得问她干啥,跐了鞋要撵她走,他担怕水绸看见了,就是村里人看见了,还不笑话死。她却不走,喊喜子哥,说:"饿死我了喜子哥,有啥好吃的没?"说着,就揭开锅,又翻开笼盖,看见竹笼里的麻花干馍,也不等李喜子说话,自顾捏了一根麻花,嘎嘣嘎嘣地嚼。吃着,又嘻嘻地笑:"你不想我,我的电话你也不接了啊,叫哪个婊子给缠住了,不爱见我咧。"李喜子听她说得可笑,心说这婊子就是个嘴好,哄死人不偿命,她就能哄得人围着她团团转。可她嘴再好,有水绸好?水绸的好是真的好,是从心里长出来的,是柴米油盐过日子实实在在的好。然水绸再好,也不是你李喜子的人不是你李喜子的媳妇!他咬咬槽牙,翻启子一个白眼,倔倔地说:"想死还得鬼来缠,你来做啥哩。"说着话,就走到门口,往村里张望。日头正烈,撒下一地的白亮。岭下的村子好像被日头晒化了,淹没在炫目的白亮里静悄悄的没有一点声响。水绸家院子也静悄悄的,不见水绸,也不见小天。可世界只听见知了吱吱吱吱地泼着死命地聒噪。

启子看喜子出去了,她也出来了,喜子哥喜子哥地唤着说:"大晌午天的,路上连个鬼都没有,你怕啥。"喜子说:"我怕鬼缠身。"启子说:"我就是你的鬼。"喜子说:"你这狗嘴有福,昨个刚卖给老韩两只羊,今早起给老韩要了一副羊杂碎,正在火上熬着哩。"启子抿了嘴吭吭地笑:"卖羊有钱了,也不到镇上请我喝酒,就没钱时,在我跟前跑得风快。"说着话,就从碗架子上捏了个碗,要去舀羊汤去,走到门口又把碗看了看,用手在碗里擦了擦。喜子骂她:"我这碗比你那脸都干净,你擦啥哩擦。"

启子问他有没有个香菜葱花啥的。喜子卷了根粗壮的旱烟,点了,咬在牙间,骂道:"哪有香菜,你这狗嘴倒慕事不小哩,我辛辛苦苦放上半年羊挣得那两个碎毛票,还没有你腿张一下挣得多。"启子说:"哥哎你就冤枉我,你没看见,我这几年了,就跟你一个人好,我不图你钱,就是看你人好,实在,好多天不见你了,想的,你倒好,见我就辱骂我。"说着,把碗放到炕边上,抓了喜子的黑手,揉摸着,身子呢,就在喜子身上蹭一下,再蹭一下,嘴嗫在一起,对着喜子的耳朵,软声细语地说:"哥哎,你不想我吗哥,我都想你咧,你摸我这儿,还有这儿,你摸摸,是不是想我咧。"喜子的耳朵热烘烘的,脸也热烘烘的,身上呢,更是燥热得不行行。他捏了一把启子软乎乎的胸,把启子往窑里拖时,启子咯咯地笑,拧着身子说:"就在这儿就在这儿,你那窑里羊膻味呛死人了。"

喜子站在窑门口,却瓷住了。抬头看了看天,天空高而远,两只野雀儿在空中飞着,转眼就不见了。水绸啊,你跟小天都睡着了吧,你要是睡不着,会想我不?喜子呆呆地看着水绸的院子。院子一片白亮,马蜂一样,刺蜇得他眼睛酸疼。东窑门口挤了几只羊,看着他,咩咩叫。他扯裤子的手就慢了,骂启子个不要脸的婊子,他说:"好你个婊子,就是没人,还有羊哩。"

喜子把启子扯进窑,把门关了,窗帘子扯合住。启子骂他老脸老皮的了还晓得个羞,可岭上连个鬼影子都没有,你怕尿啥哩还把窗帘子拉上。扯窗帘时,喜子瞪着窗帘愣了一下。一帘灰白底子绿花花的窗帘,是水绸扯来挂上的。水绸说:"我就喜欢这个花,碎花叨叨的。"喜子一把按倒启子裹到身下,眼睛都红了。喜子从启子肚皮上滚下来时,是启子说起了水绸和小天。

启子说:"哥哎,人家水绸都给你生了娃,我也要给你生个娃,你给她多少钱,也得给我多少钱哩。"

喜子的眼窝一下就瞪得牛蛋子大:"啥?你说啥?"

启子抱着喜子的脖子,和喜子要钱,说:"哥哎我给你生个娃吧。"

喜子抓着启子的肩膀,盯着她:"你说水绸的娃咋哩?"

启子知道自己失了口,倒也不怕,反而呢,是有些不高兴了。她启子怕过哪个呢?媳妇子贱,男人也没个好东西,见个媳妇子就想摸揣两下。只要他让你抓住他的蛋,再熊叨叨的男人也会跪在你脚下,恨不得给你舔脚哩,下了炕呢却狗熊变英雄,翻脸不认人了。翻了脸也不怕他,有天日,就有他饿的时候。启子说:"你个憨憨就晓得给水绸钱,人家养娃还不是照样姓人家陈,给人家江和叫爸哩,以后给人家江和顶门立户顶盆拉孝棍子哩,你算个屎啊你个憨憨,你咋舍得把钱都给了水绸那个婊子哩。"

喜子扯过她的肩膀,眼窝都红了,凶叨叨地问她:"你说的真的假的?"启子挣开他的手,说:"你给我钱,我给你说。"喜子却不听她说了。他忽地坐了起来,胡乱地套上衣服,哧溜下了炕,趿了鞋,就跑出了窑。气得启子直了嗓子骂他,叫他回来给她舀羊汤去,他早往岭下去了。

启子嘟嘟囔囔地骂着喜子,提了裤子,趿上鞋,捡起碗,到窑外的阳棚子下,揭开灶上的锅,果然是一锅的羊汤,羊杂碎已经切得细碎。她舀了一碗,回到窑里,泡了个麻花,呼噜噜吃了,推开碗,就往圈羊的东窑门口走。要不是张老板要吃羊肉,我爬山上岭地找你个憨憨。嘟嘟囔囔地数落着喜子,却不能近羊圈门口一步。羊圈门口有两条大狗守着。她往前走一步,狗就仰起头对着她咬得红红白白。她心里骂狗眼瞎了,却赔着笑脸,小心地叨叨:"没看见是一家人吗?你个狗东西还咬啥啊咬。"狗却不听她的,端端地站在门口,虎视眈眈地盯着她,咻咻地哼,不让她靠近。启子恼火了,捡了块石块砸了过去,一条狗就把铁链子拖得哗啦啦响,忽地扑到她脸面前,吓得她噢地叫了一声,扭头倏地跑回喜子的窑里,站在窑门边,指着狗又骂了一顿,想起锅里的羊骨头,也不怕烫,就从锅里捏了两根骨头,颤着小腿,一小步一小步地往狗跟前蹭,举着手里的骨头,说:"别扑咬了,有骨头吃哩。"两条狗果然安静了,巴巴地看着她,毛茸茸的尾巴摇得忽闪忽闪。她扔下骨头,趁狗低头吃时,开了圈门,牵出一头羊,走得慌慌张张。走出好一截了,才慢下步子,歇缓了一口气,回头看圈门前的狗还在啃骨头,就又骂了声,你个狗东西。

水绸坐在树下落寞寞地一针一针地织着毛衣,没想到喜子忽地站在了眼眉前。

　　门开着,院子静静的,屋里也静静的。喜子的脚下就慢了也轻了。他突然担心起来,正好江和在屋里的话,不是又惹事了吗?江和打骂他,他不怕,大不过就一张脸皮,自己的这张脸早丢尽了,还怕啥。就是怕他打骂水绸。羊凹岭的人,哪个不晓得水绸以前多能说能笑,想干啥就干啥的由着性子。现在,硬是叫这日子给磨下了。有时候,喜子就想,难不成这日子就是两扇磨?天是一扇,地是一扇,把人夹在一线的缝隙里,磨盘自顾自地转着磨着。像是磨豆子玉米,一颗颗浑圆的豆子玉米钻进磨眼,夹到磨盘间,一点点地被磨光被磨圆,被磨得小了,小成碎末末了。

　　水绸听见门口有人,扭脸一看是喜子,她的眼就痴了,也慌了,唤了声喜子哥,问他咋哩,叫他赶紧出去。水绸说:"你还嫌我挨的打不够多吗你还来。"喜子听水绸一声哥喊得轻轻悄悄的,细细软软的,火气倏地没了,心呢就软得蛋柿子般,一点一点都是香浓甜洌的。他努努嘴唇,说:"我,我,我就是想看你一眼的。"水绸的泪水羊屎蛋样骨碌碌滚了两行:"不要说了喜子哥,啥话都不要说了,你快走吧,不要叫江和回来撞上了又是打闹。"喜子看水绸满眼满脸的泪水,他的心就疼开了,咬着槽牙默默地转身走了两步,猛地想起启子的话,想自己热汗流着跑来做啥哩,竟然把正事给忘了。他回转身来,努了几努,脸都努红了,话却还在肚子里憋着。水绸又催他快走。喜子咬咬牙,终于把那句话说出了口。

　　他说:"水绸,你说小天是我娃是不是?"

　　喜子的一句话像个大碌碡,百斤千斤重的大碌碡沉沉地压在水绸心头。她瞪着喜子,头晕得眼前跳开了星星,腿软得快要站立不住了,心说你终于把这句话问了出来,你早该问哩,你个憨憨这会儿了才问,你早该晓得小天是哪个的娃哩,你到这时候了还不晓得,你说你不是个憨憨是啥嘛。水绸说:"哪个说的?"

　　喜子说:"别管哪个说的,你给我说小天是我娃不是?"

　　水绸说:"别听人瞎嚼舌头。"

　　喜子说:"小天是我娃,是不是?"

水绸说:"小天咋能是你娃?"

喜子说:"我早该灵醒了哩,他都不行了还能生下娃?"

水绸这下生气了,她心说你真的不该说他这话,你咋能说这话呢?你这样说他是羞辱他哩,也是羞辱我哩啊哥,你可真是憨了啊,嘴上就硬硬地说:"他行不行你咋晓得,这世界上,他行不行我说了才算,我说他行他就行。"

喜子的脸一下痛苦得抽搐了,满脸的皱纹像是钻出土刚见了天日的蚰蜒,不停地扭曲着。喜子说:"水绸,你要是念着咱俩好过一场,你就给我一句话,我就听你一句话,小天,是我娃不是!?"

水绸心里清清楚楚的,不能答应,不能软下来,答应了,她就没有活路了,江和就没有活路了,喜子哥,你有活路吗?陈家人能让你好活吗?还有小天,你想过吗?以后,娃咋抬头在羊凹岭活人啊。她站定了,站得稳稳的,冷冷地盯着喜子,嘴上的话是更硬了,像是举起了一把钢刀利斧,恨叨叨地向自己砍了下去。她说:"我偷汉子就不要脸了,再偷养个娃叫娃一辈子抬不起头?"这话就狠了,也难听了。水绸就是要在自己身上开刀,她晓得只有让她疼痛,喜子才能回转头,才能死了这心。

喜子愣了一下,他没想到水绸说出这么难听的话,他心说你咋能是偷汉呢?咱俩,咋能是偷呢?咱俩,是有情分的啊。他真想扑上去捂住水绸的嘴,或者是把水绸撕碎了。偷汉。偷汉。偷汉。那些跟他在一起的每一次,她咋不说自己是偷汉呢?她咋不说自己不要脸呢?她的意思再明白不过了,她就是不承认跟他的情分了啊。她这个无情无义的人。他把槽牙咬得嘎吱嘎吱响,拳头捏了又松开,松开又捏了,扭过乌紫硬黑的脸,一只哑默的黑山羊般,默默地往门口走。

水绸唤住他:"喜子哥,小天是我水绸的娃,你放心。"话说得硬朗朗的,像个镢头,一下一下敲打在喜子的心头。喜子愣了一下,听出来水绸的话里有话,心说我有啥不放心的呢?你是想给我说啥说说清楚嘛。喜子站下来,等水绸再给他说个啥,然水绸站在檐下,嘴闭得紧紧的,啥话也不说了。喜子的心里钻进了一只饿羊,这里拱拱,那里拱拱,就是找不到一口吃食。他心说,小天肯定是你水绸娃,可你水绸一个人能生出娃吗? 水绸你争个啥啊不给我说实话,这几年了,枕头边你给我说了多少好话你都忘了吗?喜子走得跌跌撞撞的,就要跨出大门时,水绸又撂过来一句话。

水绸说:"走到天边,小天也是我和江和的娃,哪个敢嚼舌头叫我听见了,我把我这一腔子热血倒给他!"

水绸心里想着喜子,江和抱着小天回来了。她的心呼嗵呼嗵跳得纷乱,多亏了他们没有碰面啊。心里庆幸着,又不放心喜子,站在树下朝岭上看了一会儿,赶紧坐下,眼泪哗地涌了满脸,抓起放在树下的毛衣,上一针下一针地织了起来。泪水滴在毛衣上,金黄色的毛线上就湿下一个黑点子,又一个黑点子。毛线细细地在她的手指头上绕着,织一针,毛线团跳一下,织一针,毛线团跳一下。不锈钢棒针铮铮响着,细细碎碎的声音,像极了她的心思,只在没人晓得的地方,跃动着,欢跳着。

正独自流着泪,万紫来了。一来,就喊问她小天呢,说是好几天不见小天了。小天跑了出来,江和滚着轮椅跟着出来了,问她闲了?万紫说是,还能天天干啊,夏夏在屋里,要吃要喝的。万紫手里举个棒棒糖,嘻嘻笑着逗小天,叫小天唤她亲妈。小天怯怯地站在她脸前,喊了亲妈。她把棒棒糖给了小天,说:"我就看咱小天亲。"水绸问她夏夏怀的是小子还是女子。万紫说:"不晓得,县上做了B超,人家不给说。"小天嘬着棒棒糖,缠磨着江和回去看动画片,江和只好又滚着轮椅回屋里去了。

万紫看水绸织毛衣,就问水绸小天小时候的小袄小裤还有吗?万紫说:"有的话,我少给她做个。"水绸说:"人家头生娃,你给人家做个新的吧。"万紫说:"做嘛,咋不做,我是说少做个,娃娃长得风快,又穿不烂。"水绸说倒也是,答应闲了给她找找。万紫就给她数落起了媳妇子的不好伺候,今个给她要西瓜,明个给她要香蕉,万紫:"一把香蕉十几二十哩,也不晓得她哪颗牙疼哩想吃。"水绸心里呢,本来就不爱见万紫,听万紫说龙娃媳妇长长短短的不是,这就更是爱理不理的了。万紫自顾说着,走时,指着水绸的菜地说:"媳妇子想吃个北瓜包子,福英店里没有卖的了,我看你这儿有没有个大的。"水绸一下子明白了万紫来她屋里的意思了,不就是想要个北瓜吗?拿个棒棒糖换个大北瓜,回去,不定有多得意呢。不想给她吧,然地里滚的大北瓜又没法藏了,只好叫她摘了拿走。万紫喜滋滋地说:"赶明儿个你没有了,我买下了,给你送个。"水绸吭地笑,说:"就个北瓜嘛,还送啥啊送。"

送了万紫,看着巷子西头。走到西头,往北走,就是岭上。水绸却没有上去,心里乱得长了草般,也不晓得那人咋样了。站在西头,朝岭上看了一会儿。岭上静静的,没有人声,也听不见狗咬。

李喜子从水绸屋里出来,真的是气炸了,回到岭上,不见了启子,还少了一只羊。气得他扭身骑了车子到下牛村找启子去了。问说起羊,启子就咯咯笑着不承认,倒问他跟水绸说了个啥。喜子听她说水绸,火星子就在眉梢上蹦跳,扯了她的胳膊就往炕上拖。启子却推开他,说是大娃一会儿就回来了,改天有空了给他打电话。

喜子被启子推出门,看启子关了门,气得他朝门上噗地吐了口绿痰,恨恨地骂道:"日你先人哩启子,你以为你是金枝玉叶还是千金小姐啊,不想见你老子我还不是嫌老子没钱啊,老子钱多得是,你个婊子不要,有的是人要。"却没有回去,跑去镇上羊汤馆喝羊汤去了。

他没想到,在羊汤馆里看见了万万和二荣。万万和二荣坐在一个小包间里。包间门上吊着的半截白门帘子,飘来飘去。从门口过去,里面的人就看得清楚了。喜子看见万万和二荣肩靠肩地坐在桌子边,有说有笑的。喜子怕万万看见他,不敢在羊汤馆停了,扭身出了门。羊汤馆老板娘在背后喊他,吃啥啊,往里坐,里头有座哩。

出了羊汤馆,喜子像是自己做了见不得人的事一样,心慌乱乱地跳个不停,心说是不是自己看错了,现在的女子小子都长得好看,一打扮,好像一个模子拓出来的。就蹲在羊汤馆边上的凉粉摊上,要了碗凉粉,要了个饼子,吃着,朝羊汤馆门口瞟一眼。

万万和二荣出来了。喜子看清了,不是万紫的二荣还会是哪个?这二荣长得跟万紫一个样,一张白皮,脸蛋上一个笑吭,一笑,那吭就像个小骨朵花儿一样好看。万万和二荣嘻嘻哈哈地往车上走,喜子看见,二荣上车时,万万抓了一把二荣的胸脯子。喜子的眼就死羊眼一样瞪得只有白不见黑了。

车开走了，瞪着那车噗地吐了口唾沫，心说，弄了妈，又弄人家女子，有没有个脸啊。噗地又朝着车跑的方向吐了一口。凉粉摊胖嘟嘟的媳妇子问他咋哩，吃到啥了吐。他说没事没事。回去时，想起水绸爱吃肉夹饼，又踅摸到饼子摊上，吩咐卖饼子的夹个肉，说："多夹点，不要肥的，净瘦肉。"卖饼子的媳妇子筛晃着一头乱糟糟的鸡窝样的头发，在肉锅子里，挑了一块瘦肉，问他行不行？说："净瘦肉贵。"喜子说："贵咱不怕，只要人吃了高兴。"卖饼子的媳妇子呵呵笑："这么好的肉，哪个吃了都高兴。"把油呼啦啦的瘦肉啪地扔到案板上，手里抓了刀，咄咄咄咄地剁碎，饼子压在案板上，刀一划，张开个口子，用刀背撮了碎肉，填到饼子里，装到塑料袋里，给了喜子。

喜子捏着饼子，晃了回去，站在栈口的榆树下，看着胡同里水绸的院门。他在等水绸出来，或者是小天。胡同里静静的，连个鬼影子也没有。喜子咬咬牙，走进胡同，做贼般高抬着脚走到水绸门边，悄悄地往门里探了下头，把饼子挂到门上，扭脸赶紧走了。

一步不歇地上了岭，到了窑前，站到树下，才舒缓出一口气，又曳长着脖子看水绸的院子。头顶的知了泼死命活地噪着，吱吱吱，吱吱吱。一声赶着一声，一声压过一声，好像是有了这一刻不要下一刻，好像是叫了今个没了明个的样子。

吱吱吱，吱吱吱。

夜里，水绸扯了张凉席铺到院子，和小天滚在凉席上，叫小天数星星。小天数不过来，扑在她怀里要吃泡泡糖。她说："你给妈说个唐诗，床前明月光，下来是啥呢？"

小天念着唐诗，水绸的心早跑了。喜子兴冲冲跑来问的话还在她的耳边，她心说也不晓得哪个嘴长挑拨的，难道是福英？不可能啊。福英不是那种人。也不可能是万紫吧。万紫虽说好说个闲话，也晓得这话的轻重。美莲呢，也不会。喜子妈在世时跟柱子妈吵过架，多少年了，两家都不来往。春娥，那是更不可能。羊凹岭的人想遍了，也没想出是哪个。心说喜子这回肯定气坏了，却没想到后晌从门上捡到个她最爱吃的肉夹饼。除了喜子,还有哪个会给她买肉夹饼呢?

水绸心说,我这一辈子,是对不起这人了。转眼,又想起了好男。端午节出了门,这都两个多月了,没回来,也没个电话。这死女子,你哪晓得我的苦处啊你跟我闹。突然想起胜男说好男要去西安,坐的是今黑夜的火车。

夜里九点半,有一趟从太原到兰州的火车从龙门村边的黄河大桥上通过,一路往西,过了韩城,往西安跑。火车到了羊凹岭跟前,好男她不会不朝窗户外头看吧。水绸真想到铁道边等着火车,等着她的好男。她心想要是站在铁道边,好男也正好在窗口坐着,她就能看见她的好男了。想起那天的事情,她的眼泪又哗哗流了满脸,一声声地怨怪自己造孽。伤了江和,又伤了喜子,现在,又伤了好男,还有小天。小天以后要是晓得自己的出身了,该咋办呢。真是造孽啊。

天上的星星水亮清明的,水绸的脸上也水亮亮地湿了一片。

等小天睡了,水绸捏着个手电筒要出去。江和一声喝问棍子般硬撅撅地追打了出来:"你要是找那个驴日的,就从拾人崖上跳下去,再别进我这门!"水绸的脚下迟疑了一下,没言语,也没回头,咬着牙迈过门槛,自顾穿过巷子去岭上了。

她要去岭上等火车去。虽说铁道离岭上有十几里二十里的路,可她相信,火车要是过来了,好男肯定会朝岭上看。

老巷子窄,月光也照不过来,黑魆魆的胡同里,一个个门紧锁着,黑的夜里,就显得古怪,阴森,是阒寂了。抬眼处,就觉得看哪儿都是陌生的。巷子陌生,村子陌生,天天日日见的山梁沟岔,朗朗的月辉下,浮在了水里般,也是陌生的。甚至是自己刚刚出来的家,回头看时,也觉得生疏,好像不是走在住了二十多年的村子,不是自己住了二十多年的房子,而是呢,走在大荒野地,荒山野岭了,人就小得跟个虫子跟个土坷垃一样样的,渺小,脆弱。水绸的心就生了些许的寡淡和了然无趣,不由得就想起来胜男和好男小时候的光景,一家四口,乐乐呵呵的,多好。自从江和受了伤,脾气变坏了,屋里就没有一天舒心展做的日子。胜男、好男从学校回来,也畏畏缩缩地不敢多说一句话。后来,姊妹俩在外头打工,很少回来了。水绸想起这些,怅然一叹,脸上亮湿了一片,心里憋闷得像这岭上的黑,一团又一团,一团又一团。

等她走到岭半腰,站在一块高地上时,抬眼就见一牙弯月孤孤地挂在半空,看上去也落寞,也寂寥。村里呢,新房子也好,旧房子也罢,浸在清亮的月光里,软塌塌的没了半点生气。

九点半了,水绸举着手电筒往西南方向的龙门桥上照,又哪里能照到呢!太远了。可是,她分明就看见月光下的火车道泛着冰冷的白光,蛇一样扭曲着,火车叮叮咣咣地来了,瞪着两个大眼珠子,气势汹汹的样子,蛮横不讲理的样子,朝着她看不见的黑里和远处钻去了。想着就是那个道上的火车带着她的好男跑,一直的,要把好男带到她不知道的地方,那个地方是冷是热,那个地方的人是好是赖,她都不知道,她的眼里就有了盈盈的泪光,心里呢,是有点恨那个铁轨恨那个火车了。

站了一会儿,正要落寞寞地往回走时,手机响了起来。她一看,是个陌生号码。若是在平日里,她是懒得接陌生电话的。能有啥事呢?除了推销啥茶叶羽绒被,就是说抽奖啥的。可是,看着这个号码,她相信是她的好男打来的。她似乎看见了好男抓着手机,坐在火车窗户边,看着羊凹岭,一个数字一个数字的,摁她的号码。

"好男是你吧?妈想就是你,肯定是你,电话响了一下妈想就是你打来的,我想今个你从咱县上过,肯定会打电话给妈的,这么多天了啊好男,一到黑里妈就守着电话等你的电话,你晓得咱屋里的信号不好,只有菜地边有一块的信号好,有一天半夜,手机突然响了,我抓了手机就往外跑,跑到菜园子边,一接,是人家打错了……好男啊,妈就晓得你不会生妈的气,晓得你肯定会给妈打电话……你是妈的娃嘛……"水绸把手机紧紧地捂在耳朵上,生怕错过一句半句的,眼泪却滴水崖上的水样滴滴沥沥地流个不停,擦了又流,擦了又流。

听不见那边说话,水绸急了,她小心地问道:"好男,你在听妈说话吗?"

"嗯。"

果然是她的好男声音。水绸激动地叫了声好男,说:"快十五了,妈到镇上打了些你爱吃的五仁月饼,多放了些核桃,你到西安找下工作了,把地址给妈发个短信,我把月饼给你寄去,快递寄,镇上有快递。"

"妈。"

"嗯。"

"你在菜地边?"

水绸吭地笑了:"我在岭上,这儿高,我想清能看到火车,白日站到这儿,能看见黄河,河上的高架桥也能看到,现在是黑天,看不清了。"

"妈,你回去吧,这都几点了,小心看着脚底下不要摔了,我都知道了你别担心。"

水绸没有回去,她用手电筒照着西南方向,又站了一会儿,想火车过大桥时跑得缓慢、疲惫、磨磨悠悠的,就是为了叫她娘母两个说说话。虽说黑里看不见彼此,可她晓得我看着她,我晓得她看着我,就是看到了,是比白日里的阳光下还要看得分明、清晰。

夜风把水绸的头发吹得飞了起来,把她的衣服吹得飞了起来。手电筒明亮的光照到岭下,虚幻了,微弱了,却是一点点地往西照着,就像是水绸的脚,跟着火车走,跟着她的好男走。手机还在她的耳朵上捂着,她好男好男地喊,说:"好男,到西安了找你利子叔、好雪姐去,没事了就回来哎,记得没事就回屋里来,妈在屋里等你回来哩。"

第十六章

人常说，年怕中秋月怕半。过了中秋，离年就不远了，一年又没了。福英觉得好像是昨个才过了七月十五，转眼就是八月十五了。想起过节时，他肯定会回来。福英板结的心思洒了雨水般潮润了，欢喜了。想起先前对他难以抑制的愤恨和绝望时的咒骂，她的心里就生起了深深的悔意和自责，随即而起的还有惆怅和期待。中秋节，团圆节嘛。一家人坐在月下，看月爷从东头一点点走到头顶，又一点点挂在栈道边的榆树梢上，吃月饼，扯闲话，高高兴兴，安安和和，多好呀。人活一世，穷过富过，不就是图个这吗？哪家没有个磕碰呢？磕碰几下，就不过了吗？家和万事兴，总得有个人往后退一步，如春娥说的，留下一层窗户纸，其实呢，就是不要强盛地逼人，不要门缝里看人。那层窗户纸就是对人的体谅和包容，对生命的体恤和疼惜，是为人处事不可逾越的底线。守住那层窗户纸，就给人留下了脸面，自然地也给自个儿留下了脸面。大小岁数的人，都要个脸面。再没本事再孱弱的人，也要个脸面。人活脸树活皮，没脸没皮咋活人。脸面，就是一个人行走在世上的勇气和信心，是人一辈子最大的指望和最高的目标。福英说好吧好吧，只要你吉子回来，福朵的话我就权当是耳边刮了一股风。

半晌午，万紫唤她去镇上烤月饼。

福英把装好的芝麻核桃冰糖花生仁红糖，拿到店里的铁碾子上碾碎，问万紫碾不碾。万紫哟了声，说是忘拿芝麻了，问福英屋里有吗，有的话，先给她点，她回头还她。福英就笑，一把芝麻也要还啊。给她舀了半碗芝麻，倒到碾子里，咔嚓咔嚓碾碎。福英说："还是这五仁月饼好吃，那水果馅豆沙馅的，黏黏糊糊一疙瘩，还不知道是啥材料做的。"等她说完这话，突然想起是吉子爱吃五仁月饼，以前，她爱吃红枣馅月饼，说是黏黏的好吃。吉子说："哪有五仁的好吃啊，咬一口，咔嚓咔嚓有咬头。"后来，她也不吃红枣月饼了，不管买还是做，都是五仁的。

万紫说："啥好吃不好吃的，饿了，啥都好吃。"

福英问万紫，龙娃的新媳妇呢？万紫的嘴角一下就撇到了耳根子，气恼恼地说道："别提了，提起来，我都羞得没脸了，要回娘家去，我说你怀了身子别在路上跑，偏要去，车一颠簸，小产了，这住到娘家十五了也不回来。反正也没领结婚证，不回来就不回来吧。"福英："这哪行啊，婚姻大事哩，咱花了一疙瘩钱，她说不回来就不回来了？"万紫说："开始我就不眼热这门亲，龙娃说是人家怀孕了，才急急忙忙地办了事，后来我想，这怀的还不晓得是不是龙娃的。"

福英听万紫这么说，她就不言语了。好风跟这女子也在一起耍过，有没有做过越了规矩的事，她也不晓得啊。心里就想着等好风回来了，好好敲打敲打。

十五这天，好风和龙娃回来了。福英说："干不了两天就往屋里跑，你斌子叔不骂你？"好风说："他敢！"福英听好风的口气就有点火了，骂他不讲理。她说："给人干活，听人支使，人家工地上正忙哩，你要回他要回，活还咋干？"好风说："再忙也得让人过节啊，法律规定的假期。"福英说："你水绸婶的外甥女，镇上水霞商店的二女子，你回来了见个面吧。"好风说："不见。"福英说："咋不见哩，那女子我见过，长得可亲哩。"好风说："不见，我还小哩。"福英撇撇嘴，没言语。

晌午的日头都歪过了，过节的萝卜肉饺子也吃过了，就听见院里一声声"妈，妈"的叫唤。福英心里咯噔了一声，张眼从窗玻璃上看见好雪回来了，身后跟着的还有利子和小红。福英举着个面手跑了出去，问他们咋就猛猛地回来了,没有个准备。利子说:"中秋节是个大节,咋说也得回来。"小红说:"准备啥啊,有啥吃啥。"好雪说:"看样子你是不想叫我们回来。"福英说:"不想,哪个想你个丑样样呀。"

他们正说话间,小好和好雨醒了。小好揉着眼窝,看屋里好几个人,就有点愣。小红过去把她抱在怀里,在她脸上亲了又亲,问她:"不认得妈妈了吗小好?是妈妈啊!"小好认出来是妈,扭头就抱着妈的脖子,把脸紧紧贴在妈的脸上,一句话也不说,眼泪却呼噜噜滚了下来。利子刮着她的脸蛋,问她羞不羞,要抱她。她不肯离开妈。利子从包里掏出一个布小熊一个布娃娃,给了好雨一个布娃娃,把布小熊给小好。小好接过布小熊,又扭脸抱着小红的脖子不肯离开。好雪从包里掏出一件粉裙子,给了好雨叫她穿上。当着大家的面,好雨就开始解衣服扣子,好雪忙拉了她去里屋,给她说:"咱是大女子了,脱裤换袄不能叫人看见,记住了吗?"好雨木木地看她一眼,盯着她手里的裙子,不言语。好雪给她换上新裙子出来,利子、小红都夸好雨好看。福英已经把饺子盛到了碗里,叫他们快来吃。

利子和小红坐在桌子边,小好呢,还是贴在小红身边,半步也不离开。福英要抱她到炕上去,她也拧着身子不去。福英说:"见了亲妈就不要大妈了啊。"好雪端着碗,坐在福英身边,悄悄问她爸没回来?福英脸上的笑一下就凝住了,轻轻地摇摇头。

福英没想到好雪吃了饭,骑上电动车去了镇上,又从镇上搭车去了县上。天擦黑时,跟吉子一起回来了。

天黑了,月爷银盘水晶样的明亮,硕大,浑圆圆地挂在空中。羊凹岭沐在一片光辉中,有的院里亮起了灯,摆上了木桌子,天地神的牌位端端地摆在上面,香炉摆在上面,月饼和各样水果也摆在上面。线香点燃了,一家老小跪在桌前,恭恭敬敬地磕三个头。福英家呢,吉子从进门就拉个黑脸,见人奔拉个眉眼不言语,红胜老汉在东屋,没出来,说是晌午的饺子吃多了,黑夜饭不吃了,早早地躺在炕上睡去了。

红胜老汉不出去,是有自己的心思,他是不想叫吉子难看,可他哪能睡得着啊。竖着耳朵,听院子的动静。想着吉子回来了,利子两口子也回来了,一家人团团圆圆过个十五,他心里就高兴,想着要是自己好好的,老婆子在世的话,这日子该多好啊。看着窗户里撒下的一片月光,不禁怅然叹息了一声。红胜老汉没想到,他的这一声叹息是他留给这个世界最后的声音,是他渴望家和人旺的最后诉求。然他哪里晓得,他刚陷进一个黑深的世界时,吉子扭头又走了。

吉子在屋里点了个卯,等献完天地神月爷,坐在院子说笑时,他哪个也没说,悄悄走了。羊凹岭到县上,好几十里的路,上沟下岭的,他咋走的,没有人晓得。

福英呢,早看见了,可她没吭声,大过节的,拦住他不是又要吵闹吗?他爱走就让他走吧,他留在屋里,拉个脸,一家人跟着都不开心。利子和小红呢,也没有说啥,或许,他们也是担心吵闹吧。夜深了,要睡了时,好雪气呼呼地给吉子打电话,吉子不接。好雪说是明个再去县上。福英不叫她去,说:"由着他吧,你这样子他越觉得面子上不好看。"好雪说:"妈你真个好受呢。"福英:"我不受咋办哩,你爷要人招呼,好雨也要人招呼,好风跟龙娃在你斌子叔的工地上干活,我也不放心。"好雪说:"明个我和小叔去西安,看好风愿意去不。"福英说:"我想叫他在门口找个活干。"好雪说:"学个手艺吧。"福英说:"好风有个好活儿,安安稳稳的,我这心还少熬煎个。"好雪说:"您别熬煎,有我哩,我给好风说,工地上干上一辈子也是小工,没个出息。"福英说:"可不是,得想法子学个手艺。"好雪说:"好风你就别操心了,跟我爸你也别生气,他就是那么个性格,死倔死倔的。"福英听好雪这么说,心说她真是大了,会安慰人了,眼泪扑簌簌落了下来。好雪抱着她说:"有我哩,妈你别熬煎。"福英说:"你今个到县上跟你爸咋说的。"好雪说:"没说啥,我就说十五哩,人家都回屋里过节哩你还守在外头咋哩。"福英说:"没跟他吵?"好雪说:"我爸那脾气,咋能不吵呢?"福英说:"他跟前真有人了?"好雪说:"没有,他那性格只有你能受了,哪个能受了他。"福英说:"你姨说见他和龙娃小姨在一起。"好雪说:"我姨肯定看错人了。"福英说:"不管咋说,他总是你爸,一个亲字钢刀也砍不断,你得对你爸好得孝顺他。"好雪说:"那你也是我亲妈哩,我能舍得你受苦?"福英说:"我受啥啊,屋里都好好的,不缺吃不少穿的,他月月给我打钱。"好雪说:"我

208

就看不得你受一点。"福英搂住好雪,泪水又落了一串。

等好风到东屋睡觉时,屋里静悄悄的,听不到爷的呼噜声。平日里,爷的呼噜声大得要掀翻屋顶,而且呢,还变换着声调,一会儿是长音,一会儿呢又短促得磕磕巴巴。好风有时睡着了,也就不管爷的呼噜声大声小了,有时玩手机,嫌爷的呼噜吵得烦,他就推推爷。爷呢,睡觉轻,一动他,就醒了,问他咋哩。有一次,他把爷的呼噜声录到手机里,给好雪和叔叔发了过去。他说:"有爷在,不怕狼。"

然这天他都脱了衣服躺下了,也没听见爷一声呼噜,他想爷是不是晓得爸又走了,不高兴了,半夜了也睡不着,就喊了声爷。却没人答应他。他又推推爷。还是没有动静。好风的心里倏地跳得纷乱。他摸到灯绳,嘭地拉亮灯,看见爷平躺着,睡得安然又沉稳的样子。好风急得"爷、爷"地又是喊又是推。然爷却是永远不能答应他了。

半夜里,福英院子热闹了。

赶天明时,红胜老汉穿好老衣,躺在一扇门板上等着入殓了。入殓了,孝子点了倒头纸,白事就正式开始了。吉子却不在屋里。大全问福英咋办。福英可恨吉子好好地回来了,不说一句话又扭屁股走了,也不顾脸面地说:"我爸留下话了,就当没了他,叫我好风点。"大全说:"还是他回来了好。"福英说:"不用管他。"

中秋头里,红胜老汉给三叔唠叨过。他说:"我死了,吉子要是回来和福英好好过日子,就叫他进门,他要是不答应,不要叫他进我这门,老三到时候你做主,我硬舍他不舍福英。"话是说给三叔,其实呢,是给福英听的。老汉是担心他死了,吉子这个混蛋也不回头的话,福英再走了,他这门户不就塌了吗?他骂吉子,也都是给福英听是给福英一些安慰。他一个公公,能给福英说啥呢。这话算是他的遗言吧。留下遗言的,总是心里有放不下的,所有的都能放下,还留啥话啊。死了死了,一死百了。然哪个心里没有个长长短短不尽人意的地方呢? 留下也就留下了,活着的人能不能照着做,也要看活人的意思了。福英公公留下这个话虽说也是吉子伤了老汉的心,把这话说出口,也是扯心扯肝地疼痛，是不得已而为之的，是他作为老人给吉子最后的压力和请求了，是为吉子能回来吉子一家能团圆安然地过日子做最后的努力了。听到的人，又何尝不是个难心呢，福英心里灵醒着哩。

她对三叔说："既然我爸留下话了，就照我爸的话走。"三叔说："那不都是在气头上的话嘛，气头上的话能信？"福英说："气头不气头的，三叔你都晓得，我没有说一句他不对的话，是他父子俩说好的。"三叔说："福英你是灵醒人，以前的事咱不提了，你晓得你爸跟吉子闹，也是为了你好为了你一家好。"福英还是不依，外人面前她掩盖了多少次吉子，说了多少句他的好话，还不多是为了这个家吗？可是眼下不一样了。眼下，她要看在这么大的事情上，吉子是个啥态度。三叔说："人家毕竟是父子一场你说对吧福英，吉子毕竟好好的嘛，你爸说不叫吉子进咱门也没有说不叫他顶孝子盆嘛。"福英说："三叔的意思是叫他在门外头等着还是从半路上顶孝子盆？"三叔说："哪有从半路上、门外头顶孝子盆的。"

吉子呢，也不晓得是哪个给他打了电话，他一早赶回来了。然店门关得紧紧的，大门也关得紧紧的，是好风把两边门锁了不叫他进来。他在大门外把门捶打得咣咣雷响，好风守在门后就是不开。隔着门，好风气吼吼地："你不是不回来吗？你不是不回来吗？"吉子不言语，只是一拳头一拳头砸着门。好风说："我爷咋就脑出血了，又咋猛猛地没了你晓得吗？我爷半身不遂这几个月，住院时你是伺候他了，可回到屋里你问过他一句看过他一回吗？十五哩你回来了，我爷高兴地说是不出去，还不是怕你脸面上难看嘛，你倒好，扭脸走了，你走时想过我爷有多难过没有？你现在回来了，你现在回来还有啥用啊，我爷已经殁了……"好风吼着吼着，就号哭了起来。吉子不打门了，跪在门口，扑倒在地上，也呜呜地哭了起来。父子俩，一个门里，一个门外，哭得满羊凹岭都悲愁了起来。熹微的晨光一片一片的如白挽联一样罩着羊凹岭，清凉，惨白。

福英听见院里好风的哭号，心里就疼开了，眼泪在眼皮子下拱着，咬咬牙，把泪咽回去。然三叔的一句话让她心里起了旋风。三叔说："不管你爸咋说，这事上听你的，日子是你过哩，路还远着哩，日子也还长着哩。"福英多灵醒的一个人，她咋听不出三叔的话，路还远着哩，日子还长着哩，啥意思？不就是叫你把路往宽处走,给以后的日子留下个余地吗?说白了,不就是叫吉子进门,把孝子盆顶了,把老人安安然然地埋了吗?咋说吉子是他爸的亲生娃,不叫送终也不合人情。就是以后的日子咋过,他心里能没有个数?他会掂量的,他又不傻不憨。福英看着公公灵前的白幡黑纱、大红的绸缎旌旗,为难了,不晓得咋办了。她担心让过吉子这一次,吉子再不回家了咋办?老人也没了,他不回来就更有理了。福英的心里只有一阵接一阵的酸水往上涌,她只想扑在公公的棺材上,好好地哭上一场。可是,不是哭的时候啊。三叔在等她的决断。那死鬼还在大门前跪着哭哩。能咋办呢,路还远着哩,日子还长着哩。她若不让吉子把孝子盆顶了,落下口舌的不是他吉子,反而是她福英了。吉子的所有不好,人都不提说了,她的所有好,人也都不提说了。人们会指责她的不近人情不让人家亲亲的娃送终,还一天说敬天敬地敬祖宗哩,原来都是嘴头子上的。她咋能担得起这个啊!

福英抬起头,问三叔:"他顶盆,哪个撧土呢?"三叔说:"除了你,哪个有资格。"福英说:"这个得让人家说清楚。"三叔说:"你别管了,我得叫他给你个话。"福英晓得三叔的意思,是要叫吉子承诺回来了就不走了。她苦笑了一下,说:"一码归一码,先把我爸给好好地埋了。"三叔点头:"我就说福英是个深明大义的灵醒人。"

三叔和大全到院子把好风拉起来,叫他别哭了。三叔说:"你大了,不能光哭恓惶是吧,得想着咱屋里这事咋闹哩。"好风不哭了。三叔说:"你回屋里去,我和你大全叔跟你爸说。"三叔开了门见了吉子,二话没说,照着吉子的脸先噗地吐了一口唾沫,伸手又啪啪扇了吉子俩耳光。吉子趴在地上哭号着,三叔打他踢他,他一下也不动。大全看三叔骂也骂了打也打了,就摆摆手不叫三叔骂了,说:"事情摆下了,还是说说咱这事咋过哩,别的事以后再说。"三叔说:"以后我还能逮着他?他说走是屁也不放一个就走了,你问问他眼窝里头还有这屋里一个人吗?"大全说:"有我哩,过了这事我和吉子说。"三叔说:"好,大全你是咱一村之长哩,你应承了,过了这事我就找你。"大全说:"吉子你听到了没,过了事你可别跑的躲的叫我可世界找你去。"

三叔、大全和吉子回到院子,吉子又扑通跪到当院,头抵在地上,呜呜地

211

号哭起来。哭了一会儿,大全叫他别哭了,还有好多事要他做哩。吉子低着头,抹着泪,说:"我没有啥说的,我说啥也不管用了,羊凹岭人都晓得,我爸是我气死的,我已经落下不孝名了,我还有啥脸见他哩,福英叫我顶孝子盆我就顶,福英叫好风顶,我也不说一句不,只要叫我把我爸送到地里。"

福英在一旁听他说得伤感,也可怜,心里不由卷起了一团悲风,想人生一场,毕竟是有父母子女的情分,他能回来,还晓得为老人送终这个大理,也算是有个良心。三叔又骂吉子:"我还以为你这心叫狗屎糊了哩,你还晓得养老送终还晓得福英守在屋里的功劳。"扭脸,对大全说:"这时候还是要让人家福英退一步,叫吉子点了倒头纸顶了孝子盆,这是大事,别叫外人看着笑话,人家笑话不是笑话吉子一个了,是笑话咱陈家一门哩。"大全说:"可不是。"大全看着福英,说:"你受的苦和屈,吉子心里有数,就叫吉子顶盆吧,对好风好,对你也好,我红胜伯也安心了。"

福英没言语,扭头扑在公公的棺材上又哭了起来。

中秋,天气还热。大全给河槽子出租冰棺的老郝打了电话,给福英公公棺材里装了冷冻管子。到了第三天,木匠抓着三寸长的钉子,钉子头上裹了红布,等咣咣地敲打好,棺材上就只看见艳艳的一点红布了。跪了半院的孝子孝女早哭成了一堆。接下来,本该找阴阳踩穴,然福英公公是要跟她婆婆合葬,这样呢,就不用再踩新穴,打坟也就简单了。到了第六天,起事了。从稍门(方言,栅栏)到院子到灵前,该挂的摆的纸扎白幡,都挂好摆好了,献灵祭祖的人手班子也吱吱扭扭地吹打了起来。

大全看着回来的人不少,就要把锣鼓拉出来敲打敲打。锣鼓队的铜锣、大鼓、铙、镲,都在祠堂里的一间空房子放着,过年了,哪家有事了,人回来得多了,才拉出来敲打一番。大全找寻了一圈,不见五六,他就喊人赶紧把五六叫来。大全说:"敲锣鼓哪能离了五六。"

五六一来,人们就拥着五六向锣鼓队走去。在一旁看吹唢呐的人也不看了。人们兴奋地喊着追着要看王五六敲鼓。

王五六呢,一件沾满饲料、染了草色的烂褂子上套了锣鼓队的大红秋衣,白的毛巾(也是锣鼓队的)也缠裹在头上,人呢一下子就精神了起来。他搓着手,呼踏呼踏几步跨到鼓台子上,眯瞪的眼睛看着偌大的鼓,也睁大了,明亮了。锣鼓队十来个人都已站好,锣、镲、铙……如集结出征的战士,也在静候他的鼓令。他扫视一圈,抓起鼓槌,嗵,敲了一下。看热闹的人们霎时噤了声,眼睛齐刷刷地看着他。

春娥、水绸和英子站在店前看,春娥对英子说:"你看你家五六,敲开鼓了就不是他了。"水绸说:"你听这鼓点子,听着人心都爽快哩。"春娥说:"可不是,人都有精神哩。"英子笑:"看你俩把他夸成一朵花了,我看他就是在瞎敲乱鼓捣。"

嗵嗵,嗵嗵嗵,嗵嗵嗵嗵嗵……鼓敲起来了,五六在台子上跳着,一双木槌如两只鸟儿上下翩飞、左右舞蹈,急促时只能看见一团白雾缭绕,久久不散;悠然时又如春风里的柳枝山头的白云,随意、闲适。人们看鼓家那双眯瞪的眼睛也睁大了,明亮亮的随着鼓声一会儿圆睁,似在突围在抗争,一会儿又微眯,如酒酣如得意。嗵嗵嗵,嗵嗵嗵,五六手下的鼓槌敲出来一阵粗犷有力、热情奔放的曲调,威风豪迈的《十不闲》,气势磅礴的《黄河吼》,每一曲结束,都赢得了满场的喝彩和掌声。接连敲了五个曲调,五六才放下鼓槌,满脸汗水地走下台子,大全叫他还有锣鼓队的人到祠堂吃饭去。

五六看了一眼祠堂桌上的小熟肉炖豆腐,嘻嘻笑着问大全能不能喝点。大全就叫人给他拿了瓶酒,说:"不叫哪个喝敢不叫你喝?明个起灵还要全凭你哩。"

几杯酒下肚,五六已是面颊紫红,目光飘摇,一手抓起一根筷子梆地在碗沿上敲了一下,随即,那两根筷子就在桌子上盘子上碗上舞了起来,顷刻之间,细细碎碎的声音叮叮咚咚地在棚子下响起来了。一旁的人听着,好像随了鼓声的引领,来到了树林里,鸟儿鸣叫,花儿绽放;走在了清泉旁,泉水清清的,泠泠汀汀,向前欢腾地流淌。叮咚,叮咚,叮叮咚咚……五六双眼晶亮,嘴角上翘,脸色静谧,手上的两根筷子蝴蝶般灵巧地飞舞着,叮叮当当……人们静静地倾听,脸面上都是一副恬淡的样子。

五六要走时,三叔儿子宏子来了。宏子喊五六哥,宏子说:"哥哎,没看出你还有这么一手,了不起哩,大全哥说你是鼓家,我看你真称得起,鼓在你手下都给敲活了,有灵性了,也算是咱这个地方的一个民俗文化哩。"宏子是教师,说出来的话就文绉绉的。五六眯着眼,说:"宏子啊我听人说你写的文章校长都夸哩,可我说你不懂鼓,你服气不,你不晓得鼓的好,你不晓得咋能把鼓叫醒,鼓在你手下,你得叫它,你得把它叫醒跟你在一起,叫它跟你成了一个人,你是鼓鼓是你了,才能敲出个好来。有时候,我倒觉得,不是我敲活了鼓,是鼓把我敲活了。"

宏子连声说着是,看着王五六歪着脚步,走得歪歪斜斜的,他撇着嘴说了一句文绉绉的话:"大隐隐于市,真人不露相啊。"

夜里,爱玩牌的念尚、八斤几个人,还如以往一样,坐在福英店前的灯下耍牌,该甩牌时,也是不省一下的力气,把牌甩得叭叭响,为一张牌或者是一毛钱争吵时也是不舍一声,好像是,隔着一扇门后的那个院子里的白事跟他们没有关系,棺材里躺着的那个人也跟他们没有关系。

福英家灵前降香已经结束了,吱吱扭扭的唢呐声、长一声短一声的哭号也停歇了。院子里只有灯火还亮着,红花绿叶的纸扎、檐下挂着的白幡和灵前的金童玉女,也还像是初生一般,在灯光下越发显得新鲜、明艳。

红胜老汉出殡这天,万紫、水绸这些堂侄媳妇,都是一身白孝,头上缠了白孝布,脸面前挂了麻布眼罩,腰里呢,也系了一股细麻绳。万紫手里抓着孝棍站在福英店旁看热闹,却见万红站在人伙里,就招手喊万红过来,问她咋来了。万紫说:"你回屋里自己做饭吃去,我还要去地里头送殡。"万红不叫她管,问万紫,吉子和福英的事咋说了。万紫说:"能咋说,婆夫俩的事哪有个里和表,还真不回来咧?女子娃娃一窝亲哩。"万红说:"一窝亲咋了,他又不爱见福英。"万紫的眉眼兀地就吊了起来,扯着万红走到一边没人的僻静处,问她跟吉子到底有没有事。万紫说:"我早听人家说你和吉子搅和到一起了,我可给你说,要是有,你趁早给我收了这团乱麻,不怕人骂先人啊都这么大个岁数的人了。"万红说:"你少管。"万紫说:"你几十的人了知道个饭香屁臭吗?"万红说:"你少管。"万紫说:"你屋里叫婊子搅散了,你又搅散一家?"万红说:"我和

214

吉子有感情。"万紫噗地吐了一口唾沫："人家几十年婆夫俩没感情？"万红说："你不懂。"万紫说："你要是再缠着吉子做这些个没脸没皮的事，我就不认你了，我和福英还妯娌哩，以后咋见面。"万红说："不认就不认，我又不指望你吃不指望你喝。"万紫气得真想抢起孝棍打她，万红翻了她一眼，走了。

万紫气得提着孝棍回到福英院子，看见福英在灵前哭，搀了福英的胳膊，高一声低一声地扯着嗓子哭了起来。

土尘飞扬，锣鼓喧天，孝男孝女身穿白布孝服，头裹白孝布，手拄孝棍，一把鼻涕一把泪水地把红胜老汉送到了地里。坟地就在他家的庄稼地里。他活着时，在这块地里耕耘、播种、收获，一年两季粮食，收了小麦就把玉米种子播下了。出来进去，都要看看这块地里的庄稼；天旱了涝了，也要来看看地里庄稼的长势。一辈子，都没有离开过这块土地，死了，就更不离开了，是化了沤了也要化在沤在这块地里，给这块土地以营养和护佑。

第二天到坟头复丧后，吉子要走。三叔说："你等等。"三叔叫来了大全。大全问吉子咋回事哩，还要走？吉子黑着眉眼，说："我那店离不了人。"三叔生气了："地球离了哪个都转哩，你以为天是老大你是老二？店能关五天，就能关十天半个月，你辛辛苦苦地挣钱为了哪个？不是为了你这一家人吗？你爸这头七还没过，你这是尽了孝道了吗？"吉子说："说好今个人家拉货哩。"三叔狠狠地说："不开了，给人家打电话，说是店不开了。我看你那店不开了能饿死不，你是不是觉得你是个老板了有俩糟钱了，看不起这一家人了是不是？"吉子说："你说的是啥话啊。"大全说："吉子咱都是这么大个岁数的人了，你看好雪、好风都大了，该嫁该娶了，你这样是个啥意思？"吉子说："我挣钱还不是为了他们？"

福英听这话又转了回来，就叫大全和三叔不要逼吉子了，福英说："吉子你想走我也不拦你，现在爸也不在世了，娃娃也都大了不要人管了，可你不能一走一年半载地不回来，你说你在店里头忙，顾不上回来，我不信忙得连个电话也顾不上打吧，你给我个话，咱这日子以后咋过哩。"福英的一句话就是一锤子，咣咣咣，一句不漏地全都敲打在吉子的头上了，但是，一点也不伤人，是给了吉子面子，也是为了激将他，有体恤，也有情分，对他的爱恨都包裹在了

215

这几句话里了,他就是榆木疙瘩,岭上的黄土疙瘩僵石头,也能明白福英的心思吧,即使不能全部明白,福英心说,你就是明白上一句半句,我这心思也没白费。

吉子呢,不言语了。

福英看吉子不言语,心就凉了半截,她明白了,这人确确实实是有了难处,做不了自己的主了,得发狠心说狠话了,公公不在世了,这话没人替她说,得她说。她就咬咬牙,脸面端得平平的:"你不言语的意思是不过了?"

吉子呢,一下子就端不起来了,脸上的气色塌了,肩臂也塌了,抬起头,说了一个字:"行!"

大全傻眼了,瞪着吉子,想听吉子再说句话,不能就一个字吧,就是一个字,也不能是这个字吧,这个字是钢刀快斧头啊,噌的一下就断开了婆夫俩这几十年的情分。伤人心啊。福英也傻眼了。她没有想到吉子这么利索地就答应了。说到底,她哪里又舍得不过了啊。三叔跳了起来,顺手捞起门后的笤帚,就往吉子身上抢。大全挡迟了,只听嘭的一声,笤帚把落在了吉子的背上,沉重,有力。三叔真的是气急了啊。

到了这时,福英对吉子已经是死心了,这人,拽不回来了,是铁下心不愿意回来了,强扭的瓜不甜,那就让他走吧。福英心说,我可不想像美莲一样,吵闹得让人看笑话。小好大了,小红带去上学,我带着好雨到镇上开个调货店。花椒、八角、肉桂、大料,这些调货咋样是好货,咋样不好,从公公跟前,她已经学了不少,重要的是,她从公公跟前学到了咋经营,要笼络住顾客,只有以诚相待。薄利多销,也有赚头。福英想好了,咋样,也能把自己和好雨养活了。她咬咬牙,挡住三叔,叫吉子走,说:"我还不信离了他我这日子不过哩。"

吉子晃着肩背,真走了。

吉子走了后,利子两口子和好雪也去西安上班了,好风也到工地上去了,院子里一下空了许多,也静了许多。

福英的面子上平平静静的,好像是啥事都没有发生,日子还是以前的日子。该开店门时,也是一早就把门打开了,扫院子、扫巷子、提水、磨面、喊好雨叫小好的,院子里倒是热气腾腾。店门口也还是如以往一样,耍牌闲坐的人吃了饭就来了。

没有人晓得,福英在等明年开春。福英到镇上看有没有出租的店面时,水霞给她说是等明年开春吧。开春,店铺的生意都不太好,那时,租费啥的都好说。福英不想等,她铆足了劲要干出个事让吉子看,就嘱咐水霞,贵一点也不怕。水霞就笑她个精明的人,咋就犯糊涂了。她担心水霞追问,只好作罢,说:"好吧,就等明年开春。"

只有在没人的时候,她独自待着时,捂在心里的那块痛像是被这寂静给翻腾出来般,在心头纠缠、扰攘,纷纷杂杂,刺圪针扎在血肉里了。这日子,啥时候是个头啊。好雨和小好在店前耍。院子一片岑寂,太阳斜悬在屋顶,福英孤孤地一个人坐在檐下,觉得这太阳瘦小得好像到了深秋,淡泊、寡白,没有一丝的温暖。

第十七章

十五刚过没几天,羊凹岭的秋庄稼熟了。岭脚下和村前河边的地里,玉米棵子黑绿黑绿地端端立了一地。福英问民娃收玉米机子啥时候到村里。民娃说:"五六给打电话问了,说是就这两天。"江和说:"听说今年玉米价不行。"民娃:"比去年还低?"江和说:"五六说的,到时候看吧,太低了不枭了。"民娃说:"再低的话,明年不种了,种得不够赔。"福英说:"好好的地叫荒着?"民娃说:"不荒咋闹哩,种一亩赔一亩。"江和说:"这社会咋屌回事哩,啥价都在涨,就玉米和麦降价哩。"民娃骂道:"就亏农民哩,明个连麦也不种屌了,叫那帮驴日的吃个毛。"

江和叫他别长长短短了,掏钱吧。民娃哗啦摔了手里的牌,不要了,地里掰两穗嫩玉米去。输了的钱也不掏,起身走了。江和指着他嚷嚷,看这是啥人看这是啥人。

等收割机收了玉米时,玉米价真的跌了。去年还一斤枭一块二,今年一块一都不行。粮贩子挨着家看,抓一把玉米看干湿看颗粒,不太干的不要,颗粒不饱满的又把价往下压了。等到了春娥家,手指头在玉米堆上一划拉,说是湿,不要,扭身要走。春娥说过两天来吧,我再晒晒。

过了几天,粮贩子开着三轮车突突突突地来了,一来,就把车停到福英店前,电喇叭高声大嗓门地喊问着枭玉米啦,哪个枭玉米。

店前的人听他说了价格,都摇头说太低。

粮贩子嘎嘎地笑:"这还嫌低啊?过两天你看看,还要跌。"

春娥等着还账,问他多少要。贩子手指头比出个八。春娥牙一咬,说八毛就八毛吧。

春娥前脚粜了玉米,后脚就遭到了民娃几个老汉的责骂,都嫌她粜得太低了。民娃嫌她坏了行情,说:"你算了没,从种到收,种子钱、打地钱、除草浇地的钱,统共算下来,一亩地才挣几个?!"春娥说:"我有啥法,该人家的账得紧着还。要不,你再等等,说不定过了年价格就上去了。"民娃说:"上他妈个腿啊上,那么一大堆玉米哩,我往哪儿拾掇。天一热,生了虫,八毛也粜不出去了。"

生气归生气,粮贩子再来时,大家伙还是把玉米粜了。人人都气得说是不种了,然到了该种麦时还是骑上车子摩托的去镇上买种子买化肥,该点玉米时,也是一块地也不让空闲着,边边角角,都要点上种子。看到麦子玉米长得旺势,也早忘记去年说过的气话了,满心满眼里都是富足般的欢喜和对丰收的期待。

十月初三时,水绸婆婆去世了。一时半刻的,三婶和几个岁数大的老人给水绸婆婆穿上老衣,嘴里放上口含钱,双脚腕绑了绊脚绳,覆了盖脸纸,给大全说齐整。大全叫江和点倒头纸,叫院子的孝子跪下,烧纸磕头了。江和妈是三叔本家嫂子。虽说平辈,可以不跪,可是,死者为大。三叔抓着门框,也跪下了。好男、胜男回来了,吉子、利子和小红也回来了,还有好风、好雪、顺子、二荣、大荣,都跪到了院里。福英、水绸几个媳妇子坐在灵边,头上缠裹了白孝布,抚着棺材,长一声短一声地哭开了。一边呢,帮忙的人已经给灵前挂上了白帐子,长明灯也点上了。春娥几个媳妇把炸好的狗舌头摆到桌上,把线香、果盘也摆到桌上。转眼工夫,镇上纸扎店的老孔也打发人送来了金斗银山、童男童女,还有各种纸扎,照着规矩,一一摆到了灵堂。三叔写的一副对子:音容已杳,德泽犹存。白纸黑字,也端端正正地挂到了两边。烛光盈盈,香烟缭绕,灵堂该有的肃穆和庄严都有了。随后,棺材下的稻草也铺上了,麻绳挂在了门上,孝子棍裹糊了白纸放到了棺材下,等出殡时孝子拉了送灵。还有铭砖、瓦当、孝子盆、发面罐,老孔店里的人也都送来了。这些,都要用。

江和抱着小天坐在轮椅上,不停地给大全手里塞烟,叫大全多操心。他说:"我走不到人前去,我妈这白事该咋办咋办。我妈在世时,没有享福,前些年,我爸手里有个钱,她也不舍得花,就说要给我攒,我一病,她想花也没钱了。这些年,眼看着我的腿,硬是给熬煎病了。"说着,就泪眼婆娑地哽咽开了。大全手里捏了烟,叫他放心,说是我这就打电话,抬棺的、送殡车、摆席的,都会给你安排好,你就操心哭你的恓惶吧。江和说:"还得叫冰棺。"大全说:"老郝电话我打过了。"

看看准备得差不多了,大全喊水绸抱了小天,叫江和烧纸。江和坐在轮椅上下不来,没法跪,大全就叫他坐在轮椅上点了纸,扔到盆里。江和看着自己的两条腿,眼圈就红了,把点燃的纸扔到盆里,头抵在灵前的桌子边上嗷嗷地号哭起来。

一身白孝衣的水绸拉着小天,娘母俩跪在江和身边,她妈,妈地唤着,号啕大哭,一面哭诉着婆婆生前的好,一面诉说着自己的可怜,江和的可怜,泪水如溪水般在脸上蜿蜒。两个媳妇要搀她起来,她都止不了哭。满院子的人听着她的哭,都跟着抹开了眼睛。

小天看他妈哭,早离开她,一身白孝衣站在一边。他头上呢也跟他爸一样,戴了麻布孝帽子,腰里系了一根麻丝。孝帽子太沉了,又大,压得他一会儿抓一下帽子,一会儿摇摇头,终还是不耐烦地摘了帽子。水绸不哭了时,看见小天把孝帽子抓在手上,忙哄他戴上,又掏摸出一颗冰糖塞到他嘴里:"你不戴不行,你是孙子,是你爸的长子你爷的长孙哩,你不戴不行。"

羊凹岭的风俗,人死了,三天封棺,五寸长的大铁钉卡了一点红布,咣咣地叫木匠给敲到棺材里,然后,等到七天时,下放到丈五深的墓穴里,添了土,垒个土堆,这个人,与这世界的联系就只剩下这个黑湿的土堆了,过上半年一年,土堆上的土也干了,土堆呢,也没有刚垒的那么齐整了,耕地翻地,收秋种麦,浇地除草,人走来走去,机器跑来跑去,也会把这个土堆给刮擦一点,就是人和机器小心着避让着,还有吹来吹去的风和大大小小的雨呀,还有黄鼠狼、地老鼠、野兔子，还有鸟雀野草野花，它们，也会把土堆弄得扁塌塌的，小了不知多少圈。等头顶的日月呼啦啦过上二十年三十年，土堆就被日头月爷吃得更小了，瘦瘪得一抱那么大小，好像营养不良般。哪个还给它营养呢？土堆外的人忙忙碌碌地抓活着呢。清明节上坟看见坟堆小了，也没有人生一点点惊讶，也没有想要把它再垒大。实在的是，这坟堆是一点点小下去的，人都习惯了，也实在是没有必要了。土堆里的人都走了好几十年了，音容笑貌也让风尘刮得模糊了，相聚时的好和不好，也都模糊了。再过上十年八年的，或者是三二十年，就是这么个小小的坟堆，后人也觉得没有留存的必要了，留着，占一块地，少打多少粮食啊，就干脆给平了，也不用花费太大的气力，那个土堆已经很小了，几锹黄土撂到地里，那个坟堆就跟了地里的土融到了一起。然后，给土堰上放一张白纸，白纸上压一块黄土坷垃。清明节来了，就对着那黄土坷垃磕头、点香、烧纸。那块地方呢，就会跟那块地没有两样了，长出来绿个盈盈的玉米或者是黄个澄澄的麦子。

第四天，大全找水绸说："啥都全了，就是找不到个打引魂幡的人。"水绸说："西崖底不是有个人吗？"大全说："人家去了古朵，古朵明个也有个埋人。"水绸说："那就再找不下个人了，咱给人家出钱哩。"大全吭地笑："现在啥活不出钱有人干，你想是以前啊，村里头人都来帮忙，现在，你看看，村里还有几个人，有的这几个人，不是老，就是残，只能帮个吃忙。"水绸说："那咋办？"大全说："不晓得喜子能行不，喜子以前干过，这几年不干了。"

水绸哪里不晓得，喜子不干这个，是她不让干。水绸说："好歹你现在是有家有厦的人了，干这个惹人笑话，就是人家不笑话，我看着你让人指派来指派去，心里头也难过。"话说得倔倔的，却是贴心贴肺的，是一家人才有的体己话。喜子呢，心里明白得镜子一般，哪里有他的家厦呢？水绸哪一天说不来往了，就不来往，可他心里还是让一双热手捂了一下般，暖了。他说："不干咧，听你话，给多少钱都不干咧，哪个叫都不干咧。"这两年里，他果然不去给人打引魂幡了，出多少钱他都不去。水绸的那句话，是长在他心里了，想起来，就会暖一下。你也是个有家有厦的人了啊。

水绸说："我去给喜子哥说说。"水绸却没去。她想了想自己不能去。咋去

221

啊，那人是自己撵走的，还说了绝情的话。再说，她要是去了，过了事，江和不又跟她闹？她叫五六请喜子去。喜子却不来。喜子说："不是我不去，咱羊凹岭的风俗你晓得吧，哪家有事了不是孝子拿着纸烟请人？你江和老子死了，你要请人哩对不对？叫我打引魂幡是不是该你江和上来给我说一声？我人穷就下贱得不值得你江和来说一声？"五六嘿嘿笑："你这不是给和尚要丈母娘嘛，江和的腿能上了这岭？"喜子说："他腿不行他可以再找人打引魂幡嘛，离了我这胡萝卜根，还要不摆席哩。"五六就笑得可脸上只能看见个大嘴了，他说："你就是不愿意去呗。"喜子说："你看我能去？三十多头羊哩，哪有工夫，半步也离不了人。"五六问喜子："不是跟西崖底的五万搭伴放哩嘛，叫人家给你招呼上半上午，事了了，你就上来了。"喜子还是不答应，他说："五万这两天腿疼得下不了炕。"五六的眼珠子就瞪大了："你今个咋这多事呢，那你还跟他搭伙啊，散伙了拉倒，另找个人搭伙嘛。"喜子倔倔地说："我想跟哪个搭伙就跟哪个搭伙，想跟哪个散伙就跟哪个散伙。"喜子说到"散伙"，他就低下了头，眼圈早红了一圈。搭伙。散伙。搭伙。散伙。我他妈的就是个伙计啊我，她说一声散伙就眉眼一黑不认人了，啥恩爱啊，啥情分啊，都他妈的是个屎。喜子的心里还是气恨水绸。在一起三年多，说散伙就一时半刻的等不及，就绝情绝意地把人往外撵，撵走吧，我也理解你，你不容易啊，可好男她也不是天天在屋里呀，她不在，你也不说到岭上看我一下，还说啥情分呢！情分都让狗吃了。

五六听出喜子话里有话，是吃味（方言，不高兴）了。他回去给水绸说了。水绸说："好，我替江和请。"

等水绸扯着小天到了喜子的窑前时，喜子正在做饭，一把面条刚下到锅里，抬眼就看见水绸母子走得磕磕绊绊的，他的眼兀地就热了。多半年了，他很少回村里，去了，也是到福英店里买个油盐酱醋，买个白菜南瓜啥的，有一次，他倒是看见了水绸。水绸抱着小天在福英店前耍，见了他，理也没理，扯着小天扭头走了。他看着水绸的背影，气得咬着牙，啥也没买，晃着个黑背走了。喜子看着水绸母子一点点走了过来。锅里的热气扑腾腾地往上涌，他手上的一双竹筷子冻在了半空。锅里的水咕嘟咕嘟叫个不停，面条都煮成了一坨，粘在了锅底，煳味游丝一般，都飘了出来，他还在愣着。心说再不理她了，哪里想到见了她,这心就没出息地乱蹦乱跳呢。

水绸还没走到喜子跟前,就喊问:"啥烧煳了啊喜子哥。"

喜子叫了声"我的老天爷哎",就使了筷子在锅里乱划乱搅,东撅撅,西挑挑。水绸夺了筷子,叫他把柴火抽出些,火小了,锅开慢些。喜子却不去管炉火,他扭身一把抱起小天,又一下把小天举得高过了他的头,忽地放下,又高高地举起。如此几下,逗惹得小天咯咯咯咯笑个不停,直嚷嚷叫他再来一个再来一个。喜子嘿嘿笑:"好,咱再来一个。"往高里举起小天时,一下把小天架到了他的肩上,小天呢,腿一偏,骑坐在了喜子的脖子上,扯拽着他的耳朵,嘴里呵呵地叫着,叫喜子跑开。喜子呢,喊小天抱他的头,抱牢靠,飞机要起飞了。小天的手果然紧紧地箍住了喜子的头,喜子驮着小天,在窑边的坡上坡下跑了起来。

水绸站在锅边,看喜子和小天玩得欢实,也热闹,一股热气扑了过来,眼就朦胧了。

水绸给喜子炒了菜,北瓜炒青椒,西红柿炒鸡蛋。喜子说:"一个菜就够了,弄这么多,你和小天也吃。"说着,就捏了块鸡蛋喂给小天。水绸不吃,说:"屋里还有一堆事,今个启事了。"说完,就要走。

水绸从来到走,自始至终,没有提说以前说过的那些绝情话,也没提说一句打引魂幡的事。喜子呢,也没提说一句。他俩,商量好似的,都没提说那些事。好像那些事,跟他们无关。好像水绸来,就是为了给喜子做一顿饭,喜子,就是跟小天耍一会儿。

第二天,江和爸出殡时,人们看见喜子把引魂幡扛在了肩上,引魂的白公鸡在他手里咯咯咕咕地乱叫。

江和妈埋了后,人们念叨着这第三个是哪个。这个说是后巷的成柱怕是过不去了,那个说是五路婆婆子也断饭几天了。多少年了,羊凹岭村死一个人,就会再死两个,好像是三个人一组,相伴去天堂。然他们没有想到的这第三个竟然是万紫的龙娃。

祠堂门厅下江和妈去世的讣告还新新地在墙上贴着,上边就又贴下一张。村子的红白喜事都会在这里张贴个告示,结婚的,生娃娃的,还有娃娃考上大学的,盖了新房上梁的,就请三叔在红纸上写个喜帖,贴在祠堂门边。就是在外打工的人有了喜事,也要给三叔来个电话,叫三叔帮忙写个帖子贴上。羊凹岭,是他们的根啊。现在,龙娃结婚的红喜帖子还端端正正地在右边贴着,紧靠着喜帖的左边呢,却贴上了他的讣告。左为上,人死为大。可这对龙娃来说有什么意义呢?

各位村民:

　　我儿陈好龙于农历十月十五病故,享年二十一岁。兹定于农历十月十六安葬。谨此讣告。

陈顺子哀告。

　　雪白的纸上,黑墨的字,一撇一捺,横横竖竖,愁眉奋眼,眼角滴着泪水,写不尽的生命的苍白和无奈,满纸都是撕心扯肺的哭声和酸泪。旁边的那张呢,大红的纸,金灿灿的字,每个字都飞扬着,欢笑着,一点一滴都是喜气。然生老病死,就这样聚在了一起,让人觉得好笑的同时,心头呢,也不由得旋起了一股风,似乎是从生到死,也不过是从这一张纸到那一张纸的距离啊,嬉笑怒骂的人生所有也不过是挤在那一条窄缝里的光阴。真的像是个笑话。人生几十年,就是个笑话吗?那一缕窄缝里有多少故事呢?纵然是有万千的繁华和热闹,荣光和显赫,可是,有啥意思呢?还不都是转眼扭头之间的事啊,是触目惊心了。比起村后的山岭沟崖,不知在这里站立了多少年,也不知还要站立多少年,人呢,哪里能敌过那些山岭沟崖啊,是连山岭沟崖上的一棵树一根草一块石子儿一个土坷垃都不如呢。人生几十年,真的就是个笑话啊。然这样的张贴,或许只有羊凹岭人才能做出来,是羊凹岭人才有的对生死的达观和坦然。

　　绳到细处断吗?人们说着祠堂门口的喜帖和讣告,唏嘘着,也不在福英店前坐了。男人去了地里。龙娃年轻,又死在外头,不能进村,就在他家地里搭了个帐篷放棺材。媳妇子们去了万紫家,看还有啥要帮忙的,也是去安慰万紫了。

　　万紫瘫坐在炕头,披散着头发,瞪着窗户,不哭,也不言语一声。

万红小心地问:"姐,你看看龙娃吧,黑了就要钉棺了。"

万紫摇摇头。万紫不去看。那,不是她的龙娃。那咋可能是龙娃呢? 龙娃回来了咋不见她呢? 万紫木雕石刻般,僵硬地坐在炕头,倚在窗户边上,瞪着窗外,好像是在等她的龙娃回来。她的龙娃回来了就是风风火火的,一步一跳的,一步刚落下去,一步就赶了上来,从来就不正经走路,还没到门口,就妈、妈地喊,饿死了,有啥吃的。放假了妈,我和好风耍一会儿去。记着呢,不去清涧湾不下黄河里……这么好个娃呀,咋能说没就没了呢? 不可能。绝对不可能。世上人就是让霜杀死,也杀不了我龙娃,壮壮实实的一棵苗啊。万紫把她和龙娃抱到了一起,他们互为你我。龙娃活着,她就活着;龙娃死了,她也死了。万紫满脸的干枯,两边的腮帮子也凹陷了下去,眼光涣散、虚无,飘在半空,没有落点,是找不到落点了啊。

"姐,你醒一醒吧姐,去看上龙娃最后一眼吧,娘母俩一场,再看上娃一眼吧,娃一出门,天天给你打电话。"万红想叫万紫看龙娃去,从心里接受这个事实。

万紫摇摇头,枯黄的头发蒿草样在她的脸上扫来扫去。

"你别在心里憋着了,放声哭上一场啊姐,龙娃没了,他狠心丢下你不管了,自顾走了,你还心疼他指望他回来干啥啊姐,他个没良心的都不管你了。"万红抓着万紫的肩膀,哽咽着,说一句话,摇一下万紫的肩膀,说到最后,忍不住了,放声痛哭起来。

万紫照样不理会万红的劝说,对她的哭也置若罔闻。她咋可能接受这个事实呢,她把自己退回到以往的日子里不想出来了。往日长长久久。往日循环往复。往日空阔,浩渺,又非常的细微,幽谧。油盐酱醋,酸甜苦辣。一句话,往日里,有龙娃。往日里有她的龙娃呀。

万红要找几件龙娃的新衣服往棺材里放,她叫大荣到龙娃新房里找去。龙娃死了的消息传回来,他媳妇就背了包走了。万红说:"她走了也好,在的话还得想法子打发她。"大荣抱来个包袱,万紫看见了。她从大荣手里一把夺过包袱,推了大荣一把:"干啥啊你,不许你动龙娃行李,哪个都别想动我龙娃行李。"万紫把包袱紧紧地搂在怀里,虎视眈眈地瞪着万红、大荣、二荣。万红她们早哭得头疼腿软,这下她们又嗷地号哭了起来。

万红喊大荣和二荣过来,万红说:"把你妈搀着,冤有头债有主,走,找她福英去。"

等福英听说了龙娃在工地上被电死了时,赶紧给好风打电话。好风跟龙娃在一起啊。电话里好风说他回来了,就在地里。福英还想多问两句时,听见有人在店门口又是哭喊又是吵嚷地闹开了。

原来是万紫由万红搀扶着,还有大荣和二荣跟着,在她的店门前哭喊叫骂了起来。

隔着窗户,福英看见万紫一家坐的站的哭号着,叫骂着。周围也围了几个人,翠平也回来了,站在万紫身边,抱着万紫的肩膀,给万紫擦着眼泪。福英要出去,三叔来了。三叔挡住她,叫她回屋里坐着。三叔说:"她这是头疼在脚底板抠哩,胡闹哩,你出去跟她说啥呢,她已经糊涂了。"万紫一家哭着喊着找福英时,三叔一来就叫好雨把店门关了,大门也关了。福英却坚持要出去,福英说:"咋也得给她说清楚,要不,以后还会找上门来,不是我的麻烦,是好风的麻烦。"三叔黑着眉眼,把一根粗大的旱烟卷吃得云里雾里。

福英刚出了门,万红就扑上来扯住了她的胳膊,说:"福英,你还我龙娃。"一旁的万紫听到这么一喊,没出一声,软瘫在地上。福英吓得想扶万紫,万红却不松手,把头抵到她胸前,哭着喊:"福英你还我龙娃。"

"放开福英,有事说事哩,耍泼打架能解决了问题?"三叔站在店门口,眼睛瞪得铜钱大,说:"万红你是龙娃姨,你心疼,你咋晓得我一大家人也心疼哩,龙娃是我陈家娃,他没了,是我陈家少了一根梁,哪个心里头不是疼得像是剜了块肉,福英是龙娃大妈哩,好风和龙娃是亲亲的堂兄弟,你问问他们舍得动龙娃一个手指不。可怜顺子我娃死得早,留下这么个独苗苗,老天不睁眼还不放过啊。"三叔老泪纵横,哽咽得说不成话了。

万红哪里听三叔劝说,不依不饶地撕扯着福英:"你还我龙娃啊!你还我龙娃啊!"

福英擦抹了脸上的泪,她晓得不能哭,不是哭的时候啊。她问万红咋回事

226

哩,是好风把龙娃打死了?福英说:"好风给龙娃身上搁了一根手指,我剁他一根手指,好风给龙娃头上搁了一砖头,我也照样给他头上搁一砖头。你说,他咋着龙娃了?"

万红抹了把脸,说:"我龙娃走工地上干活,是不是你好风叫的?"

福英说:"龙娃和好风从小一块儿长大,上学放学跟着,尿个尿拉个屎都要你叫我我叫你地厮跟着,去斌子工地上干活,是好风叫龙娃的还是龙娃叫好风的,我也不清楚,这哪个叫哪个,跟龙娃出事有啥关系吗?你叫大家说。"

万红说:"咋没关系哩,人常说,想死还要小鬼缠哩,要不是你好风叫龙娃,龙娃就不去工地,龙娃本来是要去广鑫的,是你娃三缠两缠地叫,龙娃不去工地,哪能有今个这乱子,你娃得给龙娃替命。"

福英噗地吐了她一口,手就伸了出去要扇她,说:"哪个是小鬼你说哪个是小鬼,咱有事说事,有理摆理,不要满口喷粪胡嘴乱白。你叫大家伙说说,龙娃今个的这乱子,能怪到我好风头上来吗?"

围在店门前的人们叽叽喳喳的声音,福英听不清大家说啥。万红抱着她的胳膊嗷嗷地号哭道:"你赔我龙娃,你今个不赔我龙娃,你好风就得赔命。"福英知道这时候跟万红讲理不行,咋说呢,不是讲理的时候啊。她就扑通一屁股坐在万紫身边,抓了万紫的一只手放在怀里,一会儿哭龙娃,一会儿哭公公婆婆。她尽管哭得鼻涕眼泪的,万紫却还是木雕泥塑般。万红呢扯着福英的另一条胳膊,龙娃龙娃地喊着嗷嗷地哭得越欢了。

福英哭着,是要比万紫和万红还要伤心。吉子三年了不着家,她伺候老的伺候小的,屋里地里的活,辛苦都不说,她的脸往哪儿搁呢?这活寡守到啥时候是个头呢?还有好雨,以后咋过咧,还有好雪,手上的伤以后干活到底误事不,林林总总的,几年来,郁结在心里的委屈和伤心,似乎是一下子找到了爆发口,嘭地都给喷发了出来。可是福英心里清楚,不是哭的时候啊,她咋能跟了万红哭呢,乱子还在眼前摆着哩,要是万红这个二货叫人把龙娃的棺材抬到屋里来,咋弄呢。三叔就是再拦挡,一手难遮四面天,好汉架不住人家人多啊,何况现在这一家人已经不讲理了。村里头的人呢,平日里嘻嘻哈哈的,你好他好的,遇到事了,也只管站在一旁看笑话。福英明白,她不能软,软了,就是自找麻烦了。然福英没有法子,她只有等。她在等斌子这个包工头,这么大的乱子得斌子来收拾才对呀。斌子来,给万紫一家个说法,把事情的前前后后讲说清楚,还有赔偿的事,该赔多少给万紫说清楚了,万紫、万红就不会再找她麻烦。这么大个小伙子娃,出去时,活蹦乱跳的,有说有笑的,回来了,却叫不响喊不动,你哪怕是断上一条胳膊坏上一条腿也行啊,却是永永远远地就没了个人,一世的人还没活个样样来就殁了,龙娃恓惶啊。还有万紫,死鬼顺子没了,招了这个,不晓得明里黑里受了多少委屈,眼里心里含了多少苦水,才在羊凹岭站住了根脚,不容易哪不容易,就指望龙娃这个独苗苗长大成人、顶门立户,哪承想这半道上出了这乱子,搁哪个头上能受得了?受得了受不了,都得受啊万紫,有啥法子呢?人活着就是个受。想着活人的艰难,福英的眼窝掘开了两口井,泪水哗哗地流个不停。

王斌子的车出现在栈道口时,万红和福英哭得身上都软塌塌没力了。王斌子一下车,就跑过来跪倒在万紫跟前,喊了声万紫婶,头抵在万紫的腿上,呜呜地先哭了一顿。万紫开口了。万紫扯了王斌子的手,问:"龙娃呢?"万紫说:"龙娃真殁了?"王斌子只呜呜地哭说龙娃咋从架板上掉下来。他的话还没完,万紫把头仰得高高的,看着天空,哪个也不理会,一直盯着看,好像龙娃在空中,好像她看着空中,她的龙娃就会从天而降到她眼前。

突然,人们听见嗷的号叫声,就见仰头看着天空的万紫喊了声龙娃,嗷嗷地号哭起来。一圈的人没有一个不擦眼窝抹泪的。万紫的每一声哭号都揪着人心让人心口生疼,听到看到的无不将心比心,痛切地体会着做母亲的失去娃娃的滋味,体会着白发人送黑发人的难过。有几个回去了,就给在外头的娃娃媳妇打电话,说一遍好龙的事,抹一遍眼窝,说到最后,就是叮嘱。好好的啊,听见了没?钱没个多少,挣钱多少是个够啊,你们都好好的,听见了没?

大全披着个黑棉袄,像个黑鸟扑扇着两只黑的翅膀,火急火燎地过来了。一来,就叫万紫和王斌子别哭了,先说事,大全说:"哭能把娃给哭活了,我叫全羊凹岭人都帮你哭,我把外头上班打工的人都叫回来,咱大伙一块儿哭,不顶用吗,恓惶在后头哩,有你哭的时间哩,先把娃这事给弄好。"扭头又叫万红和大荣、二荣回去收拾龙娃的衣服去,给棺材里头搁。

万红却不回去，也不叫万紫回去，指着福英要福英叫好风出来，说："我龙娃本来是要去广鑫的，广鑫都说好了，是你娃三缠两缠地叫呀叫呀呀，硬是把龙娃的魂给叫走了，你娃得给龙娃替命咧。我可怜恓惶的龙娃啊，好好个娃就没了啊。"福英气得脸都黑了，也指着万红骂她长了个鳖嘴胡说咧。万红骂："我晓得就是你福英，吉子不回屋里不理你，你死皮赖脸地赖在人家屋里不走，看我姐过得好了就想害我姐哩，你说你这害人精个心眼咋就这么毒啊。"

　　福英一下就愣住了。她说："万红你把话说清楚。"万红说："我说啥呢，你心里灵醒得镜子样，用我说？我说了怕你脸上撑不住。"福英说："万红你今个不把话说清楚你个小婊子不要想过去。"万红说："可羊凹岭人哪个不晓得，吉子不要你了你还赖在人家屋里不走，你说你这死狗赖娃算个啥呢。"福英没想到万红会扯出这个话来，这些年来，她天天日日吞咽了多少苦水遮掩的事，万红竟然当着这么多人的面说了出来。福英真是羞愧啊，一口气顶着，她的手啪地扇在了万红脸上，万红伸了胳膊要扑打福英时，大全拦住了。

　　大全呵斥着不叫万红胡咧咧，说："别胡拉乱扯说些咸淡话，照你这么说的话，我也有责任，龙娃在巷里碰上我，我问他去哪干活去，他说去广鑫，我说人家都说广鑫效益不好了，你还去广鑫工资能发了发不了哩，我说你还不如去斌子工地上去。娃说，那我就去斌子叔的工程队，在太原干活，太原有同学，还能耍。我骂他就晓得个耍，大了，得学个手艺，给你斌子叔说说，学个焊工管工啥的，手艺人吃香，挣得多。你说，我也叫龙娃去斌子工程队，是不是也得给龙娃替命哩？"

　　万红一时无话了，翻大全白眼，嘴里咕嘟着。

　　万紫和大荣、二荣的哭声也渐渐小了下去。

　　福英抹着眼泪，也不哭了。春娥挽起她，给她屁股下塞了个凳子叫她坐上。她的眼光软软的，一把虚土般松散、无力，一点点风就会把它吹没了。想起吉子不明不白地不着屋里，没人给她主事吧，还让万红找上门来辱骂，她的眼泪呢，又滚了一脸。

　　大全看了福英一眼，对万红说："这关人家好风啥事，从小耍大的，你没见好风难过得脸都成了黄麻纸了，他可舍得？咱娃出事咱伤心，哪个不伤心，那么好个娃，一见我就伯伯地喊，不喊不说话，可咱要说理对不对，你扯那么多有屁用啊。"

翠平站在人伙里，撇着嘴，扭脸走了。美莲喊她，她也没理。

大全和王斌子一边一个，搀扶着万紫回去。万紫嗷地又哭了起来，这哭声撕心裂肺，无比的凄凉，店前的人无不唏嘘开来。

福英抹着泪水，心呢，也搁下了，她知道，事情了结了，彻底地了结了。春娥把她搀扶了回去，劝她别哭了，哭坏了身子，跟前还有俩小的哩，哪个管呢。福英听春娥说的俩小的，看着脚底下的好雨和小好。好雨和小好早被刚才的争吵哭闹吓得哇哇直哭，现在看福英不哭了，她们也不哭了，两个人倚在福英的腿边，眼巴巴地看着她。福英看着，又想起吉子的薄情寡义，遭万红斥骂，让村人笑话，就又流着眼泪，抓了春娥的手："春娥，你说我造了啥孽了，人前不多说一句话，巷里见人就笑脸迎，屋里头屋外头，没有一天手闲着，老人娃娃的饭食行李，都是到顿上就端上桌到季节就让换洗，开着这么个店吧大人小娃从不欺哄，春娥呀你说我还该咋做才是个好哩。"春娥明白，这是哭自己的不易吉子的无情了，她抓摸着福英的手，说："哪个不晓得你的好，万红个二货，她啥时候说过人话呢，你把她的话给心上搁。"

天，慢慢地黑了下来。

漫天的星星，一颗一颗，一颗又一颗。一颗星就是一滴泪珠子，满天的星星就是满天的泪珠子。满天的星星都在哭。满天都是酸心的泪水。

羊凹岭被泪水淹没了。

村外的麦地里亮起了灯，五颗，都是二百瓦的大灯，雪亮、惨白，也是冰凉的。一顶黑的帐篷下横放着龙娃的棺材。薄的柏木板子，没有底座，也没有檐子，没有上了年岁的老人去世后的棺材厚成和富贵，没有雕龙刻凤，也没有画上一枝一叶，只简单地刷了一层黑漆。太年轻了啊，是没有福分躺到那么好的棺材里去。棺材前也挂了黑纱白帐子，绺了白花，却是稀稀单单的几朵，看上去也孤单，也凄凉，被夜风吹得悉悉索索地抖，像是一个不安的魂魄在诉说着什么。棺材前的祭桌上点了一对长明灯，火焰小小的，倒是红，两颗红豆般，不停地摇曳,黑的夜色里,一对哭红了的眼睛样,眼看着灵前痛哭的人,它不忍离去,又回天无力,又微弱,又乏力,似乎是一点点的风,也会把它摁灭,是痛心了。

羊凹岭村安静了。

羊凹岭安静了。

四周的山山岭岭都裹在巨大的黑里,安静了。

一弯孤月斜斜地吊在村东广鑫铁厂的大烟筒上,苍白、单薄。一团黑的云飘了过来,瘦小的月牙给遮得看不到一丝的光亮。羊凹岭的上空突然响起了锯子斧头的击打声、锯木声,声音巨大,又沉闷。咣。咣。咣。血丝红黑。眼泪横飞。漫天的星星黯淡了,漫天的星星无光了。

龙娃的棺材钉住了。

龙娃的棺材下葬了。

黑湿的黄土嗵嗵地撒在了棺材上,滞重,揪心。明天,羊凹岭再也找不见那个叫龙娃的娃娃了。明天,羊凹岭的地里多出来一个黄土包。

福英店前的扑克摊照常地热闹开了。福英坐在店里,怀里坐着小好,身边坐着好雨,好雨手里举个棒棒糖,一会儿吧唧嘬一口,一会儿吧唧嘬一口。电视里正演着动画片,嘻嘻哈哈,热热闹闹。小好看着咯咯咯咯笑个不停,好雨看小好笑,跟着呵呵笑得口水都流了出来。福英叫好雨把电视声音调小点,吵得人头疼。好雨不理妈妈,自顾舔着棒棒糖。福英把小好放在凳子上,抓了遥控器,调低了声音。小好哼哼唧唧要抢了遥控器,看大妈黑沉的脸色,终是不敢,嘟着嘴。电视声音小下来时,门外扑克摊上的话,一瓢一瓢地钻进了店里。

"听说斌子一把给了万紫三十万。"

"三十万是人家老板给的,斌子还给了十来万。"

"他妈的,这一下子就闹了四五十万啊,万紫可咋花哩。"

"四五十万,能把这桌子摆满吧。"

"万紫早就想盖个新院子,这回好咧,有钱盖了。"

"新院子是给龙娃的,龙娃都死了,还盖啥哩嘛盖。"

"还有龙娃媳妇哩,龙娃死了,咋就没见那河南媳妇哩。"

231

"听说不是个正经货,万紫悄悄叫离了。"

"这万紫咋就给龙娃娶个外路侉子,不知根底,说不定在外头跟多少人睡过了。"

"怀的娃娃要不流产的话,万紫能撵走人家?不走的话,就得给人家分钱,大头是人家的,法律上有规定。"

"眼眉前没有就没有,等她再找寻来,万紫能给她一分钱才怪哩。"

"这回万紫可是咱羊凹岭大款了。"

福英越听越心烦,气恼恼地出去,倔倔地说:"收了回去睡吧,不早咧。"

不等玩牌的人把牌收起,她已经扭身回到了店里,嘭地关了店门前的灯。

第十八章

龙娃埋了后,好风没有去工地,甚至是东屋的门也不出去一下。吃饭,也不出去。福英给他端过来,他吃了。要是不给他端,他也不叫饿。整天把自己放倒在炕上,裹着被子昏天黑地地睡觉。睡不着时,瞪了眼睛,盯着油纸蓬的天花板,眼光虚无缥缈,风中的旗子样,摇摆个不停,却是无力,软弱。

福英看着好风的样子,心里真的是烦愁死了。糟心的事,咋就一件接一件的来呢? 想给吉子打电话叫他回来跟好风好好说说话,或者是把好风带到县上去散散心。可是,她一直没有打。她不知道吉子会不会接她的电话,接了电话,会听她说话吗? 接了电话,她能心平气和地跟他说话吗? 内心呢,实在是对吉子没有信心,对自己也没有信心了。这天吃了饭,好雨和小好去店里玩去了,她掀起东屋的棉门帘,坐在炕头,叫好风起来,问他龙娃到底是咋个出事的。

好风坐了起来,看了福英一眼,就把头夹在两腿间,默了好一会儿,才慢慢腾腾地说:"我也不晓得,我们都给斌子叔说学焊工,人家说焊工在南方可吃香了,有了证,一月能拿七八千,斌子叔就叫了一个焊工师傅带我俩。龙娃学了两天,眼热电工皮带,又想学电工去,跟着个电工去给楼里走线去了。走时还好好的,有说有笑的,腰里系着师傅给他的四指宽的皮带,棕色的牛皮带,拍着叫我看,说是真皮的,说以后再领下了给我。上班没一会儿,就听人喊楼里出事了。我这心就慌了，心说可别是龙娃。哪知道果然是他，说是从梯子上摔下来的。"

好风抬起脸，看着福英，叫了声"妈"。

福英看着好风满眼的无助和恐惧，年轻的脸上只见阴沉，不见一点欢喜，那阴沉黑重得好像一碰就会落下满地的泪水来。她的心就疼了。

好风说："妈我不想出去干活了。"

福英说："不出去就不出去。"

"太可怕了，我到了楼里就看见龙娃趴在地上，头歪着，眼睛瞪得老大，鼻子嘴里都是血，血忽突突地从他嘴里冒个不停。"好风说着，就呜呜地低声哭："妈，我昨晚梦见龙娃了。"

昨晚，好风梦见龙娃好好的。梦里当然是好好的。龙娃的身上一点血都没有，腰里系着电工皮带，手里舞弄着一把螺丝刀，对好风说："一年，好风，我要在一年时间拿到电工上岗证，带夏夏去南方打工去。"龙娃仰头看着天空，好像看到了南方的天空一样。南方的天空温暖、湿润，花好月圆。龙娃的眼里满是欢喜、憧憬。龙娃说："我要像大雁一样飞得远远的，自在、爽快，哪里好，就往哪里落。"好风说："看把你能的，你是你妈的宝贝疙瘩，你要是飞了，你妈不哭死才怪哩。"龙娃就哈哈笑得脸都变形了，笑着笑着突然哭了，边哭边说："我晓得，我从小就晓得，我的命不是我一个人的，是我爷我奶我爸我妈我家所有人的。"龙娃说完就往回跑，好风在后面跟着他。龙娃刚跳进门槛，就问他妈："妈，我想到天上去，能去吗？"万紫说："不能。"龙娃说："那我就不到天上了。"龙娃又问他妈："妈，我能去南方吗？"万紫说："不能。"龙娃说："那我就不到南方了。"好风看见，龙娃摆弄着他腰里的电工皮带，那皮带越来越紧越来越紧，一下把龙娃的腰束缚得一把粗。龙娃伸了手去解皮带时，胳膊就忽地变成了翅膀，两个胳膊变成了两个翅膀，翅膀忽闪着忽闪着飞出了屋子，飞出了院子，飞到了屋顶，龙娃妈在院子喊他下来，说不能不能不能。龙娃嘎嘎怪笑着，越飞越高了……

福英听好风讲说，眼前就出现了一只大雁。河滩上的大雁，蒲扇大的翅膀展得开开的，忽闪着，有节奏，也有力气，自由又豪迈地飞翔，突然，叭的一声，一颗子弹射了过去，大雁来不及叫喊一声，蒲扇大的翅膀倏地耷拉了下来，扑通一声，直通通地一头栽了下来。空中的雁群有了一点儿小小的骚乱，唧唧唧唧地惊叫着，转眼，又排成了一个整齐的队伍向前飞去。整整齐齐的一队啊，好像是这个集体里从来没有过那只大雁。好像是那只大雁从来没有在天上飞过。一切如初。福英的眼圈红了，龙娃啊，大雁是人家打下来的，你呢是哪个把你打下来了啊龙娃，你还是个嫩娃娃哩。福英的眼里涌出来一把泪水，看着好风，说："梦就是胡做哩，安安心心的，哪有那么多瞎瞎事。"

好风说："我再也不去工地干活了。"

福英说："不去就不去了。"

好风说着，又呜呜地哭了起来，他说："妈我真不晓得龙娃是咋从梯子上摔下去的，妈你说龙娃真的摔死了吗？我总觉得不能啊，咋能说死就死了呢，一个人哩。"

福英的泪水扑簌簌落了下来，拍着他的背，却不晓得该说啥好。平日里伶牙俐齿的她，看着好风皱巴巴的脸、脸上的泪水，她心疼得是一句话也说不出来。等好风不哭了，她叫好风起来，说："我去拿个纸票子，你到龙娃坟头烧烧吧。"

店里有几个人在耍麻将，旁边也坐了几个闲人。她从店里货架上取下一沓纸票子，不想让耍牌闲坐的人问说，拿了纸票子就回到北厦，坐在炕头，一张张剪开，十张一捆地用白纸条捆扎好，又取下五张雪白的粉连纸，折了，裁剪成小片，叠成布匹的样子，也是十个一捆地用白纸条捆扎好，放到竹筐里。筐里还放了四个苹果六根麻花，当作献品。

好风却不去，嫌万紫一家不讲理，疯狗一样乱咬。福英不叫好风这么说话。福英说："你不想想啊，这么大的事搁哪个头上受得了？她现在闹比以后想起来了再闹要好，以后，你斌子叔走了，哪个指哪个证不是咱的错呢，人要犯起糊涂，哪个能挡得住？"

好风还是不愿意去。

福英就劝他："她是她，龙娃是龙娃，你跟龙娃从小耍大，咋说也有个情分吧。就算是尽你们做了一场兄弟的情分，也该给龙娃烧点纸。"

好风的泪水又滚了下来，抓了筐出门时，突然回头问福英："妈，要是那天是我摔下去死了呢，你也跟万紫婶一样哭吗？"

福英的心头忽地刮过一股北风，寒风凛冽，砭人肌骨。她扑簌簌打了个寒战，不由得把衣襟掩了掩，噗噗地对着空中吐了几口唾沫，骂了他一句胡说话，说："真是个傻娃啊，你不晓得娃都是妈的心头肉吗？娃没了，就是从妈心头剜掉了一块肉啊，以后，永永远远的，那块地方都空着，永永远远的，那块地方都痛着。"转眼想好风这么小个娃经了这么大的事，他害怕也是正常，可事已经出来了，娃啊，你不承受也得承受啊，人的命里有多少好运噩运，都得自己往过扛啊。福英没有说，她想也快过年了，等过了年，给大全说说，叫好风去万万厂子上班，待在她眼前，她踏实。或者是叫好风跟吉子去县上去，他不是开了店了吗？好风跟他一起干最好了。吉子啊，难不成亲亲的小子你也撒开手不问不管了？眼看着好风出去了，她揣着满肚子的心思，长长短短地想着。

不管怎么劝说、解释，好风还是一副萎靡不振的样子。福英发愁了，说："你个大小伙子，这样天天日日地坐屋里没有病也会憋出病。"福英是真的担心了，言语间难免带了些急切和恼火。好风却不言语。福英说："哪有那么多瞎瞎事，你别老往坏处想。"好风不言语。福英说："我给你大全叔说说，看万万厂子有个啥轻省活儿不。"好风不言语。

等福英给大全打了电话，大全说："活倒是不愁，就看娃想干个啥，娃还小，正是学本事的年龄，我还是那句话，叫娃学个技术比啥都好。"福英说："我还说要跟你商量呢，想在镇上开个店，卖调货，你说行吗？"大全说："你是想给好风找个事干？"福英说："也不全是为了他，我早就想开个店。他要是不想出去干活，就让他干。"大全说："你得问问娃愿意不，勉强不得。"福英说："我晓得。"大全说："咋猛猛地要开店？开店不容易。"福英说："我不能老是指望吉子给我钱吧，明年顺子把小好带走，我就带着好雨去镇上开店，咋样也能够我和好雨花吧。"大全默了一时，知道了她的心思，就说："租店面、进货，加上水电费啥的，杂七杂八的得好几万，你手头紧的话，我先给你垫上。"福英说："到时不够了，我给你说。"大全说："我也托付个人，有合适的店面了，给你说。"福英说:"好哩,不过眼眉下呢,好风不听我说啊。"大全说:"我来给娃说说。"

挂了电话,福英想着大全说的那些话,心里热热的。

过了没几天,大全来唤好风岭上耍去。好风问他干啥。大全说:"逮野兔子套黄鼠狼,你去不去?"好风放下手机,当即就跟大全走了。

福英哪里能想到,好风离开东厦,去了岭上,是给了她又一个烦恼和无奈。

好风从地里还没回来,小好在店里耍得好好的,猛地打了个冷战,就抱住头喊头疼。喊着,就耷着眼皮软软地趴在柜台上不动了。好雨吓得妈、妈地大喊。福英脚下绕着一团风跑过来,一把抱起小好,失声地小好、小好地叫。小好嗯嗯哼哼的,不言语,眼睛也不睁。福英把脸贴在小好的脸上,小好的脸火炉般烫。她喊好风把电动车子推出来,带她和小好去镇上医院。

电动车还没推出,三婶来了。三婶看着小好的样子,说:"刚刚我来时还看娃好好的啊,跟好雨在店里又是唱又是跳的。"福英发愁:"可不是好好的嘛,这转眼咋就病了呢。"三婶说:"是不是龙娃那鬼娃子问着小好了。"福英一听龙娃的名字,浑身就嗖地打了个颤抖。村里年轻人死了,说是心不甘,不能安心在那一世界待着,魂魄常常会回到村里,见了小娃娃或者是身体弱的女子媳妇子,就会附在对方身上,借了对方的嘴说长哭短,八八九九,也都是那人在世时的事情,口气也是那人的,或粗或细的声调也是那人的。福英听说过,可她从没经见过,现在听三婶这么说,她就吓得快要抱不住小好了。

三婶说:"别怕,先别去镇上,我给娃立个柱看看再说。"三婶从碗窑拿出三根竹筷,又拿一只瓷碗到水缸里舀了半碗凉水,叫福英把小好放炕上用被子盖住。三婶蹲在炕下,手里抓着三根筷子放在水碗里,嘴里呢,念念叨叨:"是龙娃吧,是龙娃来了吧,是龙娃的话你就立住,你别骚扰小好,你好好地待在下头,没钱少花的了给婆托个梦,婆给你烧,龙娃回去吧,这儿不是你待的地方了,你不走,婆可要叫五龙来,五龙你晓得吧,人家有刀有剑哩,人家看见你了要杀要剐哩,哪个也挡不住,听婆话回去吧……"

三婶站起来时,说:"我就说是龙娃吧,你看,我一叫他,柱就立住了。"

小好的脸还是通红,嗯嗯叽叽地哼着。

福英给她额头上搭了个凉毛巾,轻轻拍。

三婶说:"不要急,没事,一会儿柱倒了,送到门外,烧上个纸钱。"

福英说:"这娃是不丢心(方言,放心)啊,多大点儿啊,正活人哩。"

三婶说:"可惜娃的年龄了。"

福英说:"这么大的事,那新媳妇也没见个面。"

三婶说:"流产后就跑得没了个影影,万紫气得让离了,也没法给人说。"

说话中间,竹筷子哗地散倒在水碗边。三婶一手抓了筷子,一手端了水碗,叫福英撩开被子,用手指头在水碗里蘸了水,给小好的额头上点了点,头顶上点了点,手心脚心点了点,前心后背也都点了点水。叫福英取些纸票子,把水碗端上,把纸票子在门边上烧了,把水泼在黑灰上。福英照着去做了。福英到了栈边,画了个圈,把纸票子放到圈里,用打火机点了。眼看着纸钱呼呼地燃了,跳跃的火光里,她似乎看见了龙娃就在那火里,看着她嘿嘿笑。她说:"龙娃,回去吧,别警搅(方言,搅拢)人了,咱是两世人了,大妈不能给你一个果一块糖,可大妈记得你哩,清明十月一了,大妈会给你烧纸哩。"就在这时,嘎的一声巨响,又粗涩,又暗哑。福英一个哆嗦,抬眼就看见一只黑老鸦忽闪着翅膀飞得越来越高,转眼看不见了。福英的泪流了下来。火光慢慢地黯淡下去,渐渐地熄灭了。龙娃不见了。龙娃飞走了。

回到屋里,小好睡得好好的。三婶用下巴点着她,睡一觉就好了。

小好睡觉起来果然不叫着头疼了。福英把她抱在怀里,摸她的头,也不烧。好雨挤在福英腿边,也叫她摸头叫她抱。福英就摸她的头,也把她抱了抱。好雨不依,也要学着小好坐在妈的腿上。福英只好一个腿上坐一个。三婶说:"看你把这俩惯的。"福英说:"女子娃不比小子娃,就是要惯哩,长大了,嫁了,咱想惯人家也不能了。"三婶说:"冬天天短,黑得早,黑了,不要叫娃都出去了,你这儿离栈边近,离地近,娃娃眼贼,别叫看上个不干不净的东西吓着娃了。"

初冬的岭上枯黄干瘦,万木萧条衰败。天空像个灰雾罩子,团团绕绕地罩

238

住羊凹岭,看不见一丝云彩,也没有太阳的影子。灰雀儿在空中飞,也不叫一声,静静地飞来,又静静地飞走。只有风在岭上踅摸来踅摸去,把黄的衰草吹刮得忽地倒伏,忽地又站得端端的。岭上的风,小刀子,刮到哪儿割到哪儿。蒿草摇摇晃晃时,有时能看见藏在蒿草下的野兔身子缩得跟个土黄色的毛线团样,也不晓得它看见啥了,猛地从蒿草下窜出,子弹般嗖地射了出去,转眼就寻不到了。

大全提着夹子、网套、弹弓,跟好风一起上了岭。好风说:"叔哎能抓到不?"大全说:"试试嘛。"好风说:"你以前抓过?"大全说:"好多年以前了,石灰石矿开的那几年,又是小煤窑的,咱这岭上一只野兔也看不见,都叫炸药、机器声给吓跑了,这几年厂子都停了,又能见到个了。"好风说:"看你们多好,啥都耍过。我们说是岭上生岭上长的,岭上有啥其实一点儿也不清楚,连个草呀树呀都不认得,进了城呢,也是两眼一摸黑,哎,真是白活了。"大全听好风说得可怜,倒也是实话,就说:"守着岭有啥出息,人家都往城里跑,跑多了,啥都晓得了。"好风说:"我再不出去打工了。"大全说:"不会吧,年轻小伙子经那么点事,就扛不住了,就吓得不敢出门缝了?"好风嘟着嘴不言语。大全怕话重了,伤了好风,话头子转到了野兔身上,给好风讲说野兔。

大全说:"好风你晓得不,野兔有个怪癖,就是爱走老路。只要不被打扰惊吓,出窝进食来来回回都走同一条路,日久天长了,你仔细看去,就能在麦垄间发现一条很窄小的路,就是野兔走出的。"

好风说:"真的?"

大全说:"哪个骗你,人家鲁迅都说了,世上本没有路,走的人多了,就有了路。"

好风哈哈大笑。

大全说:"小时候我们可没少逮野兔,冬天下雪了,还套野雀子喜虫子,开春了还灌黄鼠窝。我们在白天到地里侦察好野兔的必经之路,到了傍晚就用细钢丝圈出一些比兔子头稍大一点的活套来,拴在木橛子上钉到野兔走的路旁。天一黑兔子就出洞觅食了,好风你晓得不,兔子眼睛是长在脑袋两边而不像咱们是长在脸前,这样呢悬在前方的钢丝套,它就不能及时看见,结果是蹦着蹦着脑袋一钻进去就被套牢了。被套住的兔子也可笑，只晓得个使劲往前窜，不懂得往后退一步就海阔天空的道理，结果是越挣扎就越套越紧。第二天早晨天一亮我们就去拣兔子，运气好的时候一晚上能套到四五只。最有意思的是下过雪，天地白呼啦啦的一片，兔子就迷路了，找不到窝了。我们在雪地里支上网套，就开始瞎胡喊叫着追撵野兔，野兔吓得认不准方向地乱跑，它哪能跑出我们的包围圈呢，只好跑到我们的网套里。"

好风说："我小时候我爸我妈在县上打工，把我送到育苗学校，说是学校，其实就跟监狱差不多，白天黑夜都在校园里圈着，星期天回来了，我爷又把我看得紧紧的。哪像你们以前，耍得多好。"

大全说："你们就是不晓得个福气，我们小时候哪有你们现在的条件，没吃少喝的，内衣内裤都还打补丁。我和你妈到镇上上学还得自己背馒头带咸菜，一碗热水，泡个凉馒头，就着没油的咸菜，你知道那是啥滋味吗？去学校回家，没有车子，二十多里路，来来回回都是走。"

太阳都到头顶了，他们也没网到一只野兔。倒是在蒿草里看见一只，人家却不往他们的套里钻。好风就有点着急。大全叫他别急，大全说："这是个耐心活。"好风还要说啥，大全嘘了声，悄悄指着树上的野雀，手里的弹弓就拉开了。小石子嗖地飞过去时，一只野雀倒栽着落了下来。一树的野雀呼啦啦飞到了天空。大全瞄准一只野雀，嘣地把石子射了出去，又打中了。好风高兴地把野雀捡回来，抓着弹弓，也要试着打个，却是一只也没打下来。眼看着晌午了，好风饿了，大全叫好风拎着野雀，到喜子窑里炖去。

喜子刚吆着羊回来，看他们手里的野雀，就骂他们一对捣蛋鬼，破坏环境。大全说："少说个咸淡话，我给你圈羊，你给咱收拾了炖上。"好风和喜子回到窑里，好风就问喜子有没有个吃的，好风说："伯你先给我找个吃的，我都快饿死了。"喜子手上抓着野雀，用下巴点着墙上的麻花篮子，叫他去拿去。

野雀炖熟了，喜子又炒了个麻辣酸菜，凉拌了个胡萝卜丝、白菜心，问大全，喝两口不？大全说："有酒？"喜子从柜子上拿起酒瓶说："还是埋水绸公公时，你给的。"大全说："那就喝两口。"喜子从碗架上取下三个碗，倒上酒，说："好风也喝点，小伙子了，喝点酒没事。"

240

吃完饭,大全叫好风走,好风却不走了。好风说:"大全叔你给我妈说我要跟着喜子伯放羊哩,不去外头打工了。"大全的眼窝一下瞪得老大:"啥?"喜子说:"你才多大点个人人,能受得了岭上的寂清?你看上这儿跟村一步路,你是不晓得这一步就差下个天地,村里虽说现在人都忙得不着家了,可毕竟还有人,还有那些个老巷子老房子,都是熟眉熟眼的,心就是踏踏实实的。"大全说:"你以为放羊容易哩? 也是个技术活哩,你不信问你喜子伯。"

　　好风却说啥也不回去。好风说:"我就喜欢岭上,清清静静的,放羊吧也自在。"大全说:"你就是个娃娃家,不晓得个轻重。"好风说:"我咋还是个娃娃家,我都二十了。"大全说:"二十是大了,大了就该体谅你妈,不要叫你妈为你操心。"大全本来想说,你爸不着家,你妈一个媳妇子撑着你一家的门户,不容易。话到嘴边,又怕好风面子上不好看,没说。

　　喜子看好风不想回去,就对大全说:"要不你给福英说一声,让娃在岭上耍两天吧,寂清了,没人叫他回去,他也跑得风快。"

　　大全说:"你妈要是叫你回去,你就回去,听你妈话,你妈也不容易哩。"

　　好风却说:"大全叔你给我妈说说吧,不要叫我回去,我哪儿也不想去,就想在岭上。"

　　大全下来给福英一说,福英说:"亲亲的父子俩。"大全说:"咋?"福英说:"你没看见吗,都爱个自在。"大全说:"儿孙自有儿孙福,你心大些。"福英说:"我不大有啥法呢,由他吧,个人有个人的命,我算是看清了,哪个你也管不了。"大全笑了:"你不是要跟命争哩嘛。"福英也笑:"不争了,啥都放下了。"大全说:"要是真的放下了,天大的事也不算个事了。"福英说:"我爸晌午还吃了一碗饭,还给我说长说短的,躺下不是就没起来嘛。只要他们在外头都好好的,还有吉子,他想咋过就咋过吧,人活一世,眨个眼,争多论少的一点意思都没有。"大全说:"你还是放不下嘛。"福英说:"你的意思是我跟死人一样,啥事也不管不问了,才是放下了?"大全全笑:"只要你好好的比啥都强。"福英说:"我就是硬撑也要好好的,自己的心得自己豁,自己的命得自己成全,哪个也成全不了你。"大全笑:"三日不见刮目相看啊。"福英说:"笑啥啊,不是吗? "大全说:"我看你快成仙了。"福英也笑,叫他不要胡说,小心爷捏鼻子。

冬至这天，福英打电话叫好风回来吃饺子。冬天天短，刚看见个日头歪了，转眼它就到了西山上。吃过饭，好风跟小好、好雨耍了一会儿，要回岭上去。

福英问他，还去？好风说："不去岭上我去哪儿？我又不想出去，哪儿也不想去。"

福英看他说得可怜，想起龙娃的死，不想多说了，叫他给喜子带上一碗饺子。好风说："喜子叔也包了，还给羊圈扔了几个给窑垴上扔了几个。"福英说："你喜子叔孤孤单单的一个人住在岭上，这些礼性他还讲究。"好风说："喜子叔咋是一个人呢，不是还有我哩嘛。"

这话就让福英有些可笑又生气，问道："你打算像你喜子叔一样，在岭上放一辈子羊？"好风说："一辈子就一辈子，有啥不好呢？我觉得这样自由自在地美气。"

福英看好风真的跟个娃娃样，没个正心，说得那么轻松，一点儿也不为以后着想，心说啥样人才在岭上住着才放个羊哩，你要一辈子在岭上住，学他？嘴上就气鼓鼓地说："你就这点出息？你姨还说给你介绍个女子哩，人家问说起来你干啥，说啥呢？说你在岭上放羊哩？"

好风看出来妈不高兴了，他也有些不乐意地说："就说我在岭上放羊咋哩，哪个女子愿意我在岭上放羊，我就跟她结婚。"

福英气鼓鼓地说："那你净等着打光棍吧。"

好风乐了："打光棍就打光棍，没人管，像我喜子叔一样，多自在。"

又是喜子，又是喜子，也不晓得这偏把鬼给好风都灌了些啥瞎瞎风，让他吃了秤砣般一心往岭上跑。福英心说真的是不能让他再去岭上了，再去，真说不定就接了喜子的班了，就说道："过了年不许去岭上了。"

好风说："妈不是我说你，你就是这样爱管人爱说个人，从来就不给我个鼓励给我个信心，张嘴就是说我这不对那不对。我大了，又不是三岁娃娃，我晓得我咋活人哩，放羊咋哩，放羊也得有技术，放羊也能挣下钱。"

娘母俩正争辩着，店里有人唤福英快过来。

原来是万紫来了。

龙娃死了后，万紫就不出门了，是门缝也不出。福英店里店前，也不来坐了。以前，那么爱说爱笑的一个人，失声了样是一句话也没有了。一天一天的，把自己困在炕上，瞪着窗户，说是要等她的龙娃回来。顺子担心她一个人在屋里，想不开了，有个好赖，也不上班了，天天的，在屋里守着她，给她熬汤做饭。一天是柳叶汤面，一天是拉条子油泼面。蒸的煮的炸的，换着花样给她做。哪一样，都是万紫爱吃的。万紫也吃，嚼木头一样，一口一口吃得很艰难。吃上几口，就放下了碗，坐到窗户口，呆呆地瞪着窗外。这天一早起来，万紫张嘴说话了。万紫对顺子说："快点做饭吧，吃了我有事要出去。"顺子高兴地熬了小米稀饭，热了馒头，拌了个红油白菜心和胡萝卜丝。万紫像是饿极了的样子，吃得还真不少，吃了，就穿上鞋出了门。顺子在背后喊问她去哪儿。她也不吭声，风卷着枯叶子般，跑到了福英店前。

福英看见万紫蒿草样的头发散乱着，脸色寡白寡白的，身子又瘦又弱，以前的红润结实的样子是全没了，赶紧放下手里的活儿，绕过柜台，拉着万紫到炉子前烤火，说："这冷的天，你跑出来咋哩，也不说围个围巾。"

万紫却不烤火，也不坐，问福英："店里有书没？"

"书？"

"嗯。"

"你要书做啥？"

"给龙娃学哩。"

"啥？"

万紫笑模呵呵地说："龙娃说我没叫他多上个学，他可后悔了，现在想学了，叫我给他买个书去。"

福英的眼睛就瞪大了："啥？"

万紫说："我买了书，给我龙娃烧了去，都怪我啊福英，我不该叫我龙娃停学哩。要不停学的话，我龙娃现在就在学校里念书哩，我就是嫌我龙娃念不下个样，又考不上个大学啥的，念也是白念，就让我龙娃停了。停了，就把我龙娃的命给送了。"万紫说着，就抽抽嗒嗒地哭开了。

一边耍牌的人放下了牌，叫万紫心宽点，不要胡思乱想。这些天，万紫睁开眼睛就跑到镇上买纸扎给龙娃烧，一天是烧楼房，一天是烧小车，有一天，她说要烧个红烧肉去，龙娃在世时最爱吃红烧肉了。可哪个纸扎店有红烧肉给她烧啊，缠磨得人家没法了，给她画了个红烧肉，她眉开眼笑地拿到地里烧了。人们都说，龙娃死了，把万紫的魂也带走了。

万紫不管别人说啥，她只瞪着福英给福英要书。店里有油盐酱醋，有萝卜白菜，有小米绿豆，就是没有书啊。万紫突然看见柜台上小好的画书，嗖地抓起来，紧紧地握在手上，掏出一把钱给福英。小好和好雨早吓得不敢动了。福英说："不要钱，你拿上吧。"她说："不行，我龙娃说了不能白要人家的东西。"给福英手里塞了一把钱，扭脸出去了。小好指着门口，喊："大妈，那是我的书。婶婶把我书拿走了。"福英哄她不要嚷，说："明个赶集时，大妈给你买新的。"

打发走万紫，回头找好风时，哪里还有他的影子。福英坐在炕沿上半天没有动，气得在心里骂起了吉子，死吉子，你就不要回来管管你娃吧！

福英没想到第二天万紫又来买书。念尚和五六从屋里找来几本旧书给她，她不要，嫌旧，说："我龙娃要新书。"念尚说："没事没事，烧了都是一样的。"万紫说："新是新，旧是旧，咋能一样呢，你这人一点样样都没有。"福英只好又找出小好两本新新的画书给了她。

万紫呢，是找下书，就跑到龙娃坟上去烧。棍子挑着撺着，看书一页页烧透了烧成了黑灰，才扔了棍子，坐在风地里号哭一顿。有时村里人听见了，就叫顺子把她给搀扶回去。没人叫她，她就直哭得躺倒在地里。天寒地冻的，地里的冬小麦瑟瑟地贴着地皮。只有风没心没肺地，像刀子样在旷野里这儿割一把那儿割一把。等到顺子找见她时，她已经快冻成冰疙瘩了。

万紫拿了书出去，福英就给顺子打了电话，叫他跟着，肯定又要去坟地去。

那天以后，万紫好几天没来。福英问顺子是不是灵醒了，不乱跑了。顺子说是感冒了，浑身酸软得起不来了。顺子说："要是能起来，还能坐到屋里？我看龙娃没了，她也快不行了。"福英骂他胡说，说："要不开春到大荣家住上一段，换个地方换换心情。"顺子说："二荣开了个美容店，叫去县上去，反正美容

244

院也要个烧锅炉的买菜做饭的,可她不去呀。"福英说:"还是劝劝叫去吧,到了县上忙开了,她就不想龙娃了。"顺子说:"还不是因为龙娃才不挪窝的啊,一张嘴劝她,她就说要等龙娃,龙娃回来了,找不见她,咋办?就是糊涂啊。"福英说:"得想个法子,叫她灵醒过来。"

第十九章

一九二九冻破石头。刚过了冬至,天就变了,西北风呼呼地没明没黑地刮着。福英店前空荡荡的没了一个人,人们都叫风给撵到店里去了。店里烧了铁炉子,搭了烟筒,撩开棉门帘,热气像个棉袍子暖暖地抱住了人。念尚、民娃、八斤几个把小桌子抬到了店里,坐在店里耍牌。小好和好雨一会儿出去了,一会儿又旋风般跑了进来,趴在柜台上写呀画呀。福英坐在柜台后,手里抓着十字绣,上一针下一针地绣。听耍牌的人一时安安静静的,一时又高声大嗓门地吵闹,她就问哪个赢了,得买糖和瓜子给大家吃。

大柱子叫民娃买,民娃说:"凭啥呢,昨个我还输了两块多哩。"大柱子又叫八斤买,大柱子说:"你娃一月挣好几千,给大家吃个瓜子,娃会越挣越多。"八斤脾气绵软,听大柱子说得好听,真的掏出十块钱,叫福英拿糖拿瓜子给大家吃。

一屋的人乐乐呵呵地吃着糖,嗑着瓜子,说起了在外的人,哪个跑运输挣了,哪个卖水果赔了。

小天缩在江和怀里,皱着小脸,哼哼唧唧的。陈江和给他剥了颗糖,他不吃,从兜里掏摸出两块饼干,给他吃,他才高兴了。江和看小天高兴,就叫他念个唐诗给大家听。江和说:"小天念得可好了,大家都爱听小天念。"小天咔嚓咔嚓吃着饼干,就念开了:"床前明月光,疑是地上霜……"

246

小好听见了,也念道:"抬头望明月,低头思故乡。"

她一念,小天不念了,指着她,叫江和看。

江和就呵斥着不叫小好说。江和说:"你说的没有我小天说的好,我小天说得可好了。"

小好气得白他一眼,拉着好雨爬在柜台上,抓了一只彩笔,在本子上画画去了。

江和不理小好,叫小天再说个唐诗,江和说:"一去二三里,小天说说,下来是啥?"小天听人夸他,嘴就跟个脆萝卜一样,呱嗒呱嗒地接着爸的话,念说开了。一边闲坐的人听见小天念说得跟厦坡滚核桃样顺溜,就说:"没想到你这个落蔓子瓜还亲哩。"江和听见了,满心满意的欢喜是咋藏也藏不住,水波一样,一浪撵着一浪地在脸上漾,叫小天再说个。小天却不愿意说了,一扭一扭地滑下来,跑到小好身边,踮起脚,看她们在画画,就姐、姐地唤小好,也要笔画。

一屋里的人正说笑着,棉门帘哒地响了一下,一个人裹着一团寒气进来了。

人们一看,是万紫。

万紫一进来,大柱子就叫她过来替他耍两把,他的手气正旺。大柱子说:"万紫你耍耍牌,跟着大家伙胡说乱说一通,啥烦心事都没有了。"

江和也说:"就是啊万紫花嫂,你好好的,龙娃知道了,也高兴,你这样子,龙娃在那一世,也不得安然。"

万紫的脸黑青着,看着江和,嘤嘤地哭了起来:"他不高兴啊,他嫌我没有叫他念书,他学习好,念到底,肯定能考上大学。"

福英过来牵了万紫的手,叫她到炉子边烤烤,春娥赶紧给搬来一把机子,拉了她叫坐。

万紫摇着头,脸愁得苦瓜样,叫福英给她拿个书,她要买书,嘴里念叨的呢还是那句话:龙娃要读书。

福英知道,万紫的毛病又犯了。别说店里没有书了,就是有,能够她一天一天地烧?

大柱子几个耍牌的人也不耍牌了,你一句他一句地安慰万紫,叫她没事了就出来坐坐,跟大家扯扯闲话,啥事也没有了。大柱子说:"万紫你要自己往开处想,你就想着他们都到好处了,你安安心心地把自己的日子过好。"

万紫哪里听他说的,棍子样杵在福英跟前,给福英要书,看福英不给她拿,说了声去镇上买去,掀开门帘子走了。

福英赶紧给顺子打电话,叫他快点出来哄住万紫。

三叔过来了,听福英说了万紫的事,说他回去找两本书去。

福英说:"天天日日地烧书,屋里支个印书机子也供不过来。"

三叔说:"走一步说一步吧,先把她哄说得安稳了。"

三婶说:"要不叫顺子把五龙请来看看,有啥不合适的了,给疗治疗治。"

古朵村的五龙,会看风水,说是能通神会捉鬼。羊凹岭一带人家有了灾祸,去医院看病不耽搁,一时半刻地见轻了、看好了,就安心在医院治疗。若是好多天不见个好转,就会到五龙跟前问问,听五龙给个说法,有时,还要请五龙来屋里疗治。五龙的说法准不准,给的方子能治好病不,有的人信服,有的人也不相信。

第二天,顺子就到古朵把五龙请了来。五龙一来,在万紫家院子屋里走了一遍,又到坟地看了看,最后,说是万紫屋门后有面镜子。顺子点头说是。五龙说:"收起来,不要在门后挂了,不干不净的东西最爱在门后头躲,人在镜子里留下了影,小鬼就从镜子里找着附上身了。"顺子马上就给摘下,放到了柜子上。五龙编了个桃木圈,中间插了根桃条,说是弓箭,沾了张画了符的黄表纸,叫顺子挂在大门门框上镇邪驱鬼。又画了一张黄纸表符,叫顺子贴到屋门上。泡了一盆酵子水,抓了小笤帚蘸着屋里院子地撒。五龙说:"最近这些天跟前不要离人,最好是年轻小伙能守在跟前,她身体弱,要靠男人的阳刚气挡住鬼邪,千万看住不要叫去医院、白事屋里,尤其是坟地,阴气重,坚决不能去了。"

可是,满村里扒拉来扒拉去,哪里有年轻小伙啊,不是忙着在万万焦化厂、广鑫上班,就是出去打工去了。顺子喏喏地应着,说是他跟着。三叔问他还有个啥好法子没。五龙说:"法子是多哩,也要对了症啊,放心,没事了。明个你看她,好好的人。"

第二天,万紫果真好了,虽然不像以往那么爱说爱笑,可也不哭不闹了,也不坐在窗户口瞪着窗外了。下了炕,趿上鞋,扯了块抹布,把柜子桌子挨个儿地擦抹了一遍,把屋里的地扫了,又抓了笤帚,把院子扫得干干净净。顺子不叫她扫,夺下笤帚,叫她回屋里歇着。她看着顺子,怯怯弱弱地说:"那你让我干啥啊,我总得干个啥啊。"说着,眼泪就流了两行。顺子只好把笤帚给了她,满腹担忧地看着她,真是受苦的命啊你。

然没几天,万紫又犯了病,又可世界找书要给龙娃烧。

福英找到三叔说:"我有个法子,您看行不。"三叔说:"你说。"福英说:"她不是要书给龙娃烧哩嘛,给万紫一本书叫她去抄,就说只有你一笔一画抄下的书,龙娃才爱见。"三叔说:"她会听?"福英说:"你只管提说龙娃,她肯定听。"三叔说:"那叫她抄啥书呢?"福英说:"我娘家婶婶你知道吧,先是我叔在县坡叫车给撞得殁了,没多时间,二娃又在外头跟人打架叫人给打死,一个屋顶连着抽了两根檩,不塌也差不多了,我婶婶差点就死了,一天哭闹着要上吊要跳崖,大娃女子不晓得咋闹哩,后来我婶婶跟人信了佛,心倒宽了,啥事也看开了,没事了就在屋里抄《心经》,见了我就给我讲经,我心里事太多了,毛毛杂杂的,哪里听得进去,可就那几句,我觉得也是有个道理,要不叫万紫抄个经书,没准,她抄着抄着,心里有了依靠,或许人就安稳了灵醒了,啥事也没了。"三叔说:"也是个法子。"

福英给万紫请了本《般若波罗蜜多心经》,给了三叔,叫三叔给万紫去说。三叔如此这般地说了一通,万紫还真的听进去了,真的每天在屋里一笔一画地抄起了《心经》,不再到龙娃的坟头哭了,也没疯疯癫癫地跑出来闹事。

这天,万紫翻开经书,摊看本子,抓了笔,看一个字,写一笔,看一个字,写一笔:观自在菩萨,行深般若波罗蜜多时,照见五蕴皆空,度一切苦厄。舍利子,色不异空,空不异色,色即是空,空即是色,……经书上讲的这些,她虽说看不懂,有的字,她也不认识,然这样一笔一画地抄写着,她竟然慢慢地觉出了好来,如一双温热的大手捂住了心般,让她感到安然和妥帖,心里亮堂了,心头对龙娃死的郁结,也似乎是慢慢地消散了。她摩挲着薄薄软软的本子——福英用粉连纸给她订的本子——泪水流了满脸。

水绸和春娥来看她,她拉着她们坐炕上。

水绸看了眼炕上的经书和本子,不敢提说,担心引她伤心,就拍着炕说:"看你这炕多暖和,我那炕不晓得咋回事,不好好过火,一块热,一块冰凉冰凉的。"

万紫用下巴点着炉子旁坐着吃烟的顺子说:"叫他给你看看去,盘炕、通烟筒子,他可是专家。"

水绸扭了头对顺子说:"顺子哥,不晓得你还有这一手啊,哪天闲了给我看看去。"

顺子说:"我现在天天闲着,你说啥时候看就啥时候看。"

春娥听万紫说得一句是一句的,竟然还开起了玩笑,也对顺子说:"开春天暖和了,我那新屋里的炕,你也得给我盘。"

顺子嘿嘿笑着,说:"保准给你盘个炕,可不保准是个热炕哦。"

春娥拍了一下万紫,咯咯笑:"听听你那专家的话,这是啥专家啊你还吹牛。"

万紫的脸上生出一丝的笑,说:"你给他买一斤煮饼,我保准他给你盘个好炕。"

春娥就白了顺子一眼:"原来是个吃货啊。"

万紫就笑。水绸和顺子看着万紫也笑了起来。

万紫突然扭过脸,抬眼看了下顺子,幽幽地对水绸和春娥说:"我这辈子哪个也指望不上,我指望那个死鬼,他管了自己他走了,我指望龙娃,他也不说一声地走了,我就指望眼前这人可别再扔下我不管了。"

水绸听她说"眼前人",心里就忽然想起了喜子,这么冷的天,也不晓得他在干啥。年跟前了,羊卖得咋样了呢? 江和说是要去县上过年,过了年也不回岭上,叫小天在县上上学。她心里明镜似的,这不都是为了避开这个人吗? 这一出去,哪天能回来,说不准了啊。眼前头人,眼前头人,恐怕自己的眼前头人只能挂在心头上想想了。

顺子不明白万紫咋猛猛地说出这样的话,看她坐在炕上,单薄得一张纸一样,柔柔弱弱地看着他,他的心上就漾出一口酸水,以前多强盛个人呀,老天咋就不睁眼,给她头上落这么多的灾难啊。他说:"万紫你只要好好的,啥都不想了晓得吗?春娥、水绸也不是外人,都是你的亲姊热妹,我说句她俩笑话的话,我到这屋里第一天,就发誓这一辈子都要把你当皇上一样伺候得美美的。"

水绸和春娥听他俩说得情真意切的,眼就热了。水绸抹了把眼睛,拍着万紫的脸,咯咯笑着说:"美死你吧。"

万紫就笑。春娥和顺子也笑。

万紫不闹腾,羊凹岭又如以往安静了。人安静了,狗也安静了,在巷子里跑来跑去地跟着人,不咬一声。偶尔的,来个卖麻花卖果子的三轮车,突突突突地在村里转,歪在阳光里头的狗见了,黑眼珠子看一眼,觉得没啥稀奇的,又歪了头躺着,不咬一声。日落月升,月落日升。黑里白里,一天两晌。漫长,寂寥,是一日又一日的没完没了。冬日里天短,吃了早起饭,还没干个啥,日头就到了头顶,再一眨眼,日头已经歪到了栈边上的榆树梢上了,再抬眼时,黑纱就落下了一层。日子就是这样如不远处的那条大河水一样,不声不响地黑黑白白地流淌着。

进了冬,小云给春娥揽下了一宗绣鞋垫的活。小云在电话里给春娥说:"不要十字绣,就要用线绣的那种。"春娥找到福英,叫福英和她一起绣。春娥说:"小云说了,手工鞋垫手工活城里人稀罕,就是不要十字绣,你点子多,你说咱绣个啥。"福英问她要多少。春娥说:"小云说了,有多少要多少,娃不在美容院了,在超市租了个柜台。"福英说:"那咱先各样绣上个,叫娃看看好卖不。"

金鱼戏牡丹,蝴蝶绕莲花,喜鹊登枝,龙凤呈祥……她们红红绿绿地绣了二十来双,福英送到镇上的客车上捎给小云。没两天,小云打来了电话,叫她们再绣,越细致越好。

收拾完了,春娥就来和福英一起在店里绣鞋垫。胖美莲也来闲坐,却不绣鞋垫,手里抓一把瓜子,嗑着,跟她们扯闲话。万紫迷上了抄经书,春娥叫她来,她有时来了,坐一会儿,也不跟她们多说话,倒是跟小好在一起玩。

好雨缠磨在身边,也要绣。福英就给她绷了个绣花绷子,画一朵花,教她用斜平针绣杆子,用卷针绣花瓣,花朵呢用直平针、横平针填。好雨呢,傻傻呆呆的,抓起绣花绷子就没抬起头。没一会儿,一朵花就鲜艳艳地开在了白布上。福英叫春娥看,说:"我好雨绣得多好。"春娥一看,就哟哟地叫开了,说:"好雨心灵手巧哩。"说完了,觉得不妥当,又说,"好雨绣的这花花,比红霞绣得都好。"福英在绷子上又画了只蝴蝶,叫好雨绣。好雨低头去绣了。美莲用下巴点着好雨,悄悄对福英说:"没准哪天就灵醒了。"

腊八这天晌午时,飞开了雪花。等吃了晌午饭,还在忽忽悠悠地一朵一朵飞个不停。半下午时,雪白雪白的雪,像是给铺了一院厚茸茸的棉花,又松软,又干净。小好从炕上刺溜溜下来,趿着棉拖鞋,跑到门口,掀开门帘子,看到满院白的雪花,二姐二姐地唤。好雨木木呆呆地不理她,手里抓个绣花绷子自顾上一针下一针地绣。小好跑出去,从檐下抓了把雪倏地跑回来。没想到,花狗娃也跟她跑了出去,帘子落了下来,把花狗娃挡在了门外,急得它汪汪乱叫。小好回头把帘子用脚踢开,把花狗娃放进来,把雪给好雨看。好雨放下绣花绷子,抓过小好手上的雪,咯咯笑。小好也咯咯笑。眼看着雪化了,水珠子一滴一滴地滴到了炕褥子上,她们才把手上的雪摔到脚底下。

炉子上的锅里,红豆花生咕嘟咕嘟煮开了,屋里飘了一团一团红红白白的白雾。福英的面条也切好了,细溜溜的面条,齐整整地码在案板上,豆腐菠菜葱花也都切好了。福英从罐子里抓出一把芝麻,用铁锅炒了,擀碎,撒在豆腐上,等着好风回来了煮面条。

天刚擦黑,福英听见大门吱扭响了,旋即,院子里就响起了扑塌扑塌的脚步声,又沉重,又有力,却也是轻快的,带着一股子热切切的心向前冲的样子,是年轻人才有的。好风回来了。福英下了炕,趿上鞋,去炉灶前煮面条去了。

腊八饭做好了,红艳艳的汤,绿生生的菠菜,星星点点的豆腐丁……浓浓的香味腾腾地漾了开来,一涛一浪的。福英叫好风洗手献神。好风手里抓了线香,端上红木盘,到院子敬献了天地神、土地爷,到屋里献了财神爷、灶王爷,祖宗牌位前也都献了。福英问他念说了没。好风说:"念说了,咋能不念说哩。"福英问他咋念说。好风说:"你考我哩?"福英笑。好风就挺了胸脯,站在屋当中,拿腔拿调地唱戏般说道:"谢天地神一年来给我一家送来了粮食,求天地神明年再给我个丰收年啊丰收年。"福英看他那一举手一歪头,跟吉子一个样,心里就暗了一下,心说腊八了,就到年跟前了,你也没个话啊。好风问她咋样?她说:"一百分。"好风说:"毕业了?"福英笑。

正要吃饭,谷雨顶着一头的雪花来了,问福英店里有没个八宝粥。福英说:"吃啥八宝粥啊,咱吃腊八饭哩。"谷雨说:"我去县上了,没做下,吃个八宝粥算是过节吧。"福英问她下雪天咋跑县上了。谷雨说:"想到县上开个花馍店,这一天待在村里头,再不出去人都成痴呆子了。"

谷雨娘家在龙门村。龙门村是个大村子,谷雨妈是龙门村有名的巧手,捏花馍,剪窗花,炸馓子,都会。窗花现在没人找她妈剪了,都买的是机器压的。花馍馓子呢,红白喜事上还是离不了。谷雨上完初中,就在广鑫厂子上班,不上班时,就跟了她妈东家西家地捏花馍,这样呢,她早早就把四时八节的花馍都学会了。人都说,谷雨捏得比她妈捏得还要好看。怎么说呢?她妈捏得吧,都是老样子,不像谷雨小女娃娃,心里空灵,手指头灵活,捏出的花馍就细致,活泛,是有了灵性。

福英说:"有你妈扶帮着,肯定有生意。"谷雨说:"不管咋说也得出去,不能死守在屋里。"福英说:"靠手艺挣钱,比给人家打工强。"谷雨说:"试试看吧。"福英说:"那臭蛋呢?"谷雨说:"管不了了,给他婆留下来看。我得给他挣下买楼买车的钱啊。"

福英想叫她把娃带到身边,娃娃小时,还是跟妈妈在一起的好。不要跟小好一样,跟亲妈没有个感情。看谷雨急得要走,咽了口唾沫,没说。人们为了挣钱,四处奔忙,生活上,哪能样样兼顾啊。

眼看着要过年了,江和一家要搬到城里去。

福英跑去帮忙。水绸拉了她坐到里屋,想说个啥,蠕蠕唇,没有说,却鼓出来两眼泡泪水。福英拍着她的手说:"过了年再去不行吗?腊八都过了,眼看着到年跟前了。"水绸用眼睛点着外屋——外屋,江和在教小天写数字——小声说:"急得想过人家城里的年嘛,说是羊凹岭个山沟沟,可有啥好看好过的,要啥没啥,连人都快走光了。"福英噘噘嘴,说:"城里人倒是多,可人家都是各过各的年,哪个跟你过哩,再说了,城里的年哪有咱羊凹岭的年有意思,你就是在城里过咱岭上的年,人都住个半空,头不顶天,脚不挨地,咋敬天地神。"水绸说:"我早都不献天地神了,祖宗牌位前我也不献,我没有脸献,我可有啥脸献呢。"

江和在外屋听见了,滚着轮椅进来了,不耐烦地嚷道:"献啥啊献,我献了一辈子神了,神仙祖宗给我啥了啊,没叫我发财就算了,还把我弄成个坏腿子"。

福英骂他就会胡说,说:"你出事咋能怪罪到神仙祖宗头上呢,献神仙祖宗也不是光图个发财,人也不是发财了就能有个安心和高兴,多少有钱人的日子还不是过得恓惶可怜啊,你看看斌子,容易呢?不容易哩,黑脑袋虫(方言,人心)没穷尽,钱再多也没个够。人常说,小安就是福气。照我说,日子安然,一家人高高兴兴的,比啥都强。"

江和说:"福英你嘴上说得这么好,我问你一句,你敢说吗?"

福英说:"你说嘛。"

江和说:"那我说得轻了重了你不能见怪。"

福英说:"你说嘛。"

江和说:"你节节气气都献神敬祖哩,你说你这日子过得安然吗?吉子不着屋里,好风不务正业,好雪伤了手,好雨痴呆了,你说你这日子有过多少安然有过多少舒心展做?"

福英没想到江和会问出这种话来,她一时就有些愣怔,真的不晓得该咋回答江和。实在的是,这个死江和说得没有错啊。吉子跟她闹,她忍着。好雪的手倒是不误事,好雨呢已经是这样子了,她也没了法子,只好走一步看一步了。眼眉下,最让她熬煎的就是好风,守在岭上不回来,还信誓旦旦地说要在岭上放一辈子羊,一辈子有多长,他晓得?一辈子要经多少事,他能扛得住?岭上放羊的寂静不说了,咋说媳妇呢?人家问起来干啥,说放羊?那不让人笑话死了吗?这哪一个提说起来,不是让她伤心伤肝的啊。

江和就仰了脸哈哈地笑:"没嘴说了吧能人。"

254

福英眉头一扬,咬咬牙,扯扯嘴角,说开了:"江和你要跟我掰扯这个,我就跟你摆摆吧,我不说天要下雨娘要嫁人这样的大话,日子是要人过哩,能做到这样飘洒的人,要么是不负责任,要么是没了法子,要么是真的想透彻了无所谓了,你说对不?人常说,鞋子合适不合适,只有脚知道。自己的日子过得好不好,只有自己知道。可啥是个好赖标准呢?吉子虽说跟我不好了,不着屋里,可他总是我娃的爸,他在外头好好的,也算不错吧。好风到岭上放羊,人都说是不务正业,可哪个敢说放羊不是个事业?放一只羊不是个事业,放十只二十只也不算个事,那,放上一百只一千只呢?办个公司做羊的产业呢?算不算个事业?最要紧的是,我好风喜欢放羊,他在电脑里头学习人家先进的养羊技术哩,想要把羊凹岭的羊养出个品牌呢,这,不比在工地上受死苦强吗?还有好雪的手是伤了,身上扎个刺圪针都疼哩,伤了哪个高兴,可这事你要看咋个看法,成天跟机器打交道,难免有闪失对吧,可她伤的一个手指,做啥活也不碍事,况且,经一次事,长一个记性,这不能说不是个好事啊,对不?好雨呢,是痴痴呆呆的,可我娃没有痴到啥也不懂,她晓得四时八节,晓得敬大让小,晓得花美草好,你是没看见她绣得那些花花,比红霞绣得都好。人活一辈子要图个啥呢? 有这些个在心里头,我就心满意足了,我就觉得也不错哩。"

福英说一个,心里像被猫抓一把地疼一下,可面子上还是平平静静的,好像她的日子真的如她说的有奔头,真的如她说的花美草好,每个人都是不错的。

水绸抓了福英的手拍着,姐、姐地连声唤:"难怪人说你是能人哩,你看你这些个话,吉子哥他不回来,是搁着福不晓得享。"

江和耸着鼻子,不屑地白福英一眼,说:"看你说的都快成神成仙了,我看你应该坐到凤凰岭上的庙里去。"不等福英说话,他又说,"嘴头子上的话,哪个不会说,我就不信你就这么想得开,娃娃的事咱先不说,吉子呢?吉子要是一辈子不回来,你就像个小媳妇样给他守一辈子活寡?"

这话就重了,镢头般一下一下地掘在福英的心头。她瞪着眼睛,蠕蠕唇,不知道说啥好了。江和说得没错,她也不是没有想过,吉子要是真的不回来,自己就像旧时候的女人,守着娃娃过?咋会呢?咋能呢?这样想着,福英的嘴

255

角就撒开了,她说:"凭啥我给他守?开春了,我借钱也要到镇上开个店去。"

江和哈哈大笑着说道:"这才是能人福英的做派哩。"

福英还要跟他说时,他扭脸滚着轮椅跟小天耍去了。他把他的轮椅滚到外屋,在脚底下转来转去,一会儿叫小天来推他,一会儿自己拨着轱辘走。

水绸拍着福英的手,叫她别跟江和一般见识,水绸说:"他就是胡咧咧哩,你别往心上去。"

福英笑笑,问水绸到城里干啥呢,睁开眼窝就是个要花钱。

水绸说:"江和妹子在县上弄了个早饭摊,叫过去招呼呢,他给人说是胜男对象开了个超市,还不是怕人说闲话,就哄人护个脸面,都是为了那小东西。"水绸说的小东西是小天。小天三岁了,该上幼儿园了,江和说要上就上城里幼儿园,镇上幼儿园哪里是个幼儿园,纯粹的就是看娃的,啥也不教。

水绸送福英出来时,眼窝红了一圈,抓着福英的手,捏了又捏,半天,才噏起嘴唇,悄悄地努着岭上,说:"就是怕人说闲话,小天一天天长大了,懂事了。"福英点点头,说:"倒也是,娃正长哩,不能叫娃心里受屈。"水绸说:"活人咋这么难呢,要不是为了这个小人人,我都不想活了。"说着话,就出了哭腔。福英揽了她的肩膀,在她的背上拍了拍,说:"不要想那么多,好好的,把咱小天管好。"水绸抹了把眼睛,叫福英姐,说:"别给人说。"福英就瞪了眼,说:"要命的话,哪能说。"水绸不好意思地笑了笑,下巴点点屋后的岭上,说:"还有他,咋问也不要说。"福英说:"你放心。"水绸的眼窝又红了,说:"姐你晓得我不是忘恩负义的人,我实实是没了法子,他可怜,我又享了哪里的福了,江和天天欺负我。"说着话,水绸推了袖子给福英看胳膊上的青紫。福英说:"还打啊?"水绸眼里含了泪,点点头,说:"别看他脸面上啥事也没有,心里也苦哩。"福英把她的袖子放好,说:"到了城里,有胜男在跟前,他不敢再打你。"水绸摇摇头:"没有小天,他心里不好受,有了小天,他还是个不好受,嫂子,我这日子难过啊。"

第二天,好男打电话说开车来接他们。水绸推着江和的轮椅,江和抱着小天走到福英店前时,福英店前的人都夸胜男有出息,找了个有钱婆家,问江和城里的房子租的还是买的,问胜男的超市还要打工的不,问城里幼儿园要收不少费吧。长长短短地问了好多。江和散着纸烟,呵呵笑着,抓着小天的手,让小天叫这个爷,叫那个婆。水绸突然想起小天的奶嘴放桌上忘拿了,埋怨江和就是个急就是个催,放在门口的桌子上,说是走时拿,都忘了。江和就呵呵笑,说:"不急,时间还早哩,车还得等一会儿才到。"

水绸没想到她前脚进了屋,一个人后脚跟了进来。

竟然是李喜子。

水绸吓了一跳,曳直了脖子看门外。门外静静的,只有风在院子里趑趄。一根长长的麦秸草被风吹着,嘭嘭嘭地往前跑得趔趔趄趄,又孤单,又无奈,是忧伤了。水绸看着李喜子,说:"你咋来咧?"

"去城里咋不给我说一声。"李喜子的声音暗哑、低沉、悲凉,是绝望了。

水绸的眼窝就红了,看他从头到脚土灰尘尘的,心口上就涌出一把酸水,咬咬牙,把一口酸水憋了回去,说:"回去吧。回去把头脸洗洗,衣服也常换着洗洗。"

喜子摸了一把脸,低头看了眼自己的衣服,一双手就局促得放前不是放后也不是,看到自己的鞋子时,他的脸腾地就烧开了。一双胶皮布鞋,是春天时,水绸给买的,说是布鞋软和,穿着舒服,一天沟里梁上走个不停。大半年了,还穿着。春上,水绸给了他,他就没离脚地穿,鞋子都快成了土馍馍,黑的帆布面也磨得发毛,鞋脸上折下的皱纹跟他脸上的皱纹一样,密、深,一道就是一天,一道也是一月,不知道藏了这白白黑黑日子里多少灰尘土屑,却还好好的,没有裂开一点口子。哪里都好好的。真的是一双好鞋子。喜子把脚动了一下,又动了一下。他想把脚藏起来。他后悔死了,刚才下岭时,咋就不记得把鞋上衣服上的灰给拍打拍打呢,水绸那么爱干净的人。

水绸扭脸到门后边扯了个旧毛巾,站在喜子背后,把他后背衣服的灰土给拍打了,又站在他脸面前,拍打着前面的衣服。喜子不敢动一下,他看着水绸在他脸面前给他拍灰,帮他擦脸上的灰土,水绸的气息柔柔软软地吹在他的脸上耳朵里,他倏地一把抱住了水绸。

水绸挣了两下,说:"他在等着哩。"

"不怕。"

"别让人来了。"

"不怕。"

"不要叫小天回来了。"

"不怕。"

水绸挣了几下，不挣了，脸上凉凉的一片。喜子哭了。水绸也哭了。

"别哭，"喜子的心软了，鼓着一腔子气愤的话也不问了，说："到城里了，好好的，对自己好点，还有小天，该教时要教，不要太娇惯着，缺钱了，给我电话。"

水绸摇摇头说："别乱花钱，启子那儿，别去了，给自己攒上点儿钱，防备个老。"

喜子鼻子一酸，咬着牙，点点头，说："真走？"

"嗯。"

"不走不行？"

"喜子哥。"

"我等你。只要我有一口气，我就等你。"

"喜子哥。"

"不走不行!？"

"由不得我啊喜子哥。"

喜子的眼圈又红了，泪珠子羊屎蛋样扑簌簌落了两行。他眼看着水绸走到巷子里，一直的，往巷子口走，走得那么缓慢、沉重，浑身上上下下都是忧伤。走到巷子口时，水绸停了下来。她转过来。她看见李喜子还在她家门口站着。旗杆一样站着，动也没动一下。她的眼泪就出来了。

巷子口一大片阳光，炫白、耀眼。水绸站在阳光里，喜子看着，突然觉得水绸这个媳妇子是那样的闪亮，又是那样的虚幻，就像是在他的梦里站着一般。过去的一切，都是他的一个梦一般。他看着她，一直看着她。她好像对他笑了笑，又好像没有。他看不清。一切都毛茸茸的。一切都遥远了。一切都在梦里了。

喜子扭转头，扑塌扑塌地走在老巷子。喜子觉得水绸家这条老巷子太长了,他走了好几年,他想着他还会走下去,走一辈子,没想到这么短,太短了,还没有咋走啊,就到头了。到头了。一切都到头了。老巷子里的老院子老房子,有的黑糟锈蚀,有的颓圮旧败,仿佛好面子的穷人,兴冲冲地走亲戚的新衣服里,紧紧遮盖住的是褴褛的破衣。阳光也照不透这些黑魆魆的老房子,它们黑深厚重的影子像一口深井一样,把喜子捂在了里面。喜子觉得胸口憋闷得快要出不来气了。他的腿脚上绕了一团风,紧走几步,逃出老巷子,穿过栈道,上了土堰台,到了岭脚下,日头还在,似乎是更寡淡了。土石路上映下他一个寡白的淡影子,孤单单地立在眼面前,瘦弱、寂寥。山坳间还存留着冰雪,蒿草和酸枣棵子下也隐了一小片的冰雪,却是覆了一层黑土,看上去那么的肮脏。向阳的坡地上雪已经化得不见一点,那坡地就显得粗粝、干燥,好像这里从来没有下过雪一样。李喜子想起水绸站在他面前,给他擦脸,拍打他衣服上的灰土,他的眼窝又要湿了,胸腔间一股热烘烘的东西在冲撞。

然而,一切都到头了。

他回到窑里,没有跟好风说一句话,也没有到羊圈看羊。好风做好饭叫他吃,他也不吃。他伸手从墙上摘下二胡,撩开门帘子,坐在窑门口那片淡白的日头里,黑糙的手指搭在了弓子上。倏地,弦声响了起来。弦声一响起,就没有一点儿过渡,没有铺排,直接的就是跌宕起伏,就是高亢激越,如龙门山下奔涌的黄河水一般,滚滚而来,势不可挡,豪阔、无际、荡气回肠了。两只寒鸦在桐树上的枝杈间蹦跳着,咕嘎咕嘎地叫着,它们好像受了这声调的激励,约好了似的,两颗子弹般嗖地射向云霄。桐树枝条上的雪扑簌簌落了一地。

站在福英店前的人们并未听见这声音, 或许他们听见了也不当回事,有啥好听的,哭恓惶调。羊凹岭人把二胡调调唤作"哭恓惶调"。他们嫌二胡调细碎、缠绕、不利索,也不粗犷,吱吱扭扭地跟媳妇子哭丧一样。他们喜欢锣鼓声。他们认为过日子也好,做人也罢,都应该像铜锣大鼓敲打出的声音一般,丁零咣啷,铿锵有力,威风八面,热气腾腾。人们依然在热切切地问江和和城里的店,还有城里的楼房。有人就托付江和在城里操心看着,要是有个挣钱的好活了,给说着。江和呢,等车已经有些烦躁了,他是一时一刻也不想在羊凹岭呆了,他面子上应付着这个问那个问,心里呢,非常厌烦这些人长长短短的问话。他唤水绸给胜男打个电话，车到底走哪儿了，这么冷的天，说是快来了快来了，这半天了也不见个影子，这要让人在外头等到啥时候啊。他把小天抱在怀里，不让他下去。小天呢，就在他怀里，手里抓了个棒棒糖，含在嘴里嗍得吱吱响。小好叫他下来耍，他理也不理。

水绸却没有打电话。她说："冷了就先到福英店里等嘛，一催六二五的，路上的事能由了人? 催得娃急火火的，车还咋开啊。"福英也叫他们进去，说是店里生了炉子，有火，暖和呢，别让小天冻着了。门口的几个人就张罗着把江和的轮椅抬进了店里。江和坐在轮椅上，闪进门里时，狠狠地剜了水绸一眼。水绸却没有看他，也没有进去。她站在店门口，望着栈道上的一蓬蒿草发呆。

寒风扯着那蓬蒿草，也扯着岭半腰喜子的胡胡声，清亮亮地在她耳边响起，一时高了，一时又低了，高高低低间，温和、柔软、情意绵绵了，好像有谁在呼唤，轻盈、慈爱、温暖，一声声地带了万千的疼爱和无能。一时呢又激越得如在空中云里飞翔，却又陡然转身，从高高的云里渐渐滑下来，一直地往下，一直地低下去，一直地低到水绸担心要断了时，那声音却悠悠然地升了起来，是续上了。忽而，声音又高了起来，好像碰到了炸雷，噼里啪啦噼里啪啦，噼里啪啦噼里啪啦，却突然没了声音。这次，是真的一点儿声音也没有了。天地苍黄，山岭哑默。所有的，都像是梦，都是梦。所有的，都困在了梦里。水绸不晓得这是个啥曲调，可她听着心里就莫名地疼痛。只有水绸知道，那突然断了的琴声里，有着多深的愁苦和难心。她的眼泪下来了。

第二十章

腊月二十三,羊凹岭家家要送灶王爷。冬天天短,刚吃了晌午饭,转眼间太阳就挑在了栈西的柿子树梢上了,一炉旺火般红彤彤的,半个天都耀得红艳艳的。岭上的干土梁枯树木也穿了个红纱裙般,妖娆了,柔美了。一转眼,纱裙落了一层颜色,变成了黄纱裙,没一会儿,黄纱裙变成了紫纱裙,转眼是个雪青色,然后是藏蓝色、铁灰色。一层黑灰罩了羊凹岭时,眼前没了太阳。太阳掉到龙门山下去了。天呢,是一下赶一下地往暗里走。

福英把黑了献神的臊子菜炒好了。臊子面送灶王爷,是羊凹岭的习俗。菜里有豆腐海带萝卜丝,放一点肉,熬好的猪油,带着一点肉渣渣,搲一勺子放热油里,嘭的一下,灰黄的屋子里,缝缝眼眼都填满了香味。面也擀好了。和面时加了苏打和盐,一刀挨着一刀细细地切了,抓一把散开,面条筋斗斗的在手上忽悠忽悠打秋千。祭神的黄表纸、香烛也准备好了,糖瓜芝麻糖也摆到了瓷盘里。该烧香焚马送灶王爷了,她却没有煮面。

她在等吉子。腊月二十三,灶王爷要回天宫报告这家一年的事情前,先要把这家人口数清点了,老的少的有哪些,哪个做了啥事,都会一一报上。所以呢,在外的人,到二十三时,为了叫灶王爷点个头,说啥也要赶回来。好雪、利子和小红没回来,好风去县上买电脑去了还在路上。吉子呢,也不回来吗?去年前年,是公公喊骂着回来的。今年,没了公公,哪个催他喊他呢?二十三不回来,过年他会回来? 跟吉子的话也说开了,正如春娥说的,那层遮遮掩掩的纸,撕破了,他是更有理由不回来了。福英的心头绕开了一团雾,是伤心了,却又不甘心,怎么说呢,哪能真的不过了啊,二十多年的一个锅里搅稀稠,二十多年的耳鬓厮磨,彼此的气息是长到心里了,彼此的情分是融到血里肉里了啊。要把这个人从心底连根拔起,把这个家从心底连根拔起,不会被撕扯得伤筋动骨地疼痛? 过节,不说要祭天地拜祖宗的话,人家都热乎乎乐呵呵的一家人,就是万红,也有人家自己的娃娃女子,会跟他一起过年? 他孤家寡人的到哪儿去? 他冷冷清清的咋过年?

福英一边在心里骂自己没出息,想人家,人家要你想人家领你的好? 一边又忍不住地想吉子。满心满脑里都是吉子。好雨在炕上妈、妈地喊,说饿了,要吃面。小好缠在她腿边也说饿了。她们呢,都是盯着柜上的芝麻糖和糖瓜,想吃了。看福英不看她们,她俩就拿手指头在糖瓜上芝麻糖上戳,戳一下,放嘴里嗍,戳一下,放嘴里嗍。

福英晓得娃娃饿了,可这人都还没回来啊。筐子里拿了根麻花,掰开,给好雨和小好一人手上塞了一截,搂着小好哄:"还没烧马送灶王爷,咋就吃呢?"

小好嘎嘣嘎嘣啃着麻花,问福英,马在哪儿?

福英指着灶台上灶王爷画像上的黄表纸,告诉小好,那就是马。是一块方方正正的黄纸,端端地贴在灶王爷的脸面上,还是去年年三十贴上去的。是吉子贴。吉子不跟她多话,做这些活却是很认真也很用心。贴时,跟好风两个人有说有笑的。

三岁多的小好哪里晓得福英的心思,捧着福英的脸说:"那是纸。"福英说:"一烧,就变成了灶王爷的马。灶王爷骑着马,嘚儿嘚儿就上天了。"好雨也学着福英说:"嘚儿嘚儿嘚儿嘚儿。"小好盯了好一会儿黄纸,呆呆的,咋看那黄纸也不像马,就说大妈骗人,又缠着要吃饭。福英抱起小好,在她的胳肢窝掏了一下,逗她:"你说你是不是个小猪娃呀你个小猪娃就晓得个吃。"小好咯咯地虫子般在福英怀里拱,手一探一探地探进了福英胸前。福英捏着她的鼻子,问她,羞不羞? 听到邻居放炮声远远近近地响了,她就说:"听听,人家屋里都开始送灶王爷了。"

看看墙上的钟表，七点半了，天黑透了，好风还没回来。给好风打了电话，说是叫她别急，马上就到。吉子的电话呢，却没有打。是不敢打。打，他接？心里撂了热油般火燥燥的，炕上坐不住，炕脚下走了一圈，挑开门帘子出去了。巷里静悄悄的，一个人也没有。栈道里静悄悄的。黑漆的风夹着腥湿和火药味吹得她一个寒噤，旋风般回到屋里。小好看见面条，又嚷着要吃饭。哭丧丧的调子，直把福英听得心里越发地慌乱。看看表，听听门外，还是不想煮面，只好又好言哄小好："二十三，灶王爷要点人头哩，点了咱家几口人，他才能上天给咱家说好话保佑咱家哩，大哥还没回来，大爸还没回来，他们都还没回来，哪个烧香送灶王爷呢？"

小好说："大爸啥时候回来呢？"

福英一下就给问住了，她没想到小好会问出这样的话来，虽说这个话在心里不晓得问了多少遍，可从小好个娃娃嘴里问出来，她还是有些难过和伤感。该咋回答孩子的问话呢？实在的，她也不晓得这个吉子啥时候回来。还回来不回来。当时是她说不过了，他也说行，可后来，她没提说，他呢，也不再说了。福英不晓得吉子到底想咋，也不晓得自己以后的日子咋过，真的就这么守活寡样守着？转眼又怅然一叹，不守着你能咋？你有三个娃哩。你在，娃就有家，娃的心就是热的。福英心说，我没法子啊，我有啥法子呢？我咋舍得扔下这几个娃不管不顾呢？我咋舍得丢下我这一把土一块砖垒砌起来的窝呢？我就是狠下心来扔下这一切，我到哪儿去呢？哪能像小媳妇娟子，说离婚就离婚，包袱一夹，再嫁一家。人家才二十多岁啊，你四十多的媳妇子了，只有死守在这个屋里了啊。

福英把小好放到炕上，打开电视，调了动画片，又给小好和好雨手里塞了截麻花，叫她们看电视。到底还是坐不住，看看桌上的香烛、鞭炮，又用筷子划划案板上的面条。听着外面一阵接一阵的鞭炮声，撩起门帘子又出去了。

天上飞起了雪花。地上已经轻轻悄悄地铺了稀薄薄一层。没有风，倒有一点儿说不上来的温暖和潮湿。福英站在大门口，看看巷子这头，又看看那头。等她回到屋里，坐在好雨旁边。电视一闪一闪的，把她的脸耀得明一下暗一下。炉子上煮面的锅又开了，把锅盖顶得噗噗响。

小好又来缠磨大妈要吃饭。福英真的有些烦心了、绝望了。看样子吉子是真的不回来了。伸开胳膊本来要抱小好的，却恼恼地一把把她推开了，气呼呼地张嘴骂道："嗓子长手了啊，吃吃吃，给你说了，等大爸回来再吃。"

小好扑通倒在炕上，哇地哭开了。好雨去扶她起来，她不起，哭着喊大妈，要大妈抱。福英硬了眉眼，由着她躺在炕上哭，不看她一眼，抓起电话拨了吉子手机。没人接。福英脑子一片炫白，脑门上细密密地冒出一层汗。他是不愿意接我的电话不想回来啊。慢慢放下电话，杵在柜前，胶住了般，挪不动脚，心呢，却在胸腔里呼通呼通乱撞，泪水顺着脸颊流了两行，你咋这么贱啊你，你给人家打电话干啥啊人家稀罕你？小好见大妈不理她，哧溜下了炕，光脚奔了过来，抱着福英的腿，大妈大妈地哭喊了半天。福英凝住的眼珠子才活动开来，擦了把脸，抱起小好，说："不等了，哪个也不等了。没有你，我还要不送灶锅爷不过二十三哩。"

面条煮到了锅里，满屋子都是白白的雾气。煮好面，浇上臊子菜，用木盘端了，到院子敬了天地神，回来敬灶王爷，敬了香，敬了糖瓜芝麻糖和臊子面，小心地揭下灶王爷画像和黄表纸，和小好、好雨跪在灶前，点了画像和黄表纸，眼看着火苗呼呼地跳着，转眼就成了一堆的黑灰，嘴里轻轻地念说："二十三日去，初一五更来。上天言好事，回宫降吉祥。"念说完，心里平静了，她心说，算了吧，不要指望他回来了。只要他好好的，就好吧。

小好听着福英念叨，就说："灶王爷骑上马了吗？"福英说："灶王爷骑上马上天了，灶王爷告诉玉皇大帝，咱家八口人，人人都好，过年也好，年年都好。"小好说："那我和二姐吃饭了？"福英说："吃。"

吃完饭，好雨和小好看了一会儿电视，跟花狗娃耍了一会儿，睡去了。福英没睡。她还在擦抹柜子桌子。羊凹岭风多，屋里就脏得快。老辈人说的，羊凹岭是石头窝，石头多没有风沙多。这些年里，风沙倒是少了些，灰尘却不见少，扫得干干净净的院子，到了天黑又落下一层黑灰，筛子筛得一样。屋里的柜子桌子三两天不擦，照样飞来一层黑灰。小店里呢，成天开着门，来往的人多，灰就更多了些。好雨和小好拿了粉笔在院子画时，白的图画上那一层黑灰刺圪针一样往福英的眼里扎，这些黑灰能落到院子，就能吸到鼻子里吸到气管里吸到肺里。想起大全说的建新村的话,心说要是真的搬迁到个新地方,还真不舍得丢下这老村子。想起房墙上裂开的黑印子,心说搬迁不搬迁的,过年了都得好好拾掇一下了。还有好雪的事,跟万万娃到底行不行呢?水霞的二女子不愿意好风,开年了,得托人另给好风找个了。心头支起了筛子般,这一件那一件的事,筛过来筛过去。

猛猛地,听见村东头一阵鞭炮声,咚嘎,咚嘎,两个二踢响,转眼,又是一阵的小炮声,纷纷扬扬的,黑的夜里很突兀了,怯怯的,却是带了一点欢喜,一点吉祥,是着急过年的样子了。听着,福英的心就软和了,平静了,也乐了,手下的抹布却不动了。想给好雪、小红打个电话,问问他们的东西都收拾好了没,火车票买好了没。扔下抹布,抓起电话,点了号码,听筒里却是静静的,一点儿声音也没有。她喂喂了几声,又好雪好雪地叫,听筒好像一条悠长的胡同,黑深、宁静,风拖了长长的袍子,从胡同里呼呼地飘过,脚下无根无力的,沙沙响,是诡异了。她慢慢放下听筒,心说早起还给好雪打过电话,电话还好好的呀,这到了黑夜里,咋就没人接了呢?她就又抓起听筒,按下重拨键。电话机上小小的显示屏上显示了一个号码,138……福英看着那几个数字,泪水兀地就涌了满眼眶,哗地流了下来,又涌了满眼眶。是吉子的手机号码啊。福英无声地哭着,把听筒紧紧地扣在耳朵上,电话里还是空荡荡的旷野般,空旷、寂寥,只有风在没心没肺地逛荡。福英对着听筒,说了声:"吉子,你真狠心哪吉子。"

电话那边却猛猛地有了声音——福英。

是吉子的声音。

福英的手一哆嗦,差点把手机摔到地上,心慌得要挂断时,手机里又有了声音。吉子说:"福英你别挂电话,你每次拨过来,我都看见了,可还没等我接上,你就挂了,你挂了电话,我就不敢给你打,我晓得,我对不起你,刚才,你拨过来时,我也正好想给你打个电话,手机在我手里都抓得烫手了,都抓出满手心的汗来了,也没拨出去,我没脸给你打电话啊。过年了,都准备好了吧,娃娃都回来了没?"

福英听着,心思一涛一浪地涌动了起来,眼里像解冻了的河水般,哗哗地流开了。她晓得，吉子再狠心，再不爱见她，娃娃总是他的亲人，羊凹岭，总是他的根。她咬咬牙，心说我可不能在他跟前弱了，让他看我的笑话，这样想着，就换了一副腔调，脸上还生出了一丝的笑意，嘴上呢就轻轻松松了："都好着呢，过年，你晓得，我就喜欢过年过节，肉呀菜呀啥都准备好了。"

吉子没说话，默了好一会儿，才说："福英，我想回屋里过年，你说行不？"听福英不说话，赶紧又说："你叫我回来我回来，你要是不愿意我回来，我就不回来了，我也没脸见好雪和好风。你啥时候愿意我回来了，我再回来。我听你的福英，我听你一句话。"吉子绕口令般，急匆匆地说了一大堆。

福英听着，一颗心倏地荡漾了起来，一股热泪又从眼里涌流了出来。她真想狠狠地骂他两句，这是你屋里呀，你啥时候回来啥时候回来，我有啥行不行的，就是好雪和好风，能说啥呢，他们是你亲亲的女子小子，你是他们亲亲的老子。可她没说。他愿意回来，啥难听的话都不能说了。她说："我看柏柴买得少了，你回来了再捎上点儿，挑叶子黑绿稠密的。"这话多聪明啊，给了自己面子，也给了吉子台阶。春娥说得好啊，男人就是个耍娃娃，见了好玩好耍的，就挪不动脚步了，耍够了，没人招呼他也往屋里跑得风快。

吉子高兴地说："还缺啥，我都给咱买回来。"

福英真的是又好气又好笑，心里怅然一叹，哎，这人哪。这人咋了呢？她真是说不清了。她想问他一句，过了年还走不？走了，还回来不？可是想起过年了，一家人能团团圆圆地在一起，她心说以后的事以后再说吧。一会儿想起公公要是在世，不晓得会多高兴哩。

一阵二胡声吱吱扭扭地飘了过来。这个喜子呀，又拉开了胡胡。羊凹岭上，还有哪个会拉胡胡呢？还有哪个能在这样深的夜里拉胡胡呢？人家都热汤热饭的、媳妇娃娃的热闹，只有他，过年过节，还是孤孤单单的一个人。还有哪个能把一支调子拉成这样呢，酸甜苦辣，哭笑怒骂，好像是人活着的滋味都在那一把二胡里藏着，都在那细细的弦上生长着。福英坐在凳子上听着，心思仿佛很沉重，却又是空落的抓也抓不住一丝半点。让一步叫他回来吧，人家要笑话就让笑话好了，浪子回头还金不换哩，难得他自己提出来要回来。

二胡的调子吱吱扭扭地悠扬了，舒缓了，给黑静的夜布上画下一条又一

266

条长长的线条。是黑色的线条。黑色的线条画在黑色的布上,一样的是那么的分明,那么的突兀和惊心。纵纵横横。曲曲折折。一道又一道,一道又一道。福英又叹息了一声,人世上的色彩那么多那么好,红哩黄哩绿哩,你这二胡里咋就只拉出个黑呢,煤一般的黑,彻彻底底的黑,无以复加不能再黑的黑了呢。福英坐在黑里,听二胡声一声高了一声低了,一会儿紧了,一会儿又慢悠悠得让人担心,就怕那根细的弦猛地断了,却是呢,又续上了,一续上,就紧火火地嘹亮了起来,有力了起来,又是急促的,却还是在黑夜里行走似的,像是抱住了啥东西,然那东西哧溜又从怀里溜走了,抱不住了,伤心了,满心的欢喜转眼就成了一场空。肝肠寸断了。

这恓惶的人啊。福英叹了口气。

大年三十,羊凹岭在外打工的人,飞鸟归巢般陆陆续续回来了。一年的辛苦,一年的奔波,挣了钱的欢天喜地,赔了本的灰头土脑。然不管怎样,村巷上的人多了起来,村子热闹了起来。这些热闹本来是属于村巷的,年年岁岁,日日月月,如这些老屋子老土墙,墙上门后的神龛神位,墙角的槐树皂角树石榴树枣树,墙角唧唧唧唧的老鼠,台阶下匆匆忙忙的蚂蚁,巷里飞扬的黄尘灰土,一堆一垛的树木柴草,圈里的猪笼里的鸡,檐下的燕子树上的野雀子,野雀窝上的日头月爷云朵星星……它们各有其位,也各有其为,早就在这里扎下了根,生了蓬蓬勃勃的枝叶。与人一样,各忙各的,安安静静,也是家的成员。与人相处,天长地久,生生相息,共同撑起了一个家。一个一个的家,共同的,撑起了一个村子。是从哪年开始的呢?村子冷清了下来。冷清得尘土都飞不起来了。冷清得神龛上罩了蛛网,神位上蒙了尘土。冷清得树木枯败了鸟雀都少了。冷清得照壁歪了老房子都快要塌了。眼眉下,也只有个过年时,村子才像个村子样,院子才是个院子样了。

回来的人忙开了。擦抹屋子,打扫庭院。把该拾掇的柴草棍子、砖头瓦块、旧鞋烂衣,拾掇到柴棚子或者凉厦下,实在没地方放的,也是整整齐齐地码放在墙角,仔细的人,还会找块油布或者旧床单苫在上面。年节上,亲戚你来他往的,不能乱糟糟的让人看着笑话啊。毕竟是自己的家厦嘛。走得再远,到底是要回来的。新年了，就得有个新气象。这气象，就是一口气，是一个人的气度和气势，一个家的气派和气运，一个村子的气象和气韵。

没回来的人，也不忘给本家的人给邻里邻居打个电话，热热呵呵地问候一声，这边扯几句粮食收成、身体好赖，那边拉几句出门不易、挣钱艰难。家长里短、人情门户，扯起来，就热切切地没完没了。海说一通，拜年的话还没有忘记。这边喊一句，给您磕头了，那边应一声，压岁钱给你留着。一说一答，虽都是嘴上的，拜年的礼节，也是一点儿也没有省略。

宏子和媳妇子带着娃到屋里转了一圈，屁股还没暖热就回县城去了，说是屋里没暖气冻得受不了，明个再回来。初一五更天要接神祭祖、放炮点柏柴火，他们能赶趟？三婶叫他们就在屋里住一黑夜，西屋的炕昨个就烧上了火，热乎乎的一点也不冻。宏子不吭气。媳妇子说话了。媳妇子说："黑了我们还有个聚会哩。"三婶抱着孙子说："那把娃留下，来回跑，娃也冻。"儿媳点了头。三叔看孙子亮亮不走了，刚刚硬起来的不快也消散了，高兴地带着亮亮去画粮仓了。羊凹岭村习俗，大年三十时，要撮了炭灰，在院子画个方框说是粮仓。以前呢，娃娃们由大人领着画粮仓，等自家院子的粮仓画好了，就前巷后巷地挨家看，比哪个院子的粮仓画得大。要是别人家画得超过了自家的，心里就不服气了，扭头回去，扫了旧的，悄悄地撮一簸箕灰，画个新的大粮仓。除夕大粮仓，来年大丰收啊。现在好了，人都不回来了，地也不在乎了，大人都不在乎画粮仓，后辈子孙还能晓得？

若是从前，哪个过年不给院子画粮仓，三叔当院就跺脚喝骂开了。他有这个权力嘛。在羊凹岭陈姓门里，他的辈分虽说不是最大，可他读书识字，又耿介仗义，哪家遇到难处，他都是可心可力地帮忙，遇到不平事，他也会训斥喝骂，不存半点私心。所以，他的话但凡说出来，就没有人不听。事实上，前几年，那些在外打工的人不回来，电话上给他拜年，他也生气过。但现在三叔不生气了。气呼呼地给哪个看呢？一个个院子都静悄悄的，人都见不上。三叔晓得，社会变了，人的眼界也变了，心思呢，也就跟着变了，都想挣个好光景，这没有错。只是三叔想不明白的是为挣俩钱连祖宗也不祭拜连粮仓也不画了，那这年过得还有啥意思?挣的钱再多还有啥意思?人活着,不就是为了活那点意思吗?

坤子、小玉和喜堂没有回来,电话上给福英嘱咐了帮着贴上对子。福英路过五六家,问他忙不忙,不忙的话,跟着贴个对子去。五六说:"忙啥呢,早都准备好了。"福英说:"娃娃都回来了?"五六说:"回来了,在屋里跟英子包饺子哩。"

福英开了坤子家,和五六一起给院子画上粮仓,给门上贴上对子。开了小玉家院子,一样的,给小玉家画上粮仓贴上对子。他们去吉堂家时,巷子里碰上了三叔领着亮亮去福英家里找小好、好雨耍。五六问三叔,粮仓画了?三叔说:"画了,过年的粮仓咋能不画。"王五六说:"老讲究。"三叔说:"老讲究也是个心气,有这个心气,日子才能过好。"王五六就哧哧地笑,悄声对福英说:"老脑筋。"

二块从城里回来了,和春娥把新院子打扫得干干净净的,抬头看见斌子捏着个红对子过来了,他想闪回去,不想叫斌子来他屋里,然斌子端端地向他屋里来了。斌子把对子给了他,说是银行给的,金闪闪的字,好看。二块不要。二块说:"再好的金字,也没有三叔写得好,三叔写的对子,有情有义的。"话里有话了。斌子讪讪地说:"各是各的味。"二块问他工程咋样。王斌子说:"马马虎虎吧。"张嘴问春娥在屋里不,捎下一包杜鹃花籽。春娥明明在屋里,二块说是不在,说是去福英屋里去了,刚走。叫斌子把花籽给他。斌子把花籽给了二块,给二块说咋种咋浇水时,二块不耐烦地说:"晓得,我晓得,你啰啰唆唆地跟个婆娘样,快回去忙年吧。"

看王斌子走了,二块想把花籽扔了,想想春娥见了花跟见了亲人一样开心,就把纸包捏了又捏,最后呢,没有把花籽给春娥,给藏到了柴房子的一个瓷罐子里。他要等开春天气暖和了,再给春娥,就说是他给人要的。想起春娥会夸他几句,他先乐了。

等三叔牵着孙子到福英家时,吉子在门口贴对子,是一副绿对子。年头里,他爸殁了,屋里有了白事,是不能贴红对子。他见三叔过来,就喊三叔看个左右。院子呢,好风没有掏炉灰,嫌炉灰迷眼。他用粉笔画粮仓。小好正在吃芝麻糖，听哥哥说要在院子画粮仓了，她把芝麻糖塞给好雨，去看哥哥画粮仓了。三叔听见好风和好雨还有小好说说笑笑的热闹，就对吉子说："看这多好，一家人热热闹闹的。"吉子脸红红地扭扭脖子，没言语。问起利子和小红，吉子说："他们就为了挣人家过年三天的加班钱。"三叔说："等他们回来，你这一家人就团圆了。"吉子不好意思地笑笑，站在凳子上，叫三叔看高低行不。

大全骑个摩托车过来，看见吉子，心里咯噔了一下，掏出烟给吉子扔了一根，也没下摩托车，问三叔初一后响还敲锣鼓不。三叔说："敲啊，咋不敲，一年到头咱村就热闹这么一下。"三叔问他搬迁的事有个说法了没。三叔说："叫唤几年了，咋也该给咱一个结果了吧。"大全说："说是开春就要打报告上会研究哩，我想清这回是真的了。"三叔问他地方选到哪儿了。大全说："有人说是县上，有人说是镇上，我看不管镇上县上，都要比咱这山旮旯强。"三叔说："金窝银窝不如自己的狗窝，祖祖辈辈在这里，再不好也是咱的窝。"大全说："三叔你闲了给咱村好好写一笔，以后后辈人看了，也晓得咱从哪儿来咱的根脚在哪里。"三叔夸大全有眼光，想得长远。三叔说："县志上记载，咱村在清朝初期就有了，要这样算的话，咱村都有三四百年的历史了。二十年一辈人的话，你算算，多少辈人在这里生活过。现在要搬迁，就是要咱丢下祖宗，丢下咱这一方水土一块天地了啊，以后，咱就是没有根脚的人了啊。出外打工的好办，不出去的人呢，你比如五六、喜子，他们要养羊养鸡，咋养啊……"

三叔还要说，大全早笑得嘎嘎的，摆着手不叫三叔说了，说："走到啥山头，就唱啥山歌，担啥心呢。树挪死，人挪活。别怕，办法总比困难多。"

吉子叫大全回屋里坐。大全不去，说是他还要给门上贴对子去哩，发动摩托车走时，叮嘱三叔敲锣鼓时，把媳妇子也都叫到一起。三叔说："扭秧歌？"大全说："不能光叫她们站边上看。"三叔说："叫翠平也扭。"大全说："都叫扭。"

福英见小好撅着屁股，在自己的脚下刺——画了一个圈，问她干啥。小好不吭声，等她抬起头时，粮仓已经画好了。有粮仓，也有仓顶，只是那"粮仓"的每根线条都歪歪扭扭的吧，还是一个小小的圈圈，仓顶呢，就更小得手掌大。福英咯咯笑："这就是你的'粮仓'？"小好瞪着黑亮的眼，歪着头说："嗯。"福英说："你这手心大个粮仓，能装多少粮食？"好风和好雨就在一旁笑。小好看看好风画的粮仓,看看自己画的,说:"我再画个大的。"说着话,又撅起了屁股,呲地又画了个圈。福英看着,就笑得直抹眼睛,说:"好我的娃哩,咱得要一个大大的粮仓,装好多好多粮食的粮仓。"

小好用力伸开胳膊,比画了一个圈,说:"大妈,是这么大吗?"

福英说:"再大些。"

小好扯着福英的手,比画了一个圈,问:"这么大?"

福英指着好风画的,说:"像你哥哥画得那么大才好哩。"

"还有梯子呢,还要画上梯子呢。"好雨也过来了,呜呜哇哇地在"粮仓"里蹦跳着,喊福英画梯子。

"是啊,有了大粮仓,没有梯子可不行,叫你哥给粮仓画上个梯子。"福英看一眼小好,心说,就你爸你妈记不得画粮仓画梯子,过年了也不回来。

好风在"粮仓"的周围画了四个大大的梯子,横平竖直,一道一道,很显眼,结结实实的样子。

好雨就在一边念说:"五谷丰登,粮丰仓满,年年大丰收,岁岁好光景……"

小好在一旁炒豆子般学舌:"五谷丰登,粮丰仓满,年年大丰收,岁岁好光景……"

亮亮嘴里含着棒棒糖,跟着他们几个跑来跑去。

三叔和吉子从门外回来了,听见好雨和小好念得厦坡滚核桃般利落、干脆,就夸她们念得好。三叔问福英:"利子家对子贴了没?"福英说:"吉子贴了我家的,就去利子家贴对子画粮仓,也得把院子扫扫,过年了嘛。"

三叔牵着孙子回去了,福英和吉子去利子家贴对子画粮仓去。

小好和好雨在他们前面蹦跳着,唱着歌儿。花狗娃跟在她俩脚边,线团般骨碌碌跑得风快。福英和吉子跟在后面,一个手里捏了对子,一个手里端了糯子碗,在巷里碰上了念尚,念尚问他们干啥去。福英说:"给利子家贴对子画粮仓去,没回来的那几家我也给贴上对子画上粮仓了。"念尚说:"还是福英你有礼性,想得周到。"福英笑笑。扭脸走时,又对吉子和福英说:"看你们这一家子多热闹。"福英又笑,吉子也笑得脸红红的。走了一截,碰上了二块。二块问吉子年后多会儿去县上。吉子说："还没定,过了年看吧。"二块说："现在也不晓得做啥好。"吉子说："活儿不好找。"二块说："不好找也得找,不找咋办哩,欠下人家一屁股账。"吉子说："开春了我也想把我那北厦给翻盖了,前檐墙上的裂缝越宽了。"二块说："钢材价都涨了,工钱也涨了,你盖?"吉子说："不盖咋办,好风都该说媳妇娶媳妇了。"二块说："大全不是说要搬迁的吗?"吉子说："也不晓得准不准啊,开年了看形势再说吧。"

福英听吉子的话,她是没想到吉子还有这个心思,说到底,他的心还是在屋里啊。福英心就热了,想给他说镇上开店的事,却还不清楚他的心思,就想缓后再说吧。扭脸对二块说："红霞回来咧,你屋里也热闹了。"二块说："可不是,城里的妮子说是明个也回来。还是屋里人多了好,过年就是过人哩,人都不回来,还过啥味呢。"福英说："难得逢下这么个好女子。"二块说："算是老天开眼咧。"福英说："现在好了,春娥也好好的,小辉和红霞也在镇上开了店,你这光景好咧。"二块就呵呵笑,说要去三块家去贴对子,明个闲下了说话。

利子家在前巷,路过万紫家,福英看门上的白对子风吹雨淋得烂乎乎的,就对吉子说："万紫一家去县上过年去了,听说二荣开了个美容店,顺子给烧锅炉,万紫到了县上信佛了,听说人也欢实了,一天给美容店里的娃娃们做饭。"吉子没言语。二荣和万万的事,他听说后,就把万万叫到店里,扇了万万两巴掌,指着万万鼻子骂了一顿。吉子说："万万你要是敢再欺负二荣,万紫不打你,我也会把你个腿打坏的。"福英不晓得,也是因为这个事,吉子跟万红不来往了。

福英说："一会儿拿个对子给万紫门上贴个吧。"吉子说："那得贴绿对子。"福英说："店里有绿纸,回去了叫好雨拿上找三叔给写个。"

到了利子家,开了院门,吉子扫了院子,福英问小好："给你家画粮仓了,你画呢,还是大妈画?"小好说："我画。"好雨呢,也要画。福英就给了她俩粉笔,叫她们画大个的。小好和好雨呢,边画还边念叨:"五谷丰登,粮丰仓满,年年大丰收,岁岁好光景……"逗惹得福英和吉子在一边看着直乐。

福英没想到,天快黑了,要点线香放炮祭神祭祖时,好雪回来了,利子、小红也都回来了。黑的夜里,一家人吃了岁饺子,吉子、利子和好风、好雪还有小红坐在炕上嗑瓜子、聊闲话,等着看春晚。小好和好雨呢,在炕上坐不住,穿着红红的皮靴子,手上举着小红灯笼,嘴里嚷嚷着,叽叽咯咯地笑着,在脚底下跑来跑去。

福英从屋里出来,站在院当中祭神的小木桌前,花馍和猪肉麻花这些个献品要等初一五更迎神时摆,小木桌上只有天地神的牌位和香炉,香炉里点着线香,五根香头上顶着五颗红豆样红亮,香味在风中淡淡地飘飞,又恬淡,又安静。院子东南角画的粮仓呢,一笔一画白亮亮的丰满又生动。东屋、西屋门框上的绿对子贴得端端正正的。北厦檐下的柏树枝叶整整齐齐地放在一堆,等明个迎神时点旺火。大门口的挡财棍也横在了门槛里。

迎年的一切,都准备好了。

突然,村里不晓得哪家放起了鞭,噼噼啪啪的声音响亮、清脆,一处响过了,又有一处响了起来。福英就笑,有人急得迎新年了啊。这个新年里,虽说屋里少了公公,可在外的人都回来了。福英听着屋里的欢声笑语,仰头看着天空。黑魆魆的天空,一颗一颗的星星水珠子般硕大、清亮、干干净净的样子。她心说,上天有灵,公公看见他的子孙团圆在一个屋檐下,欢欢喜喜地过大年,也一定会开心满意的。

走出院子,站在栈道上看村子。在黑的夜色下,新的房子旧的房子看不分明了,倒是砖门楼土门楼下的红灯笼在风里轻轻晃出来一团一团的红亮,香烛的香、饭菜的香像个人来疯的娃娃样,从一个个门缝里钻了出来,可着大大小小、宽宽窄窄的巷子跑得欢实。她的心里又平静,又安然。她说:"日子要是能天天这样,多好啊。"

2016 年 1 月 20 日初稿

2016 年 3 月 8 日二稿

2017 年 2 月 22 日三稿

"三晋百部长篇小说文库"书目

经典作品

·李家庄的变迁·三里湾   赵树理

·太行风云   刘　江

·汾水长流   胡　正

·草岚风雨   冈　夫

·新　星   柯云路

·游　戏   成　一

·黑　雪   哲　夫

·世界正年轻   高　岸

·玉龙村记事   马　烽

·草　青   吕　新

·吕梁英雄传   马　烽　西　戎

·跋涉者   焦祖尧

·神主牌楼   张石山

·咸阳宫（上、下卷）   林　鹏

·生死门   晋原平

·送　葬   王西兰

原创作品

北岳风·中国原创长篇小说系列

（注：作品前加"·"标记的为已出版作品）